06/2500

Über 40 Jahre
Heyne Science Fiction
& Fantasy
2500 Bände
Das Gesamt-Programm

Fantasy

Herausgegeben von Friedel Wahren

Ein Verzeichnis aller DSA-Romane
finden Sie am Schluß des Bandes.

Das Schwarze Auge

CHRISTEL SCHEJA

DAS MAGISCHE ERBE

Neununddreißigster Roman
aus der
aventurischen Spielewelt

begründet von
ULRICH KIESOW

Originalausgabe

WILHELM HEYNE VERLAG
MÜNCHEN

HEYNE SCIENCE FICTION & FANTASY
Band 06/6039

Redaktion: Joern Rauser
Copyright © 1999
by Wilhelm Heyne Verlag GmbH & Co. KG, München
und Fantasy Productions, Erkrath
http://www.heyne.de
Printed in Germany 1999
Umschlagbild: Krzysztof Wlodkowski
Kartenentwurf (Seite 7): Ralf Hlawatsch
Umschlaggestaltung: Atelier Ingrid Schütz, München
Technische Betreuung: M. Spinola
Satz: Schaber Datentechnik, Wels
Druck und Bindung: Presse-Druck, Augsburg

ISBN 3-453-14944-0

INHALT

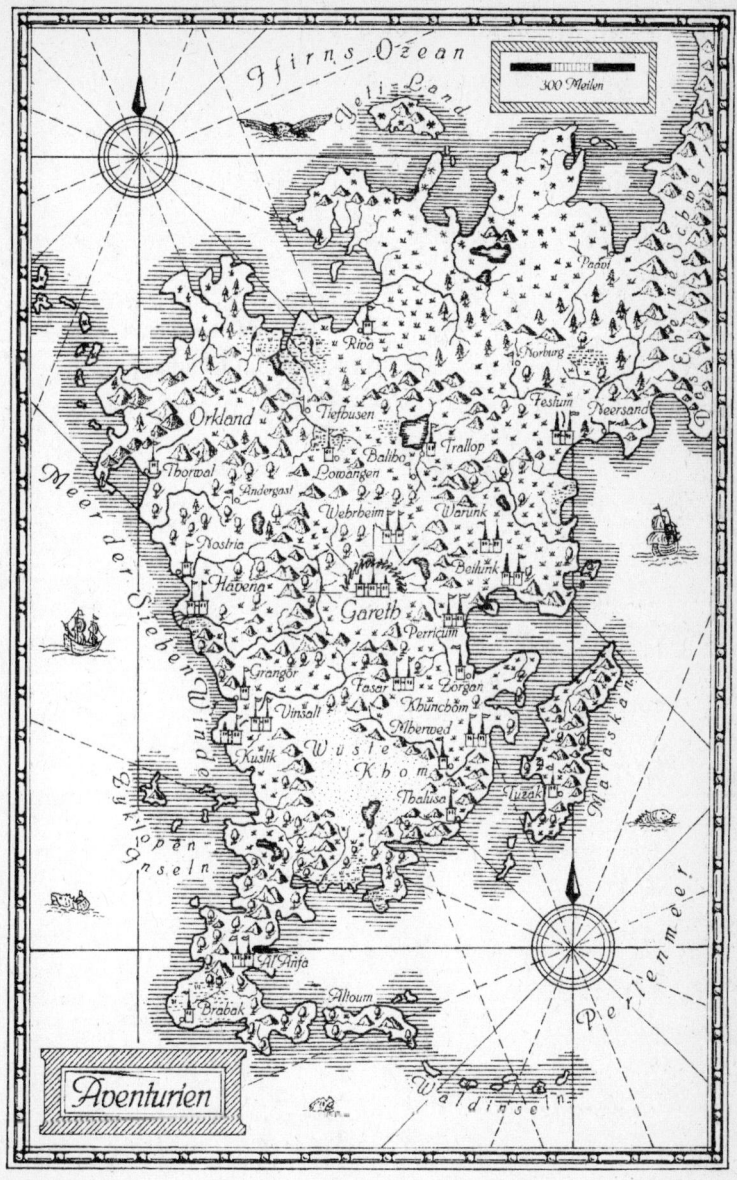

Aventurien

Für
Linda, die ›Der Schatten vom Farindelwald‹ schrieb,
Charlie, Alexander, Jürgen, Michael
und die Barone von Draustein und Crumold,
in deren Herrschaftsbereich ich mich austoben durfte
sowie all die anderen, die mir
mit Rat und Tat zur Seite standen,
und
Petra, die ihren Namen an dieser Stelle lesen wollte …

1. Kapitel

Abschied von der Feenwelt

»Jeder Wald hat seine Eigenarten. Der eine ist dunkel, und dich fröstelt, wenn du ihn durchschreitest. Hinter jedem Baum vermutest du Schatten, und das Rascheln der kleinen Tiere im Unterholz macht dir angst. Das feuchte Moos an den Bäumen verrät dir, daß die Stämme noch nie Licht gesehen haben, und du fragst dich, wie in diesem Gehölz etwas leben kann. Alles wirkt alt und abgestorben, als habe Tsas Gabe es schon lange nicht mehr berührt.

Dann gibt es die lichten Haine, in denen junge Bäume den Lichtflecken entgegenwachsen, die über ihnen tanzen. Das Grün ist jung und frisch wie im Frühling. Dort möchtest du umhertollen und das Laub vom Vorjahr aufwirbeln. Du beugst dich hinunter und berührst die warme Erde, die würzig duftet. Das Sonnenlicht hüllt alles in glitzernden Dunst.

Doch euer Wald, Lyret, ist nichts davon und alles zugleich. Ich brauche mich nur umzusehen, mit jedem Schritt verändert er sich«, erklärte die junge Frau mit den rotbraunen Haaren und berührte vorsichtig, als handle es sich um filigranes Zauberwerk, einen Busch. »Selbst die Spinnweben scheinen hier ein eigenes Licht auszustrahlen. Ich spüre, daß ich die Magie atme, aber ich kann sie nicht verstehen.« Sie seufzte und drehte sich zu ihrer Begleiterin um, die sie verständnisvoll anlächelte.

»Sie ist dir so fremd, wie du uns fremd bist, Rhuna«, sagte die hochgewachsene goldenhaarige Frau. Ihr Gesicht lag im Schatten, ihre feingliedrigen Finger berührten in einer flüchtigen Geste Rhunas Wange. »Ihr Sterblichen lebt, ohne die Welt um euch zu verstehen – wie also solltest du diesen Ort hier begreifen können?«

Die Magierin nickte. »Du wirst recht haben. In den Monaten, die ich bei euch verbrachte, habe ich Dinge gesehen, von deren Dasein ich bisher nicht einmal etwas geahnt habe. Wer weiß, welche Geheimnisse sich sonst noch auftun.« Sie hielt inne und zog eine Augenbraue hoch. »Lyret, was ist mit dir? Warum bist du so still?«

Ihr Gegenüber trat in das Licht eines verirrten Sonnenstrahls. Ihr lindgrünes Gewand begann zu funkeln. Die Gesichtszüge der Frau wirkten fremdartig, schmal und spitz wie die einer Maus. Tiefbraune Rehaugen musterten die Menschenfrau traurig. »Ich muß dir etwas mitteilen.«

Rhuna senkte den Kopf. »Ich verstehe. Du willst mir sagen, daß die Zeit gekommen ist, euch zu verlassen.«

Ein Nicken. »Du bist eine Sterbliche und gehörst nicht in die Feenwelt. Allein schon deine Anwesenheit stört den zeitlosen Frieden. Nun, da deine Wunde, die Elathalion schlug, verheilt ist«, sie berührte die Menschenfrau am Schlüsselbein, »mußt du gehen. Ohne Umschweife – so fordern es die anderen meines Volkes!«

»Aber ich bin darauf nicht vorbereitet, Lyret!« Rhuna ergriff die Hand der anderen. »Ich will gehorchen, aber ich bitte noch um Aufschub!« rief sie verzweifelt. »Ich muß meine Sachen zusammensuchen … die Aufzeichnungen, meinen Stab, die Bücher … Ich muß mich vorbereiten. Oder glaubst du, ich wüßte nicht, daß ich eine veränderte Welt vorfinden werde? Wieviel Zeit ist jenseits der Nebel vergangen?« Sie musterte ernst ihr Gegenüber. »Lyret, du warst immer eine Freundin der Menschen. Ich bin mir sicher, daß du ungefähr weißt, wie viele Jahre verstrichen sind.«

»An die Zeit, in der du gelebt hast, erinnern sich die Sterblichen nur noch in Legenden.« Die tiefblauen Augen der Magierin weiteten sich – sie ahnte, was das zu bedeuten hatte. Die Holden zählten die Jahre nicht in der Art der Menschen, so daß sie von Lyret keine genaue Nennung erwarten konnte, es mußte aber gewiß mehr als ein Jahrhundert vergangen sein.

Ungerührt sprach Lyret weiter: »Du mußt noch mehr wissen: In der Menschenwelt herrscht eine Zeit der großen Umwälzungen. Kriege brachten Leid und Schmerz über die Sterblichen. Ein jeder ward des anderen Feind. Leichtsinnig stießen Sterbliche, die sich für allwissend hielten, Tore auf, die sie besser endgültig geschlossen hätten. Das öffnete den Weg für die dunkle Seele, die nun Wald um Wald und Feld um Feld in ihren Schattenmantel hüllt.« Lyret befreite sich aus Rhunas Griff und faßte ihrerseits die Gelenke der Menschenfrau. »Keine Sorge. Ich kümmere mich um deine Habseligkeiten. Du wirst sie auf der anderen Seite des Tores vorfinden. – Ich habe noch einen Grund, dich fortzuschicken: Du wirst in deiner Welt gebraucht. Das Unheil ist groß, die Torheit der Menschen hat die Mauern zwischen den Welten durchlässig gemacht, und in der Folge ist auch dein Feind aus seinem Gefängnis entkommen.«

»Du meinst … Elathalion ist frei?«

Lyret nickte. »Ja, der Fürst wandelt wieder zwischen den Welten hin und her. Ich spürte seine Aura nur für einen Lidschlag, als ich den Nebelweiher aufsuchte, aber ich las in ihr wie in den Linien eines Blattes: Elathalions Geist ist besessen von dem Ziel, das er sich selber gesetzt hat. Und zerfressen von dem Haß, den er gegen dich und die beiden Liebenden hegt – gegen die Menschen, die seine Pläne durchkreuzten.«

Rhuna nickte düster. »Unser Kampf hat mich fast das Leben gekostet. Doch Brannon ist – wenn ich richtig vermute – längst zu Staub verfallen, und seine Seele hat Eingang in Borons Hallen gefunden, wo er mit seiner Caellin vereint ist.«

Die Holde schüttelte den Kopf. »Nein!« sagte sie. »Manchmal lausche ich den Stimmen des Windes, und sie erzählen mir erstaunliche Dinge. Die Alveranischen haben den beiden ein neues Leben gewährt, jedoch um den Preis des Vergessens. Du mußt die beiden finden und ihnen helfen, ihre Erinnerung wiederzugewinnen. Allein mit dem alten Wissen sind sie gegen die Grausamkeit Elathalions gefeit. Denn nur gemeinsam könnt ihr gegen Elathalion bestehen: Die Hand, die das Eisen führt, der Geist, der die Hohen Mächte lenkt, und das Herz, das voller Liebe ist, werden sein Untergang sein!«

Rhuna drehte ihre Hand und betrachtete das Akademiesiegel, das durch ihren Aufenthalt in der Anderswelt verblaßt und kaum noch zu erkennen war. Sie entsann sich ihrer Vorgehensweise, ein Problem zu lösen. »Wo werde ich Brannon und Caellin finden? Wie soll ich ihre Erinnerungen wecken?«

»Du wirst die Antworten auf der anderen Seite finden!« Der Tonfall der Holden duldete keinen Widerspruch. »Geh jetzt!«

Rhuna zeigte Entschlußkraft. »Ich gehorche. Bring mich nach Dere!«

Die Holde nickte und deutete zwischen die Bäume des Waldes. Das Unterholz verschwamm in den milchigen Schwaden des Nebels, der an diesem Ort kam und ging, wie es ihm gefiel.

Rhuna atmete tief ein, als sie dort ein Glitzern und Funkeln sah, und warf einen Blick über die Schulter. Am Rande einer Lichtung standen schattenhafte Gestalten, wie sie sie oft während ihres Aufenthaltes in der Anderswelt gesehen hatte: Die meisten Holden hatten sich Rhuna auf diese Weise gezeigt, nur wenige waren freundlich und neugierig genug gewesen, um sich für die Menschenfrau zu interessieren. Sie umarmte Lyret noch ein letztes Mal. Dann straffte sie die Schultern und ging mit weit ausholenden Schritten auf den Nebel zu. Furchtlos stellte sie sich zwischen die Schwaden und blickte auf die Freundin zurück, der sie so viel zu verdanken hatte. Lyret hob einen Arm, als wolle sie Rhuna zum Abschied winken. Goldene Funken fuhren aus ihren Fingerspitzen und trübten die Sicht der Menschenfrau.

Als die Benommenheit wich, wußte Rhuna im ersten Augenblick nicht, wo sie war. Ihre Hände krallten sich in die sonnengewärmte Erde. Benommen starrte sie auf einen Holunderbusch. Mit einem Stöhnen versuchte die Magierin aufzustehen, aber eine unerwartete Schwäche lähmte ihre Glieder. War hier etwas falsch?

Verwirrt setzte sie sich auf.

Die Umgebung war ihr fremd, aber das wunderte Rhuna nicht: Sie war kaum in Albernia herumgereist. Und wie sie aus den Büchern wußte, veränderte sich die Landschaft unaufhörlich. Sie durfte nicht vergessen, daß sehr viel Zeit vergangen war.

Vor ihr lag ein weites Tal mit kleinen Hügeln, zwischen denen sich ein glitzernder Fluß hindurchwand. Lauer Wind malte Wellenlinien in das Schilfgras zu seinen Ufern. Die Erlen und Buchen der bewaldeten Hügel standen in frischem Grün. Blumen und junge Pflanzen sprossen auf den Wiesen, und über allem lag der würzige Duft des Jasalinkrautes. Eine Biene summte an Rhunas Ohr vorbei.

Die Frau lauschte eine Weile dem Gesang der Vögel in den Bäumen, dem Knacken und Rascheln um sie herum. Gedankenverloren strich sie sich eine Haarsträhne aus dem Gesicht und ließ den Blick schweifen. Bis auf eine zur Hälfte von Gestrüpp überwucherte Turmruine auf einem der Hügel konnte sie keine Anzeichen menschlicher Ansiedlungen erkennen.

Ich muß mich wohl auf ein paar Stunden Wanderschaft vorbereiten, dachte Rhuna. Sie erstarrte. Verwirrt hob sie ihre Hände, drehte sie im Sonnenlicht, zog die Locke, die sie eben noch aus dem Gesicht gestrichen hatte, wieder nach vorne.

Rhunas Augen weiteten sich. »Mögen mir die Zwölfe gnädig sein!« keuchte sie entsetzt und hob noch einmal die Hand, als könne sie es nicht glauben. »Was ist nur mit mir geschehen?«

Dort, wo ihre Haut sich gestern noch glatt und makellos über die Finger gespannt hatte, waren nun Falten und Flecken, die Adern traten deutlich hervor. Die rotbraune Farbe ihres Haares war einem blassen Grau gewichen.

Vorsichtig tastete Rhuna über ihr Gesicht. »Nein! Gnädige Tsa, laß das nicht wahr sein!« Sie schluchzte verzweifelt und schlug die Hände vor das Gesicht. »Ich bin alt ... steinalt!«

Rhuna konnte es nicht fassen. Immer wieder betrachtete sie ihre faltigen Hände. Längst waren alle Tränen vergossen, die Augen brannten. »Warum bin ich so erschreckend schnell gealtert?« schluchzte sie verzweifelt und sackte in sich zusammen. »Mir sind meine kostbarsten Jahre geraubt worden!« schrie sie und reckte den Kopf gen Himmel. »Warum nur?« Dann wieder erfaßte sie kalte Wut. »Warum hast du mich nicht dar-

14

auf vorbereitet, Lyret? Du hättest doch wissen müssen, daß es geschieht!« krächzte sie. »Wäre ich nur in Havena geblieben und nicht meinem törichten Drang gefolgt, hinter das Geheimnis der blauen, runenverzierten Steine zu kommen! Wie soll ich denn jetzt noch gegen Elathalion bestehen? Ich habe gar nicht mehr die Kraft dazu.« Rhuna schlug mit den Fäusten gegen den Boden und vergrub ihre Finger in dem weichen Erdreich. Zornig zerfurchte sie Erde mit ihren Händen und riß alle Pflänzchen aus, die sie erreichen konnte. »Ich hasse dich, Lyret! Du hättest mich damals im Wald sterben lassen sollen! Und nicht erst heilen, um mich dann einem solchen Schicksal zu überantworten!« schrie sie und ballte die Fäuste. »Ich bin eine tattrige Greisin! Mein Leben ist dahin!«

Rhuna sackte in sich zusammen, als ihre Kräfte schwanden und rang heftig nach Atem. Vor ihrem inneren Auge tauchten Bilder aus einem verlorenen Leben auf: Sie sah sich selber als junge Frau in einem Studierzimmer, eifrig schreibend oder über ein Buch gebeugt. Vor den Toren der Thaumaturgischen Akademie im Gespräch mit den Magistern. In den Armen ihres Geliebten. In der abagundischen Heide, einen runenübersäten Stein in den Händen. Im Nebel, auf der Flucht vor dem Wolfsrudel. An der Seite des schwarzhaarigen Ritters Brannon. In der Anderswelt – die zeitlosen Wunder bestaunend. Im verzweifelten Kampf gegen den Feenfürsten ...

Rhunas Augen brannten heftiger. Ich habe alles verloren, dachte sie. Und warum? Nur weil ich zur falschen Zeit am falschen Ort war! Sie schluchzte. Warum hast du mich so hart geprüft, große Hesinde?

Eine Weile lauschte Rhuna nur dem Raunen des Windes in den Bäumen und dem Rascheln der Tiere im Unterholz. Eine kühle Windböe ließ sie schaudern, langsam richtete sie sich auf, blinzelnd, als die untergehende Sonne sie blendete. Bald würde es dunkel sein.

Die Magierin stöhnte verärgert, strich sich das Haar zurück und verteilte dabei Schmutz über ihr Gesicht. »Statt nach einem Dorf zu suchen, solange es noch hell ist, hadere ich mit meinem Schicksal und bemitleide mich selber«, schalt sich Rhuna. Die überraschende Veränderung ihres Körpers hatte Gefühle in ihr erweckt, derer sie sich schämte. Betreten blickte Rhuna auf den zerwühlten Boden und ihre schmutzige Kleidung. »Ich führe mich auf wie ein trotziges kleines Kind!« Diesmal betrachtete sie ihre Hände gefaßter. »Und weiß dabei nicht einmal, ob Hesindes Weisheit diesen Weg vielleicht für mich vorherbestimmt hat.«

Dann fiel Rhuna etwas ein. Suchend sah sie sich um. »Wo sind mein Stab und meine Bücher?« Sie seufzte erleichtert, als sie die Gegenstände einige Schritt neben sich unter einem Baum liegen sah. Lyret hatte ihr Versprechen gehalten und sogar noch mehr getan: Neben dem Magierstab lagen ihre Tasche und ein Bündel, aus dem es verführerisch duftete.

Rhuna wollte aufstehen und stöhnte im nächsten Augenblick vor Schmerz. Erschreckt stellte sie fest, wie steif ihre Gelenke waren. Sie konnte sie längst nicht mehr so geschmeidig beugen wie früher. Rhuna stolperte zu ihren Habseligkeiten und umklammerte den Stab. Sie preßte das kühle, mit Runen beschnitzte Blutulmenholz an ihren Körper und schloß für eine Weile die Augen, um klare Gedanken zu fassen. Zuerst einmal mußte sie irgendein Dorf oder eine Stadt finden und herausbekommen, in welcher Gegend Albernias sie sich aufhielt und wieviel Zeit wirklich vergangen war. Erst dann konnte sie weitere Pläne schmieden.

2. Kapitel

Von Pflicht und Ehre

Lughaid hatte das Gefühl, bei jedem Schritt in den matschigen Waldboden einzusinken. Am vorangegangenen Tag hatte es in Strömen geregnet, die Erde war völlig aufgeweicht, und das knöchelhohe Laub klebte zusammen. Jetzt schlug sich der Nieselregen auf der eisenbesetzten Lederrüstung nieder. Die Wollkleidung darunter juckte auf seiner Haut, und das Wasser tropfte ihm vom Helmrand ins Gesicht.

Ärgerlich wischte sich Lughaid über die Wangen. Warum hatte sich sein Herr gerade am heutigen Tag in den Kopf gesetzt, die Wilderer aufzuspüren? Warum hatte er nicht auf besseres Wetter warten wollen?

Aber wenn Aethelred von Thunderbach zu Falkraun sich zu etwas entschlossen hatte, konnte ihn niemand davon abbringen. Die Worte des Edlen klangen noch in Lughaids Ohren: »Jetzt müssen wir handeln und uns nicht wie zimperliche Höflinge aus Gareth hinter den Burgmauern verstecken. Bei den Zwölfen! Diese Mörder und Schlächter haben mich lange genug geärgert! Ich werde ihrem Treiben ein für allemal ein Ende setzen!«

Lughaid erinnerte sich an den Wilderer, den sie während der gestrigen Jagd auf frischer Tat ertappt hatten. Junker Aethelred selber hatte aus dem Strolch herausgeprugelt, wo sich seine Kumpane aufhielten,

17

die seit ein paar Monaten im Drausteinischen ihr Unwesen trieben.

Der Junker hatte entschieden, das Wilderernest auszuheben, bevor die Halsabschneider Wind davon bekamen, daß sie verpfiffen wurden und sich womöglich aus dem Staub machten. Deshalb war er in der Dämmerung mit Waffenmeister Bran, Lughaid und ein paar anderen Knechten von Burg Falkraun aufgebrochen und am Großen Fluß entlang in Richtung Schilteck geritten. Ihre Pferde hatten sie bei einem Schäfer zurückgelassen, denn die Gegend bei den Madasteinen war für die Tiere unwegsam. Angeblich versteckten sich die Wilderer zwischen den grauweißen Felsen, die in den Wald hineinragten und von den Ansässigen gemieden wurden. Legenden um verschwundene Menschen und das Wirken boshafter Feen rankten sich um die Steine, und verschreckten das abergläubische Landvolk.

Lughaid umrundete eine Stechginsterhecke und blieb im Schatten einer Eiche stehen. Die Madasteine ragten auf der Anhöhe vor ihm auf. Keine Menschenseele war zu sehen, nur ein Fuchs huschte zwischen den Büschen in seinen Bau. Der schwarzhaarige Waffenknecht packte sein Schwert fester und sah sich wachsam nach allen Seiten um. Warum fühlte er sich plötzlich so unwohl? Wo waren der Junker und die anderen Waffenknechte? Hatte er sich zu weit von ihnen entfernt?

Ein Rascheln zu seiner Rechten schreckte Lughaid auf. Er wirbelte herum, das Schwert zur Abwehr erhoben. Seine Augen suchten nach dem Übeltäter, doch er sah nur noch eine schwache Bewegung unter dem Laub, die wohl kaum von einem Menschen stammen konnte.

Der Waffenknecht preßte ärgerlich die Lippen zusammen und schüttelte den Kopf. Jetzt ließ er sich auch schon von einer Maus erschrecken. Der Regen machte ihn noch ganz wirr.

Vorsichtig stieg Lughaid über die knorrigen Wurzeln eines Baumes. Im nächsten Augenblick horchte er auf und hielt die Luft an. Das waren Schritte! Jemand näherte sich ihm von hinten!

Lughaid hob das Schwert und wirbelte herum. Er ließ die Klinge wieder sinken, als er den hochgewachsenen, stämmigen Mann im Lederwams erkannte. Junker Aethelred schob seinen Helm ein Stück nach oben. »Halt ein, Lughaid! Ich bin keiner von denen!«

In diesem Augenblick nahm Lughaid über sich eine Bewegung wahr. Er hechtete instinktiv einen Schritt zur Seite. Die Frau, die ihn zu Boden reißen wollte, sprang ins Leere und landete unsanft auf dem Waldboden. Mit einem heftigen Fluch rollte sie sich zur Seite, ehe Aethelreds Hieb sie treffen konnte.

Katzengleich kam das Weib wieder auf die Beine und stürzte sich mit dem Todesmut der Verzweifelten auf den Junker. Aethelred von Thunderbach wich ein paar Schritte zurück. »Zu mir, Männer!« brüllte er aus Leibeskräften. »Das Pack ist hier!«

Ärmlich gekleidete Gestalten sprangen hinter Felsen und Büschen hervor, schienen geradewegs aus dem Boden zu wachsen. Lughaid fluchte. Verdammt, sollten sie die Bande unterschätzt haben? Wie vielen standen sie gegenüber? Waren es zehn? Zwanzig?

Mehr Zeit blieb Lughaid nicht. Er schlug mit der Klinge nach der Zerlumpten, die in seinen Rücken gelangen wollte, und streckte den Mann nieder. Dann hatte er sich einer kreischenden Grauhaarigen zu erwehren, die sich an seinem Schwertarm festklammerte und ihn zu entwaffnen versuchte, während ein knüppelbewehrter Jüngling auf ihn zustürmte.

Lughaid zerrte die Frau mit sich, so daß der für ihn bestimmte Hieb die Alte traf. Sie schrie auf und sackte zusammen. Der Griff lockerte sich. Wieder befreit sprang Lughaid dem Burschen entgegen, der angesichts der blanken Klinge den Mut verlor und die Flucht ergriff. Aber er lief genau in das Schwert Brans, der endlich mit den anderen Knechten heran gekommen war.

»Steh nicht herum, Junge, und glotze wie 'ne Kuh wenn's blitzt!« brüllte der Waffenmeister Lughaid an und stürmte dann hinter einer Gruppe von Wilderern her, die ihrer aussichtslosen Lage zu entfliehen versuchten.

Lughaid entdeckte Aethelred, der sich gleich fünf Gegnern erwehren mußte. Obgleich der Junker den Wilderern im Umgang mit dem Schwert überlegen, nämlich schnell und wendig war, machte ihm die Übermacht zu schaffen. Er blutete aus Wunden am Arm und der Schulter, der Helm war ihm vom Kopf gerissen worden.

»Kommt her, ihr räudigen Hunde! Ich bin auch noch da!« schrie Lughaid und stürzte sich dem ersten, der sich ihm zuwandte, entgegen. Er streckte den Halunken mit einem gezielten Hieb nieder und eilte an dem zusammenbrechenden Mann vorbei an Aethelreds Seite.

»Gut gemacht, Lughaid! Der kleine Junge ist erwachsen geworden!« lachte der Junker. So stellten sie die drei letzten Wilderer gemeinsam und trieben diese auf die Stechginsterhecke zu. Zwei Männer sanken schließlich tot auf den Waldboden.

Der letzte erkannte, daß er keine Chance hatte. Mit gehetztem Gesichtsausdruck sah der Jüngling sich um und warf schließlich den schartigen Säbel beiseite. »Habt Gnade! Ich ergebe mich!« schrie der Wilderer voller Angst und sank mit flehend erhobenen Händen auf die Knie.

»Du bettelst um dein Leben, du Wurm?« Aethelred

von Thunderbach stand über dem Wilddieb, der mit weit aufgerissenen Augen zu ihm aufsah. »Gnade? Du willst Gnade?« schnaubte der Adlige und hob das Schwert. Lughaid spürte deutlich, daß der Junker seine aufgestaute Wut an dem jungen Wilderer auslassen wollte. Doch das widersprach allen Schwüren von Gerechtigkeit und Ehre, die Aethelred bei seinem Ritterschlag geleistet hatte.

Lughaid handelte ohne nachzudenken. Er konnte nicht zulassen, daß sein Herr seine Ehre durch die Tötung eines Wehrlosen befleckte. Nicht vor den Augen von Waffenmeister Bran, der die ritterlichen Tugenden noch immer sehr ernst nahm und ein gewichtiges Wort in der Versammlung der Ritter von Draustein mitzusprechen hatte.

»Nein, Herr! Haltet ein!« Lughaid blockte das Schwert Aethelreds kurz über dem Kopf des Wilderers ab und drückte die Klinge zur Seite. Erst dann durchfuhr ihn die Erkenntnis wie ein Blitz: Er hatte es gewagt, das Schwert gegen seinen Herrn zu richten!

Lughaid wünschte sich, im Boden zu versinken. Bei Rondras Schwert, von was hatte er sich da nur leiten lassen?

Junker Aethelred starrte ihn zornig und verblüfft zugleich an. »Bei den Zwölfen, Lughaid, was mischt du dich hier ein? Und wagst es, der Gerechtigkeit Einhalt zu gebieten?« brüllte er den Schwarzhaarigen an.

Lughaid nahm allen Mut zusammen, hob den Kopf und erwiderte den Blick der funkelnden Augen. Schlimmer als die Lage jetzt schon war, konnte sie nicht werden. »Ich gebiete nicht der Gerechtigkeit Einhalt, sondern der Unehre!« hielt er der Anschuldigung entgegen und deutete mit dem Schwert auf den jungen Wilderer, der immer noch zitternd und schluchzend auf den Knien verharrte. »Herr, seht doch: Der Mann hat sich ergeben und seine Waffe weggeworfen.

Ihn zu erschlagen, widerspricht allen ritterlichen Schwüren! Überlaßt es dem Gericht Baron Tuachalls, über den Mann zu urteilen – nicht Eurem Schwert!«

Es wurde still um Lughaid. Einen Augenblick schien es, als wolle Junker Aethelred den aufsässigen Waffenknecht statt des Wilderers erschlagen. Dann aber schwand der Zorn aus dem runden, dennoch feingeschnittenen Gesicht des Adligen und machte einem breiten Grinsen Platz. Lachend schüttelte Aethelred von Thunderbach den Kopf. »Lughaid, du solltest dem Ruf der göttlichen Löwin folgen und ihr dienen! Bei Rondra, du bist ja ritterlicher als ich, der die goldenen Sporen erhielt!« stellte er erheitert fest und winkte den Waffenmeister heran.

Bran kam herbei und blickte fragend auf Aethelred, der auf Lughaid deutete. »Du hast den Jungen während meiner Abwesenheit viel gelehrt und ihm mehr als nur das Waffenhandwerk beigebracht!«

Lughaid sah verlegen zu Boden. »Euer Wohlgeboren, ich habe nur meine Pflicht getan«, murmelte er.

»Aber was für eine Pflicht!« Aethelred klopfte dem jungen Mann wohlwollend auf die Schulter. »Bran, an unserem Lughaid ist ein Ritter verlorengegangen! Schade, wirklich schade, daß er nicht von edlem Blut ist.« Dann erzählte er dem Waffenmeister kurz, was geschehen war.

Der alte Mann runzelte die Stirn, daraufhin nickte er zufrieden. »Ich stimme Euch zu, Euer Wohlgeboren.« Sein freundliches Lächeln erfüllte Lughaid mit Stolz. Der junge Mann straffte seinen Rücken und hob den Kopf.

Dann musterte der Waffenmeister den Wilderer, der noch immer am Boden hockte. »Deiner gerechten Strafe wirst du trotzdem nicht entgehen, Bursche! – Lughaid, fessle den Kerl und bring ihn zu den anderen Halunken.«

Die Wilderer, die den Kampf überlebt hatten, wurden in das Verlies von Burg Falkraun gesperrt, nachdem der Dorfbader die Verwundeten versorgt hatte. An einem der nächsten Tage sollten die Gefangenen nach Draustein gebracht werden, damit der Baron über sie richten konnte. Kein Burgbewohner zweifelte daran, das die Strafe für die Wilderer hart ausfallen und zur Abschreckung anderer dienen würde.

Lughaid verschwendete keinen weiteren Gedanken an die Männer und Frauen im Kerker. Er biß in das frisch gebackene Brot und nahm sich ein weiteres Stück Fleisch von der Platte, die an seinem Tisch herumgereicht wurde. Schließlich mußte er es ausnutzen, daß es Rehbraten gab, denn den ließ die Herrin sonst nur zu besonderen Gelegenheiten auftischen.

Nachdenklich ließ der junge Mann den Blick durch die große Halle schweifen, verweilte bei den Wandbehängen, die die Seiten des Raumes zierten und Szenen aus der bewegten Geschichte der Edlen von Thunderbach zeigten, beginnend mit dem tapferen Recken Aelfred von Norddrakenburg im Kampf mit einem Drachen.

Schließlich blickte Lughaid zur Hohen Tafel, die quer zu den beiden anderen Tischen in diesem Raum stand. Dort saßen Junker Aethelred, seine Mutter Traviynla, seine Schwester und Idra, die verwaiste Nichte der Herrin. Die drei Frauen lauschten aufmerksam dem gutgelaunten Junker, der mit weit ausholenden Gesten von dem Kampf mit den Wilderern erzählte. Während die beiden jungen Frauen mit großen Augen zuhörten und aufgeregte Fragen stellten, zeigte die Herrin keine Regung. Wie immer saß sie stocksteif und mit verkniffenem Mund da.

Lughaid zuckte heftig zusammen, als Junker Aethelred plötzlich auf ihn deutete, und sich alle Augen auf ihn richteten. Rasch blickte er zur Seite und senkte den Kopf.

Warum mußte der Edle unbedingt über Lughaids ritterliches Verhalten scherzen? Nachher dachte die Herrin noch, daß Lughaid, der Sohn einer Frau aus dem Volk, davon träumte, den Adelsstand zu erringen, obgleich er nicht einmal seinen Vater kannte. Aethelreds Mutter war voller Standesdünkel und Stolz auf ihre lange Ahnenreihe, die bis in die Tage des Alten Bosparan reichte.

Ich kenne meinen Platz, dachte Lughaid. Ich bin nur der Sohn einer einfachen Kriegerin, die mir nie den Namen und die Herkunft meines Vaters verraten hat. Selbst wenn die Möglichkeit bestünde, daß er höheren Standes war, so muß meine Mutter Gründe für ihr Schweigen gehabt haben. Ich gebe mich keinen Träumen und ungewissen Hoffnungen hin, daß ich vielleicht doch von adligem Blut sei.

Erst nach einer Weile und ein paar tiefen Schlucken Wein wagte es Lughaid wieder, zur Hohen Tafel zu sehen.

Aethelred hatte seine Mutter und Schwester längst in ein neues Gespräch verwickelt. Nur ein braunes Augenpaar ruhte noch auf ihm.

Lughaid schluckte und wandte den Blick hastig wieder ab. Er wußte, daß die schlanke blonde Frau ihn weiter beobachtete. Idra von Venaigh-Stephahan, die Nichte der Herrin, wurde von den Männern der Burg gleichermaßen geschätzt und gefürchtet. Die junge Frau besaß eine rahjengefällige Gestalt, ein liebliches Gesicht mit großen Augen, die kokett lächeln und herzerweichend um Trost flehen konnten ...

Idra wußte um die Macht ihrer Schönheit. Sie vermochte Männer mit wenigen Worten und Gesten um den Finger zu wickeln und huldigte der heiteren Göttin voller Leidenschaft und Inbrunst.

Lughaid wagte einen weiteren Blick. Idra hob den Becher geziert zum Mund und nahm einen winzigen Schluck. Er ahnte, was sie mit den kleinen Gesten bezwecken wollte. Bei Rahja, er war ein junger Mann, der einer Liebschaft nicht abgeneigt war, doch er kannte die Gefahr, die es mit sich brachte, der Edlen zu verfallen. Wer würde ihm schon glauben, daß Idra ihn und nicht er sie verführt hatte, wenn er auf ihre Tändelei einging?

Lughaid seufzte. Idra war durch Aethelreds Erzählungen auf ihn aufmerksam geworden. Sie würde nicht eher ruhen, bis sie ihn an der Stelle hatte, an der sie ihn haben wollte!

Die blonde Edeldame war im letzten Sommer auf das Rittergut gekommen. Seitdem stellte sie aus Langeweile den jungen Männern nach. Wann immer sie die Gelegenheit dazu fand, hatte sie es getrieben: in ihrer Kammer, in einer versteckten Ecke des Wehrganges, draußen im Wald, ja sogar in der Speisekammer auf den Mehlsäcken – zumindest behauptete Idras schwatzhafte Zofe das.

Bisher war die Edeldame von ihrer Tante noch nie auf frischer Tat ertappt worden. Sollte dies einmal geschehen, würde sich Idra sicher mit ein paar Tränen und gestammelten Worten herausreden: Der Mann habe sie armes, unschuldiges Ding verführt.

Die Herrin duldete weder ungebührliches Verhalten noch unstandesgemäße Liebschaften in ihrem Umkreis, seit ihr Gemahl verstorben war und sie Burg Falkraun mit ihrem Sohn verwaltete. Dafür gab es einfache Gründe: Ihr Gemahl Aelmir hatte oft hübsche Mädchen auf die Burg und in sein Bett geholt. Und auch Aethelred, ihr Sohn, trank lieber unbeschwert aus Rahjens Kelch, als sich mit einer jungen Frau aus standesgemäßem Hause zu vermählen. Um so mehr wachte die Herrin mit Adleraugen über Tochter und

Nichte. Wehe dem, der den Ruf der jungen Frauen zu beflecken wagte. Lughaid wollte nicht unbedingt das gleiche Schicksal erleiden wie der Stallknecht, der Idras Verführungskünsten zum Opfer gefallen und deshalb mit Schimpf und Schande von der Burg geprügelt worden war.

Schaudernd stellte er nun fest, daß Idra ihn noch immer unverhohlen musterte und sich über die Lippen leckte, als freue sie sich schon darauf, ihre Beute zu schlagen.

3. KAPITEL

Freundschaftsbande

Die braunrot gefleckte Katze lag reglos ausgestreckt auf der Fensterbank und ließ die warmen Strahlen der Nachmittagsonne auf ihr Fell brennen. Der Lärm der Straße schien sie nicht zu stören, weder das Rattern eines Karrens voller Bierfässer, noch das Kreischen einer Schar Kinder, die vorüberrannten. Ein Windhauch trug die Klänge eines Tamburins und Stimmengewirr aus der nächsten Gasse heran. Aber nicht einmal die Fliege, die immer wieder frech um den Kopf des Tieres summte, konnte die Gefleckte aus ihrem Schlaf reißen. Nur ihre Ohren zuckten hin und wieder. Als ein Hund bellte, öffnete sie die Augen ein wenig.

Merydwen lächelte versonnen und nippte an ihrem mit Wasser verdünnten Wein. Sie beneidete die Katze um ihre Gelassenheit.

Seufzend blickte sie durch die Taverne. Zwei Tische weiter saß ein alter Mann vor einem Krug Bier und starrte Löcher in die Luft. Gleich hinter ihm hockten drei Matrosen, ließen die Würfel klappern und die Becher kreisen. »Ha, zwölf Augen! Versuch das besser zu machen, Djannan«, rief gerade einer. Eine junge Frau stand hinter dem Tresen und war damit beschäftigt, Zinnbecher zu polieren.

Merydwen holte tief Luft, atmete den Seewind ein, der vom Hafen herüberwehte, und rieb sich die

Augen. Seit vorgestern weilte sie mit ihrer Freundin Tjorbi in Havena. Noch immer summte ihr Kopf von den Eindrücken, die sie seit ihrer Ankunft in Havena gesammelt hatte: Der weitläufige Hafen, in dem sich Schiffe aus aller Herren Länder trafen. Die vielen Menschen, die sich am Kai einfanden: Schauerleute, Händler, Soldaten der Hafenwehr und die unvermeidlichen Zöllner. Kurz hinter dem Hafen begannen die verwinkelten Tweten von Nalleshof, in denen Gaukler und Tänzer die Menschen unterhielten und hübsche Burschen den jungen Frauen auffordernd zuzwinkerten. Gestern hatten Tjorbi und sie sich in die schmutzigen Gassen des Orkendorfes verirrt. Merydwen schauderte noch immer, als sie an die schiefen, baufälligen Häuser, die Ruinen und all das Elend mittendrin dachte. Keine andere Stadt, die sie bisher gesehen hatte, weder Grangor noch Bethana oder Elenvina war mit Havena zu vergleichen. Hier trafen sich sprichwörtlich alle Völker Aventuriens: Am vorigen Abend hatte sie dem feurigen Tanz einer dunkelhaarigen Tulamidin und den akrobatischen Darbietungen eines Mohas zugesehen, zusammen mit Tjorbi zwei Thorwaler beim Ringkampf angefeuert und sich mit einem almadanischen Barden gestritten.

Wenn mein Leben so verlaufen wäre, wie es sich meine Eltern wünschten, dachte Merydwen, hätte ich diesen Teil der Stadt niemals zu Gesicht bekommen. Ich wäre nicht über die Neustadt oder gar Oberfluren herausgekommen, dafür hätten sie schon gesorgt. Wie für alles andere …

Rasch vertrieb sie diese Gedanken. Die weckten nur düstere Erinnerungen an die Vergangenheit und verdarben ihre gute Laune. Wo blieb nur Tjorbi? Hatte ihre Freundin nicht versprochen, bald vom Hafen zurück zu sein, wo sie sich nach einer Passage in den Süden umhören wollte? Merydwen bezweifelte allerdings, daß sie ein Handelsschiff finden würde, das nach Grangor oder Bethana segelte, denn die Gerüchte, daß zwischen dem Alten und Neuen Reich Krieg drohte, schienen sich immer mehr zu bestätigen. In einer so unsicheren Zeit wäre wohl kaum ein Kapitän so verrückt, eine Fahrt in die Hafenstädte des Lieblichen Feldes zu unternehmen.

Merydwen biß sich auf die Lippen. Tjorbi und sie würden wohl ins Landesinnere oder in den Norden reisen müssen, wenn sie nicht in Havena bleiben wollten. Ihre Freundin hatte den Hafen bestimmt schon wieder unverrichteter Dinge verlassen, um über den Markt zu schlendern.

Pünktlichkeit war keine von Tjorbis Stärken, und die junge Thorwalerin würde sich bestimmt wortreich entschuldigen, wenn sie endlich kam. Merydwen lächelte, als sie an die Ausreden dachte, die ihre Freundin vorbringen würde. »Tut mir leid, daß ich erst jetzt komme, aber um den hübschen Dolch zu bekommen, habe ich mich mit einem Zwerg im Armdrücken gemessen, weil der ihn auch haben wollte! Und dann kam ich an diesem Stand mit den bunten Tüchern vorbei ...«

Sie konnte Tjorbi gar nicht böse sein. Die Thorwalerin mit der weißblonden Haarmähne brachte seit zwei Jahren Abwechslung in ihr Leben. Kein anderer Mensch, den sie auf ihren Reisen kennengelernt hatte, nahm das Leben so leicht. Tjorbi dachte nicht weiter als bis zum morgigen Tag.

Merydwen streckte eine Hand aus und legte sie auf die Lederumhüllung ihrer Harfe. Ob sie heute abend wieder aufspielen sollte, um noch etwas Geld zu verdienen? Sie wollte abwarten, was Tjorbi vorschlug.

Die Bardin entsann sich, wie sie die Thorwalerin kennengelernt hatte: Durch ihre ungestüme Art hatte Tjorbi eine Kneipenprügelei begonnen. Merydwens Versuch, ihr Instrument in Sicherheit zu bringen, war gescheitert. Plötzlich hatte die Thorwalerin neben der Bardin gestanden und ihr die Harfe aus den Händen gerissen. Der Rahmen ihres kostbaren Instrumentes war auf dem kahlgeschorenen Schädel einer Matrosin zerborsten. Darauf hatte Merydwen die um einen Kopf größere Frau mit unbändiger Wut an der Bluse gepackt, zu sich hin gerissen und ihr einen kräftigen Kinnhaken verpaßt. Tjorbi war ganz überrascht zu Boden gegangen.

Durch diesen Zwischenfall begann die Freundschaft zwischen ihnen. Tjorbi ersetzte Merydwens Harfe und wich fortan nicht mehr von der Seite der Bardin. »Ich mag deine Musik. Außerdem habe ich kein Ziel. Niemand wartet irgendwo auf mich«, sagte sie, und Merydwen hatte die Gesellschaft der Thorwalerin nicht zurückgewiesen.

Sie vernahm ein fröhliches Kieksen und wandte ihre Aufmerksamkeit wieder den Vorgängen in der Taverne zu. Die rotbraune Katze auf dem Fensterbrett neben ihr hob den Kopf und sprang geschmeidig auf, als spüre sie eine Gefahr. Ein vielleicht zweijähriges Kind lief durch die Stube genau auf das Fenster zu. »Miez, Miez!« lockte das kleine Mädchen mit heller Stimme. »Tomm Miez!«

»Kchh!« fauchte das Tier warnend und machte einen Buckel, als das Kind trotz der Warnung auf die Bank kletterte und nach ihm grabschte. »Miez! Hab dich lieb, Miez!« Scharfe Krallen gruben sich in die Kinderhand und hinterließen rote Kratzer.

Während die Katze mit einem lauten Fauchen nach draußen sprang, starrte das kleine Mädchen erstaunt auf die blutende Hand. Dann kullerten erste Tränen über die runden Wangen.

Merydwen zuckte zusammen, als das Kind zu schreien begann. Hilflos starrte sie die Kleine an. Sollte sie das Mädchen etwa in die Arme nehmen und trösten? Was sollte sie nur tun, wenn es nicht aufhörte zu weinen?

Ehe sich die Bardin entscheiden konnte, packten kräftige Hände die Kleine und hoben sie hoch. »Na, na, das ist doch nicht so schlimm!« sagte Tjorbi und pustete über den Kratzer. »Das tut gleich nicht mehr weh. Siehst du!«

Das Kind verstummte. Doch es waren wohl weniger die beruhigenden Worte Tjorbis als die großen, leise klimpernden Ohrringe, die es den Schmerz vergessen ließen.

»Schnell du, nimm dein Küken!« Die Thorwalerin ahnte die Gefahr und drückte der heraneilenden Mutter das Kleine in die Arme. »Ich brauche meine Ohren noch.«

Dann gesellte sie sich zu Merydwen. »Das war ja eine schreckliche Gefahr, aus der ich dich da gerettet habe!« scherzte sie. »War das Kind ein Monster? Du hast ja richtig verängstigt ausgesehen?«

»Ich weiß«, antwortete Merydwen betreten. »Kinder... ich weiß einfach nicht mit ihnen umzugehen!« antwortete sie und schluckte. »Ich habe es nie gewußt!« Tjorbi setzte sich ihr gegenüber an den Tisch und winkte ab. »Schon gut. Ich weiß ja, daß du um jeden Dreikäsehoch einen großen Bogen machst!« Dann zupfte sie ihre hochgerutschte Bluse zurecht.

Erst jetzt bemerkte Merydwen, daß ihre Freundin etwas zerrupft aussah. »Was hast du wieder angestellt?« fragte sie streng.

Tjorbi grinste lausbübisch. »Da war so ein aufgeblasener Prahlhans im Rüschenhemd, der mich einfach zur Seite schubste, als ich die Dolche am Stand eines Zwergenschmiedes betrachtete. Sollte ich mir denn gefallen lassen, daß er mich eine abergläubische Barbarin nannte? Bei Swafnir, meine Ottajasko ist bestimmt älter als sein Stammbaum!« Die Thorwalerin klopfte sich ein wenig Staub vom Hemd und schob die Bänder um ihren Hals zurecht. Merydwen zählte fünf verschiedene Anhänger, Amulette, die alle vor etwas anderem schützen sollten: vor Krankheiten etwa, vor dem bösen Blick oder dem Biß einer Schlange. Das waren noch nicht alle Talismane, die Tjorbi besaß. »Warum soll ich nicht den Schutz ausnutzen, den mir die Swafnir, Efferd, Travia und die anderen Götter bieten?« war Tjorbis Ansicht. »Da brauche ich nicht jedesmal nachzudenken, wenn ich etwas tue. Die Amulette werden mich schon vor dem Unheil beschützen!«

Solch ein Vertrauen in die Zwölfe möchte ich auch haben, dachte Merydwen, aber als ich sie am dringendsten brauchte, half mir keiner – weder Gott noch ein Mensch.

Sie wurde aus ihren Gedanken gerissen, als Tjorbi mit der Hand auf den Tisch schlug. »Schau nicht so betrübt drein, Merydwen! Was ist denn heute mit dir los? Komm lieber mit nach draußen. Wir suchen uns ein paar hübsche Jungs und verbringen den Rest des Tages in der Stadt!«

In diesem Augenblick wurde die Tür mit Wucht aufgestoßen, und eine Schar hochgewachsener Männer und Frauen strömte herein. Helles Haupt- und Barthaar, bunte Kleidung in grellen Farben, fellbesetzte Umhänge, Tätowierungen an Gesicht und Armen zeichneten sie als Landsleute von Tjorbi aus.

Mit der Ruhe war es nun vorbei. Die drei Matrosen hielten in ihrem Spiel inne. Einer griff nach den Würfeln, ehe das eine Thorwalerin mit dicken Zöpfen tun konnte. Die zuckte nur bedauernd mit den Schultern und kehrte zu den anderen zurück, die sich lärmend auf zwei Bänken rund um den größten Tisch verteilten und lautstark über den weiteren Verlauf des Tages stritten. Der Älteste von ihnen, ein stämmiger Mann mit fast weißem Haar und rötlichem Bart erhob sich und rief der jungen Frau hinter dem Tresen zu: »Ho, Mädchen, bring uns was Ordentliches zu trinken. Premer Feuer, wenn du hast!«

Tjorbi, die ihre Landsleute genauer gemustert hatte, duckte sich plötzlich. »Laß uns hier schnell verschwinden!« murmelte sie Merydwen zu.

»Warum?« fragte die Bardin verwirrt. »Wer ist das?«

»Frag nicht, das erkläre ich dir später!« Tjorbi angelte sich Merydwens Umhang und wollte sich in diesen einhüllen, als der Rufer von eben sie bemerkte, stutzte und dann hinter dem Tisch hervorkam. »Ja seh ich denn recht? Bei Hranngars stinkendem Auswurf! Du rennst mir nicht davon, Tjorbi Kjaskadottir von der Möwenschreier-Ottajasko. Endlich hab ich dich gefunden!«

»Tjorbi meine Kleine, du bleibst hier!« Mit einer Schnelligkeit, die Merydwen bei dem hünenhaften Thorwaler nicht vermutet hatte, stand er neben ihrer Freundin, packte sie am Kragen und zog sie zu sich hoch. Die junge Frau wehrte sich nicht. Sie ließ nur den Umhang, den sie schützend um sich hatte legen wollen, fallen und starrte den Mann mit großen Augen an. »O-Onkel T-Torbrand«, stammelte sie. »W-was m-machst du hier?«

Der Thorwaler setzte eine grimmige Miene auf. Die buschigen Augenbrauen senkten sich bedrohlich. In der Stube war es inzwischen still geworden, denn die restliche Thorwalermeute hatte aufgehört zu lärmen und beobachtete genauso gespannt wie Merydwen, was als nächstes geschah.

Die Bardin angelte sicherheitshalber nach ihrer Harfentasche und warf einen Blick durch die Stube. Die junge Mutter hatte ihr Kind in Sicherheit gebracht und den Wirt gerufen. Der stämmige Mann wartete sprungbereit darauf einzugreifen.

Merydwen hielt die Luft an. Wie lange würde sich Tjorbi die grobe Behandlung noch gefallen lassen? Jetzt hing sie in den Pranken des Mannes und starrte ihn gebannt und willenlos an – wie ein Kaninchen die Schlange. Eine Ahnung sagte Merydwen, daß die Freundin selber nicht wußte, was sie tun sollte.

»Was ich in diesem Hafen will, Kleines?« brummte der Thorwaler finster. »Natürlich Handel treiben!« Er ließ Tjorbi los, um sie gleich schon wieder zu umarmen und an sich zu drücken. »Ich hätte nicht gedacht, dich hier zu finden!« rief er dann freudig. »Bei Swafnir, das ist wirklich ein guter Tag! Erst können wir ohne langes Hin und Her mit dem Hafenmeister anlegen, dann läufst du mir auch noch in der erstbesten Kneipe in die Arme!«

»Das habe ich wirklich nicht gewollt, Onkel Torbrand!« murmelte Tjorbi verlegen und befreite sich vorsichtig aus der Umarmung. »Und ich werde auch gleich verschwinden! Bitte sag meinen Eltern nicht, daß du mich getroffen hast«

»Aber warum denn?« Der Mann hielt Tjorbi am Arm fest. Einen Augenblick sah die junge Thorwalerin so aus, als wollte sie zuschlagen, ehe sie mit einem Seufzen die Schultern hängen ließ. »Du weißt genau, warum!«

»Bei Swafnirs Schwanzflosse, das ist doch längst vergessen!« Der Thorwaler lachte polternd und klopfte Tjorbi auf die Schulter. »Deine Eltern haben dir längst verziehen, daß du das neue Schiff in deinem jugendlichen Unverstand auf die Klippen gesetzt hast! Nun ja, als es damals geschah, hat Kjaska dich mit der Axt aus dem Haus gejagt, aber das tat ihr schon am nächsten Morgen wieder leid. Nur warst du da bereits auf und davon! Seitdem haben deine Eltern jedem anderen aus der Ottaskin und den Nachbarn in den Ohren gelegen, dir doch zu sagen, wie leid es ihnen täte. Sie wünschen sich nichts so sehr, als daß du zurück nach Hause kommst. Bei Swafnirs breitem Maul, glaube ja nicht, daß du mir entkommen kannst, Mädchen! Ich werde dich den beiden bringen, damit ihr Gejammer endlich ein Ende hat! Das wohl!« Der Thorwaler wandte sich an den Wirt, ohne Tjorbi aus den Augen zu lassen. »Nun bringt was Ordentliches, damit wir dieses freudige Ereignis begießen können, Wirt! Unsere Kehlen sind durstig!«

Der Wirt nickte und gab der Frau an seiner Seite ein Zeichen. »Bring das Fäßchen mit dem besten Premer Feuer aus dem Keller!«

Merydwen holte tief Luft, nahm die Hand von der Harfentasche und blickte zu Tjorbi auf. Die Thorwalerin schien nicht zu wissen, ob sie lachen oder weinen sollte. Merydwen konnte in ihrem Gesicht Verwirrung, Angst, aber auch Freude und Erleichterung lesen. »Onkel Torbrand, ich komme mit nach Hause, allerdings kann ich meine Freundin nicht allein zurücklassen! Du mußt auch sie mitnehmen!«

Merydwen zuckte zusammen, als Tjorbi auf sie deutete. Die Augen aller Thorwaler richteten sich neugierig auf die Bardin. »Das ist meine Freundin Merydwen ni Laighann! Wir haben schon viel miteinander erlebt, außerdem ist sie eine gute Skaldin!«

Tjorbis Onkel musterte Merydwen von Kopf bis Fuß, dann lachte er. »Das wohl, Tjorbi! Deine Freundin ist herzlich eingeladen, mit uns zu feiern und – wenn sie will, kann sie auch nach Thorwal mitkommen!«

4. Kapitel

Katzenjammer

»Ich trinke nie wieder Premer Feuer!« stöhnte Merydwen. »Ist mir übel!« Verzweifelt beugte sie sich über ihren Nachttopf und gab dem überwältigenden Drang nach, sich zu erbrechen. Danach saß sie bleich auf dem Bett und starrte gegen die Holzwand. Ihr war zum Heulen zumute.

Tjorbi murmelte an ihrer Seite nur etwas Unverständliches und nutzte die Gelegenheit, die Decke ganz für sich zu vereinnahmen.

Merydwen hob die Hände und rieb sich den Nakken. Jetzt ging es ihr schon wieder besser, aber sie fühlte sich matt und zerschlagen. In ihrem Kopf summte ein ganzer Bienenstock. Sie erwog, es Tjorbi gleichzutun und sich wieder hinzulegen, aber die Strahlen der Sonne trafen genau ihr Gesicht und würden sie immer wieder wachkitzeln.

Merydwen hörte noch immer die Stimmen der Thorwaler, die von der stürmischen Heimat der Möwenschreier-Ottaskin bei Hjalsvidra geschwärmt und über Tjorbis Jugendstreiche gelacht hatten. Die Freundin hatte sich das natürlich nicht gefallen lassen...

Es war lautstark hergegangen an ihrem Tisch, und ein Becher nach dem anderen war geleert worden. Merydwen räusperte sich. Ihr Hals kratzte. Nicht nur der Schnaps war daran schuld, auch ihr ausgelassener Gesang am vergangenen Abend.

»Noch einmal! Noch einmal, das wohl!« Angestachelt durch die Rufe der Thorwaler, die Merydwen bald als eine der ihren betrachtet hatten, hatte sie ein Lied nach dem anderen gesungen und dazu gespielt.

Eigentlich waren die Männer und Frauen friedlich geblieben. Aber warum fühlte sich Merydwen so, als habe ihr jemand mit dem Tischbein eins über den Schädel gezogen? Es war doch nicht etwa zu einer Rauferei gekommen, oder? Die Bardin war sich nicht ganz sicher.

Nur an eines erinnerte sich Merydwen deutlich: Tjorbi freute sich aus tiefstem Herzen, zu ihrer ungestümen Mutter, ihrem schlagkräftigen Vater und ihren fünf Geschwistern zurückzukehren.

Wehmut erfaßte Merydwen. Sie stützte den schmerzenden Kopf in die Hände und schloß die Augen. Der Gedanke an eine Heimkehr zu den Eltern ließ sie nicht ruhen. Was würde wohl geschehen, wenn sie das elterliche Gut bei Crumold aufsuchte, um ihre Eltern wiederzusehen? Die Bardin seufzte. Vor der Antwort auf ihre Frage hatte sie große Angst. Zu viele bittere und traurige Erinnerungen hingen damit zusammen, die glücklichen Tage der Kindheit lagen lange zurück.

Merydwen war das jüngste Kind einfacher Landadliger. Die hatten sie wohlbehütet und standesgemäß aufgezogen und vor allen Sorgen bewahrt. Nur selten waren Vater und Mutter böse auf sie gewesen.

Merydwen erinnerte sich, wie sich alles verändert hatte. Damals hatte sie der Barde Gwyn für einen Winter im Spiel der Harfe unterwiesen. Merydwen, gerade erst vierzehn geworden, hatte sich bis über beide Ohren in den hübschen Halbelfen verliebt und von einem gemeinsamen Leben mit ihm geträumt. Weder die eindringlichen Warnungen ihrer Mutter, die Gwyn schnell durchschaut hatte, noch die Ahnung, daß er sie belügen könnte, hatten sie davon abgehalten, sich von Gwyn verführen zu lassen. Wo das Herz sprach, schwieg der Verstand – dieses alte Sprichwort hatte sich in ihrem Fall bewahrheitet. In den ersten warmen Frühlingstagen war der Barde eines Nachts verschwunden, ohne sich von Merydwen zu verabschieden. Zu allem Übel hatte er auch noch Schmuck aus der Schatulle ihrer Mutter mitgehen lassen.

Doch es kam noch schlimmer: Die Eltern ließen ihre Wut an Merydwen aus und hatten sie mit Schimpf und Schande aus dem Haus gejagt: ›Wir haben dich oft genug vor diesem falschzüngigen Kerl gewarnt, Tochter! Aber du hast ja nicht auf uns hören wollen und diesen Halunken immer wieder in Schutz genommen. Das hast du jetzt von deiner Gutgläubigkeit! Nun sieh selber, wie du mit dem Bastard dieses Herumtreibers zurechtkommst…‹

»Merydwen! He, was ist denn mit dir los! Warum weinst du denn?« Die Bardin schrak heftig zusammen, als Tjorbi sie in die Arme nahm und ihr tröstend übers Haar strich. »Sag, was ist los?« fragte die Thorwalerin. »Ich…« Merydwen bemerkte erst jetzt, daß ihr Tränen über die Wangen liefen. Sie versuchte, die Kontrolle über ihre Gefühle wieder zurückzugewinnen, erreichte aber nur das Gegenteil. Die Tränen flossen nur noch heftiger.

Tjorbi redete beruhigend auf ihre Freundin ein. »Ach, bald wird alles wieder gut sein. Nach einem guten Mahl geht's dir wieder besser. Das ist der Katzenjammer nach einer durchzechten Nacht!«

»Das ist er nicht!« preßte Merydwen hervor. »Nicht wirklich… ich…« Stockend begann sie Dinge zu erzählen, die sie Tjorbi bis jetzt verschwiegen hatte. Die Thorwalerin hielt Merydwen weiter im Arm, hörte ihr schweigend zu.

»Bei Swafnirs Wellenschlag, den Kerl hätten meine Eltern im Fjord ersäuft, wenn ich's nicht selber getan hätte. Der Fisch stinkt ja gegen den stärksten Wind! Ich könnte den Kerl selbst jetzt noch in den Boden hauen, wenn ich ihn in die Finger kriegen würde! Das wohl!« bekräftigte die Thorwalerin aufgeregt und schlug mit der Faust in die Kissen. »Und deine Eltern dazu! Wie können sie dich so behandeln, nur weil sie wütend auf diesen Lumpen sind?« Tjorbi machte sich mit einem Schnauben Luft. »Meine Eltern sind…« Sie verstummte betreten. »Jedenfalls haben sie mir verziehen. Nun erzähl schon weiter. Was hast du dann getan?«

»Nach Hause wagte ich nicht mehr zurückzukehren, weil ich nicht weiß, ob meine Eltern mir verziehen haben. Ich wanderte auf der Suche nach Gwyn durch das Abagund und versuchte, mich mit meiner Musik durchzuschlagen, während das Kind in mir wuchs. Ich hatte zu große Angst, jemandem meine Sorgen anzuvertrauen.

Schließlich nahm sich eine Kräuterfrau meiner an. Ich gebar das Kind… aber es war schwach und starb.«

Merydwen log. Vor ihrem geistigen Auge erschienen Bilder, die sie gerne für immer vergessen hätte: Ihre Hilflosigkeit im Angesicht der Schwangerschaft und den Schwierigkeiten, die damit einhergingen: ihre Angst vor Entdeckung, der Schande, die Wut auf Gwyn und das Ungeborene. Die Geburt. Das atmende, aber reglose Kind in den Armen der Heilerin. Merydwens Weigerung, den Säugling selbst zu nehmen. Schließlich die nächtliche Flucht vor der Verantwortung, ein schwachsinniges Kind aufziehen zu müssen. Schuldgefühle…

Beklommen erzählte sie ihre Geschichte weiter. »Das war vor dreizehn Jahren. Danach habe ich einen alten Barden getroffen, der mich unter seine Fittiche nahm und richtig ausbildete. Seit sieben Jahren wandere ich alleine durch die Gegend.« Merydwen wischte sich die Tränen aus dem Gesicht. »Ach Tjorbi, ich hätte nicht so viel trinken sollen! Das habe ich nun davon: Ich trauere alten Zeiten nach. Das geht schon wieder vorüber.«

»Nein, das glaube ich nicht!« erwiderte Tjorbi ungewöhnlich ernst. Sie drückte Merydwen fester an sich. »Ich bin zwei Jahre lang davongelaufen. Du aber tust das schon viel länger. Es ist besser, wenn du gehst und Frieden mit deiner Familie machst. Laß dir sagen, daß es immer besser ist, Sorgen und Nöte aus der Welt zu schaffen, als sie jahrelang mit sich herumzutragen. Du fütterst damit nur die kleinen Ungeheuer, die an deiner Seele nagen.« Tjorbi drückte Merydwen an sich. Ihre ehrliche Zuneigung beruhigte die Bardin. »Paß auf, ich werde dir genau erklären, wo die Möwenschreier-Ottajaska ihr Zuhause hat. Wenn deine Eltern immer noch verbohrt sind und dir nicht verzeihen wollen, dann komm zu uns. Du wirst immer willkommen sein, dafür sorge ich schon!«

Merydwen schloß die Augen und atmete durch. Sie spürte, wie die Nähe und das Versprechen der Freundin ihr neuen Mut gaben. Sie umarmte Tjorbi nun ihrerseits. Worte vermochten nicht auszudrücken, was sie fühlte.

Merydwen löste sich aus der Umarmung. Tjorbi schob ihr die wirren braunen Strähnen aus dem Gesicht und grinste zuversichtlich. »Deine Eltern werden dir auch verziehen haben«, ermunterte Tjorbi die Bardin. »Sie werden dich bestimmt nicht mehr ziehen lassen wollen.« Tjorbi hielt inne, runzelte die Stirn und fügte dann noch hinzu: »Wehe, du vergißt mich dann! Damit das nicht geschieht, werde ich dir etwas schenken.« Sie nestelte an den vielen Schnüren um ihren Hals herum, bis sie eine davon löste und sie Merydwen entgegenhielt. An dem Lederband pendelte ein filigran geschmiedeter Anhänger: In einem Kreis aus Eichenblättern hockte ein Vogel, der in seiner linken Kralle einen kleinen Edelstein hielt. Der Silberschmuck war angelaufen, aber das Juwel hatte von seinem Glanz nichts verloren. Merydwen blinzelte geblendet, als es einen verirrten Sonnenstrahl einfing und genau in ihre Augen warf. Warum war ihr der Anhänger nicht schon früher aufgefallen?

»Nun nimm schon!« drängte Tjorbi freundlich. »Glaubst du, ich würde dir eines meiner Amulette geben? Nein, das ist Schmuck, der schon seit ein paar Generationen zu meiner Familie gehört.« Verschmitzt fügte sie hinzu: »Ich glaube mein Ur-Urgroßvater hat ihn bei einem seiner Beutezüge in Albernia an sich gebracht. Also kehrt der Anhänger in seine Heimat zurück.«

»Tjorbi, ich kann das nicht annehmen! Der Anhänger muß sehr wertvoll sein, und ich...«, wehrte Merydwen ab. Sie starrte noch immer auf den Anhänger. Wie fein er gearbeitet war... Jede Blattrille, jede Feder des Tieres war von geschickten Fingern herausgearbeitet worden. Ob sie ihn nicht doch zumindest einmal in die Hände nehmen und genauer betrachten sollte?

»Dann nimm ihn solange als Leihgabe von mir, bis wir uns wiedersehen!« schlug Tjorbi vor. »Und nun zier dich nicht so.« Sie griff nach Merydwens Arm und drückte ihr rasch den Anhänger in die Hand. Die Bardin zuckte zusammen, als das Metall ihre Haut berührte. Für einen kurzen Augenblick jagte ein heißer stechender Schmerz durch ihren Körper. Erschreckt hob sie die Hand, doch der Anhänger hatte keine Spuren auf ihrer Haut hinterlassen. Sie spürte ein seltsames Kribbeln, als sie sich das Band über den Kopf zog und der Schmuck neben dem Herzen die Haut berührte.

Tjorbi stand inzwischen vorsichtig auf, stützte sich ab, als sie ein wenig schwankte. »Ich fühle mich, als wäre hoher Seegang«, scherzte die Freundin. »Komm, laß uns was überziehen und nach unten gehen, damit wir etwas in den Magen bekommen!«

Merydwen schloß sich der Freundin an. Sie mochte nicht länger im Zimmer sitzen und über alte Zeiten nachgrübeln.

5. Kapitel

Eine veränderte Welt

Rhuna stützte sich schwer auf ihren Stab. Vor ihr öffnete sich der Laubwald zu einer Heidefläche, auf der rotviolettes Jasalinkraut blühte, erst am Horizont war ein dichter Forst zu sehen. Rhuna runzelte die Stirn. Ihr kam es so vor, als sei das Land weniger bewaldet als früher. Sie konnte sich nicht erinnern, bei ihrer Reise ins Abagundische auf so viele Heideflächen und verlassene Gehöfte gestoßen zu sein. Bei Kaiser Rauls Bart, konnte sich in den vergangenen Jahren so viel verändert haben?

Die Sonne kam endlich hinter den Wolken hervor und ließ die Blüten leuchten. Rhuna genoß die wärmenden Strahlen. Vielleicht trockneten sie endlich die klammen Kleider. Außerdem verlangten die schmerzenden Beine nach einer Rast. Lud der große Stein dort nicht zum Ausruhen ein?

Die Magierin humpelte zum Findling und setzte sich. Seufzend lehnte sie den Stab an den Stein und legte ihr Gepäck ab, ehe sie vorsichtig ihren Knöchel untersuchte. Er war angeschwollen und tat weh, seit sie mit dem Fuß umgeknickt war. Wenigstens konnte sie noch laufen.

In ihrer Lehrzeit hatte Rhuna nicht eingesehen, kostbare Zeit mit den Grundlagen der Heilkunst zu verschwenden. Jetzt bereute sie ihren Fehler.

»Hätte ich denn ahnen können, daß ich einmal auf mich selber gestellt sein würde?« fragte sich Rhuna und schüttelte den Kopf.

Ihre Schulter juckte, und die Magierin kratzte sich. Bestimmt hatte sich in der letzten Nacht Ungeziefer vom Waldboden in ihrer Kleidung eingenistet. Wo aber sonst hätte sie nächtigen sollen? Die Felsen kühlten nachts so schnell aus, daß Rhuna frierend aufwachte. Um auf einen Baum zu klettern, waren ihre Gelenke zu steif, und von da oben konnte sie schließlich herunterfallen. Also blieb nur der Waldboden.

Rhunas Magen knurrte. Sie nestelte an den Schnüren, die ihr Bündel zusammenhielten. Die wenigen Speisen, die Lyret hineingepackt hatte, waren längst verzehrt. Nun klimperten in dem Tuch nur noch Münzen. Rhuna stupste die Metallscheiben mit den Fingerspitzen an. Geld war ein seltsames Feengeschenk, aber Lyret hatte die Menschen lange genug beobachtet, um den Wert des Metalls für die Sterblichen zu erkennen und deren Sinn für Rhuna einzuschätzen.

»Ich gäbe meine magischen Kräfte für ein weiches Bett, ein warmes Bad und eine kräftige Suppe!« gähnte Rhuna. Sie fühlte sich müde und schmutzig. Fahrig wischte sie sich über die Stirn und betrachtete ihre Hände. Das Alter erwies sich als größere Last, als sie je vermutet hätte; sie war schon früher nicht gut zu Fuß gewesen, aber jetzt kam sie nur noch halb so schnell voran, mußte Umwege laufen, weil sie nicht mehr über Baumstämme steigen oder steilere Abhänge hinuntergehen konnte. Die Beine verweigerten den Dienst, wenn sie sich bückte oder einfach nur versuchte, ohne Stütze aufzustehen. Der Magierstab diente ihr vor allem als Gehstock. Und das war nicht das einzige: Da war das Gefühl, sich nicht mehr an alles erinnern zu können. Auch aus diesem Grund hatte Rhuna bisher darauf verzichtet, mittels eines

Zaubers herauszufinden, wo sie war, oder um Hilfe zu rufen. Sie hatte große Angst davor, die magische Kraft durch ein falsches Wort oder eine ungeschickte Geste fehlzuleiten.

Ich bin bestimmt schon mehrmals im Kreis gelaufen, dachte Rhuna mutlos. Oder sogar ganz dicht an einem Dorf vorbei.

Die Magierin spürte Verzweiflung in sich aufsteigen. Bisher hatte sie noch keinen wirklichen Plan für ihr weiteres Vorgehen gefaßt. Immer, wenn sie versuchte, darüber nachzudenken, übermannte sie die Angst. Ihr Herz begann schneller zu schlagen, und auf ihre Stirn trat kalter Schweiß. Sie bekam Atemnot und hatte das Gefühl, in einen bodenlosen Abgrund zu stürzen. Rasch schloß Rhuna die Augen und murmelte die Lehrsätze zur geistigen Sammlung, die sie sich in ihrer Jugend eingeprägt hatte. Das half: Ihr Herz hörte auf zu flattern, und der Atem beruhigte sich.

»O Lyret, warum hast du mich so unvorbereitet aus der Anderswelt entlassen?« murmelte Rhuna traurig und holte tief Luft. Das war sonst nicht die Art der Holden, die sie kennen und schätzen gelernt hatte: Lyret hatte gewiß einige Eigenarten der Sterblichen angenommen, jedoch gehörten Ungeduld und Hast bisher nicht dazu. Rhuna seufzte und wünschte sich die Freundin her, damit diese ihr endlich die Fragen beantworten konnte, die ihr auf der Zunge brannten.

Die Magierin schrak heftig zusammen, als sie eine federleichte Berührung an ihrer Wange spürte. Sie öffnete die Augen. Einen Augenblick lang sah sie nur einen schattenhaften Umriß im Sonnenlicht, dann klärte sich ihr Blick. Vor ihr schwebte die zierliche Gestalt einer geflügelten Fee, wie sie sich in der Anderswelt zu Hunderten auf den Wiesen tummelten. Die feinen Gesichtszüge des Wesens kamen der Menschenfrau jedoch bekannt vor. »Lyret?«

»Es ist für mich einfacher, mich in der Gestalt einer Blütenjungfer in der Menschenwelt zu bewegen!« erwiderte die kleine Gestalt und ließ sich auf Rhunas Handfläche nieder.

Die Magierin schluckte. »Warum hast du mich nicht auf das, was mir geschehen ist, vorbereitet?« fragte sie anklagend.

Lyret faltete gelassen ihre Flügel zusammen und hob den Kopf. »Du kennst die Geschichten, die ihr Menschen euch über die Feenwelt erzählt, oder?« erwiderte sie. »Hast du ihnen nicht geglaubt?«

Rhuna schluckte. »Es gibt viele verschiedene Legenden. Nicht in allen verlieren Menschen, die eine Weile in der Anderswelt lebten, so viele Jahre ihrer Lebenszeit«, protestierte sie. »Außerdem habe ich mir in der letzten Zeit keine Gedanken über die Märchen gemacht, Lyret! Wie sollte ich das denn bei meinem überstürzten Aufbruch?« fügte sie grollend hinzu.

Lyret schwieg einen Augenblick, dann setzte sie eine ernste Miene auf. »Es mußte sein. Hätte ich länger gezögert und dir alles erklärt, wäre noch mehr Zeit vergangen und das Unheil weit größer geworden, als es jetzt schon ist.«

»Wie soll ich das verstehen?« Rhuna spürte, wie der Zorn auf die Freundin verrauchte.

»Elathalion ist nicht nur frei, er hat auch einen Verbündeten gefunden.« Die Holde hob den Arm und malte mit ihrer Hand ein verschlungenes Muster in die Luft. Rhuna hielt den Atem an, als blitzende Funken sich zu einem Spiegel zusammenfügten. In ihm erschienen Bilder: ein nebelverhangener Wald, ein Felsen, ein natürlicher Torbogen, der wirkte, als habe der Blitz das Gestein zwischen den Felstürmen weggesprengt. »Ich kenne diesen Ort!« murmelte Rhuna und faßte sich unwillkürlich an die Brust. »Das ist doch das Portal, durch das Brannon und ich ...«

»Schweig!« forderte Lyret sie auf. Die Bilder verän-
derten sich: Heftiger Regen färbte den Felsen dunkel.
Dann sah Rhuna, wie eine vermummte Gestalt auf das
Steintor zuhastete, um Schutz vor der Nässe zu su-
chen, ein junger Halbelf mit weißblonden Haaren.
Rhuna runzelte die Stirn, als sie ihn genauer sah. Der
Wanderer konnte ebensogut achtzehn wie achtzig
Jahre alt sein – bei Halbelfen täuschte jugendliches
Aussehen über das wahre Alter hinweg. Der Mann
setzte sich auf die trockene Erde unter dem Bogen,
legte die Hände zu beiden Seiten auf den Stein und
schloß die Augen. Eine ganze Weile geschah nichts.
Dann blitzte ein Leuchten über dem Kopf des Halbelfen auf und formte sich zu einer schemenhaften Gestalt.

»Elathalion!« Rhuna ballte die Linke zur Faust. Der
alte Feind hatte sich nicht verändert. Nur seine Gesichtszüge schienen grausamer und härter geworden
zu sein.

Der Halbelf öffnete die Augen und blickte zu dem
Geist des Feenherrschers auf. In seinen Augen stand
keine Angst, sondern Neugier. Wußte der Bursche
nicht, mit wem er sich da einließ? Und jetzt sprach er
auch noch mit Elathalion! Rhuna versuchte, die Worte
zu verstehen, aber sie vernahm nicht mehr als ein leises Wispern. Im nächsten Augenblick sah die Geist-
gestalt in ihre Richtung. Das Bild zerbarst in tausend
Funken.

»Ich habe gespürt, daß an dem Portal etwas nicht
mit rechten Dingen zuging. Doch ich kam zu spät.
Elathalion war bereits frei, und nun verbirgt er sich
mit dem Jungen vor mir. Selbst wenn er in meiner
Welt weilt, vermag ich ihn nur im Augenblick des
Übergangs zu erspüren«, erklärte Lyret mit einer
Stimme, die Rhuna nicht recht zu deuten wußte. »Seit-
her sind auf der Menschenwelt viele Tage und Nächte

47

vergangen. Damit nicht noch mehr Zeit für uns ver-
lorenginge, mußtest du auf der Stelle gehen. Die …
Zeit … verstreicht in ungleichem Maß zwischen unseren Welten.«

Rhuna strich sich die Haare aus der Stirn. »Jetzt verstehe ich dein Handeln besser, Lyret. Was ist geschehen? Hat er den Körper des Halbelfen in Besitz genommen und den Geist des armen Jungen in seinen
Bann geschlagen?« Lyret nickte. Rhuna schauderte.
»Es ist alles noch viel schlimmer, als ich befürchtet
habe: Elathalion kann sich frei auf Dere bewegen. Und
er braucht das Eisen nicht mehr zu fürchten, weil er
kein reines Feenwesen mehr ist!« Rhuna erinnerte
sich, daß sie mit eigenen Augen gesehen hatte, wie
schwer der Fürst der Feen durch dieses Metall verletzt
worden war. In dem alten Volksglauben steckte ein
wahrer Kern. »Bei Hesinde – dann ist er nicht mehr
aufzuhalten! Und du willst, daß ich mich zusammen
mit Brannon und Caellin gegen ihn stelle? Wie wollen
wir gegen ihn ankommen?«

Lyret erhob sich von Rhunas Hand und schwebte
in Augenhöhe vor der Magierin. »Glücklicherweise
ist Elathalion durch deinen Bann immer noch an die
Gesetze der Feenwelt gebunden und kann sich so wie
ich nur einen Tag und eine Nacht frei in der Menschenwelt bewegen. Er muß regelmäßig an einen der
Orte zurückkehren, an denen die Grenzen zwischen
den Welten dünn sind, um nicht zu erlöschen wie
eine Flamme im Wind.« Lyret verstummte einen Augenblick, Dann sprach sie weiter. »Was deine Sorge
betrifft: Elathalion kann sich nur eine begrenzte Zeit
in diesem Körper aufhalten, ehe sein Geist mit dem
des Jungen eins wird, und du weißt so gut wie ich,
daß er das auf keinen Fall zulassen wird, Außerdem
vermag er seine Kräfte nur in geringem Maße zu nutzen. Der Jüngling ist nicht das richtige Gefäß für

seine Seele, auch wenn er dem schon sehr nahe kommt.«

Rhuna horchte auf. »Dann wird sein Bestreben auf das Ziel gerichtet sein, den richtigen Körper zu finden«, folgerte sie. »Wen wird er suchen, Lyret? Was weißt du noch? Bitte erzähle mir alles!« drängte sie die Freundin.

Lyret öffnete den Mund, um Rhunas Bitte nachzukommen. Plötzlich schrak sie jedoch auf, schwirrte unruhig vor Rhuna hin und her und flog blitzschnell davon. »Lyret, warte« rief Rhuna verunsichert, doch die Holde kehrte nicht zurück.

Statt dessen sah sie sich plötzlich von einer kleinen Herde blökender Schafe umringt. Ein großer Hund sprang aus dem Gebüsch und bellte Rhuna laut an. Die Magierin rutschte erschreckt auf dem Stein zurück und brachte ihre Beine vor der schnappenden Schnauze in Sicherheit. Doch schon rief eine tiefe Stimme das Tier zur Ruhe. Ein wettergegerbter Mann mit zerzaustem braunen Bart und abgetragener, grober Kleidung trat auf die Lichtung.

Rhuna zuckte heftig zusammen, als der Fremde sie ansprach. Nach der Zeit in der Anderswelt war sie an die hellen melodischen Stimmen der Holden gewöhnt, nicht aber an dieses rauhe, kratzige Brummen aus der Kehle des Mannes. Er überfiel die Magierin mit einem hastigen Wortschwall. Rhuna runzelte die Stirn. Was wollte der Mann von ihr? Spielten ihr die Ohren nun auch einen Streich, weil sie kein Wort verstand? Nein, das war es nicht.

Als der Bärtige seine Worte wiederholte, hörte Rhuna genauer hin. Der Dialekt war ihr fremd, aber jetzt konnte sie ein paar Worte deuten und nickte.

Der Bärtige wandte sich Rhuna mit einem erleichterten Gesichtsausdruck zu. »Ei der Daus, du verstehst mich ja doch. Hm, ich hab dich für ein verrücktes altes Muttchen gehalten, das sich im Wald verlaufen hat. Aber ...« Er entdeckte den Stab an Rhunas Seite und nahm kleinlaut den Hut ab, knetete den Filz verlegen mit den Händen. »Kein Wunder, daß Ihr gelehrte Dam' mich wohl kaum versteht!« verteidigte er sich dann.

Rhuna lachte befreit auf, als sie den Sinn seiner Worte verstanden hatte. Die Ehrlichkeit des einfachen Schäfers tat ihrer Seele gut und vertrieb die Sorgen für einen Augenblick. Sein fragender Blick ließ sie jedoch verstummen. »Vergebe mir noch einmal, guter Mann.« Rhuna schloß die Augen und versuchte, die Sprache des Mannes nachzuahmen. »Ich komme aus einem fernen Land.« Wieder versuchte sie, ihre Worte mit Gesten zu bekräftigen.

Der Schäfer kniff die Augen zusammen, dann nickte er eifrig. »Nu', das ist doch kein Beinbruch«, meinte er dann. »Wißt ihr was? Ihr seht so erschöpft aus. Erholt Euch doch in meiner bescheidenen Hütte!«

»Das will ich wahrhaft gerne tun!« nahm Rhuna die Einladung dankbar an.

Rhuna ließ sich jeden Bissen munden. Nach den Entbehrungen der letzten Tage und den fremdartigen Speisen der Anderswelt war der warme, kräftige Eintopf eine Wohltat und regte ihre Lebensgeister an. Rhuna lächelte versonnen. Früher hätte sie die einfache Speise aus Rüben und verschiedenen anderen Wurzeln, die sie nicht kannte, wohl als unter ihrer Würde abgetan, jetzt aber schmeckte der gut gewürzte Eintopf besser als das aufwendigste Festmahl.

Mit einem Schmunzeln erinnerte sich die Magierin an die neugierigen und zugleich mißtrauischen Blicke, die ihr Finnach, der Schäfer, immer wieder zugeworfen hatte. So ganz schien er ihren Beteuerungen, sie stamme aus einer Stadt an der Ostküste Aventuriens, nicht glauben zu wollen.

Bis sie seine windschiefe Hütte erreichten, hatte der Schäfer nur wenig über sich erzählt und den Hund bei Fuß gehalten. Aber als Rhuna die Schwelle überschritten hatte, wirkte er wie ausgewechselt. Das lag wohl vor allem daran, daß ihr die Kräuter und eisernen Amulette nicht schadeten, die er über der Tür und den beiden kleinen Fenstern aufgehängt hatte. Ob Finnach die alte Frau für ein Feenwesen oder eine Hexe gehalten hatte? Zuzutrauen war es ihm, denn er hatte nicht vergessen, ein Schälchen Milch für die Braunchen und anderen Feengeister vor die Tür zu stellen.

Rhuna betrachtete den Schäfer genauer. Er schien nicht oft Gesellschaft zu haben, denn seit er das Essen zubereitet hatte, redete er wie ein Wasserfall. Finnach berichtete von seinem Leben und seiner Familie, die schon seit vielen Generationen hier ansässig war. Rhuna hatte ihm aufmerksam gelauscht. Weniger, weil sie die Erzählungen über Onkel Conns Schrullen oder die Lämmer, die die Wollige Gwynna geworfen hatte, so begeisternd fand, sondern mehr, um ein Gefühl für die veränderte Sprache zu bekommen.

»Solche wie Ihr verirren sich kaum in unsre Gegend«, wechselte Finnach endlich zu einem anderen Thema. »Die ist einfach zu abgelegen. Aber die Zeiten ändern sich. Ist alles schlimmer geworden, in den letzten Jahren. Zuerst sind die Orken eingefallen und haben Leid gebracht, dann gab's Streit unter den Baronen, Grafen und dem König, als hätten's die hohen Herren und Damen vom Kriegführen nicht genug. Aber wenigstens unser guter König Cuano ui Bennain hält die Zügel straff in der Hand und sorgt für Frieden!« Rhuna verschluckte sich und begann heftig zu husten.

War die Dynastie Ulaman abgelöst worden? Ausgerechnet von den Piraten aus dem Hause Ui Bennain?

Finnach kaute zwei Herzschläge lang und plapperte dann weiter: »Hab gehört, daß es drüben in Weiden unheimlich zugeht. Da soll der leibhaftige Namenlose umgehen. Alles stirbt, was von seinem fauligen Atem berührt wird.« Finnach machte schnell ein Zeichen, das Unheil von ihm abwenden sollte. »Aber Ihr, hohe Dame, wißt sicher, wovon ich red.«

Rhuna führte den Löffel zum Mund, um Zeit für ihre Antwort zu gewinnen. Sie nickte nur und überlegte fieberhaft, was sie dem Schäfer antworten sollte, ohne sich allzusehr in Widersprüche zu verstricken oder etwas Falsches zu sagen. Die Magierin wollte nicht, daß Finnach stutzig wurde und unangenehme Fragen stellte. Er hatte sich bisher nicht erkundigt, warum sie sich allein in dieser Gegend aufhielt, und dann war sie auch noch so abgerissen und schmutzig. Mit einem Blick auf die Zeichen, die nach dem Volksglauben die bösen Feenwesen von dieser Hütte fernhalten sollten, erwog Rhuna die Möglichkeit, daß er die Wahrheit ahnte und deshalb nicht nachfragen mochte. Wenigstens ersparte Finnach Rhuna die Verlegenheit einer Antwort, als er es sich anders überlegte. »Ach laßt nur, ich will's gar nicht wissen. Sonst hab ich in der Nacht nur schlechte Träume«, winkte er ab und gähnte. »Ist eh schon spät.«

6. KAPITEL

In Frieden leben

Kühl wehte der Wind über Burg Falkraun und trug wieder Regentropfen mit sich. »Peraine sei uns endlich gnädig! Ist nicht schon genug Regen gefallen, um die Heide zu durchtränken und in eine zweite Muhrsape zu verwandeln?« murmelte der rothaarige Mann an Lughaids Seite und blickte zum wolkenverhangenen Himmel hinauf. »Kann es denn nicht einmal ein paar Tage ohne Regen geben?«

»Mich stört das nicht, Dughan«, entgegnete Lughaid und blickte vom Wehrgang des Torturms vor der Brücke über das Land. Hinter ihm flatterten die Wimpel und Fahnen Falkrauns auf den doppelten Tortürmen. Die metallenen Traufen des Kuppeldachs über der Großen Halle blitzten naß in den wenigen Sonnenstrahlen, die die Wolken durchdrangen. Tief unten am Fuß des Felsens, auf dem Burg Falkraun stand, rauschten die grünenden Bäume und Büsche. Ein einzelnes Schiff kämpfte gegen die Strömung des Großen Flusses an, der mehr Wasser als sonst führte.

Die Menschen in Thunderbach und auf der Straße wirkten klein wie Ameisen. Ein einsamer Wagen ratterte den Weg zur Burg hinauf. »Ich glaube, der Müller bringt das Mehl!« stellte Lughaid fest und stützte sich mit den Händen ab, kniff die Augen zusammen, um sich zu vergewissern. »Ja, er ist es.« Dann drehte er sich zu seinem Kameraden, einem untersetzten Burschen mittleren Alters hin. Der strich sich über das kurze rostrote Haar. »Das wird Yanissa freuen! Die sitzt ja schon wie auf Kohlen, weil das vorhandene Mehl gerade noch für den morgigen Tag reicht!« Mit einem breiten Grinsen fügte er hinzu: »Und du weißt ja wie sie ist, wenn die Vorräte zur Neige gehen.«

Lughaid nickte. »Mutter Yanissa rennt herum, als hätte sich ein ganzer Bienenschwarm unter ihren Röcken verkrochen, und keift jeden an, der auch nur den Mund aufmacht!« entgegnete er und dachte mit einem schiefen Lächeln an die Frau, die ihn nach dem Tod seiner Mutter großgezogen hatte – so wie die anderen Waisen. Die aus Almada stammende Yanissa hatte ihr südliches Temperament in den vergangenen Jahrzehnten im nebligen Albernia nicht verloren.

»Wenn man von ihr spricht…«, meinte Dughan und deutete auf die Brücke. Lughaid drehte sich um. Eine kleine, mollige Frau eilte mit entschlossenen Schritten auf die Tortürme zu. Bei jedem Schritt wogte ihr Busen und die von den Bändern kaum gebändigte Haarmähne. Die Köchin sah wütend aus.

»Yanissa ist bestimmt das Mehl ausgegangen!« vermutete Lughaid und blickte über seine Schulter. »Und sie will jetzt einen von uns zum Müller schicken. Ich öffne schnell das Tor! Wenn sie den Müller sieht, wird sie uns mit ihren Schimpftiraden verschonen.« Er eilte rasch die Stiegen hinunter, ehe sein Kamerad auf die gleiche Idee kommen konnte. Lieber ertrug er Mutter Yanissas Redeschwall, als allein auf der Mauer zu bleiben. Vorsichtig warf Lughaid einem Blick auf die Brücke. Ungefähr zehn Schritte hinter Yanissa stand Idra, zupfte an der weiten Kapuze ihres Umhangs und blickte von der Brücke aus in die Tiefe. Die junge Edeldame machte bestimmt nicht nur einen Spaziergang, um frische Luft zu schöpfen.

Sie lauerte doch nur auf eine Gelegenheit, ihn allein anzutreffen.

»Mein guter Junge!« Yanissa stand bei ihm und klopfte Lughaid mit leuchtenden Augen auf den Rücken, als sie den Wagen auf der Straße entdeckte. »Da ist dieser Faulpelz endlich mit dem Mehl! O welch ein Freudentag!« rief sie. »Der Müller kommt einen Tag zu spät, und jetzt werde ich ihm meine Meinung sagen!« Schon eilte sie nach draußen, um den Ärmsten mit einem wütenden Wortschwall zu überfallen. Lughaid blieb am Tor stehen und drückte die Flügel weit auf, damit der Wagen einfahren konnte.

Der Müller machte gar kein glückliches Gesicht, als er an Lughaid vorbeifuhr. Noch immer redete Yanissa heftig gestikulierend auf ihn ein.

Lughaid grinste verstohlen. Das Lachen verging ihm jedoch, als er die Torflügel wieder zugeschoben hatte und sich umdrehte. Idra stand auf den Stiegen zum Turm und betrachtete den jungen Waffenknecht aufmerksam. Sie hatte eine Hand gehoben und legte die Finger jetzt in einer zarten Geste auf die Brust, neigte den Kopf und blickte Lughaid verträumt und zärtlich an. Als Idra die restlichen Stufen hinabsteigen wollte, wandte sich Lughaid hastig um und suchte nach einem Fluchtweg. Er mußte verschwinden, ehe die Frau ihn in ein Gespräch verwickeln konnte.

Lärm lenkte Lughaids Aufmerksamkeit in eine andere Richtung. Er bemerkte, daß sich der Karren des Müllers auf der steilen Anhöhe hinauf zur Burg festgefahren hatte. Ein Rad war im Matsch steckengeblieben und bewegte sich nicht mehr. Das war die Gelegenheit, um Idra zu entkommen!

Als die Edeldame ihn ansprechen wollte, murmelte Lughaid eine unverständliche Entschuldigung und rannte über die Brücke zum Karren. Ungefragt half er, den schweren Wagen aus dem Schlamm zu befreien.

Lughaid saß auf einer der alten Mauern, die den Kräutergarten einsäumten und kaute nachdenklich auf einem Grashalm. Die Sonne warf goldenes Licht über Pflanzen und Stein, sie tauchte auch das tief unten liegende Tal in einen verzauberten Schein. Friedlich strömte der Große Fluß in seinem Bett.

Der schwarzhaarige Mann genoß die Einsamkeit. Den Tag über war er mit Junker Aethelred fern dem Rittergut über die Ländereien der Familie von Thunderbach geritten und hatte nach dem Rechten gesehen. Und bisher waren weder der Waffenmeister noch Mutter Yanissa mit weiteren Aufgaben an ihn herangetreten.

Lughaid blickte sich um. Das Gesinde bereitete das Abendessen vor oder war noch damit beschäftigt, sein Tagwerk zu Ende zu bringen. Die Herrin hatte ihre Kinder und Idra zu einem Boronsdienst in der kleinen Kapelle des Gutes gerufen, um des vor ein paar Jahren um diese Zeit verstorbenen alten Junkers zu gedenken. Dementsprechend würde auch das Abendmahl ausfallen: bescheidene Speisen sollten die Trauer bezeugen.

Lughaid seufzte. Seine Mutter Aislynn ni Brihan verweilte nun schon seit mehr als fünfzehn Jahren in Borons Hallen. Die meisten Burgbewohner hatten sie bereits vergessen. Auch er mußte sich immer wieder daran erinnern, wenigstens einmal im Jahr, an ihrem Todestag, zu ihrem Grab auf dem Boronsanger des Dorfes zu gehen.

Er versuchte, sich das Aussehen seiner Mutter ins Gedächtnis zu rufen. Das war schwer, ja, fast unmöglich. Er erinnerte sich nur noch an Aislynns kurzes rotbraunes Haar und ihren harten sehnigen Körper, an den sie ihn grob und fahrig gedrückt hatte, wenn er Trost suchte. Die Augen seiner Mutter? Ihre Stimme? All das war aus seiner Erinnerung entschwunden.

Yanissa, die sich um Lughaid gekümmert hatte, seit er krabbeln konnte, hatte ihm zwar von Aislynn erzählt, aber das war auch nicht eben viel gewesen: »Deine Mutter hat eines Morgens ans Tor geklopft und um Einlaß gebeten, weil sie angeblich eine Nachricht an den Junker Aelmir von Thunderbach zu überbringen hatte. Natürlich hat die Herrin das erst falsch verstanden, weil sie nur das weinende Neugeborene in Aislynns Armen gesehen hatte. Sie wollte die angebliche Dirne verjagen lassen, aber deine Mutter hat sich lautstark dagegen gewehrt. Sie wolle keine Vaterschaft einfordern, sondern habe nur den Brief und das Empfehlungsschreiben eines Freundes seiner Wohlgeboren zu überbringen, sagte sie. Dem alten Junker hat ihr Auftreten gefallen und er hat sie als Wachsoldatin aufgenommen. So blieb deine Mutter hier. Aislynn hat niemandem jemals erzählt, woher sie stammte und wer dein Vater war.«

Lughaid seufzte. Als Junge hatte er sich vorgestellt, daß sein Vater ein großer Ritter oder ein mächtiger Würdenträger sei, der ihn eines Tages holen und wie Aethelred zum Ritter machen würde. Sein Traumvater war ein Held, ein tapferer Streiter in Rondras Namen, für den Gerechtigkeit und Ehre mehr als Worte galten.

Mit den anderen Jungen des Gutes hatte er in den Wäldern die Legenden nachgespielt, die die alten Frauen abends erzählten: die Mär von Ritter Aelfred von Norddrakenburg, der Falkraun und die umliegenden Dörfer von der tyrannischen Herrschaft eines Drachen befreit, dessen Hort an sich genommen und schließlich das Land zu Lehen bekommen hatte. Am meisten schätzte Lughaid jedoch die Geschichte des tapferen Ritters Brannon, der nicht nur gegen thorwalsche Flußpiraten oder andere Feinde seines Fürsten gekämpft, sondern auch gefährliche Abenteuer in der Anderswelt erlebt hatte. Die Goldene Dame aus den

Nebeln hatte der Hilfe des Menschenritters bedurft, um einen grausamen Fürsten ihres Volkes zu vertreiben ...

Die folgenden Jahre waren ereignislos verflogen, kein Fremder hatte Aislynns Knaben als Sohn anerkannt und mitgenommen. Junker Aethelred, Lughaids großes Vorbild, war nach einem heftigen Streit mit seinem Vater von der Burg verschwunden.

Damit war der Traum, der Knappe des Erben von Falkraun zu werden, ausgeträumt. Waffenmeister Bran hatte Lughaid zwar weiter im Umgang mit den Waffen unterwiesen und vorgeschlagen, ihn wenigstens zu einer der nahen Kriegerakademien zu schicken, aber Aelmir von Falkraun hatte das abgelehnt.

So konnte Lughaid dank Bran zwar ausgezeichnet mit dem Schwert umgehen, doch so angesehen wie jemand, der die Ritterschaft oder wenigstens einen Kriegerbrief erworben hatte, würde er niemals sein.

Warum den Versäumnissen der Vergangenheit nachtrauern? Lughaid holte tief Luft. Er konnte froh sein, hier ein sicheres Auskommen zu haben. Mehr durfte er vom Leben nicht erwarten – es sei denn, er wagte den Schritt, allein in die Welt zu ziehen und sein Glück zu suchen! Aber wollte er das? Sein Heim gegen eine ungewisse Zukunft eintauschen?

Lughaid schüttelte den Kopf. Er dachte an die Wilderer, die erst gestern nach Draustein gebracht worden waren. Wie schnell mochte er selber den rechten Weg verlassen und unter dieses Räubergesindel geraten, wenn erst einmal der Hunger in seinem Bauch nagte!

Lughaid seufzte. Es wurde Zeit, sich die Gedanken von Abenteurertum aus dem Kopf zu schlagen und sich endlich eine Frau zu suchen, um eine Familie zu gründen. Auf der Burg und im Dorf gab es genug Mädchen, die hart anzupacken wußten, mit beiden

Füßen fest auf dem Boden Deres standen und keine Flausen im Kopf hatten. Er brauchte sich im Grunde nur gut umzusehen, um eine Gefährtin für den Traviabund zu finden. Einige der jungen Frauen schienen nicht abgeneigt und gefielen ihm sogar.

Doch warum sträubte sich etwas in ihm gegen diese Vorstellung? Lughaid runzelte die Stirn und schüttelte den Kopf. Er konnte sich den romantischen Unsinn nicht aus dem Kopf schlagen: Manchmal war es ihm, als sei sein Herz schon vergeben – als warte die Frau, die zu ihm gehörte, schon irgendwo da draußen auf ihn ...

Am nächsten Tag waren diese Gedanken wieder vergessen, Bran prügelte sie Lughaid gründlich aus dem Kopf. »Du bist heute nicht bei der Sache!« grollte der alte Ritter und holte mit dem hölzernen Übungsschwert aus. »Ich sagte: Das Gewicht kommt nach dem Schlag! Ist das klar?«

»Ja!« Lughaid stöhnte auf, als er den mit voller Wucht geführten Hieb des Waffenmeisters parierte. Bran neigte dazu, seinen Schülern auf recht handfeste Weise zu zeigen, was er meinte. Schon zog der Waffenmeister das Schwert wieder zurück und griff erneut an. Diesmal war Lughaid vorbereitet und wehrte den Schlag weitaus geschickter ab.

»So ist es gut!« Ein Lächeln überzog das vernarbte Gesicht des alten Ritters, und Lughaid grinste verlegen zurück. Der Waffenmeister verteilte sein Lob sonst recht sparsam.

»Doch übe fleißig weiter, Junge!« ermahnte ihn der Lehrer dann. »Wer weiß in diesen bewegten Zeiten schon, ob aus dem Spiel nicht einmal Ernst wird. Der Einfall der Orken vor ein paar Jahren hat es gezeigt! Damals warst du noch zu jung, um mitzukämpfen. Wenn nun wieder ein Krieg losbricht und unser König oder der Reichsbehüter zu den Waffen rufen, mußt du vorbereitet sein.«

Bran ging zu einer Bank und hob den einfachen lederbezogenen Rundschild auf. Er reichte ihn Lughaid. »Ich will dir etwas verraten: Es sieht so aus, als ob seine Wohlgeboren dich als Knappen haben will!«

Lughaid riß die Augen auf »Ich soll Herrn Aethelreds Knappe werden? Davon war doch bisher nie die Rede!« stieß er erstaunt hervor.

»Nun, die Zeiten haben sich geändert. Aethelred war von deinem Einschreiten nach dem Kampf mit den Wilderern sichtlich beeindruckt. Und er meinte zu mir, daß er jemanden wie dich an seiner Seite bräuchte – einen Mann mit ritterlichen Tugenden!«

Lughaid freute sich aus tiefstem Herzen über diese Eröffnung des Waffenmeisters. An Aethelreds Seite würde er mehr als nur die Marktstraße zwischen Burg Draustein und Burg Crumold sehen. Bestimmt würde der Herr öfter nach Havena reisen oder sogar zu einem Hoftag nach Gareth. Lughaid würde endlich Aventurien kennenlernen, ohne sich Sorgen über sein Auskommen machen zu müssen!

Das erfüllte ihn mit Freude und Eifer, als er die Anweisungen des Waffenmeisters befolgte und versuchte, die Bewegungen von Schwert und Schild miteinander in Einklang zu bringen.

7. Kapitel

Eine fremde Welt

Rhuna atmete erleichtert auf, als sie von der Anhöhe hinunter auf das Dorf in der Flußschlaufe blicken konnte. Der Mittag war schon längst überschritten, obgleich Finnach behauptet hatte, sie würde nicht so lange nach Waldenau benötigen. Der Schäfer hatte sie nicht begleitet, sondern war bei seiner Hütte geblieben.

Rhuna seufzte. Da unten würde sie wohl kaum jemanden finden, der mehr als Finnach zu erzählen wußte. Das Dorf glich den Weilern, die sie früher durchquert hatte. Ein paar niedrige Häuser mit tief heruntergezogenen Dächern standen um einen freien Platz mit der unvermeidlichen Linde in der Mitte. Die Hütten waren von kleinen Gärten umgeben, an die sich die Felder und Weiden der Bauern anschlossen. Auf den kleinen Feldern und in den Gärten arbeiteten vor allem ältere Männer und Frauen. Die restlichen Erwachsenen fällten im nahen Wald Bäume; Rhuna hörte deutlich die Axtschläge. Die Kinder tollten zwischen den Häusern umher oder halfen auf den Feldern und in den Gärten.

Noch immer konnte Rhuna nicht einschätzen, wieviel Zeit vergangen war, während sie in der Anderswelt gewesen war. Finnach hatte zwar erwähnt, daß man jetzt den Monat Peraine im fünfundzwanzigsten

Götterlauf Hals schriebe, doch diese Angabe half ihr nicht viel weiter. Eine Unsitte, die Jahre nach der Regierungszeit der Kaiser zu zählen!

Rhuna blickte an sich herunter und prüfte ihr Aussehen. Am Morgen hatte sie sich am Bach neben Finnachs Haus gewaschen, die Haare gekämmt und geflochten, schließlich auch ihre zerrissene, fleckige Robe gegen eine bessere aus ihrem Bündel getauscht. Das nachtblaue Gewand mit den goldfarbenen Stickereien und dem etwas helleren Übermantel wirkte in dieser Gegend unpassend, aber so würden die Landbewohner sie wenigstens nicht für eine hergelaufene Vagabundin halten!

Die Magierin ging weiter. Vielleicht gab es in diesem Ort wenigstens eine Herberge, in der sie einige Tage verbringen konnte, um unter Menschen zu sein und neue Kräfte zu sammeln.

Rhuna fragte das erste Kind, dem sie im Dorf über den Weg lief, nach einem Gasthaus. Der rothaarige Knabe starrte sie nur mit offenem Mund an und bekam zunächst keinen Laut heraus.

»Das will ich dir lohnen«, versprach die Magierin. Bei der Aussicht auf einen Kreuzer oder Süßigkeiten fiel die Starre von dem Jungen ab. »Komm mit zu Aetha!« rief er eifrig und rannte los.

»Halte ein, Knäblein!« rief ihm Rhuna hinterher. Sie folgte dem ungeduldigen Burschen zu einem Haus, das am anderen Ende von Waldenau stand. Das Gebäude war bis auf das höhere Dach und den angebauten Stall kaum von den anderen Häusern zu unterscheiden.

»Hier ist es!« erklärte der Knabe und sah Rhuna fragend an. Er schien Respekt vor den Insignien ihres Standes zu haben, bei anderen Reisenden hätte er sicher die Hand ausgestreckt. Rhuna schmunzelte und nestelte den Geldbeutel hervor, um dem Knirps eine kleine Kupfermünze zuzuwerfen. Der Knabe fing den Kreuzer geschickt auf und rannte davon.

»Hat Euch dieser Lausbub Geld abgeschwatzt?« erklang dann eine Stimme hinter Rhunas Rücken. Die Magierin drehte sich um und sah sich einer hochgewachsenen, rothaarigen Frau gegenüber. »Das macht er bei jedem Reisenden. Da ist er genauso geschäftstüchtig wie sein Vater.« Die Wirtin verstummte, betrachtete Rhuna und runzelte dann die Stirn. Ob sie sich fragte, wie sich eine Magierin in Samtrobe an diesen Ort verirren konnte, und daß auch noch zu Fuß?

»Tretet doch in mein gastliches Heim ein. Wünscht Ihr ein Zimmer? Ich habe da noch eine kleine Kammer frei«, fügte Aetha dann hinzu.

»Möge Travia Euer Haus segnen!« antwortete Rhuna freundlich. »Ja, mich verlanget es nach Rast!«

Rhuna setzte sich auf die harte Pritsche, die Aetha als Bett bezeichnet hatte. Neben dem Bett und der Truhe am Fußende, wo sie die Habseligkeiten verstauen konnte, war in der winzigen Dachkammer kaum genug Platz, um sich zu bewegen. Ob der Raum überhaupt das Geld wert war, das sie der Wirtin in die Hände gedrückt hatte? Rhuna schüttelte den Kopf. Warum machte sie sich über solche Kleinigkeiten Gedanken? Früher hatte sie das nicht getan, und Unterkunft, Speis und Trank ohne Feilschen bezahlt.

Die alte Frau schloß die Augen. Sie genoß es für einige Augenblicke, allein in dem Raum zu sitzen, den man wenigstens mit einem Riegel absperren konnte. Gedämpft klangen das Geklapper von Schüsseln und die Stimmen aus der Gaststube an ihr Ohr.

Rhuna wollte sich nicht weiter beklagen. Dies war seit Tagen das bequemste Quartier, und sie freute sich schon, nach einem ausgiebigen Mahl und einem war-

men Bad ausschlafen zu können, ohne ständig hoch-
zuschrecken, weil ein Tier in ihrer Nähe im Laub raschelte, Ungeziefer über ihr Gesicht krabbelte oder ein
Schäfer laut schnarchte.

Rhuna vernahm das Knurren ihres Magens und beschloß, dem Essensduft zu folgen. Sie erhob sich und
strich ihr Gewand glatt. Vielleicht wußte die Wirtin
auch, wo sie passendere Kleidung erwerben konnte.
Die Samtrobe war jetzt Rhunas einziges Gewand und
nicht für lange Wanderungen gedacht.

Die Magierin öffnete die Tür und stieg vorsichtig die schmale Holztreppe hinab in die Gaststube.
Sie setzte sich an den nächsten Tisch und blickte
sich um. Nur ein Händler und seine Gehilfen befanden sich hier. Ein rothaariges Mädchen bediente die
Schar und wandte sich dann der Magierin zu. »Das
Essen ist gleich fertig«, sagte die Halbwüchsige.
»Wollt ihr etwas zu trinken? Wir haben Bier, Wein
oder Wasser.«

»So bringe mir einen Becher guten Weines zum
Mahl!« antwortete Rhuna.

Die anderen Gäste unterhielten sich leise. Plötzlich
sah einer der Männer, der bessere Lederkleidung trug,
zu ihr auf.

Rhuna wandte sofort den Blick zur Seite. Sie wollte
nicht als unhöflich gelten oder den Mann gar auffor-
dern, sie in ein Gespräch zu verwickeln. Dazu war sie
zu müde und erschöpft.

Zu spät. Der Händler sagte etwas zu seinen Begleitern und kam zu Rhuna hinüber. »Travia und Hesinde
zum Gruß, gelehrte Dame. Ich bin Trom Huvensin,
reisender Händler. Verzeiht, daß ich Euch störe. Darf
ich Euch eine Frage stellen?« Er machte eine entschul-
digende Geste.

Rhuna sah ihn an. Ihr lag es auf der Zunge, ›Nein‹
zu sagen, aber sie war zu höflich, um es zu tun. So

nickte sie nur und stellte sich ebenfalls vor. »Ich bin Rhuna Ynlais aus Havena.«

»Ich danke Euch sehr, daß Ihr mir zuhören wollt. Wie soll ich es sagen... ich will Euch nicht mit der Bitte um einen klugen Rat belästigen. Indes kam die Wirtin zu mir und zeigte mir die Münzen, mit denen Ihr gezahlt habt!«

»So?« Rhuna versuchte, möglichst erstaunt zu wirken, um ihre Aufregung zu verbergen. O Lyret, dachte sie, woher hast du die Münzen geholt? Vielleicht den Kobolden oder Braunchen abgeschwatzt? Oder anderen Menschen fortnehmen lassen? Was mache ich, wenn das Geld von minderem Wert oder gar falsch ist?

»Macht Euch keine Sorgen, die Münzen besitzen noch ihren Wert«, erkannte der Händler ihre Sorge. »Aber glaubt mir, manche Männer und Frauen würden mehr für sie zahlen, denn die Stücke sind alt, sehr alt!« betonte der Händler und redete sich in Begeisterung. »Ihr müßt wissen, ich bin ein Sammler von alten Münzen, und solche Taler aus der Zeit der Priesterkaiser sind sehr, sehr selten. Dazu tragen diese noch das Siegel der Prägestätte in Havena, das macht sie zu etwas Besonderem. Darf ich erfahren, woher Ihr sie habt?«

Rhuna schluckte. Was sollte sie dem Händler darauf antworten? Sie konnte es ja einmal mit der Wahrheit versuchen: »Ich weiß nicht mehr zu sagen, als daß eine gute Freundin mir jene Pecunia gab.«

»Nun, über fünfhundert Jahre alte Münzen aus der Zeit der Priesterkaiser in einem so guten Zustand zu finden, das ist wirklich eine Phexgabe... Was ist mit Euch, verehrte Dame! Ihr seid plötzlich so bleich geworden!«

Fünfhundert Jahre! Rhuna glaubte, ihr Herz würde stehenbleiben, als der Schreck ihren Körper lähmte.

Sie rang nach Luft, als ihr schwindelig wurde und bunte Lichter vor ihren Augen tanzten. Kalte Schauer rannen über ihren Rücken. Ohnmächtig wurde sie jedoch nicht. Bei Hesindes Weisheit, nicht nur hundert oder zweihundert Jahre waren vergangen, sondern gleich fünfhundert! Sie schlug die Hände vors Gesicht, um ihr Entsetzen zu verbergen. Mit einer so langen Zeitspanne hatte sie nun auch wieder nicht gerechnet.

»Dame Rhuna, braucht ihr Hilfe? Sollen wir einen Heiler rufen?« fragte der Händler besorgt und legte seine Hände auf Rhunas Schultern. »Mädchen, wo bleibt der Wein!«

»Habet Dank, aber ich bedarf der Hilfe eines Medicus nicht!« wehrte Rhuna ab und hob den Kopf. Trom zog seine Hände zurück. »Ich bin nur müde von des Tages langem Fußmarsch«, beruhigte sie ihn.

»Ihr seid gelaufen?« fragte Trom erstaunt. »Was ist geschehen? Eine hohe Dame wie ihr reist doch nicht alleine und zu Fuß! Was ist mit Euch und Euren Begleitern geschehen?«

»Mordbuben ... Diebsgesindel«, antwortete Rhuna leise und sah den Händler an. »Sie kamen, hungrigen Wölfen gleich, über uns.« Vielleicht gab es ja im Albernia dieser Tage immer noch genug Räuberpack und Flußpiraten, das harmlosen Reisenden auflauerte. Daran hatten die Jahrhunderte bestimmt nichts ändern können!

»Bei den Zwölfen, das unehrliche Gesindel wird immer dreister, seit die Aufmerksamkeit der Herren und Damen des Adels auf andere Gegenden als ihre Ländereien gerichtet ist«, klagte der Händler. »Auch wir hatten mit so einer heruntergekommenen Bande zu tun. Aber wir bemerkten die Halunken glücklicherweise früh genug und konnten sie in die Flucht schlagen. Es wird Zeit, daß die Baronin von Traviarim endlich einmal hart durchgreift. Wißt ihr, was ich denke?

Ich biete Euch an: Wenn Euer Ziel auch Weidenau ist, reist doch einfach mit uns!«

»Habet Dank für Euer gar freundliches Angebot, welches ich jedoch erst einmal überdenken möchte!« erwiderte Rhuna. Sie wollte noch etwas hinzufügen, doch da kam schon eine von Aethas Töchtern und brachte das Essen.

Der Händler erhob sich. »Ich will Euch in Ruhe speisen lassen. Wir können uns ja morgen noch weiterunterhalten, wenn Ihr mögt. Wir sind noch ein paar Tage an diesen Ort gebunden, da die Achse des Wagens gebrochen ist und wir sie erst reparieren müssen. Laßt es Euch wohl schmecken!«

Rhuna warf sich unruhig auf dem schmalen Bett hin und her. Sie war zu aufgeregt, um zu schlafen. Sie wollte es noch immer nicht glauben: Fünfhundert Jahre – wenn nicht sogar noch mehr – waren vergangen.

Rhuna öffnete die Augen und hob die Hand vors Gesicht, um das Akademiesiegel zu betrachten. Jetzt, da der Zauber der Anderswelt nicht mehr auf das Zeichen wirkte, wurde es von Tag zu Tag deutlicher. Noch immer zögerte sie, ihre Gaben einzusetzen, um sich das Leben zu erleichtern oder Brannon und Caellin – wie sie jetzt auch immer heißen mochten – zu finden. Ihre Hände zitterten heftig, wenn sie einzelne Zaubergesten nur zur Übung machte, und sie konnte sich auch nicht mehr an alle Einzelheiten der schwierigeren Rituale erinnern.

Rhuna drehte sich auf die Seite. Das Licht des Madamals fiel durch ein kleines Fenster genau auf ihr Gesicht und hinderte sie am Einschlafen. Sie fragte sich, ob ihr wenigstens das in vielen Jahren mühevollen Lernens erworbene Wissen helfen konnte. Vielleicht waren die Erkenntnisse und Erfahrungen, die sie erarbeitet und in ihren Bücher aufgezeichnet hatte, schon längst überholt und widerlegt.

Die Magierin drehte sich auf den Rücken und ließ ihrer Verzweiflung freien Lauf. Irgendwann drang eine leise Stimme durch Rhunas Schluchzen. »Was sehe ich da? Du weinst wie ein kleines Kind, Sterbliche?«

Rhuna schrak heftig zusammen und sah über sich einen hellen Schemen. Elathalion genoß ihre Angst. »Was bedeutet denn schon Zeit? Freue dich lieber über mein Geschenk! So vermögen deine Augen eine Zeit zu sehen, die du dir in deinen fernsten Träumen nicht vorgestellt hast. Viele Sterbliche haben ihre Augen auf andere Ziele gerichtet und halten uns Feen für Gestalten des Aberglaubens. Nun werde ich es um so leichter haben, meinen Plan auszuführen, weil du keine Verbündeten finden wirst!« Er streckte eine geisterhafte Hand nach Rhuna aus. »Du hast dich mir schon einmal in den Weg gestellt, vermessene Sterbliche. Das wird kein zweites Mal geschehen!« Ein brennender Schmerz schoß durch Rhunas Glieder, als Elathalion ihre Brust berührte. – Flammen! Sie stand in Flammen!

Die Magierin schreckte mit einem Schrei hoch. Warme Schauder durchfuhren ihren Körper, und die Glieder kribbelten, als sich die angespannten Muskeln lösten. Sie wischte sich den kalten Schweiß von der Stirn. »Nur ein Traum. Hesinde sei dank, es war nur ein Traum«, murmelte Rhuna zu sich selber und lauschte in die Stille der Nacht, ob sie mit ihrem Schrei jemanden geweckt hatte. Aber alles war ruhig.

8. Kapitel

Der Weg in die Heimat

Merydwen schob sich mit einer Hand die goldbraunen Haarsträhnen zur Seite und blickte über die Landschaft. Ein freundlicher Händler hatte sie auf seinem Wagen bis zur Abzweigung nach Altenfaer mitgenommen. Seit Sonnenaufgang war sie nun allein unterwegs, obwohl der gute Mann sie vor Überfällen und anderen Gefahren gewarnt hatte, aber Merydwen wollte nicht über mögliche Bedrohungen nachdenken. Sie konnte in der Einsamkeit wieder zu sich finden und klare Gedanken fassen, was ihr in Tjorbis Nähe nicht gelungen war.

Merydwen blickte sich um. Bisher war sie keinem Menschen begegnet. Wind vertrieb langsam den Dunst, und die Hügel zeichneten sich deutlich gegen den Himmel ab. Die Erlenbruchwälder, die die Anhöhen bedeckten, leuchteten in sattem dunklen Grün.

Die ›Muhrsape‹, das Moor- und Marschland, erstreckte sich viele Tagesreisen südlich und östlich von Havena im Mündungsgebiet das Großen Flusses. Merydwen würde noch eine ganze Weile an den Grenzen des Sumpfes entlangwandern – er reichte bis hinüber nach Altenfaer und Weidenau. Die ›Muhrsape‹ zeigte sich sonst nicht so lieblich und schön. Aber es war Hochsommer, Maidesüß, Sumpfdotterblume, Rondraschwertlilie, Rohalskerze und viele andere

Pflanzen standen in voller Blüte. Die Wiesen leuchteten rot, golden und weiß. Der satte Pflanzenwuchs verbarg Tümpel und Moorlöcher, in denen ein unvorsichtiger Wanderer so leicht versinken konnte.

Weiter im Osten, im Abagundischen, würde die Heide auch blühen, die Luft mit ihrem Duft erfüllen und die Wälder in hellem, saftigem Grün stehen. Plötzlich wußte Merydwen, was das Wort ›Heimat‹ bedeutete. Doch so sehr sie sich auch auf die Rückkehr freute: Mit jedem Schritt wuchs stetig die Angst vor der Begegnung mit ihren Eltern.

Seufzend setzte Merydwen ihren Weg fort. Hier auf der kleineren Straße nach Altenfaer herrschte nicht mehr so viel Leben, wie auf der großen Reichsstraße nach Abilacht. Ob sie bis zur nächsten Ansiedlung überhaupt einer Menschenseele begegnen würde, da doch die Sonne bereits untergegangen war?

Merydwen fluchte leise. Sie war im Laufe des Tages Bauern und Händlern begegnet, die ihr von einem etwas abseits von der Straße gelegenen Dorf erzählten. Das hatte sie bisher nicht erreicht.

Die Bardin rief sich die Beschreibung des Bauern noch einmal ins Gedächtnis zurück: Ich sollte die Abzweigung bei den Findlingen nehmen und den kleinen Wald durchqueren. Dann über eine Hügelkette. Ich bin den Anweisungen genau gefolgt. Oder etwa nicht?

Nun begann es zu allem Übel auch noch zu regnen. Merydwen zog den Umhang fester um sich. Sie hatte sich verlaufen und nur noch die Wahl umzukehren, um die Reichsstraße zu erreichen, bevor man die Hand nicht mehr vor Augen sah. Oder sollte sie sich auf halbem Wege einen Unterschlupf suchen? Auf ihrer Wanderung war sie an geeigneten Stellen vorbeigekommen. Es war nicht das erste Mal, daß sie in der Wildnis übernachtete. Nur um ihr Instrument machte sie sich Sorgen. Die Harfe würde sie zusätzlich in ihren Umhang einwickeln, damit sich das Holz durch die Feuchtigkeit nicht verzog.

Plötzlich hielt Merydwen inne und kniff die Augen zusammen. Stand vor dem Wäldchen nicht eine kleine windschiefe Kate, die fast im Boden zu versinken schien? Selbst wenn es nur eine Ruine war, fand sich dort gewiß Schutz vor dem Regen.

Kurz darauf stand sie vor der kleinen Hütte aus Schilfgras, Stein und Torf. Aus dem Schornstein quoll Rauch. Wer wohl hier hausen mochte? Ein kauziger Einsiedler oder Jäger? Ein Torfstecher?

Plötzlich öffnete sich die kleine Holztür. Ein magerer Knabe in zerlumpten Kleidern sprang aus dem Haus, einen Speer in den Händen, den er gegen Merydwen richtete. »Wer bist du? Was willst du hier?« knurrte er.

»Ich bin eine harmlose Wanderin.« Trotz des Regens schlug Merydwen ihren Umhang zurück und hob die Hände. »Nur eine Wanderin, die sich verlaufen hat und ein Nachtlager sucht!« Sie wich einen Schritt zurück, als die Speerspitze fast ihren Bauch berührte.

»Lon! Laß den Speer.« Eine zweite Gestalt war nach draußen getreten – eine kleine gebeugte Frau mit verfilzten Haaren; ein Sackkleid aus grobem Stoff schlotterte um den Leib des Mütterchens. Sie stellte sich vor Merydwen und betrachtete die Bardin mißtrauisch. »Verlaufen hast du dich? Das soll ich dir glauben, Frau?« brummelte die Tagelöhnerin. »Wo sind die anderen?«

»Ich reise allein!« entgegnete die Bardin. Sie ließ die Frau und den Jungen nicht aus den Augen. Der Knabe spähte angestrengt in die Dämmerung.

»Ha!« Die Frau umrundete Merydwen einmal und streckte dann ihre schmutzige Hand aus, um den Umhang zu berühren. »Feine Kleider trägst du da. Du suchst ein Nachtlager?«

»Wenn es dir keine Umstände macht, ja!« Um nicht noch weiter naß zu werden, schlug Merydwen den Umhang wieder zu. Sie schauderte.

»Ich bin ein' arme Witwe. Ich hab nicht mal genug, um die Mäuler meiner Kind' zu stopfen!« jammerte die Frau. An der Tür zur Kate erschienen drei weitere Gesichter, als habe die Tagelöhnerin die Kleinen zur Bekräftigung ihrer Rede herbeigerufen. »Wie soll ich da …«

»Ich will dich für die Freundlichkeit, mich unter deinem Dach aufzunehmen, entlohnen«, antwortete Merydwen und nahm einige Münzen aus ihrer Geldkatze. »Und für mein Mahl will ich selber sorgen.«

Sie streckte die Hand aus, auf der ein paar Kreuzer und Heller lagen. Würde die Tagelöhnerin ein Einsehen haben? Mittlerweile war es dunkel, und der Regen drang schon durch den Umhang.

Die gebeugte Frau sah Merydwen mißtrauisch an, dann griff sie blitzschnell nach dem Geld. In dem Augenblick, da sich beider Hände berührten, zuckte die Bardin heftig zusammen. Ihr wurde übel von der Habgier, die ihren Geist überflutete.

»Komm rein! Wärm dich am Feuer.« Die gebeugte Frau und ihre vier Kinder schienen nichts gemerkt zu haben.

Drinnen kauerte sich die Bardin vor das offene Feuer und streifte den Umhang ab. Der ganze Raum war von dem durchdringenden Geruch verbrannten Torfs erfüllt.

Merydwen beschloß, den Schmutz im Inneren der Hütte zu übersehen. Immer noch beschäftigte sie das Erlebnis, das sie bis in ihre Seele erschreckt hatte. Schon als Kind wußte sie oft, was ein anderer fühlte und …

Die Bardin zuckte zusammen, als die Kinder sich auf der anderen Seite an das Feuer kauerten, während die Frau im hinteren Teil der Hütte verschwunden war. Von dort erklang das Meckern einer Ziege.

Vier Augenpaare in schmutzigen, eingefallenen Gesichtern starrten sie neugierig, aber auch mißtrauisch an – allen voran Lon.

Eine Weile schwiegen sie miteinander. Dann griff Merydwen nach ihrem Bündel und zog den Rest von Brot und Käse hervor. Sie brach sich nur kleine Stücke davon ab und verteilte den Rest an die Kinder. »*In meiner Heimat*«, begann sie zu erzählen, »*gab es einmal eine Fee, die Kinder beschützte, unwichtig, ob sie nun aus dem Hause eines Barons oder aus der Kate des ärmsten Tagelöhners stammten. Wann immer ein Junge oder ein Mädchen hinaus in den Wald lief und einen seiner Milchzähne hinter sich warf, erfüllte sie ihnen einen Wunsch. Eines Tages nun...*«

Merydwen zog die Decke über sich. Sie lag auf einer merkwürdig riechenden Unterlage aus Stoffresten, Reisig und Gras. Auf diesem einfachen Bett schliefen sonst die Kinder, hatte ihr die Frau erklärt. Nun drängten sich die Kleinen im Bett der Mutter zusammen. Merydwen seufzte. Das unvermeidliche Ungeziefer war natürlich geblieben. Die ersten Flöhe hatten schon entdeckt, daß sie ein lohnendes Opfer war. Unwillig kratzte sich die Bardin am rechten Unterarm. In der nächsten Herberge würde sie baden und ihre Kleider gründlich reinigen.

Wenigstens befand sie sich hier im Trocknen. Der Regen prasselte kräftig gegen die Hüttenwand, Wind rüttelte am Dach und an der Holztür.

Im Inneren des Raumes erklangen die ruhigen Atemzüge der Frau und ihrer Kinder. Die fünf schliefen schon tief und fest. Merydwen beschloß, es ihnen gleichzutun. Trotz eines unbehaglichen Gefühls wollte sie ausruhen.

Im nächsten Augenblick aber war Merydwen hell-wach. Sie drehte sich blitzschnell zur Seite und entging so im letzten Augenblick dem heruntersausenden Holzknüppel, der sonst ihren Kopf getroffen hätte. Entsetzt riß sie die Augen auf. In dem schwachen Licht, das die Glut des Feuers ausströmte, konnte sie gerade noch schemenhafte Gestalten erkennen. Die Tagelöhnerin! Und ihr Ältester!

Merydwen schrie wütend auf, als der Speer sie nur um Haaresbreite verfehlte. In der Dunkelheit tastete sie nach ihrem Dolch, aber ein Schlag gegen ihre Schulter lähmte den Arm. »Stoß zu, Lon!« kreischte die Frau. »Mach das Weib fertig!« Merydwen rollte sich vom Lager und schlug den Speerschaft von sich weg. Allerdings verhedderte sie sich in ihrer Decke und fiel hin, als sie sich aufrappeln wollte.

Merydwen spürte, wie Angst und Wut in ihr um die Herrschaft rangen. Bei den Zwölfen, die Tagelöhnerin und ihr Sohn wollten sie umbringen, nur um an ihr Geld und ihre Kleider zu kommen. Sie hätte auf ihre Ahnungen hören sollen!

Mit weit aufgerissenen Augen sah Merydwen auf. Im schwachen Licht wirkte die Tagelöhnerin wie ein Dämon. Nun hob die magere Frau den Knüppel erneut.

»Du Diebin und Mörderin! Möge dich Travias Zorn treffen!« schrie Merydwen verzweifelt. Plötzlich fuhr ein Kribbeln durch ihren Körper. Im nächsten Augenblick ließ die Tagelöhnerin den Knüppel fallen und preßte sich die Hände auf die Augen. »Ich bin blind! Die Hexe hat mich geblendet! Gütige Travia, hilf mir!« kreischte sie und sank auf die Knie, während Merydwen entsetzt dreinschaute. Im Hintergrund schrien die kleineren Kinder, die sich bei der Ziege verkrochen hatten. Lon bewegte sich nicht, stand nur da und blickte mit großen Augen auf seine Mutter, die immer noch die Hände vor das Gesicht hielt.

Merydwen rang nach Luft und versuchte, einen klaren Gedanken zu fassen. Das Unerwünschte war schon wieder geschehen! Aber diesmal hatte es ihr das Leben gerettet, und sie mußte die Gelegenheit ausnutzen, um sich selber zu schützen.

»Travia hat dich für deine Gier bestraft, Frau!« sagte sie scharf zu der weinenden Tagelöhnerin. Den Jungen ließ sie dabei nicht aus den Augen. »Die Zwölfe werden Gnade vor Recht ergehen lassen, wenn du bei Travia schwörst, von nun an das Gastrecht zu achten!«

Vorsichtig nahm die Frau die Hände vom Gesicht und öffnete langsam die Augen. »Ich kann wieder sehen«, hauchte sie. Ihr Ältester ließ den Speer fallen und kniete sich neben seine Mutter, auch die anderen Kinder scharten sich um sie. Verängstigt blickten die Fünf auf Merydwen.

Die Bardin sah sie ernst an. Wie gut, daß die anderen bei dem schwachen Licht ihren hochroten Kopf nicht sehen konnten. »Willst du von nun an das Gastrecht ehren?« fragte sie scharf.

Die Tagelöhnerin nickte eingeschüchtert. »Ja! Ich geb Euch auch das Geld zurück.«

»Behalte es. Ich habe es dir freiwillig gegeben, Frau. Verwende es für deine Kinder!« entgegnete die Bardin. »Jetzt lege dich wieder hin.«

Merydwen schlief in dieser Nacht nicht besonders gut. Immer wieder schreckte sie hoch und sah sich um – aus Angst vor einem erneuten Mordversuch. Doch ihre Sorgen blieben unbegründet.

Auch am nächsten Morgen betrachtete die Tagelöhnerin Merydwen mit Respekt und Vorsicht, wagte nicht einmal mehr, sie oder eines ihrer Besitztümer zu berühren. In den Augen der Kinder stand Angst geschrieben. Alle schienen froh zu sein, als Merydwen die Kate verließ, noch bevor es richtig hell geworden war.

Die Bardin schritt schnell aus, weil sich am Himmel schon wieder dunkle Wolken sammelten. Sie wollte inmitten der Heide nicht noch einmal in ein Unwetter geraten.

Merydwen verfluchte die in ihr schlummernden Gaben, die nur dann zum Vorschein kamen, wenn sie von starken Gefühlen überwältigt wurde. Lange Jahre hatte sie nicht einmal gewußt, daß sie magische Mächte besaß, denn die Zauberkunst und alles was damit zusammenhing, war im Hause der Ui Laighann verpönt gewesen. Ihr Vater hatte jeden Umgang mit Magie gemieden. Nicht nur, weil er in Havena aufgewachsen war, wo das Magieverbot noch in Kraft gewesen war, sondern auch weil sich der magiebegabte Onkel seines Vaters dem linken Pfad zugewandt und einen Teil der Familie in den Ruin getrieben hatte. Ihre Mutter war eine zarte Frau, die ihrem Mann alle Entscheidungen überlassen hatte.

Für Merydwens Vater mußte es eine entsetzliche Entdeckung gewesen sein, als sie magische Fähigkeiten entwickelte! Merydwen erinnerte sich noch genau an den Blick aus seinen Augen, als sie zum ersten Mal von ihren besonderen Wahrnehmungen erzählt hatte: Schmerz und Entsetzen hatten sich mit Wut vermischt. Ihr war fast schlecht geworden von seinen Gefühlen.

Als Merydwen in das richtige Alter kam, hatte der Vater versucht, seiner Tochter das Waffenhandwerk aufzuzwingen, um die Gaben durch den ständigen Umgang mit Eisen zu zerstören. Doch die Lehrer hatten sie für unbegabt erklärt. Trotzdem trug die starke Ablehnung der magischen Fähigkeiten Früchte. Sie dachte: Ich habe meine Empfindungen einfach verdrängt und nahm die Vorurteile und Meinungen mei-

nes Vaters über Magie an. Darum versagte mein Gespür bei Gwyns Gefühlen, und ich tat meine Ahnungen nur als Unsinn ab. Erst mein Lehrmeister und
meine späteren Freunde haben mir begreiflich machen
können, daß Magiebegabte ihre Kraft nicht immer nur
für selbstsüchtige Taten oder mit bösen Gedanken einsetzen. Daß ich meine Begabung nicht als Fluch, sondern als Segen betrachten solle. Niemand von ihnen
konnte mich jedoch überzeugen, meine Fähigkeiten
anzunehmen. Ich schäme und fürchte sie noch immer.

Merydwen blieb stehen. In einiger Entfernung sah
sie die Straße, auf der mehr Treiben herrschte als am
gestrigen Tag. Sie atmete auf und schritt schneller aus.
Von nun an würde sie vorsichtiger sein.

9. Kapitel

Von alten und neuen Träumen

»Paß doch auf, du Dummkopf!« fuhr die grauhaarige Magd Lughaid an, der erschreckt zurückzuckte. Er hätte beinahe das Schälchen voller Milch umgestoßen, das vor der Schwelle stand. »Willst du die Braunchen verärgern? Sollen sie aus Zorn die Kobolde anstiften, unser Garn von den Spindeln zu reißen und die ganze Arbeit zunichte zu machen?«

»Nein!« entgegnete Lughaid gequält. »Natürlich nicht.« Diesmal stieg er vorsichtig über das Schälchen hinweg und schluckte die abfällige Bemerkung hinunter, die ihm auf der Zunge lag. Wie Aethelred und die Herrin hielt er nicht viel vom Aberglauben der einfachen Leute. Braunchen? Kobolde? Feen? Die gab es nicht, solange er sie nicht mit eigenen Augen gesehen hatte.

Ja, als Kind hatte er die Geschichten geglaubt, die die Alten am Feuer erzählten: von den fleißigen Braunchen, die einer verzweifelten Greisin das zerstörte Heim wieder herrichteten, weil die Frau zeit ihres Lebens immer an sie gedacht hatte; von den bösartigen Kobolden, die einer unvorsichtigen Mutter das Kind aus der Wiege gestohlen und gegen einen Wechselbalg ausgetauscht hatten; von der goldenen Dame im Nebel, die so manchem tapferen Mann den rechten Weg zum Ruhm gewiesen hatte.

Aethelred hatte Lughaid vor ein paar Jahren wegen seines Aberglaubens ausgelacht und eines Nachts gezeigt, wie die Katzen die Milch frech aus den Schälchen schleckten und Mäuse die frischen Kekse aufknabberten, die für die guten Feen bereitlagen. Seit diesem Tag hatte Lughaid den Glauben an die guten und bösen Feenwesen verloren.

So schüttelte er nur den Kopf über die alte Magd, die ihren Platz zwischen den Kindern des Gesindes wieder einnahm. Offensichtlich erzählte sie den Kleinen eine Geschichte. »Wo war ich denn stehengeblieben, als dieser plumpe Esel uns störte?« rächte sich die alte Frau. »Jetzt erinnere ich mich wieder: *Connaigh folgte dem Rat der goldenen Dame und grub unter der alten Eiche nach dem Schatz. Tatsächlich fand er dort ein Schwert, das nicht aus Eisen gemacht war, einen Helm und eine Brünne, wie sie nur die kunstfertigen Hände der Holden geschaffen haben konnten. Er legte Rüstung und Schwert an und machte sich auf den Weg zum finsteren Drachenstein, um seine Schwester aus den Klauen des grausamen Grünen Ritters zu befreien. Er ahnte ja nicht, daß dieser einen Pakt mit dem hinterlistigen Druiden Aethyn geschlossen hatte ...*«

Lughaid wandte sich ab. Er hatte genug von der Legende gehört, um sie wiederzuerkennen. Noch vor ein paar Jahren hatte er dagesessen wie die Kinder jetzt und davon geträumt, daß ihm die goldene Dame aus den Nebeln erscheinen und Waffen und Rüstung schenken würde.

Er wußte sogar noch, wie er sich als Zwölfjähriger lächerlich gemacht hatte: Im Herbstwald war ihm beim Pilzesammeln eine wunderschöne Dame in goldfarbenen Gewändern erschienen, wortlos an ihn herangetreten und hatte ihm einen Kuß auf die Stirn gegeben, ehe sie sich einfach auflöste wie ein Nebelstreif. Die anderen Jungen hatten ihn noch lange damit aufgezogen. Danach hatte Lughaid nie wieder den alten Geschichten lauschen wollen.

Mit einem vernehmlichen Knurren meldete sich der Magen des jungen Waffenknechtes. Er war seit dem frühen Morgen nicht mehr dazu gekommen, etwas zu essen. Ein Botenritt für Junker Aethelred hatte ihn nach Burg Draustein und wieder zurück geführt.

Lughaid dachte mit Grauen an die Begegnung mit Idra, nachdem er dem Junker die Antwort überbracht hatte. Mit wiegenden Hüften war sie ihm aus einer dunklen Ecke entgegengetreten und hatte sich ganz unschuldig nach den Nachrichten erkundigt, die er überbracht hatte. Ihre Worte waren harmlos gewesen, nicht aber der Klang ihrer Stimme. Wie zufällig hatte sie die Hand gehoben und auf seine Brust getippt. Es war aber durchaus Absicht gewesen, daß ihre Finger über seine Brust hinunter zum Bauch strichen. Und das war nur der letzte Vorfall dieser Art. In den Tagen zuvor war Idra immer öfter in seiner Nähe aufgetaucht: im Stall, auf der Wehrmauer... Sie hatte ihm glühende Blicke zugeworfen oder um Lughaids Hilfe beim Aufsteigen aufs Pferd gebeten...

Er zuckte heftig zusammen, als jemand eine Hand auf seine Schulter legte, und wich erschreckt zur Seite aus. »Na, na, mein Junge, was ist mit dir los?« fragte Yanissa. »Du bist ja so schreckhaft wie ein Mäuschen!«

Lughaids pochendes Herz beruhigte sich, als er seine Ziehmutter erkannte. »Ich...«

»Ach mein Junge, ich weiß schon. Die Spatzen pfeifen's vom Dach und die schwatzhaften Mägde schnattern es in den Stuben, wenn die Herrin nicht zuhört: Die schöne Idra ist mit Firunseifer auf der Jagd – und ihre Beute äußerst unwillig.«

Lughaid verzog das Gesicht. »Ich will nichts mit der Dame Idra zu tun haben.«

»Das wissen alle, und sie bewundern dich für deine

Tapferkeit. Schließlich verdient ein Mann wie du es nicht, durch ein Flittchen wie sie alles zu verlieren. Vor allem nicht jetzt, wo dich seine Wohlgeboren als Knappe anstellen will«, entgegnete die dralle Köchin. Lughaid verdrehte die Augen. Nicht einmal seine Sorgen waren geheim geblieben. Aber vor Yanissa konnte niemand etwas verbergen.

Die Köchin lächelte. »Nun schau doch nicht so gequält drein, mein Junge. Die Wände hier haben Ohren, das weißt du doch.« Dann legte sie eine Hand auf seinen Rücken und streichelte ihn tröstend. »Ich verstehe nur nicht, warum die Herrin ihre Nichte nicht einfach gehen läßt. Wenn Dame Idra schon eine so glühende Verehrerin Rahjens ist – warum folgt sie dann nicht ihrer Berufung?« Yanissa hob die Hände. »In meiner Heimat wäre das nicht mal für eine edle Dame eine Schande, sondern eine Ehre. Doch die Herrin verehrt lieber Travia und macht um Rahja einen großen Bogen.« Sie blickte nachdenklich auf Lughaid. »Solange sie keinen Dummen gefunden hat, der Idra heiraten will, müssen arme Kerle wie du darunter leiden.« Yanissa klopfte Lughaid auf den Rücken. »Du stehst das schon durch und kommst ungeschoren davon. Da bin ich mir sicher. Ich helfe dir!« Die Köchin horchte auf, als sich der Magen des jungen Mannes wieder meldete. »Ach, Junge, das hättest du mir auch sagen können! Du mußt ja halb verhungert sein! Warte einen Augenblick ...« Schon rauschte Yanissa davon. Sie kehrte mit einem vollen Tablett zurück und drückte es Lughaid in die Hände. »Hier, damit du mir nicht vom Fleisch fällst, mein Kleiner!«

»Ich danke dir, Mutter!« Erleichtert zog sich Lughaid in einen dunklen Winkel der Küche zurück. Erst dort betrachtete er die Speisen auf dem Tablett und stellte erfreut fest, daß Yanissa ihm Leckereien von der Hohen Tafel aufgehoben hatte, die er mit Genuß verspeisen würde. Welch angenehmer Abschluß eines langen, anstrengenden Tages …

»Es wird Zeit, daß ich eine kleine Reise unternehme!« meinte Junker Aethelred am nächsten Morgen zu Lughaid, der schweigend einen Helm polierte. Die beiden Männer saßen nach den Waffenübungen auf einer Bank und pflegten ihre Rüstungen. »Diese verschlafene Gegend ist kein Vergleich zu dem, was ich im Südmeer erlebte.« Der Junker streckte sich und legte das Schwert beiseite. »Es gibt nur wenige Dinge, mit denen ich mir hier die Zeit vertreiben kann: mich in den Waffen zu üben, auf die Jagd zu gehen, das Lehen zu verwalten oder die edlen Damen zu unterhalten. Letzteres könnte ja ganz angenehm sein, wenn die Auswahl größer wäre: Aber die eine ist meine Schwester, die andere ein dummes Schaf.« Lughaid senkte hastig den Kopf, um seinen gequälten Blick zu verbergen. Er rieb schneller über den Helm. Offensichtlich gelang es Idra sehr gut, sich in der Nähe ihrer Verwandten zu verstellen. Wenn nicht einmal der welterfahrene Aethelred hinter die wahren Absichten der jungen Frau kam, war sie eine Meisterin der Täuschung.

»Aber ich habe meiner Mutter versprochen, bis zum Hoftag in Gareth keine längeren Reisen zu unternehmen, sonst hätte ich mich schon in Weiden umgesehen«, stellte der Edle fest. »Warst du eigentlich einmal in Honingen, Lughaid?«

»Nein!« Lughaid sah auf und schüttelte den Kopf. »Ich war bisher nicht über Draustein und Crumold hinaus.«

Der Junker grinste. »Du bist ja ein richtiges Landei, Lughaid! Ich kann mir richtig vorstellen, wie du mit offenem Mund in Honingen einreitest, auch wenn die Stadt nicht mit Havena oder gar Gareth zu vergleichen ist. Möchtest du mich begleiten!«

»Ja, Euer Wohlgeboren!« entgegnete Lughaid begeistert. Dies war wieder einer der Tage, an dem das Schicksal es gut mit ihm meinte: Idra war ihm ferngeblieben, Waffenmeister Bran zeigte sich mit seinen Leistungen zufrieden, und jetzt stellte ihm sein Herr auch noch eine Reise in Aussicht.

Der Edle blickte auf die Brünne und seufzte. »Warum soll ich das Metall polieren, bis es glänzt? Diese Arbeit ist unnötig.« Er blickte Lughaid an, dann grinste er. »Zunächst werden wir nach Crumold reiten. Ich habe einem alten Freund versprochen, mich mit ihm zu treffen, um mein Jagdgeschick mit dem seinen zu messen.«

10. Kapitel

Eine Hoffnung erfüllt sich

»...Ihr hättet noch eine ganze Weile im Wald herum-
irren können, Meisterin«, meinte der Händler. »Nun,
habt Ihr Euch überlegt, ob Ihr uns begleiten wollt?
Unser nächstes Ziel ist Crumold. Von da aus werden
wir auf der Straße entlang dem Großen Fluß über
Draustein nach Weidenau reisen. Wenn das Eure Richtung ist, so seid Ihr herzlich eingeladen, mit uns zu
kommen.«

Rhuna betrachtete die Karte Albernias, die Trom ihr
zeigte. Sie hatte das Gefühl, sich in einem fernen Land
aufzuhalten, erkannte sie doch nur noch wenige Ge-
birgszüge wieder. Bis auf den Farindelwald gab es
keine größeren zusammenhängenden Wälder mehr,
Orte, die sie kannte, waren von der Karte verschwunden, dafür waren viele neue Namen zu entdecken.
Doch noch mehr hatte sie das Datum, das auf der
Karte verzeichnet war, bestürzt: 999 nach Bosparans
Fall. Dabei hatte sich der Händler schon entschuldigt,
daß die Karte ein wenig veraltet sei. Veraltet?

Rhuna erschreckte die Erkenntnis nicht mehr, daß
sie sich noch einmal verschätzt hatte. Als sie in Havena lebte, lag die Zeit der Dämonenkaiserin und der
Fall der Hunderttürmigen gerade erst zweieinhalb
Jahrhunderte zurück.

Die Magierin schluckte. Alles, was sie gekannt hatte,

lag in Ruinen, war zu Staub zerfallen, von den Menschen vergessen oder in ungesicherten Legenden aufgezeichnet.

»Die Straße am Fluß ist belebter. Wenn wir einige Regeln beachten, wird uns nichts geschehen.« Der Händler lächelte. »Und ich denke, das Räubergesindel wird es sich dreimal überlegen, uns zu überfallen, wenn es Euch sieht, gelehrte Dame. Ist es mir erlaubt zu fragen, von welcher Akademie Ihr stammt? Ich habe schon für Magister der Arkanen Zunft seltene alchimistische Zutaten besorgt, daher kenne ich mich ein wenig aus.«

Rhuna betrachtete noch immer fasziniert die Karte und hörte nur mit halbem Ohr zu. »Von Havena stamme ich.«

Sie schrak auf, als Trom überrascht entgegnete: »Havena? Herrin, das ist ein schlechter Scherz! In Havena gibt es keine Magierakademie mehr, und bis vor ein paar Jahren durften Angehörige der arkanen Künste die Stadt nur mit offizieller Erlaubnis betreten! Alle, die sich nicht daran hielten, waren dem Tod verfallen! Haltet mich nicht zum Narren!«

»Ich wollte Euch nicht …« Rhuna schloß den Mund, als sie begriff, was der Händler eben gesagt hatte. Die Thaumathurgische Akademie war geschlossen und ein Magieverbot in Havena ausgesprochen worden? Bei den Zwölfen – warum nur?

Der Händler bemerkte Rhunas Verwirrung. Wie es seine Art war, denn er hielt mit seinem Wissen nicht gerne hinter dem Berg, fügte er eine Erklärung an: »Mein Onkel, der Stadtschreiber in Havena ist, hat mir einmal erzählt, warum dieses Gesetz bestand: Bis zum Jahre 393 vor Hal gab es in Havena die Thaumaturgische Akademie. Dann verlor aber der damalige Gildenmeister den Verstand und schwang sich selber zum Tyrannen der Stadt auf. Erst ein Vorfahr unseres verehrten Landesvaters, der tapfere Niamad ui Bennain, besiegte und tötete ihn. Darauf beschloß der Rat der Stadt, ein umfassendes Magieverbot über Havena zu verhängen.« Trom schüttelte den Kopf. »Ich möchte Euch ja gerne glauben, Dame Rhuna, aber dann müßtet Ihr mehr als vierhundert Jahre alt sein.« Er verstummte und musterte Rhuna mit zusammengekniffenen Augen. Die Magierin räusperte sich und suchte fieberhaft nach einer Erklärung, die ihn wieder beruhigte und seinen Argwohn dämpfte. »Verzeiht mein Ungeschick. Meine Gedanken weilten bei der Karte!« entschuldigte sie sich. »Von der Halle der Metamorphosen zu Kuslik stamme ich.« Stumm flehte sie zu Hesinde, daß diese uralte, ehrwürdige Akademie der weißen Hand noch immer bestand.

Trom lächelte zufrieden. »So tief in den Südwesten bin ich zwar nie gekommen, aber ich habe schon von dieser Akademie gehört.« Damit setzte er zu einer weiteren Erzählung über seine Reisen an.

Nur eine kleine Kerze, auf dem Schemel abgestellt, erhellte die Kammer. Rhuna ergänzte nachdenklich ihr Tagebuch. Durch Troms Schwatzhaftigkeit hatte sie viele Wissenslücken über die verlorenen Jahre füllen können: In den letzten siebenhundert Jahren hatte sich nicht nur die albernische Landschaft vollständig verändert, auch Grenzen waren gefallen oder neu gezogen worden. Die Dynastie der Ulaman war nur noch Geschichte. Ein Ui Bennain regierte Albernia und hatte seine älteste Tochter mit dem Erben des Kaiserthrones vermählt.

Die letzten Jahrhunderte hatten Kaiser Rauls Reich arg gebeutelt, und Albernia war nicht immer davon verschont geblieben: Eine jahrzehntelange Herrschaft der Praiospriesterschaft, ständig wechselnde Herrscherdynastien, Kriege der Magier um Macht und Wissen.

Landesteile waren von dem Reich, das sie kannte, abgefallen und hatten sich zu eigenständigen Staaten erklärt, wie etwa das Kernland des alten Bosparan – das Liebliche Feld.

Nicht zuletzt im vergangenen Jahrzehnt hatte es immer wieder Kriege, Unruhen und heftige Wirren gegeben: Krieg gegen die Orken, die in die nördlichen Landesteile eingefallen waren, ein verschwundener Kaiser und das Ringen des Sohnes um die Macht.

Dafür schien sich die Königin des Lieblichen Feldes alter Zeiten erinnert und den Horas-Titel angenommen zu haben. Sollte sich der Lauf der Geschichte wiederholen und vielleicht eine zweite Hela-Horas Dere ihr Zeichen aufdrücken?

Zudem ging etwas im Herzogtum Weiden und in einem Kloster namens Aras de Mott vor. Wenn Magier, Geweihte und hohe weltliche Würdenträger gemeinsam die Ereignisse untersuchten und eisern schwiegen, mußte die Lage an den betroffenen Orten wirklich ernst sein. Rhuna lehnte den Kopf gegen die Wand und schloß die Augen. All das weckte ihre Neugier, aber schließlich hatte sie ihren eigenen Krieg zu führen! Gegen einen Feind, den es nicht zu unterschätzen galt! Elathalion war von dem Wunsch besessen, sein stoffliches Dasein zurückzugewinnen und sein Ziel zu erreichen: Die Menschenwelt seiner Herrschaft zu unterwerfen. Für Rhuna bestand kein Zweifel: Elathalion besaß den Willen, die Zeit und irgendwann auch die Macht dazu. Jemand mußte ihn aufhalten! Sie kannte Elathalions Stärken und Schwächen vor allem durch Lyrets Erzählungen und ein wenig durch den Kampf gegen den Holdenfürsten.

Zunächst mußte sie ihre Mitstreiter finden: Brannon und Caellin. Das war schon ein beinahe aussichtsloses Unterfangen.

Nein, vielleicht nicht ganz. Rhuna dachte nach.

Wenn die Götter die Seele eines Sterblichen wieder nach Dere sandten, weil er noch ein Schicksal zu erfüllen hatte, welchen Ort würden sie dann wählen? Sicher einen, an dem die Seele im früheren Leben Dinge erlebt hatte, die von Einfluß auf dieses Schicksal gewesen waren!

Wenn diese Überlegung stimmte, dann würde Rhuna Caellin und Brannon hier zwischen Burg Crumold und Burg Draustein wiedertreffen.

Rhuna legte die Feder zur Seite und schloß das Buch. Eine Weile blickte sie auf die kleine Kerzenflamme. Zum ersten Mal seit dem Verlassen der Anderswelt erfüllten die Magierin wieder Mut und Hoffnung.

Rhuna hielt sich krampfhaft am Kutschbock fest. Auch wenn der Händler, seine Gehilfen und sie bereits auf einer besseren Straße reisten, wurde die Magierin immer noch ordentlich durchgeschüttelt und -gerüttelt, so daß sie für jede Rast dankbar war.

»Ho!« Der Händler hielt den Karren an. Einer seiner Begleiter lief ein Stück voraus auf die Anhöhe und kehrte dann wieder zurück. »Eine Gruppe Reiter kommt auf uns zu«, meldete er.

»Und wie sehen die aus?« fragte der Händler ernst.

Der Gehilfe sah zu Trom auf. »Wie eine adlige Jagdgesellschaft. Ich habe zwar keine Wappen erkennen können, aber die Männer schienen gut gekleidet!«

Der Händler warf einen Blick zu Rhuna, die sich zurücklehnte und ihn anlächelte. »Hm, dann warten wir, bis die Reiter vorüber sind. Ich weiß, daß adlige Herren es nicht mögen, wenn man ihnen den Weg versperrt.«

Rhuna schaute wie die anderen erwartungsvoll zur Anhöhe und beobachtete, wie die angekündigte Schar in Sicht kam: vier Männer in dunkelbrauner Lederkleidung. Der vorderste von ihnen, ein dunkelhaariger Mann in den besten Jahren, trug ein auffälliges, goldbesetztes Lederwams. Eine Brosche, bei näherem Hinsehen als Falkenwappen zu erkennen, hielt seinen Umhang. Seine Kleidung war sorgfältiger gearbeitet als die der anderen. Er mußte ein Adliger sein, der mit einem älteren und zwei blutjungen Gefährten auf Jagd ritt.

Rhuna stutzte. Dann klammerte sich die Magierin am Holz ihres Sitzes fest und hielt die Luft an: Konnte das wahr sein? Oder gaukelten ihr ihre Augen ein Trugbild vor? Der junge schwarzhaarige Waffenknecht, das war doch...

Sie blieb stocksteif sitzen. Der Adlige wandte erstaunt den Kopf. Erst da bemerkte Rhuna, daß Trom und seine Gehilfen den Vorüberkommenden ihre Ehrerbietung erwiesen, indem sie ihre Hüte abnahmen und sich verbeugten.

Rhuna schluckte. Sie erinnerte sich, daß sie in ihrer neuen Kleidung nicht als Dame höheren Standes, geschweige denn als Magia zu erkennen war. Eine Entschuldigung murmelnd, senkte sie den Kopf, schielte aber weiterhin aus den Augenwinkeln nach dem jungen Mann. Er war Brannon wie aus dem Gesicht geschnitten, besaß das gleiche forsche Kinn und dieselben wachen blauen Augen!

Die Magierin frohlockte. Das Schicksal war ihr endlich einmal wohlgesonnen und zeigte ihr den ehemaligen Kampfgefährten früher, als sie zu hoffen gewagt hatte! Wie Lyret gesagt hatte, erkannte er sie nicht.

»Was ist mit Euch, Dame Rhuna? Ihr seht aus, als hättet Ihr einen Geist gesehen!« erkundigte sich der Händler neugierig. »Der schwarzhaarige Begleiter des Edlen hat Euch aus der Fassung gebracht, habe ich recht?«

»Als ich noch jung war, kannt ich einen Mann, der

jenem Jüngling wie ein Bruder glich«, erklärte Rhuna nachdenklich. Das war nicht einmal gelogen.

»Ich verstehe«, brummte Trom verständnisvoll und legte eine Hand tröstend auf Rhunas Arm. »Vielleicht ist der Bursche der Enkel oder Großneffe eurer Bekanntschaft. Das Schicksal spielt oftmals seltsame Streiche.« Er kratzte sich am Kinn und überlegte angestrengt. »Wenn ich mich nicht irre, habe ich den Edelmann an der Spitze schon einmal gesehen. Es könnte sein, daß er von einer der Burgen, Draustein oder Falkraun, stammt.«

Rhuna biß sich auf die Lippen. Konnte sie Trom bitten, sie bei einer der genannten Festungen oder zumindest in deren Nähe abzusetzen? Der Mann war bisher schon so freundlich gewesen, daß sie sich fast ein wenig schämte, seine Hilfe weiterhin in Anspruch zu nehmen.

Der Händler schien ihre Gedanken zu erraten. »Ihr wollt wissen, wer der Schwarzhaarige ist, und von ihm mehr über Eure alte Liebe erfahren, habe ich recht?«

Rhuna nickte. »Insofern es euch möglich erscheint, bitte ich Euch, mich zu jenen Orten zu bringen«, schlug sie vorsichtig vor.

Der Händler lächelte. »Die Reichsstraße führt sogar an den beiden Burgen vorbei. Paßt auf, als nächstes erreichen wir Wietaun. Dort erkundigen wir uns bei meinem alten Freund Noisi, der eine Schenke besitzt, wer der Edle ist, und ich setze Euch in der richtigen Burg ab. Mehr kann ich nicht für Euch tun. Wir müssen noch vor dem nächsten Windstag in Weidenau sein. Der Achsenbruch hat uns schon zu viel Zeit gekostet.«

»Ein Adliger mit schulterlangen dunkelbraunen Haaren? Laßt mich einen Augenblick überlegen … Hm, das kann nur Seine Wohlgeboren Junker Aethelred von Thunderbach zu Falkraun sein. Ja, er steigt manchmal in dieser Schenke ab«, fügte der bärtige schwarzhaarige Wirt hinzu. »Ein freigiebiger Gast, der einen guten Tropfen zu schätzen weiß! Ein leidenschaftlicher Jäger und guter Kämpfer, der schon weit in der Welt herumgekommen ist.«

»Ich danke dir für die Auskunft, alter Freund!«, antwortete Trom dem Wirt, der sich die Zeit genommen hatte, mit ihnen zu reden, obgleich die Reisegesellschaft einer edlen Dame seine ganze Aufmerksamkeit forderte.

Während sich der Wirt wieder entfernte, lächelte der Händler Rhuna an. »Seht ihr, mein Freund kennt jede wichtige Person in dieser Gegend. Burg Falkraun ist also Euer Ziel. In dem kleinen Dorf Thunderbach gibt es auch eine Herberge, aber die ist bei weitem nicht so gut ausgestattet wie die meines Freundes.«

Rhuna nickte und berührte die Hand des Händlers. »Ich danke Euch von ganzem Herzen für die Mühsal, die Ihr wegen mir auf Euch nehmet, Trom. Ohne Euch würde ich gewiß noch in Aethas Herberge verweilen und wüßte nicht, wohin ich mich wenden sollte – de facto hätte ich jenen Jüngling niemals erblickt.«

»Ich müßte eher Euch dankbar sein, Dame Rhuna!« entgegnete der Händler. »Ihr habt mir kostbare Münzen überlassen.« Einer von Troms Gehilfen kam an den Tisch und unterbrach den Händler in seiner Rede. Rhuna konnte nicht verstehen, worum es ging, aber Trom erhob sich plötzlich. »Entschuldigt, ich muß nach meinen Waren sehen. Ich bin gleich wieder da!«

Rhuna sah Trom bis zur Tür nach und schaute sich in der Stube um. Außer ihr befanden sich ein paar

Bauern aus der Umgebung im Raum, die Reisegesellschaft einer Edeldame, schließlich noch Männer und Frauen, die sie nicht so recht einordnen konnte.

Plötzlich horchte sie auf. Fetzen einer Unterhaltung drangen an ihr Ohr. Am Nebentisch redeten zwei dunkel gekleidete Gestalten in Bosparano. Unauffällig sah Rhuna zu den beiden hinüber. Worüber sprach Mann nur mit seiner Begleiterin? Über die sphärologischen Werke eines Berufskollegen, der vor dreihundert Jahren gelebt hatte? Und seine Überlegungen bezüglich andersphärischer Welten? Bei Hesinde, die Behauptungen, die er über die Beschaffenheit der Globulen aufstellte, waren völlig aus der Luft gegriffen! Er wußte offensichtlich nicht, daß schon die Anderswelt...

Rhuna öffnete den Mund, um dem Mann zu widersprechen, sagte dann aber doch nichts. Besser, wenn sie sich nicht in das Gespräch der Magier einmischte.

Zum einen trug sie nicht die Gewänder einer Magia und ihr Stab lag in eine Decke eingewickelt auf dem Zimmer, zum anderen würden die beiden wissen wollen, wer sie war und von welcher Akademie sie stammte...

Nein, sie durfte nur wenigen enthüllen, wer und was sie war. Erst wenn Elathalion besiegt war, konnte sie auch an sich denken und versuchen, für die wenigen Jahre, die ihr noch blieben, eine neue Heimat zu finden, um ihr Wissen an andere Magier weiterzugeben.

Rhuna trank einen Schluck Wein und erstickte damit den Hustenreiz, der in ihrer Kehle aufstieg. Schon seit dem Mittag fühlte sie sich matt und fiebrig. Forderten jetzt die Anstrengungen der vergangenen Tage ihren Preis? Die Übernachtungen im Wald in viel zu dünnen Kleidern und im Regen? Die Entbehrungen, die sie ihrem alten Körper aufgebürdet hatte?

Rhuna strich sich über die heiße Stirn. Ihre Gelenke pochten und brannten, ihr wurde immer wieder schwindelig. In diesem Zustand konnte sie nicht weiterreisen. Wenigstens wußte sie nun, wo Brannon lebte, und mußte ihn nur noch aufsuchen, um in ihm die Erinnerung an die Vergangenheit zu wecken.

11. Kapitel

Nachstellungen

»Ein merkwürdiges Völkchen treibt sich in diesen Tagen auf unseren Straßen herum«, stellte Junker Aethelred grimmig fest, als sie die Hügelkuppe hinter sich gelassen hatten. Der Junker war schlecht gelaunt, weil ihn am gestrigen Tag der Baumeister aus Kyndoch an offenstehende Zahlungen für die Ausbesserungarbeiten an Burg Falkraun erinnert hatte. »Pfeffersäcke! Golgari trage sie alle miteinander in Borons Reich.« Er warf einen Blick zurück und schüttelte den Kopf. »Der Händler, dem wir da eben begegnet sind, kommt mir bekannt vor. Ich glaube, er hat im letzten Herbst auf der Burg Stoffe, Bänder und Schmuck an die Frauen verkauft. Die Greisin, die neben ihm saß, habe ich allerdings noch nie gesehen. Sie wirkte zwar wie eine Bauersfrau, aber sie hat sich nicht so benommen.« Aethelred ließ sich an Lughaids Seite zurückfallen und musterte ihn nachdenklich. »Das Mütterchen hat dich keinen Augenblick aus den Augen gelassen, Lughaid! Kennst du sie vielleicht?«

»Ich habe die Alte noch nie gesehen!« entgegnete Lughaid. »Ich verstehe nicht, warum sie mich so angesehen hat.«

Aethelred zuckte mit den Schultern. »Vielleicht hat sie dich mit jemandem verwechselt!« schlug er belustigt vor. »Ich kenne die romantischen Geschichten von verlorenen Söhnen und wiedergefundenen Enkeln. Vielleicht war sie ja auch eine Hexe, die gerne junge Männer in ihren Bann schlägt!«

»Hört auf, den armen Jungen aufzuziehen, Euer Wohlgeboren!« meldete sich Bran zu Wort. »Wenn ihr wünscht, können wir umkehren und die Greisin befragen. Schließlich hat sich das Weib ungebührlich gegenüber Euch benommen, und Euer Vater bestrafte solch ein Verhalten immer.«

»Ach laß gut sein, Bran!« winkte Junker Aethelred müde ab. »Die Alte ist der Mühe und Zeit nicht wert!« Damit war für den jungen Adligen der Vorfall vergessen.

Er setzte sich wieder an die Spitze der kleinen Gruppe und ließ Lughaid mit seinen Gedanken allein. Dem ging der Blick der Greisin nicht mehr aus dem Sinn. In ihren verwitterten Zügen hatte sich Erstaunen mit Freude vermischt. Sie schien ihn wirklich erkannt zu haben. Lughaid schluckte. Warum glaubte er plötzlich, die Alte als junge Frau in Erinnerung zu haben?

Einige Tage später füllte Lughaid Wasser vom Schöpfeimer des Brunnens in die tönerne Waschschüssel. Nach den anstrengenden Waffenübungen würde ihn das kühle Naß erfrischen. Der junge Mann verzog das Gesicht, als sich sein Ellenbogen mit pochenden Schmerzen meldete. Lughaid hatte die Angriffe mit Schwert und Schild ständig wiederholen müssen und sich dabei heftig den Arm gestoßen. Nein, heute hatte er sich nicht gerade mit Ruhm bekleckert.

Lughaid streifte das schweißdurchtränkte Hemd ab und wusch sich mit einem groben Leinentuch seinen Oberkörper. »Ah, tut das gut!« Plötzlich zuckte Lug-

haid jedoch wie von einem Borbarad-Moskito gesto-
chen zusammen und ließ beinahe den Lappen fallen.
»Endlich treffe ich dich einmal allein an, mein schöner,
stattlicher Ritter!« gurrte eine Stimme leise hinter seinem Rücken.

Dem jungen Mann fuhr der Schreck in alle Glieder.
Seine Hände krallten sich in das grobe Leinentuch.
Heute meinte es das Schicksal wirklich nicht gut mit
ihm. Erst versagte er bei den Übungen, dann ließ er
auch noch alle Vorsicht fahren.

Er blickte sich hilfesuchend um. Natürlich verirrte
sich im Augenblick niemand in diesen abgelegenen
Winkel des Hofes.

Auf der Seitentreppe zur Küche, nur wenige Schritte
entfernt, stand Idra. Heute trug sie ein weißes, mit
Blütenmustern besticktes Kleid mit schmalem Hals-
ausschnitt und ein grünes Übergewand. Mit ihrem zu
Zöpfen geflochtenen Haar sah sie tatsächlich wie eine
schüchterne Jungfrau aus.

»Herrin Idra, ich habe noch zu tun«, antworte Lughaid und suchte hastig nach einer Ausrede. »Junker
Aethelred erwartet mich bei den Ställen. Wir wollen
noch ausreiten.«

»Nur einen Augenblick«, schmollte das blonde
Mädchen und strich den Umhang glatt. Dabei blickte
sie ihn kokett lächelnd an. »Mein Vetter vergnügt
sich mit seinem schwarzen Liebchen! Der wird nicht
ausreiten.«

Verdammt, kannte Jungfer Idra Aethelreds Ge-
wohnheiten genauso gut wie er? »Waffenmeister Bran
will mir noch eine Übungsstunde geben!«

»Ach, der alte Brummbär«, schnurrte Idra sanft und
kam mit wiegenden Hüften auf den jungen Waffenknecht zu. »Den wickle ich schon um den Finger.«

Nur das nicht! Lughaid wünschte sich in den Wald
zu den Wilderern zurück. Er stellte sich lieber einer

wütenden, bewaffneten Horde als dieser Frau. Idra blieb dicht vor ihm stehen und blickte zu ihm auf. Jetzt streckte sie auch noch die Hand aus. Lughaid wich zur Seite. »Es tut mir leid, Herrin, ich muß gehen!« murmelte er schließlich, drehte sich um und hastete davon. Das Hemd, das noch über dem Brunnenrand hing, würde er sich später holen.

Als er um eine Ecke gebogen war, blieb er stehen und blickte vorsichtig zurück. Idra stand immer noch bei dem kleinen Brunnen und spielte unschlüssig mit der Wasserkelle. Schließlich ließ sie sie fallen und stieg die Treppe wieder hinauf.

Lughaid lehnte sich gegen die Mauer, verzog das Gesicht. In diesem Sommer schien Idra sich dazu entschlossen zu haben, ihn auf Biegen und Brechen zu verführen. Und je mehr er sich dagegen sträubte, desto drängender wurde dieses Weib.

Lughaid dachte an sein Hemd. Noch einmal versicherte er sich, daß Idra nicht mehr zu sehen war, dann ging er zum Brunnen.

»Verdammt soll sie sein!« Idra hatte nicht nur mit der Wasserkelle herumgespielt, sondern das Naß über Hemd und Wams geschüttet. Lughaid hob die tropfenden Kleidungsstücke hoch und schleuderte sie zornig zu Boden. Leises Lachen erklang hinter ihm. Er drehte sich wütend um und verschluckte den zornigen Fluch, als er den Junker erkannte. Aethelred lehnte an der Mauer und schüttelte mit einem breiten Grinsen den Kopf. »Phex sei dank, daß ich zur Stelle war. Diese Seite meiner lieben kleinen Base kenne ich ja gar nicht! Ich wußte nicht, daß sie ein so boshaftes Luder sein kann. Was wollte sie eigentlich von dir?«

Lughaid wich dem Blick des dunkelhaarigen Junkers aus und zuckte mit den Schultern. »Ich weiß es nicht, Herr!«

Aethelred winkte ab und kreuzte die Arme vor der Brust. »Laß gut sein, ich ahne schon, in welche Richtung der Falke fliegt. Warum gibst du ihr nicht das, was sie will? Dann läßt sie dich sicher in Ruhe.«

»Herr, die Dame Idra ist aus edlem Haus und ich bin nur ein einfacher Mann. Niemals würde ich ihre Ehre beflecken!« entgegnete Lughaid ernst.

»Du benimmst dich wie ein edler Ritter aus den Sagen, Lughaid«, bemerkte der Junker mit einer hochgezogenen Augenbraue. »Du stammst wirklich nicht aus dieser Zeit.«

Der junge Mann starrte betreten auf die triefenden Kleidungsstücke in seinen Händen. »Das mag sein, Euer Wohlgeboren.«

Aethelred klopfte ihm auf den Rücken. »Schon gut, Lughaid. Ich will nicht länger über dich spotten. Du hast richtig gehandelt und gut gesprochen.« Er verstummte kurz und grinste breit. »Ich glaube, ich werde Frau Idra nun genauer im Auge behalten. Es ist kaum zu glauben, wie sie sich verhalten hat. Sie scheint mir gar keine schüchterne, sittsame Jungfrau zu sein, wie ich immer dachte«, murmelte der Junker zu sich selber und nickte Lughaid zu. »Besorge dir trockene Kleidung.«

Der Schwarzhaarige eilte erleichtert über den Hof zu den Unterkünften der Burgwachen. Seine Gedanken wirbelten durcheinander. Er war Idra wieder einmal entkommen. War es nun gut oder schlecht, daß Aethelred über die zwei Gesichter seiner Verwandten Bescheid wußte? Würde der Edelmann die Jungfer nun aufmerksam beobachten?

Lughaid betrat den Raum, den er sich mit drei anderen Burgwachen teilte. Er warf die nassen Kleider aufs Fensterbrett, holte ein neues Hemd aus der Truhe mit seinen persönlichen Habseligkeiten, streifte es über und setzte sich auf einen der Schemel vor den

Tisch. Er starrte auf die Würfel, die einer der anderen liegengelassen hatte und nahm sie in die Hand. Seine Finger drehten und wendeten die kleinen Beinstücke. Der Junker hatte erfahren, welches Spiel seine Base trieb, und würde sicher dagegen einschreiten. Warum aber blieb dieses unbehagliche Gefühl?

12. Kapitel

Barden unter sich

Dumpf klangen die Unterhaltungen und das Gelächter der Menschen in der Gaststube an ihr Ohr. Merydwen nahm nur wenig davon wahr. Sie widmete sich ganz ihrem Harfenspiel und ließ die Finger geschäftig über die Saiten gleiten. Sie hatte mit der Wirtin der Herberge ausgehandelt, daß sie für freie Kost, Übernachtung und ein Bad den Rest des Abends aufspielen würde.

Die Bardin hatte sich eine ruhige, melodische Weise ausgesucht, um die Männer und Frauen auf ihren Vortrag einzustimmen. Sollte sie wirklich singen? Trotz des heißen Bades und der erfrischenden Kräuter, der trocknen, sauberen Kleidung fühlte sie ein Kratzen im Hals. Die letzten Tage hatten wohl doch Spuren hinterlassen. Merydwen hob den Kopf und ließ beim Spielen ihren Blick schweifen. Die Herberge war gut gefüllt mit Händlern und ihren Gehilfen, ein paar Bewaffneten, die wohl hofften, sich bei einem der hiesigen Barone als Söldner verdingen zu können, und den unvermeidlichen, zwielichtigen Gestalten.

In diesem Augenblick öffnete sich die Tür, und ein hochgewachsener Mann mittleren Alters trat ein. Über seiner Schulter lugte der Griff einer Laute hervor. Merydwen ärgerte sich. Ein anderer Barde? Der mußte schon öfter hier zu Gast gewesen sein, denn er eilte zielstrebigen Schrittes auf die Wirtin zu und umarmte sie. Die Frau erwiderte seinen Gruß.

Merydwen wandte rasch den Blick ab und konzentrierte sich wieder auf ihr Spiel, denn jetzt galt es, einen anderen Barden und nicht nur einfache Bauern und Händler zu beeindrucken.

Merydwen biß sich auf die Lippen und spielte ein Lied, das schwierige Griffolgen verlangte. Schweiß trat ihr auf die Stirn. Sie stockte nur einmal, aber das war schon Schmach genug. Dann holte sie tief Luft und begann zu singen. Warum fiel ihr in diesem Augenblick nur die wehmütige Weise ein, die sie selber geschrieben hatte?

»Geboren im Schatten alter Bäume,
unter Tsas Segen zu einer Lilie erblüht,
so wanderte ich schon in meinen Kinderjahren
voller Unrast suchend durch den Wald.
Was ist mein Ziel in diesem Leben?
Den Weg, den ich gehe, hab ich nicht gewählt.

Meine Gabe an die Menschen sind die Lieder,
die ich sang und spielte an jedem Ort.
Aber ich vermag nicht zu bleiben, unstet wie der Wind
zieht es mich fort – ich bin der Unrast Kind.
Was ist mein Ziel in diesem Leben?
Den Weg, den ich gehe, hab ich nicht gewählt.

Ich sah Steppen, grüne Auen, Wälder und Seen
wanderte über steile Grate und in eisigen Höh'n.
Unbeschwert folgt ich des Yaquirs Lauf,
segelte wieder das Meer der sieben Winde hinauf.
Was ist mein Ziel in diesem Leben?
Den Weg, den ich gehe, hab ich nicht gewählt.

Doch mein Herz blieb unberührt von all der Pracht!
Der Wunder und Seltsamkeiten, die mein Auge sah.
Meine Seele steht unter dem Bann,
der mich nicht Frieden finden lassen kann.
Ich suche mein Ziel in diesem Leben!
Denn den Weg, den ich gehe, hab ich nicht gewählt.«

Merydwen verstummte und sah sich verlegen in der Gaststube um. Sie spürte, wie ihre Wangen aufglühten. Beschämt blickte sie zu dem anderen Barden, der ihr aufmerksam gelauscht hatte. Jetzt hatte der Mann bestimmt eine schlechte Meinung von ihrem Können. Merydwen seufzte. Ihr lag es einfach nicht, selber Lieder zu schreiben. Zu Melodien reichte es gerade noch. Rasch spielte sie eine schnelle Weise, um ihre Verlegenheit zu verbergen. Immer wieder blickte sie dabei zu dem anderen Barden, der sich angeregt mit der Besitzerin der Herberge unterhielt.

Kaum hatte sie das Lied beendet, sprang die Wirtin auf und klatschte in die Hände. »Meine Freunde!« rief sie in die Runde. »Einige von euch kennen meinen Bruder Tamlin. Der Wandervogel ist wieder einmal bei mir eingekehrt. Er wird uns mit seiner großartigen Kunst unterhalten. Tamlin spielte schon vor vielen Baronen und sogar der Gräfin von Honingen. Deshalb genießt seinen Vortrag! Und wehe dem, der ihn stört!«

Merydwen blieb der Mund offen stehen. *Und was ist mit mir? Werde ich einfach so vergessen?*

Der andere Barde, Tamlin, erhob sich, sah sich lächelnd in der Gaststube um und zog einen Stuhl in die Mitte des Raumes. »Ich werde den Wunsch meiner Schwester erfüllen, da sie mir sonst keinen ruhigen Augenblick gönnt«, sagte er. Sein Blick ruhte auf Merydwen. »Wie steht es mit Euch, junge Kollegin? Möchtet Ihr meinen Vortrag begleiten?«

Merydwen biß sich auf die Lippen. *Sollte sie sein An-*

gebot jetzt für Freundlichkeit oder Hochmut halten? Andererseits schadete es nicht, ihn zu begleiten, so würde die Wirtin ihr später keine Vorwürfe machen, daß sie nicht genug gespielt habe. So nickte Merydwen dem Barden zu und legte die Hände auf die Saiten.

»Ich komme gerade aus dem Norden. Im Seenland und am Rande des Farindelwaldes, habe ich viel gehört und gesehen, während ich bei den Baroninnen von Tommeldomm und Bockshag und anderen edlen Herrn und Damen aufspielte. Davon will ich euch erzählen und singen. Um euch einzustimmen, lauscht nun jedoch einer traditionellen Weise, die viel über das Wesen der Seenländer erzählt, dem Liebesgruß.«

Die Nacht war schon weit fortgeschritten, als Tamlin endlich abwinkte. »Schon gut, Ihr lieben Leute! Nur noch ein Lied, und dann ist es genug! Mein Hals ist trocken, und meine Finger sind müde.«

Merydwen mußte sich neidisch eingestehen, welch großer Unterschied zwischen ihr und dem älteren Barden bestand. Tamlins sanfte dunkle Stimme vermochte wirklich, die Menschen in den Bann zu schlagen. Während die Gäste in der Stube Merydwen nur mit halbem Ohr gelauscht hatten, waren viele während Tamlins Vortrag immer schweigsamer geworden, hatten dem Gesang zugehört, und den Barden später immer wieder aufgefordert, weitere Lieder zu singen.

Ihr war diese Aufmerksamkeit niemals zuteil geworden. Die Bardin senkte den Kopf. Sie hatte den Mann bei den Liedern, die sie kannte, mit der Harfe begleitet, und sonst ebenfalls aufmerksam gelauscht. Vielleicht konnte sie sich ja die eine oder andere Ballade merken und ihrem Liederbuch hinzufügen.

Tamlin strich mit der Hand über die Saiten seiner Laute und lächelte. »Passend zu dieser späten Stunde will ich Euch von geheimnisvollen Geschehnissen sin-

gen.« Seine Stimme nahm einen unheilvollen Klang
an. »Lauscht nun meinen Worten und der Erzählung
über den Schatten vom Farindelwald!«

Merydwen beobachtete Tamlins Hände, die über die
Saiten seines Instrumentes glitten. Wie gelang es ihm
nur, seiner Laute diese klagenden Töne zu entlocken?

»Seht, er lauert dort im Wald
jagt Dich ohne Rast und Halt
fängt Dich in der Dunkelheit
Der Schatten vom Farindelwald

Überirdisch schön doch kalt
sein Blick zieht Dich in die Gewalt
schaut Dich an voll Traurigkeit
Der Schatten vom Farindelwald

Sucht bei Dir der Mutter Hand
verschollen lang im Feenland
die ihm keinen Namen gab
Dem Schatten vom Farindelwald

Sucht des Menschenvaters Blick
für ihn gab es kein Zurück
und er verließ so bald so alt
Den Schatten vom Farindelwald

Gefangen in der Menschenwelt
niemals vor die Wahl gestellt
ohne Seele ward er bald
der Schatten vom Farindelwald

Und verzweifelt stürzt er fort
zu dem sich'ren, trauten Ort
bis dem nächsten Wandrer naht
Der Schatten vom Farindelwald«

Es war still in der Stube geworden, als der Barde seinen Vortrag beendete und einen tiefen Schluck aus seinem Becher nahm. Merydwen wischte sich verstohlen über die Augen. Sie war nicht die einzige, die Anteil an der Geschichte nahm. Andere Gäste berührten unauffällig die Amulette, die um ihren Hals hingen oder machten Gesten, die sie vor dem Unheil schützen sollten.

Tamlin schien zufrieden über die Wirkung seines Gesanges und wandte sich Merydwen zu. »Wollt Ihr nicht mit an meinen Tisch kommen? Ich würde mich gerne ein Weilchen mit Euch unterhalten!«

Verlegen nickte Merydwen. »Das will ich gerne tun.« Sie verstaute die Harfe vorsichtig in der Umhüllung und sammelte ihre Habseligkeiten ein, ehe sie dem Barden folgte.

»Es war nicht meine Absicht, Euren Vortrag so grob zu unterbrechen!« sagte Tamlin, als sie sich an seinem Tisch niederließen. »Meine Schwester ist ein wenig ungestüm. Sie ist auf mich sehr stolz und will ihr Haus mit meinem Ruhm schmücken.« Er grinste. »Auch wenn der nicht so groß ist, wie sie behauptet. Ich bin einer von vielen, der seinen Lebensunterhalt verdient, genau wie Ihr … Wie heißt Ihr eigentlich, edle Dame?«

»Ich bin Merydwen ni Laighann. Bitte stellt Euer Licht nicht unter den Scheffel, Tamlin. Ihr vermögt die Aufmerksamkeit der Leute für Euch zu gewinnen, was mir nicht gelingt.«

»Ihr habt kein Vertrauen in Eure Fähigkeiten, Merydwen.« Tamlin lächelte. »Zugegeben, das Lied, das Ihr vorgetragen habt, war unausgereift, aber Ihr habt Talent. Auch wenn dies mehr im Bereich des Musizierens liegt. Ich kann die Zuhörer mit meiner Stimme beeindrucken, das stimmt, aber wenn ich nur mein Instrument spielen müßte, käme ich in Verlegenheit. Ist Euch nicht aufgefallen, daß Ihr die schwierigeren Teile der Melodie mit Eurer Harfe übernommen habt?«

Merydwen schüttelte den Kopf. »Nein, ich bin gewohnt, die Hintergrundstimme zu spielen. Schon an der Seite meines Lehrmeisters war das so.«

Tamlin nickte. »Noch etwas ist mir aufgefallen: Ihr achtet viel zu sehr auf die Regungen der Zuhörer und paßt Euch ihnen an. Wagt etwas, habt mehr Mut! Dann könntet Ihr viel mehr erreichen!«

»Ich ...« Merydwen wußte nichts zu dieser Einschätzung ihrer Fähigkeiten zu sagen. Verlegen senkte sie den Kopf. Der Barde legte eine Hand auf die ihre. »Ich bin mir sicher, daß die Menschen Euch dann besser zuhören. Und es ist keine Schande, nur die Lieder anderer zu singen! ›Der Schatten vom Farindelwald‹ stammt ja auch nicht von mir«, lenkte er ein. »Das Lied schrieb Jelais, eine Bardin, die am Hofe der Baronin Efferlill ni Bennain von Bockshag lebt.« Er schmunzelte. »Ihre Hochgeboren, die Baronin, ist sehr leicht von Spottliedern zu begeistern. Als ich herausfand, daß sie besonders solche über ihren Nachbarn, den Baron von Gemhar, schätzt, wurde sie besonders freigiebig. Merkt Euch das, falls Ihr einmal nach Bockshag kommt.« Er nahm noch einen Schluck aus seinem Becher. »Jelais erzählte mir, daß sie eine alte Sage aus dem Farindelwald zu dem Lied bewegt habe.«

»Albernia ist voller Legenden!« erwiderte Merydwen. »Bitte erzählt mir die Geschichte.«

Tamlin lehnte sich zurück und begann:

»*Niandrel, eine Fee aus dem Gefolge der geheimnisvollen Farindel Wipfelwald, verliebte sich in Ruadh, einen Barden, der sich in den verwunschenen Wald und das geheime Reich der Feen verirrte.*

Dort gewann der junge Mann das Wohlwollen der mächtigen Herrin Farindel mit seinen Liedern. Nur eines hatte sie ihm verboten – niemals sollte er es wagen, eine ihrer Begleiterinnen zu berühren und damit deren Unsterblichkeit zu rauben. Und ihrem Gefolge befahl sie, fern von dem Sterblichen zu bleiben.

Niandrel war so blind vor Liebe und Begehren, daß sie sich über das Gebot ihrer Herrin hinwegsetzte. Ruadh erging es ähnlich, und so trafen er und Niandrel sich heimlich, um einander zu umarmen, bis Farindel Wipfelwald davon erfuhr und zornig vor die Liebenden trat. Sie verbannte Niandrel und Ruadh für immer aus der Feenwelt und zerriß ihr zartes Band. Ruadh alterte und starb, als seine Füße wieder die Erde Deres berührten, und Niandrel wurde wahnsinnig vor Schmerz und irrte von nun an ziellos durch den Wald.

Doch Tsa hatte diesen Bund längst mit neuem Leben gesegnet. Als ihre Zeit gekommen war, legte sich Niandrel nieder und gebar einen Sohn. Dann verschied sie aus Schwäche und Schmerz.

Nun aber bestimmen die Alveranischen, daß Kinder aus einer Verbindung zwischen Sterblichen und Feen erst dann eine Seele und einen Geist erhalten würden, wenn die eigene Mutter ihnen einen Namen gab, so wie es Sitte bei den Feen war.

Und dies war nicht geschehen. Während wilde Tiere kamen, Niandrels Leib zerrissen und fraßen, lag der Knabe reglos da. Der Funke seines Lebens glomm schwach und wartete auf das Erwachen. Durch die Magie des Waldes aber verging er nicht, als der Leib des Kindes starb. Der Lebensfunke des Knaben wurde in ein Irrlicht verwandelt, das seit jenen Tagen Wanderer an den Ort seiner Geburt zu locken versucht, um ihnen sein Leid zu zeigen. Und da er tief im Farindelwald liegt, tief zwischen uralten Bäumen und Felsen, kehrte nie ein Wanderer, der dem Ruf folgte, zurück.

Das ist die Geschichte, die hinter diesem Lied steht.«

»Eine traurige Geschichte. Auch in meiner Heimat gibt es solche Legenden.«

Der Barde gähnte. »Erzählt sie mir morgen, Merydwen. Ich bin heute weit gewandert, und nun fordert die Müdigkeit ihren Preis!«

»Mir geht es ebenso«, entgegnete Merydwen. »Doch ich will nicht vergessen, Euch für Eure Freundlichkeit zu danken! Daß Ihr mich in Euren Vortrag mit einbezogen habt, war nicht selbstverständlich.«

Tamlin lächelte. »Ich bin hier zu Hause, und Ihr müßt Euch die Unterkunft verdienen, Merydwen. Außerdem bin ich ein Träumer, der die alten Werte von Ehre und Höflichkeit noch hochschätzt!« Er blickte Merydwen mit einem warmen Leuchten in den Augen an. »Mögen die Zwölfe über Euren Schlaf wachen.«

Merydwen blieb vor den Ruinen eines kleinen Perainetempels stehen und blickte nachdenklich auf die von Jasalinkraut und Brombeeren überwucherten Mauern des einstigen Heiligtums. Nun, nachdem sie Weidenau hinter sich gelassen hatte, befand sie sich wirklich in der Heimat.

Sie drehte sich um und atmete tief ein. Vor ihr begann ein heller Wald aus Silberweiden, Erlen und Birken, zu ihrer Rechten weidete eine Schafherde inmitten der purpurfarbenen Heide. Der starke Duft des Jasalinkrautes kitzelte in ihrer Nase, bis sie niesen mußte.

Merydwen setzte ihren Weg mit langsamen Schritten fort. Wie der Flußlauf machte die Straße einen weiten Bogen um den nächsten Hügel, so daß die Bardin nur auf bewaldete Hänge sehen konnte.

Während sie die Landschaft betrachtete, schweiften ihre Gedanken zu Tamlin zurück, mit dem sie die letzten Tage verbracht hatte. Sie hatte den schwarzhaarigen Barden näher kennen- und auch schätzengelernt. Er strebte nicht nach unsterblichem Ruhm wie manche Barden, die Merydwen getroffen hatte. Seine Einschätzung stimmte: Er war ein Träumer, dem es genügte, sein Auskommen zu haben, die Gefühle der Menschen, vor denen er sang, mit seinen Liedern zu bewegen.

Merydwen erinnerte sich an ihre gemeinsamen Spaziergänge, ihre Übungen und Unterhaltungen. Sie hatten Lieder und Legenden ausgetauscht. Merydwen war erstaunt gewesen, wie deutlich sie die alten Sagen ihrer Heimat im Gedächtnis behalten hatte, die geheimnisvollen Geschichten um die sprechende Goldene Hirschkuh, die Jäger in die Irre geführt, aber armen Bauern geholfen hatte, oder die Mär von Brannon, der einen Fürst der Holden herausgefordert hatte, um die Hand der schönen Caillean zu erringen.

Vielleicht hätte ich in ein paar Tagen meinen Entschluß vergessen, mich mit meinen Eltern auszusöhnen, dachte sie. Der Verlockung, mit Tamlin zusammen durch Albernia zu reisen, wäre ich fast erlegen. Dieser Mann hätte mich mit seiner Liebenswürdigkeit und Aufmerksamkeit beinahe für sich gewonnen. Seltsam, er gleicht Gwyn – bevor der sein wahres Gesicht gezeigt hat …

Nicht noch einmal wollte sie einen so großen Fehler begehen! Es war richtig, daß sie weiter ihrem Weg gefolgt war. Die Schatten der Vergangenheit mußten endlich verschwinden. Vorher durfte sie sich keiner anderen Aufgabe zuwenden.

Merydwen schritt schneller aus und hob den Kopf. Vor ihr öffnete sich ein weiteres Tal, Dunst ließ die Hügelketten am Horizont verschwimmen. Das Heidehügelland wurde nur von ein paar kleinen Baumgruppen, dem Fluß und der Straße durchbrochen. In der

Ferne konnte sie ein weiteres Dorf erkennen. Ragten auf dem hohen Felsengrat am Fluß nicht Türme auf?

Sie kniff die Augen zusammen und spähte über die Landschaft. Ja, sie hatte sich nicht getäuscht. Die doppelten Tortürme und das Kuppeldach waren unverkennbar. Sie war nicht mehr weit von Thunderbach und Burg Falkraun entfernt.

Merydwen holte tief Luft, als ihr Herz vor Aufregung schneller schlug. In zwei oder drei Tagen würde sie vor den Toren des Gutes Conneleigh stehen, ihrem Zuhause.

Wenn nicht noch etwas Unvorhergesehenes geschah... Ein kalter Schauder lief über ihren Rücken, als sich dieser düstere Gedanke in ihren Geist einschlich. Ärgerlich schüttelte sie den Kopf und sandte ein Gebet zu den Zwölfen, damit sie einen solchen Zwischenfall verhindern mochten.

13. Kapitel

Einladung auf Burg Falkraun

Das Paar auf dem vorüberratternden Wagen rief ihr grüßende Worte zu. Merydwen winkte lachend zurück. Gut gelaunt ließ sie ihren Blick schweifen.

Sonnenlicht tanzte auf dem Erdboden und ließ Insekten oder Staub aufblitzen, der durch die Luft schwirrte. Und die Vögel zwitscherten im Blätterdach.

Plötzlich blieb Merydwen vor einem Busch stehen und pflückte vorsichtig eine gelbe Blüte, um daran zu riechen.

Die Praioskrönchen gibt es nur hier im südlichen Abagund, dachte Merydwen. Gedankenverloren drehte sie die gelbgoldene Blume zwischen ihren Fingern und seufzte. Gerade bei Conneleigh, dem Gut ihrer Eltern, wuchsen so viele in der Nähe einer alten Ruine …

Wehmut zeigte sich auf Merydwens Gesicht. Warum hatte sie auch gerade den Weg nehmen müssen, auf dem sie als junges Mädchen davongelaufen war? Ganz einfach: Diese Straße war der kürzeste Weg nach Conneleigh.

Warum hätte ich den Umweg über Abilacht nehmen sollen? Ich bin schließlich gekommen, um alte Wunden zu schließen, und nicht, um bösen Erinnerungen auszuweichen!

Plötzlich tauchte ein großer dunkler Schatten vor Merydwen auf. Sie sprang hastig zur Seite und entging im letzten Augenblick den wirbelnden Hufen des Pferdes. Mit pochendem Herzen und zitternden Gliedern sah sie auf.

Dem Reiter vor ihr gelang es nur mit Mühe, seinen Rappen zu zügeln. Das Tier tänzelte noch unruhig hin und her, als er es schließlich wieder in seine Gewalt bekam. »Warum stehst du mir im Weg? Wer bist du, Weib?« herrschte der Fremde die Bardin aufgebracht an.

Merydwen neigte ihren Kopf. »Ich bitte um Entschuldigung, hoher Herr. Die Zwölfe seien mit Euch und Euren Wegen«, sagte sie leise. »Mein Name ist Merydwen ni Laighann. Ich bin eine wandernde Bardin.«

»Aha«, das finstere Gesicht des dunkelhaarigen Reiters hellte sich auf. Er ließ die erhobene Reitgerte sinken und musterte sie schweigend. »So, so, du bist also eine Ui Laighann«, bemerkte er dann mit einem Stirnrunzeln.

Merydwen biß sich auf die Lippen. Kannte der Mann vielleicht ihre Familie?

Der Reiter blickte plötzlich über die Schulter. Eine Schar, angeführt von einem schwarzbärtigen Wappenträger, näherte sich. »Bei Rondras Sturmwinden, Herr Aethelred, habt es doch nicht so eilig! Mit wem unterhaltet Ihr Euch da?«

»Mit einer Bardin, wie es scheint«, antwortete der Angesprochene und wandte sich wieder Merydwen zu. »Nun, junge Frau, seid Ihr mit den Ui Laighann aus Crumold verwandt?« wechselte er in einen höflicheren Umgangston.

»Nur entfernt. Ich stamme aus dem havenischen Zweig der Familie«, erwiderte Merydwen, während sie sich zu erinnern versuchte, was sie über ihr Gegenüber wußte. War Aethelred von Thunderbach zu Falkraun nicht vor mehr als siebzehn Jahren nach einem Streit mit seinem Vater verschwunden und in die Welt gezogen? Nun, es gab auch andere Kinder, die zu ihren Eltern zurückkehrten. Warum sollte sie das einzige sein?

Merydwen verbarg ihre Verärgerung, als sie das begehrliche Funkeln in Junker Aethelreds Augen sah. Sie ahnte, daß er nicht abgeneigt war, sie nach Falkraun einzuladen: Überlegte er sich schon, ob sie nicht nur die Harfe spielen konnte, sondern auch bereit war, sich an anderen Instrumenten zu versuchen?

Merydwen wußte, daß sie nicht gerade häßlich war: hochgewachsen, mit Rundungen an den richtigen Stellen. Eine Flut goldbrauner Locken umrahmte ihr Gesicht mit den schmalen türkisfarbenen Augen. Der Junker war nicht der erste Mann, der sich Rahjas Gunstbeweise von ihr erhoffte.

Der Schwarzbärtige ritt an die Seite des Adligen und musterte Merydwen nun seinerseits scharf. Auf seinem dunklen, speckig glänzenden Wams zeichnete sich undeutlich ein Wappen ab. Merydwen versuchte vergeblich, es zu erkennen. »Ich grüße auch Euch, mein Herr Ritter.«

»Bran, es wäre eine angenehme Abwechslung, wenn diese Frau in den nächsten Tagen bei uns aufspielen würde. Seit der alte Niall im letzten Winter starb, hat sich kein Barde mehr in diese Gegend verirrt.« Die Stimme des Junkers bekam einen neugierigen Klang »Woher bist du gekommen, Bardin?« fiel er in die weniger höfliche Anredeform zurück.

Merydwen ahnte, was er wissen wollte: »Ich verließ vor zwei Wochen Havena, nachdem ich mit dem Schiff aus dem Süden angereist war. Während meiner Reisen durch Almada, das Liebliche Feld, Windhag und Albernia habe ich so einiges gesehen und gehört.« Sie lächelte. »Aus des Volkes Mund und von hochgeborenen Herren und Damen.«

»Gut gesprochen, Frau!« entgegnete Junker Aethelred und grinste. »Du bist nach meinem Geschmack, daher lade ich dich ein, auf Falkraun aufzuspielen. Natürlich gegen ein angemessenes Entgelt.«

Einen kurzen Augenblick lang erwog Merydwen, das Angebot abzulehnen, doch dann entschied sie sich anders. Ihre Geldbörse war schon lange nicht mehr prall gefüllt und konnte ein paar Silbertaler sicherlich vertragen. Zudem wußte die Bardin ja noch nicht, wie sie zu Hause aufgenommen werden würde. »Ich nehme Eure Einladung dankend an, Euer Wohlgeboren.«

Der Edelmann nickte zufrieden, blickte über die Schulter und winkte einen anderen Reiter zu sich. »Lughaid, bring diese Dame auf die Burg und teile meiner Mutter folgendes mit: Die Bardin Merydwen ni Laighann ist für die nächsten Tage auf Burg Falkraun eingeladen, um aufzuspielen und Neuigkeiten zu berichten.«

Merydwen schätzte den Untergebenen auf weniger als fünfundzwanzig Jahre. Er war hochgewachsen, besaß schmale Schultern und wirkte eher drahtig als stämmig. Seine glatten schwarzen Haare hatte er im Nacken zu einem Zopf geflochten und mit einem Lederband umwickelt. Schmale, tiefblaue Augen betrachteten Merydwen aufmerksam. Die Bardin hielt die Luft an. Für einen Augenblick überfiel sie ein Gefühl der Vertrautheit, das aber rasch wieder verflog.

Darüber konnte sie später noch nachdenken. Zunächst wandte sich die Bardin dem Junker zu, neigte den Kopf und verabschiedete sich. »Ich wünsche Euch eine gute Jagd. Möge Phex Eure Hand lenken, Herr Aethelred!«

»Und deine Finger geschmeidig halten, Bardin Merydwen! Wir sehen uns spätestens morgen!« verabschiedete sich der Adlige mit einem Grinsen und gab den anderen Männern ein Zeichen, ihm zu folgen.

Merydwen blickte der Gruppe nach, bis die Reiter nicht mehr zu sehen waren. Dann wandte sie sich ihrem Begleiter zu. »Ihr könnt hinter mir aufsitzen, junge Frau!« erklärte der und streckte die Hand aus.

Merydwen ergriff sie und spürte, wie der junge Mann zusammenzuckte. Seine Finger umklammerten ihre Hand fester.

»Was habt Ihr, Lughaid?«

Der junge Mann holte tief Luft und sah die Bardin verwirrt an. »Ich weiß nicht, ich meine aber, Euch schon einmal gesehen zu haben. Allerdings weiß ich nicht, wann und wo.«

Merydwen runzelte die Stirn. Was bedeutete das? Sie konnte sich nicht daran erinnern, vor vierzehn Jahren einem schwarzhaarigen Knaben begegnet zu sein. »Seid Ihr schon einmal in Honingen, Abilacht oder Havena gewesen?« erkundigte sie sich vorsichtig. Dort hatte sie sich öfter mit ihrem Lehrmeister aufgehalten. Sie durfte sich jetzt nicht in Widersprüche verwickeln und diesem Lughaid auch nicht erzählen, daß sie doch aus der Gegend stammte.

»Nein, Herrin. Ich bin nie über Crumold und Draustein hinausgekommen.« Der Griff des jungen Mannes war fest, als er sie beim Aufsteigen unterstützte. Dann wendete er das Pferd und ließ es den Weg entlangtraben.

Der Wald lichtete sich. Merydwen konnte von der Anhöhe aus auf Thunderbach blicken. Das Dorf war umgeben von kleinen Feldern und Heidewiesen, auf denen Schafe und ein paar Kühe weideten. Zu ihrer Rechten hatte sich der Große Fluß tief in die Erde gegraben. Die Ufer waren steil, felsig und von Büschen und Bäumen bewachsen. Dort, wo der Strom in einem Bogen aus ihrer Sicht verschwand, ragte ein hoher

Zwillingsfelsen über die Büsche und Bäume hinaus. Auf ihm stand Falkraun. Der einzige Zugang bestand aus einer festen Brücke, die eine steile Kluft überragte. Merydwen hielt für einen Augenblick die Luft an. Die Burg war wirklich ein beeindruckendes Bauwerk, das sich von anderen Festungen durch die Doppeltürme und ein deutlich sichtbares Kuppeldach unterschied. Dunkel entsann sie sich, von ihrem Vater erfahren zu haben, daß Falkraun als Festung der Priesterkaiser errichtet und sogar als Tempel des Praios genutzt worden war. Und um diesen Ort spannen sich noch viel mehr Legenden...

Kurz vor dem Lauf der Wenge bog Lughaid von der Straße ab und führte sein Pferd den Hügel hinauf. Merydwen fiel erst jetzt auf, daß sie während des Rittes kein Wort mit dem jungen Mann gewechselt hatte. Sollte sie noch ein Gespräch beginnen? Worüber unterhielt man sich mit einem Waffenknecht, der die Umgebung seines Wohnortes nie verlassen hatte?

Sie fühlte sich in der Gegenwart Lughaids befangen. Ihr lagen viele Fragen über die Herren von Falkraun auf der Zunge, aber sie bekam kein Wort über die Lippen. Und der junge Mann war wohl zu schüchtern, um seinerseits ein Gespräch zu beginnen.

Endlich passierten sie den Torturm und ritten über die Brücke in die Burg ein. Merydwen staunte, wie viele Menschen und Tiere sich in dem kleinen Hof aufhielten: Knechte und Mägde eilten geschäftig hin und her, eine Schar von Hühnern stob gackernd auseinander, von zwei kleinen Mädchen verfolgt. Ein strampelndes Ferkel versuchte, den kräftigen Händen eines Mannes zu entkommen, der es über den Hof zur Küche schleppte. Ein Karren versperrte Lughaid plötzlich den Weg, als die Zugtiere vor einem wild gestikulierenden und lallenden Trottel zurückwichen.

Merydwen hielt sich geistesgegenwärtig an Lughaid

fest. Der junge Mann zuckte heftig zusammen und beruhigte fluchend sein Pferd. Sobald das Tier nicht mehr tänzelte, ließ Merydwen den Mann los. Sie saß ab, gefolgt von Lughaid.

Der Eingang des Haupthauses war nicht mehr weit. In diesem Augenblick trat eine grauhaarige Dame mit verkniffenen Lippen aus dem Eingang. Zwei junge Frauen folgten ihr. Merydwen verbeugte sich tief. Das war wohl die Burgherrin, Aethelreds Mutter. Die beiden Jüngeren schienen weitere Verwandte zu sein.

Die Grauhaarige musterte Merydwen prüfend und wandte sich an den Waffenknecht. »Lughaid, warum bist du schon wieder zurück? Ich dachte, du würdest mit meinem Sohn auf die Jagd reiten! Und wer ist deine Begleiterin?« fragte sie schroff.

»Verzeiht, Herrin, Euer Sohn, Junker Aethelred, schickte mich zurück«, erklärte der Schwarzhaarige. »Ich sollte diese Bardin auf die Burg begleiten. Euer Sohn wünscht, daß sie die nächsten Tage auf Falkraun bleibt, um aufzuspielen und Neuigkeiten zu berichten.«

»Mögen die Zwölfe Euch immer wohlgesonnen sein und auf Euren Wegen leiten, edle Herrin. Ich bin Merydwen ni Laighann aus Havena«, ergriff Merydwen die günstige Gelegenheit.

»So?« Die Burgherrin runzelte die Stirn, stellte aber keine weitere Frage. »Du kannst beim Abendmahl deine Kunst zeigen«, gab sie etwas freundlicher zurück. »Nun tritt ein, damit du berichten kannst, was es Neues gibt!«

»Das will ich gerne tun, Herrin!« erwiderte Merydwen und eilte auf einen Wink der älteren Frau die Stufen zum Eingang hinauf. Diese befahl dem Schwarzhaarigen inzwischen: »Stehe nicht so faul hier herum, Lughaid. Melde dich bei Seamas!«

Die Bardin drehte sich noch einmal zu dem jungen

Mann um, der zu ihr aufsah und zaghaft lächelte. Sie erwiderte diese Geste mit einem Nicken. Dann wandte sie sich um und folgte der Burgherrin und ihren Begleiterinnen nach innen. Warum warf ihr eine der jungen Frauen plötzlich so finstere Blicke zu?

Lughaid blieb vor der Treppe stehen, bis die Bardin hinter der Herrin, deren Tochter und Idra im Haupthaus verschwunden war. Erst dann wandte er sich ab und wanderte mit langsamen Schritten über den Hof. Seine Gedanken wirbelten durcheinander. Warum hatte er sich gegenüber der Bardin wie ein schüchterner Jüngling verhalten? Idras zornfunkelnder Blick machte ihm Sorgen. Hatte die Edeldame etwa bemerkt, wem sein Lächeln galt? Hoffentlich kam sie nicht auf niederträchtige Gedanken.

Warum ging ihm die Bardin nicht aus dem Sinn? Bei Rahja, sie war wirklich hübsch, aber daran lag es nicht allein. Sie wirkte auf ihn so vertraut, als gehöre sie zu ihm...

Lughaid versetzte einem im Weg liegenden Stein einen Tritt und vertrieb diesen abwegigen Gedanken. Liebe auf den ersten Blick gab es nur in den alten Legenden und Märchen, nicht in der Wirklichkeit. Überhaupt – was hatte er davon, sich zum Narren zu machen? Die Bardin würde in ein paar Tagen weiterziehen und nie wieder in Falkraun auftauchen. Sie war älter als er und wirkte zu erfahren, um irgendwelche dahingestammelten Liebesschwüre ernst zu nehmen. Bestimmt würde ihn Merydwen nur auslachen und wegjagen. Wenn er ihr Hals über Kopf folgte, verlor er seine Stellung auf Falkraun. Immerhin würde er bald der Knappe des Herrn sein! Nein, er mußte vernünftig bleiben und durfte nicht verrückt spielen, nur weil eine Sehnsucht in ihm erwacht war, die er sich nicht erklären konnte!

Lughaid betrat den Stall und nickte einem der älteren Knechte zu, der gerade Zaumzeug flickte. Hier war es dunkel und warm. Rasch lockerte er die Verschnürung des Hemdes und beobachtete für eine Weile die im Sonnenlicht blitzenden Fliegen, die über einem Dunghaufen kreisten. Er würde sein Tier schnell versorgen und sich dann auf dem kürzesten Wege zu Seamas begeben. Der würde in seiner Schmiede schon eine Arbeit für ihn finden, die ihn bis zum Abend ablenkte.

14. KAPITEL

Zarte Bande

»Ich bin der Ansicht, daß die Rote Keuche, die über den Süden des Alten Reiches hereinbrach, eine Strafe der Zwölfe ob der Vermessenheit dieser Liebfeldischen Königin ist! In seiner Weisheit hat Praios bestimmt, daß es nur einen Kaiser auf Dere geben darf und der verfluchte Horas-Titel nie wieder getragen werden soll«, bemerkte die Burgherrin, als Merydwen ihren Bericht beendet hatte. Die Grauhaarige versank in Schweigen. Merydwen nutzte den Augenblick, um ihre Kehle anzufeuchten. Sie blickte sich in der Halle um, bewunderte die Wandbehänge, die wohl wichtige Ereignisse aus der Geschichte der Familie zeigten, und musterte verstohlen die beiden jungen Frauen. Mittlerweile wußte sie, daß die eine die Tochter der Herrin war, die andere mit dem blonden Haar die Nichte.

»Was gibt es Neues aus Havena zu berichten?« fragte die Burgherrin in die Stille hinein. Merydwen versuchte, sich an die wenigen Ereignisse zu erinnern, die für eine adlige Dame erfahrenswert waren. »In Havena herrscht eine angespannte Stimmung. Die Gerüchte, daß es wegen der Übergriffe liebfeldischer Abenteurer und Halsabschneider an den Grenzen zu Almada zu einem Krieg zwischen den Reichen kommen könnte, verdichten sich.« Sie vermischte die eigenen Erlebnisse auf einem Handelsfahrer, auf dem sie und Tjorbi aus

Grangor hochgesegelt waren, mit den Erzählungen anderer Seefahrer und schwenkte schließlich zu Gerüchten aus Havena über, die ihr während des Aufenthaltes in der Stadt zu Ohren gekommen waren.

Die beiden jüngeren Frauen langweilten sich. Vor allem die Blonde zupfte auffällig oft an den Falten und Bändern ihres Oberkleides herum, wenn sie nicht gerade damit beschäftigt war, Merydwen mit Blicken zu erdolchen. Nun zerdrückte sie mit dem Daumen genüßlich einen roten Käfer mit weißen Tupfen, der auf dem Tisch gelandet war. Merydwen lief es kalt den Rücken herunter.

Rasch wechselte sie zu einem anderen Thema, um die beiden Jüngeren für sich zu gewinnen. Sie schilderte die Mode, die sie auf ihren Reisen gesehen hatte, und bemerkte erleichtert, wie sich die Gesichter der jungen Frauen aufhellten. Schon nach ein paar Worten winkte die Burgherrin heftig ab. »Ich danke dir für deinen Bericht. Du kannst dich bis zum Abend zurückziehen«, sagte die Grauhaarige kurz angebunden.

Merydwen biß sich auf die Lippen. Die Burgherrin hielt offensichtlich nicht viel von den neuesten Modetorheiten, wie sie sich gleich anhand der strengen, sittsamen Kleidung aller Frauen hätte denken können!

Merydwen erhob sich und verneigte sich höflich. »Wie Ihr wünscht, Herrin!«

Gerade als sie gehen wollte, klatschte die Burgherrin in die Hände. Eine Magd erschien. »Megan, bring die Bardin auf ein Gästezimmer.«

Merydwen sah sich in der kleinen Kammer unter dem Dach des Haupthauses um. In dem Raum befanden sich außer einem schmalen Bett nur eine Truhe, ein Schemel und ein Brett an der Wand. Die Mansarde roch muffig.

Die Bardin öffnete die kleine Luke weit, um die

Frühlingsluft einzulassen. Dann setzte sie sich auf das Bett und öffnete ihren Rucksack. Hoffentlich war das Gewand, das sie bei Auftritten vor den höheren Ständen zu tragen pflegte, nicht allzu zerknittert oder gar verschmutzt! Doch glücklicherweise hatte sie das Kleid in ein steifes, wasserundurchlässiges Tuch eingeschlagen. Sie atmete auf. Ja, das Kleid hatte die Reisen zu Wasser und Land gut überstanden!

Merydwen stand auf, schlug den Stoff auf und legte das Gewand auf das Bett. Sie strich über die Stickereien. Sollte sie das Kleid wirklich tragen? War es nicht zu edel für diese Umgebung? Zwischen all dem Samt und der Seide hatte sie im lieblichen Feld darin ärmlich gewirkt. Im ländlichen Abagund war das anders. Der Burgherrin würde das Kleid bestimmt nicht gefallen. Gegen den weiten, grünen Rock mit den gelben Blütenmustern war ja nichts zu sagen… nur gegen das enge Oberteil mit dem tiefen Ausschnitt. Sonst blieben nur noch ihre verschwitzte, staubige Reisekleidung, die sie am Leibe trug, und ein Ersatzhemd übrig. In den Sachen konnte sie nicht auftreten. Es gab keinen Ausweg. Sie mußte das Kleid anziehen. Glücklicherweise war da noch ein hellgrüner Schal, den sie mit Hilfe einer Brosche und Gewandnadeln über dem Oberteil drapieren konnte.

Die Bardin griff nach der Kette, die sie bisher unter dem Hemd versteckt um den Hals getragen hatte. Einen so wertvollen Anhänger konnte sie nicht offen zeigen. Er gebührte einer Edeldame, keiner herumziehenden Vagantin. Sie mußte Tjorbis Geschenk gut verborgen in ihren Habseligkeiten zurücklassen. Und damit sie das nicht vergaß, würde sie den Schmuck schon jetzt ablegen.

Als sie die Kette unter ihrem Hemd hervornestelte und über den Kopf ziehen wollte, kamen ihr Bedenken. Was, wenn ein Dieb ihre Kammer durchwühlte?

Oder sie aus irgendeinem Grund die Burg fluchtartig verlassen mußte? Merydwen schüttelte den Kopf. Was war plötzlich mit ihr los? Falkraun galt als eine sichere Burg, und sie würde sich schon nichts zuschulden kommen lassen. Das unbehagliche Gefühl blieb trotzdem bestehen. Nein, sie konnte und wollte Tjorbis Geschenk nicht ablegen. Unter dem Schal würde ihn ohnehin niemand bemerken!

Lughaid horchte auf, als der Wind Harfenmusik zu ihm herübertrug. Mit einem Seufzen legte er die letzte Klinge, die er geschärft hatte, nieder und reinigte seine Hände mit einem Tuch, während er der Melodie lauschte. Es klang so, als hätte sich die Bardin irgendwo auf den Mauern niedergelassen. Wen unterhielt sie damit? Einen der Wächter oder ...

Nur noch drei Klingen mußten geschärft werden, und Seamas hatte nichts davon gesagt, daß Lughaid sich beeilen sollte. Er konnte den Rest der Arbeit später erledigen. Der junge Mann stand auf und eilte die Treppen zum Wehrgang hoch. Auf halbem Wege blieb er stehen. Was, wenn die Bardin nicht allein war?

Er mußte einfach nachsehen und mit ihr sprechen, denn sie war ihm nicht mehr aus dem Sinn gegangen. Den Rest der Stufen stieg er langsamer hinauf. Nur einige Schritte von ihm entfernt saß die Frau allein auf der Mauer und ließ ihre Hände über die Saiten gleiten, während sie versonnen über die Landschaft blickte.

Lughaid lauschte dem Spiel eine Weile, bevor ihm auffiel, daß seine Hände schmutzig waren und er die Lederschürze noch trug, die er zum Schutz gegen den Schleifstaub, das Öl und die Funken angelegt hatte.

Die Bardin drehte den Kopf und sah den jungen Waffenknecht mit einem Lächeln an. Lughaid schluckte. »Ich wollte ... Euch nicht stören«, erklärte er verlegen.

Die Bardin schien seine Unsicherheit nicht zu bemerken oder sah darüber hinweg. Sie stützte ihre Hände auf die Harfe. »Ihr habt mich nicht gestört, Lughaid«, antwortete sie. Mit Erstaunen fiel dem jungen Mann auf, daß es auch ihr schwerzufallen schien, Worte zu finden. »Da ich heute abend beim Essen aufspielen werde, wollte ich nur ein wenig üben.«

»Ihr spielt wunderschön!«

Die Bardin schien die Worte nicht gehört zu haben. »Man kann weit über die Landschaft sehen...«, murmelte sie. »Was ist das dort eigentlich für eine Burg?«

Lughaid blickte in die Richtung, in die sie deutete, obwohl er die Antwort schon wußte. »Das ist Burg Draustein, der Sitz unseres verehrten Barons Tuachall aus dem hohen und alten Geschlecht der Stephahan«, erwiderte er pflichtgemäß. »Eine wesentlich ältere und stolzere Feste als Falkraun.«

Die Bardin zuckte mit den Schultern. »Hm, ich werde mich selbst davon überzeugen können. Ich will in einigen Tagen weiter nach Crumold... und dann vielleicht nach Abilacht.«

Lughaid stutzte. Ein schmerzlicher Ausdruck war über das Gesicht der Frau gehuscht, als sie für einen Augenblick in ihrer Rede innegehalten hatte. Sie verbarg etwas.

»Ja, ich erinnere mich, die Reichsstraße zwischen Kyndoch und Abilacht liegt kurz hinter Burg Crumold«, murmelte Lughaid und beobachtete die Bardin genauer. »Dort habe ich mich vor ein paar Monaten mit dem Knappen eines Ritters namens Djannas ui Laighann von Conneleigh unterhalten.« Lughaid bemerkte, wie die Bardin zusammenzuckte. »Seid Ihr vielleicht mit dem Ritter verwandt?«

»Das hat mich auch schon Junker Aethelred gefragt«, entgegnete die Bardin schroff. »Ja, ich bin weitläufig mit den Ui Laighann verwandt. Mein Zweig der

Familie ist allerdings verarmt und wird gemieden.« Das klang so, als müsse sie sich rechtfertigen.

»Verzeiht meine dreiste Frage, Herrin«, sagte Lughaid hastig. Er wollte die Bardin nicht verärgern. Außerdem ging ihn ihre Familiengeschichte nichts an.

Die Frau blickte nachdenklich zu ihm auf. »Ich nehme Eure Entschuldigung an, Lughaid. Doch habe ich eine Bitte an Euch: Nennt mich nicht länger Herrin. Ich heiße Merydwen.«

Merydwen. Seltsam, dachte Lughaid. Warum verband er mit ihrem Gesicht einen anderen Namen? Einen viel klangvolleren, älteren wie…

Er wurde von einer dunklen Stimme aus seinen Gedanken gerissen. »Lughaid! Du Taugenichts! Wo steckst du?« brüllte Seamas wütend.

»Ich muß zu meiner Arbeit zurück!« murmelte Lughaid entschuldigend zu der Bardin und eilte wieder nach unten. Er wollte den alten Schmied nicht länger warten lassen, denn Seamas konnte sehr zornig werden, wenn jemand seine Arbeit vernachlässigte. Lughaid wollte nicht den Abend mit Strafarbeit in der Schmiede verbringen…

Merydwen sah Lughaid nachdenklich hinterher und seufzte. Warum war sie immer so befangen, wenn sie sich mit dem jungen Mann unterhielt? Welche unausgesprochenen Worte ließen zwischen ihnen die Luft so knistern und ihr Herz schneller klopfen?

Liebliche Rahja, er war viel zu jung für sie! Außerdem hatte sie die Liebe aus ihrem Herzen verbannt, seit die Hingabe an Gwyn zu der Tragödie geführt hatte, die noch immer ihr Leben überschattete. In den letzten Jahren war sie ihrer Entscheidung treu geblieben und hatte keinen Mann in ihr Herz geschlossen. Sie erinnerte sich an die wenigen Male, bei denen ihr Körper Rahjas Freuden geteilt hatte. Ihr Fleisch hatte die Leidenschaft genossen, ihre Seele jedoch nicht. Merydwen hatte kaum Worte mit ihren Partnern gewechselt, nie gefragt, was sie fühlten oder dachten. Keine Versprechen waren gegeben worden, und sie dankte dem Schicksal, daß Tsas Kelch immer an ihr vorübergegangen war. Die Liebesnächte und die Männer blieben eine flüchtige Erinnerung.

Erst jetzt spürte sie wieder die verwirrenden Gefühle der Liebe, die ihren Körper und ihre Seele in Aufruhr brachten und sich nicht unterdrücken ließen. Was war an dem jungen Mann so besonders, daß sie in seiner Nähe keine Worte fand? Von Beginn an spürte sie, daß sich ein unsichtbares Band zwischen ihnen gesponnen hatte.

Ihre Hände glitten wie von selbst auf die Saiten der Harfe und zupften eine einfache Melodie, die die Frauen an Winterabenden beim Spinnen der Wolle gesungen hatten.

>»Und blick ich in die Augen dein,
spür ich wie Rahja's Zauber fällt.
Ich weiß nun ohne Zögern, du bist mein.
Im Bann die Liebe unsere Herzen hält.«*

summte Merydwen leise den Refrain und schüttelte verwirrt den Kopf. Diese Art der Liebe gab es nur in den alten Sagen und Legenden und in den Wünschen und Träumen junger Mädchen.

Sie wollte nie wieder daran denken! Hastig griff Merydwen in die Saiten der Harfe und sang eine andere Ballade, die von der Grausamkeit eines alten Drachen, der Qual seiner Opfer und dem Tod der Helden handelte. Die letzte Strophe, in der ein Hoffnungsschimmer angedeutet wurde, ließ sie aus. Jetzt fühlte sich die Bardin wieder besser.

Mit dem nächsten Blick stellte Merydwen erstaunt

fest, wie tief die Sonne schon stand. Sie verstaute die Harfe in der Tasche, massierte ihre Hände, um die Muskeln zu entspannen, und beschloß, über den Wehrgang zu spazieren, ehe sie sich für den Abend umzog.

Die Bardin hängte sich das Instrument am Riemen über die Schulter und schlenderte langsam an den Zinnen entlang. Das Licht der Sonne färbte die Turmspitzen der Burg rot, während das Dorf im Tal schon im Schatten lag. Im Burghof eilten Mägde geschäftig mit Körben hin und her, während Handwerker an der gegenüberliegenden Mauer ihr Tagwerk beendeten und die Werkzeuge sorgfältig verstauten.

Merydwen ließ ihren Blick schweifen. Sie blieb neugierig stehen, als sie durch die geöffnete Dachluke des nahen Stalles ein Paar mit rahjagefälligem Tun beschäftigt sah. Bemerkenswert war nicht nur die Standfestigkeit des jungen Mannes, der seiner Gefährtin die Wonnen der Göttin im Stehen lehrte und sie in seinen kräftigen Armen hielt, sondern auch der feine, leuchtende Stoff des Gewandes, das bei den heftigen Bewegungen auf und ab schwang.

Die Frau schleuderte ihre blonden Zöpfe über die Schulter des Mannes und barg ihr Gesicht an seinem Hals, während sie sich fester an seinen Körper presste, mit ihren Fingernägeln blutige Kratzer über seinen Rücken zog und ihn mit ihren Beinen noch enger umschlang.

Merydwen grinste. Ihre Annahme, daß es auf Falkraun sittsam zugehen würde, war wohl falsch gewesen. Zumindest schien die Nichte der Herrin kein Kind von Traurigkeit zu sein.

Merydwen seufzte und wollte weitergehen, da hob Idra den Kopf und blickte in ihre Richtung. Verlegen sah Merydwen weg. Die Edeldame hatte jedes Recht, ärgerlich zu sein – denn man sah ja schließlich nicht beim Vergnügen anderer zu.

Die Bardin eilte mit schnellen Schritten zu ihrem Zimmer. Es würde wohl besser sein, der Nichte der Burgherrin aus dem Weg zu gehen.

»Den Weiberröcken kannst du nach und nicht schon während deiner Arbeit hinterherlaufen, Lughaid«, brummte der alte Schmied und legte die letzte der zu begutachtenden Klingen beiseite. »Außerdem machen Frauen nur Ärger und manch einen guten Mann zum Narren, merk dir das!«

»Ja, Meister!« murmelte Lughaid. Wenigstens sah Seamas von Strafe ab, so daß er der Bardin beim Musizieren lauschen konnte. Sie war so …

»Du träumst ja schon wieder!« brummte der Schmied. Sein verwittertes Gesicht verzog sich zu einem Lächeln. »Wer ist es denn diesmal? Oder hat dich dieses adlige Levthansliebchen herumgekriegt?«

Lughaid schüttelte heftig den Kopf. Wußte selbst der alte Schmied, der es vermied, allzu häufig mit dem restlichen Gesinde zusammenzutreffen, von Idras Versuchen, ihn zu umgarnen? »Ich verstehe nicht, was Ihr meint, Meister Seamas!«

»O doch!« erklärte der Alte mit erhobenem Zeigefinger. »Ich bin zwar alt, aber ich habe gute Augen und Ohren. Ich sage dir, paß nur auf und laß dich nicht ins Unglück locken. Du bist ein vielversprechender junger Mann!«

Lughaid holte tief Atem. »Ich weiß, wo mein Platz ist, Meister Seamas, und ich werde keinen Fehler begehen!« Er erhob sich.

In diesem Augenblick umklammerte der alte Mann sein Handgelenk, und hielt ihn fest. »Mein guter Junge, das will ich damit nicht sagen. In dir wohnt eine ehrenhafte und tapfere Seele. Aber du wirst Fehler begehen müssen, um zu lernen. Ich bin in meiner Jugend viel herumgekommen und habe nicht gerade wenig erlebt. Manch guter Mann ließ sich von den Weibern einschüchtern und ins Verderben reißen. Zögere nicht zu handeln, wenn es wirklich nötig ist! Ich will dir das nur sagen!«

Lughaid wollte seine Hand wegziehen, doch der Schmied lockerte seinen Griff nicht. »Meister Seamas, ich weiß das alles!« beteuerte Lughaid noch einmal. »Ich werde nicht um einer Frau willen alles aufgeben, was ich bis jetzt erreicht habe!«

Der Schmied schüttelte den Kopf, ließ endlich den jungen Mann los und murmelte ein paar unverständliche Worte.

Lughaid nutzte den Augenblick, um sich zu verabschieden und aus der stickigen Schmiede zu verschwinden. In der kühlen Abendluft erst holte er wieder Atem. Seamas wurde von Jahr zu Jahr wunderlicher und redete unverständliches Zeug. Der Alte wollte einfach nicht begreifen, daß Lughaid nicht so dumm war, sich von Idra oder der Bardin aufs Kreuz legen zu lassen.

Einige Worte des alten Schmiedes gingen ihm jedoch nicht mehr aus dem Sinn: »In dir wohnt eine tapfere und ehrenhafte Seele.«

15. KAPITEL

Ein tiefer Fall

Mit der Harfe im Arm verließ Merydwen ihre Kammer und eilte die Wendeltreppe hinunter. Der Stoff des Kleides raschelte bei jeder ihrer Bewegungen und glänzte im Licht der Fackeln. Der Rock schwang locker um ihre Beine.

Die Bardin war mit ihrer Aufmachung zufrieden. Sie hatte die vorderen Strähnen zu Zöpfen geflochten und hinten zusammengebunden, so daß das Haar nicht ins Gesicht fiel. Der Schal wurde an der rechten Schulter von einer kleinen Brosche gehalten und wirkte nun wie ein zu dem Kleid passender Überwurf, der das tief ausgeschnittene Oberteil und Tjorbis Geschenk gut verbarg. Die Burgherrin würde bestimmt keinen Anstoß mehr an ihrer Kleidung nehmen.

Gerade als Merydwen die Wendeltreppe hinter sich gelassen hatte und einen Gang hinuntereilen wollte, trat ihr jemand in den Weg.

Die Bardin zuckte zusammen, als sie Idra von Veneigh-Stephahan erkannte. Merydwens Mund wurde trocken. Was wollte die Frau von ihr?

Die Edle stand mitten im Gang und stützte nun die Hände in die Hüften. Ihr Gesicht war zu einer hochmütigen Maske erstarrt, nur die Augen blitzten angriffslustig. Eine Hand der Frau ruhte auf dem kleinen Dolch, den sie an ihrer Hüfte trug.

Sie musterte Merydwen von Kopf bis Fuß, kniff die Augen zusammen, als sie die Kostbarkeit des Kleides bemerkte, und preßte die Lippen zu einem dünnen Strich zusammen.

»Was wünscht Ihr von mir, Herrin?« fragte Merydwen vorsichtig. Diese Idra führte etwas im Schilde, das spürte sie mit jeder Faser ihres Körpers.

»Das ist ja wirklich ein schönes Gewand«, sagte die Edle mit herablassender Stimme. »Die Farbe paßt gut zu deinen Augen und zu deinem Haar, Sängerin.« Idra ließ die Arme wieder sinken und trat näher an Merydwen heran. Die Bardin wich einen Schritt zurück, doch Idra setzte ihr nach. »Nur dieser kurze Überwurf, so scheint mir, paßt nicht ganz zu dem Kleid. Er ist so… bescheiden.« Ihre Stimme troff vor Niedertracht.

»Herrin, man erwartet mich in der Halle!« Merydwen versuchte, an der Edlen vorbeizugehen, doch diese folgte jeder ihrer Bewegungen.

»Das kann noch einen Augenblick warten! Ich habe mit dir zu reden, du schamlose Dirne!« zischte Idra unvermittelt. »Ich bin hier eine Herrin und bestimme, wie du dich zu benehmen hast. Wage es ja nicht, den Männern da unten schöne Augen zu machen – vor allem nicht Lughaid – oder ich sorge dafür, daß du dein Verhalten im Kerker bereust!«

Daher wehte also die ganze Zeit der Wind. Merydwen holte tief Luft. Die Edeldame betrachtete die Burg als ihr Jagdrevier und den jungen Mann als bevorzugte Beute.

Und sie – die Bardin – hatte durch die Freundlichkeit zu Lughaid den Eindruck erweckt, daß sie ihn der Edlen streitig machen wollte. »Das habe ich nicht vor, Herrin. Ich bin nur hier, um den Hof zu unterhalten, wie es Seine Wohlgeboren Aethelred von Falkraun wünscht!« redete sie sich heraus.

In den Augen der jungen Edeldame vermischte sich die Wut mit Argwohn und Haß. »Ich glaube dir kein Wort!«

Merydwen wich zurück, doch Idras Hand schoß vor und krallte sich in das Tuch. Mit einem Ruck riß sie es von Merydwens Schultern. Die Brosche löste sich und fiel mit einem Klirren zu Boden.

Die Edeldame betrachtete boshaft lachend ihr Werk, umrundete Merydwen und schwenkte das hellgrüne Tuch, während die Bardin sie schreckensstarr anblickte. »Sieh einmal an! Unter dem keuschen Überwurf verbirgt sich eine schamlose Dirne«, spottete Idra und ließ das Tuch fallen. »Deine Rahjaäpfel quellen förmlich aus dem Ausschnitt. Und ... was ist das? Wie kommst du zu einem so wertvollen Schmuckstück, Dirne?«

Die Bardin hielt sofort die Harfe vor ihren Oberkörper und wollte sich zur Flucht wenden. Doch Idra gab ihr keine Möglichkeit dazu. In ihren Augen glühte nun unverhohlene Gier. »Ich vermisse seit heute mittag eine kostbare Kette aus meiner Schatulle. Du hast sie mir also gestohlen!« behauptete die Adlige frech mit erhobener Stimme und streckte ihre Hand aus. »Gib mir meine Kette zurück, du Diebin!«

»Ich weiß nicht, was Ihr meint, Herrin«, stammelte Merydwen hilflos. Sie wußte nicht, was sie der Bösartigkeit der Edlen entgegensetzen sollte. Die laute Stimme Idras lockte bestimmt andere Bewohner der Burg herbei. Und wem würden die glauben? Bestimmt nicht ihr, der Fremden, der herumziehenden Bardin, der armen Vagabundin. Vielleicht war es besser, Tjorbis Geschenk aufzugeben. Sie holte tief Luft und schloß die Augen. Sie suchte nach Worten, um einzulenken, und beschloß, der Edlen den Schmuck zu überlassen, aber das war nicht das, was sie schließlich sagte: »Das ist ein Geschenk meiner Eltern, seit vielen Jahren im Familienbesitz. Ich kann es Euch nicht ge...«

»Verdammte Lügnerin!« keifte Idra. »Gib mir meinen Schmuck zurück!« forderte sie erneut. »Ich werde dich auspeitschen lassen, bis dir die Haut in Fetzen vom Rücken hängt, ehe man dich im großen Fluß ertränkt! Du diebische Hure!«

»Herrin, bitte!« Merydwens Herz pochte heftig. Ihre Angst wuchs mit jedem Augenblick. Sie wollte nur noch eines – so schnell wie möglich fort von diesem Ort! Allen Mut zusammennehmend drängte sie sich an der Edlen vorbei, um die Treppe zu erreichen.

Idra versperrte ihr weiter den Weg. Sie entriß Merydwen die Harfe, ehe sich diese versah, und hob das Instrument, um die Bardin damit zu schlagen.

Plötzlich wich Merydwens Angst blinder Wut. Ihre Harfe! Ihr kostbares Instrument! Nein, sie durfte nicht zulassen, daß die Edle es zerstörte! Sie packte Idras Handgelenke und hielt sie dicht über ihrem Kopf fest.

Die Frauen rangen keuchend miteinander, stolperten über den Gang und versuchten, einander gegen die Mauern zu stoßen. Idra war nicht so zart, wie sie aussah – und sie wußte sich zu wehren wie ein Mädchen aus der Gosse. Merydwen schrie auf, als sie einen scharfen Schmerz am Schienbein spürte. Die Spitze eines Schnabelschuhs bohrte sich bis auf den Knochen. »Das machst du nicht noch einmal, du widerliche Ziege!« schrie Merydwen und trat gegen Idras Beine.

Idra kreischte auf und rächte sich. Die Edle ließ die Harfe los und vergrub die Hände in Merydwens Haaren, als diese versuchte, ihr Instrument aufzufangen. Vergebens – die Harfe prallte auf den Boden. der Rahmen splitterte und die Saiten sprangen!

Lachend riß die Edle an den Strähnen, daß Merydwen die Tränen in die Augen stiegen. Halbblind schlug die Bardin nach der Gegnerin und fuhr mit den gekrümmten Fingern durch das Gesicht der anderen. Idra heulte auf, taumelte zurück und riß dabei ganze Strähnen aus Merydwens Haar. Die beiden Frauen starrten sich heftig atmend an. Die Bardin freute sich: Ja, die Kratzer im Gesicht der Edlen waren den Schmerz und das Blut wert.

Aber sie triumphierte nicht lange. Einer Dämonin gleich stürzte Idra wieder auf sie los, versetzte Merydwen harte Schläge in den Magen und das Gesicht. Erneut zielte die Edle mit dem Spitzen ihrer Schnabelschuhe auf die Beine der Bardin.

Merydwen stieß Idra zurück, die gegen die Wand prallte, vor Schmerz aufstöhnte und zurückwich. Hatte sie genug? Nein! Merydwen sah den Dolch blitzen und spürte einen brennenden Schmerz in ihrem Arm. In Idras Augen stand Mordlust. Mit einem irren Lachen hob sie die Klinge. »Ich werde gleich hier dafür sorgen, daß dich keiner mehr erkennen wird!«

Der Dolch fuhr hinab.

»Es ist genug!« Merydwen spürte, wie sich Angst und Wut in ihr sammelten. Sie versuchte, die unheilvolle magische Kraft, die ihren Körper in Brand versetzte, zurückzuhalten. Doch die Macht floß aus ihr heraus und traf Idra mit voller Wucht.

Die Edle fuhr wie vom Blitz getroffen zusammen, ließ den Dolch fallen und schlug die Hände vors Gesicht. Sie heulte auf. »Du hast mich geblendet, Hexenluder!« Dann wich sie ein paar Schritte zurück und begann wie irrsinnig zu kreischen, weil sie keinen Boden mehr unter ihren Füßen spürte.

Unfähig, sich zu rühren, blickte Merydwen Idra nach, die rücklings die Treppe hinunterstürzte. Sie sah, wie die Adlige mit den Armen ruderte und vergeblich versuchte sich festzuhalten.

Idra schlug mit dem Hinterkopf auf den Stein. Ihre

Schreie verstummten schlagartig. Der schlaffe Körper rollte wie eine Puppe die restlichen Stufen hinunter und blieb am Absatz liegen – genau vor den Füßen von ...

Merydwen hob den Kopf ein Stück und erkannte Lughaid, der mit weit aufgerissenen Augen zu ihr hinaufsah. Ein rothaariger Mann trat nun an seine Seite. Er starrte entsetzt auf die leblose Idra, rief etwas, deutete auf Merydwen und stieß den Schwarzhaarigen an.

Die Bardin rang nach Luft. Sie war wie gelähmt, auch wenn ihr Verstand nach Flucht schrie. Doch kein Muskel in ihrem Leib wollte sich bewegen. Sie starrte nur auf Idra, die reglos und in verkrümmter Haltung dalag. Es gab keinen Zweifel: Merydwen hatte einen Menschen umgebracht – mit den verfluchten Kräften, die in ihr schlummerten!

Lughaid schluckte. Es gab keinen Zweifel: Idra war tot. Langsam hob er den Kopf, um zu sehen, wer die Schuld an ihrem Verscheiden trug. Am oberen Treppenabsatz stand die Bardin. Ihr Gesicht war totenbleich und vor Schreck verzerrt. Sie atmete heftig und zitterte, bewegte sich aber nicht. Blut tropfte aus einem tiefen und langen Schnitt an ihrem Arm auf den Boden.

Was war hier geschehen? Warum hatte sich Idra mit Merydwen gestritten? Hatte diese sie in böser Absicht oder aus Versehen die Treppe hinuntergestoßen?

Der rothaarige Mann stieß ihn an und befahl: »Los, halte die Frau da oben fest. Ich hole die Herrin!«

Lughaid löste sich aus seiner Erstarrung und eilte die Treppe hinauf. Er hatte seine Pflicht zu erfüllen: Da oben stand die Frau, die Idra in den Tod gestoßen hatte. Ob sie aus Notwehr gehandelt hatte oder eine kaltblütige Mörderin war, das entschieden andere.

Die Bardin wehrte sich nicht, als er sie am Arm

packte, sondern sah Lughaid nur verzweifelt an, dann wieder zu der Toten. »Ich habe das wirklich nicht gewollt. Sie ist wie eine Harpyie auf mich losgegangen... ich, ich habe sie nicht berührt«, stammelte sie.

Lughaid biß sich auf die Lippen. Verhielt sich so eine Mörderin?

Nein, sie mußte in Notwehr gehandelt haben. Er kannte Idra gut genug: Bestimmt hatte sie Merydwen aufgelauert, um sie ihre Bosheit spüren zu lassen. Und die Bardin hatte sich gewehrt.

Doch wie sollte er Merydwens Unschuld beweisen? Und wie waren die letzten Worte Idras zu verstehen gewesen? Seine Gedanken wirbelten durcheinander. Jedenfalls würden weder die Herrin noch Junker Aethelred Merydwen ein Wort glauben: Sie trug ein Kleid, das viel zu wertvoll war, um einer herumziehenden Sängerin zu gehören. Und der Schmuck, den sie trug, war zu kostbar und sehr, sehr alt.

Lughaid wandte den Blick ab. Das Blitzen des Edelsteines im Fackellicht verursachte pochende Schmerzen in seinem Kopf. Für einen Augenblick huschten seltsame Bilder durch seine Gedanken. Er kannte diesen Schmuck. Er war das einzige, was ihn an die Liebe seines Lebens erinnerte...

Unwillig schüttelte Lughaid den Kopf. Noch im Tod stürzt Idra einen unschuldigen Menschen ins Unglück, dachte er wütend. Das kann ich nicht zulassen. Ich muß mit Merydwen aus der Burg fliehen, und von den Göttern selbst ein Urteil fordern! Denn vor den Zwölfen hat die Dame Idra ihre Niedertracht nicht verbergen können! Er zweifelte nicht daran, daß die Edle den Streit angefangen und die Bardin zu einer verzweifelten Tat getrieben hatte. Merydwen brauchte hier und jetzt seine Hilfe. Kein Mensch außer ihm würde ihr glauben, wenn sie ihre Unschuld beteuerte. Sie durfte nicht in den Kerker geworfen und schließlich verurteilt werden, und sein Herr sollte sich nicht mit unschuldigem Blut beflecken!

»Komm mit mir, Merydwen!« sagte Lughaid heiser und zog die Bardin mit sich. »Ich bringe dich in Sicherheit. Ich weiß, daß du unschuldig bist.« Hörte sie überhaupt, was er sagte? Die Bardin wehrte sich nicht, sondern folgte ihm wie unter einem Bann. Noch hatten sie die Chance, durch den Nebeneingang aus dem Haupthaus zu gelangen. Von der anderen Seite des Gebäudes her klangen Stimmen und hastige Schritte. Ihm blieb nicht mehr viel Zeit.

Lughaid stürzte auf den Hof, während im Gebäude ein Tumult ausbrach. Man hatte die Leiche gefunden, aber weder ihn noch die mutmaßliche Mörderin! Jemand bellte Befehle.

Der junge Mann sah sich hastig um. Die Ställe lagen quer über den Hof. Verdammt – die Lage war aussichtslos. Selbst wenn sie die Ställe auf der anderen Seite des Hofes erreichten und ein Pferd sattelten, blieben noch die geschlossenen Burgtore.

Herrin Rondra, flehte der junge Mann in Gedanken, wenn meine Taten gerecht sind, laß mich mit dieser jungen Frau entfliehen und mich deinem Urteil stellen. Wenn nicht, dann richte uns auf der Stelle! Seine Augen weiteten sich. Hatte ihn die streitbare Göttin erhört? Das Tor öffnete sich mit einem dumpfen Knarren. Junker Aethelred kehrte mit Bran und den anderen von der Jagd zurück. Der dunkelhaarige Edelmann schwang sich von seinem Rappen und sah sich verwirrt um, als er die Unruhe in der Burg bemerkte.

Lughaid nutzte die Gunst des Augenblicks. Er rannte über den Hof, zerrte die Frau hinter sich her und riß dem Junker die Zügel aus den Händen. Geschickt saß er auf und zog die Bardin vor sich auf den Rappen.

»Lughaid! Verfluchter Hund! Was ist in dich gefahren?« brüllte Junker Aethelred, sprang heran und versuchte, dem jungen Waffenknecht die Zügel wieder zu entreißen.

Lughaid aber stieß dem Pferd die Fersen in die Flanken und zwang es in wildem Galopp auf das Tor zu. Seine Kameraden kamen nicht mehr dazu, die schweren hölzernen Flügel zu schließen. Niemand folgte ihm über die Brücke und durch das offene zweite Tor. Dann galoppierten sie den Berghang hinunter in die Dunkelheit. Lughaid hielt die Bardin fest an sich gepresst. Nur wenn es ihnen gelang, so viel Abstand wie möglich zwischen sich und Falkraun zu bringen, solange es dunkel war, hatten sie eine Chance, zu entkommen.

16. Kapitel

Lyrets Gabe

Rhuna nahm den Becher mit dem Kräutertee von der Wirtstochter entgegen. »Hab Dank, Rhajana!« sagte die Magierin und nippte vorsichtig an dem heißen Getränk.

»Ihr seht schon viel besser aus«, meinte das Mädchen. »Habt ihr noch einen Wunsch?«

»Nein, du liebes Mädchen, du sorgest wahrlich gut für mich, doch für heute laß es gut sein«, entgegnete Rhuna.

»Ruft mich trotzdem, wenn dem nicht so ist!« antwortete Rhajana ihr und warf noch einen prüfenden Blick auf Rhuna.

Die Magierin schüttelte den Kopf.

»Gehe nur. Eine große Numero von Pflichten wartet sicherlich auf dich«, forderte sie das Mädchen auf. Den Stimmen nach zu urteilen, die von der Gaststube bis zu ihrer Kammer heraufdrangen, war die Herberge gut besucht. Hatte Rhajana nicht erwähnt, daß zwei Flußschiffe, die nach Havena hinaufsegelten, heute in Wietaun angelegt hatten?

»Das ist wohl wahr!« bestätigte das Mädchen, ehe es den Raum verließ.

Rhuna stellte den Becher beiseite und legte die flache Hand auf die Stirn. Ihr war noch immer ein wenig schwindelig, und sie fühlte sich matt und müde, aber ihre Haut glühte nicht mehr, und das Kratzen in ihrem Hals hatte deutlich nachgelassen.

Rhuna seufzte. Drei Tage hatte sie mit hohem Fieber niedergelegen, zwei weitere benötigt, um sich ein wenig zu erholen. Inzwischen war Trom abgereist, um seinen Kontrakt in Weidenau zu erfüllen. Im Geiste dankte die Magierin dem freundlichen Händler, der sie bis hierhin mitgenommen und unwissentlich geholfen hatte, sich in dieser, ihr nun fremden Welt zurechtzufinden.

Trom war es wohl auch zu verdanken, daß Rhajana sich so aufmerksam um Rhuna kümmerte. Die Magierin erinnerte sich an die verhaltenen Andeutungen des Mädchens, die sich nicht nur auf die zugesteckten Münzen bezogen. Rhajana träumte insgeheim davon, geheimnisvolle Kräfte zu besitzen, und erhoffte sich eine Bestätigung von der Magierin. Rhuna blickte zu ihrem Stab hinüber, der in einer Nische neben dem Bett stand, und lächelte bitter. Natürlich würde es einfach sein, Rhajana einer Probe zu unterziehen, aber ob sie der Wirtstochter die Wahrheit sagen würde, wußte sie noch nicht.

Die alte Frau griff unwillkürlich nach der Tasche mit ihren Büchern. Als sie eines davon herausziehen wollte, hielt sie inne und fühlte Sorge in sich aufsteigen: Sie hatte fünf Tage verloren! Fünf kostbare Tage, in denen Elathalion sein schädliches Wirken ungehindert fortsetzen konnte! Bei den Zwölfen, sie mußte so schnell wie möglich wieder zu Kräften kommen, um nach Burg Falkraun aufzubrechen und den wiedergeborenen Brannon an das zu erinnern, was er einmal gewesen war. Und da half ihr das Wissen, das sie angesammelt hatte, wenig. Sie legte die Tasche beiseite und griff nach dem Becher.

Plötzlich zuckte sie zusammen. In dem dunklen Kräutertrank spiegelte sich ein Funkeln wider.

Unwillkürlich blickte Rhuna hoch und entdeckte, wie sich ihr von der Decke her eine kleine Gestalt mit schwirrenden Flügelschlägen näherte. Eine Blütenjungfer, nicht größer als Rhunas Hand, landete auf ihrem Arm.

»Lyret?« erkannte Rhuna ihre Besucherin und faßte neue Hoffnung. Sie mußte Lyret unbedingt von ihrer Entdeckung berichten: »Du hattest recht! Brannon wandelt wieder unter den Lebenden, und ich weiß auch, wo! Er ist ein ...«

»Ich weiß das sehr wohl!« unterbrach sie Lyret. Obwohl sie so winzig war, konnte Rhuna ihre Stimme deutlich vernehmen. »Ich habe Brannon beobachtet und seine Schritte gelenkt, solange er ein Kind war und meinen Träumen lauschte. Doch nun hör mir genau zu: Du mußt morgen früh diesen Ort verlassen und tief in den Wald hineinwandern!«

Rhuna runzelte die Stirn. »Was soll ich dort. Ich muß Brannon aufsuchen und die Erinnerung in ihm wecken! Was ist denn geschehen?«

»Du wirst Brannon nicht mehr da finden, wo du ihn vermutest!« entgegnete die Holde ernst. »In dieser Nacht wird etwas geschehen, was sein Leben verändern mag«, fügte sie hinzu.

Rhuna sah Lyret verwirrt an. Seit wann vermochte die Holde in die Zukunft zu blicken? Oder waren die Feen in ihrer Welt nicht Satinavs Regeln unterworfen?

Obwohl sie ihres Wissens mehr Zeit unter den Holden verbracht hatte als andere Sterbliche, wußte sie noch immer so wenig über das geheimnisvolle Volk. »Ich soll dir also vertrauen«, entgegnete Rhuna vorsichtig. »Dabei sind genug Fragen offen, auf die ich gerne eine Antwort wüßte!«

»Stelle sie mir!« forderte Lyret Rhuna auf. »Bei unserer letzten Begegnung wurden wir gestört. Ich weiß, ich konnte dir einiges nicht mehr sagen.«

Die Magierin nickte. »Zuerst einmal: Ich habe das Gefühl, du kennst den jungen Mann, dessen Körper Elathalion in Besitz genommen hat. Wer ist er? Und wo halten sich die beiden zur Zeit auf? Wieviel von seiner Macht besitzt Elathalion noch? Wir haben ihn damals nur besiegen können, weil seine Kräfte beschnitten waren!«

Lyret antwortete nicht sofort. Sie stand auf Rhunas Arm und bewegte sich hin und her. Erst nach einer Weile eröffnete sie zögernd: »Der junge Mann trägt den Namen Gwyn und ist mein Sohn. Sein Vater war ein Sterblicher.« Lyret ließ ihre Flügel hängen. »Es war kein Zufall, daß mein Sohn Elathalion fand. Du hast richtig beobachtet: Gwyn befreite den Fürsten, weil der ihm Anerkennung und Macht unter unseresgleichen versprach.« Die Holde schüttelte die zarten Feenflügel aus. »Ich habe euch Sterbliche um die Kraft eurer Gefühle beneidet und euch nachzueifern versucht, doch nun erkenne ich erst den Fluch, der auf dieser Gabe der Menschen ruht. Weil ich mein Kind liebte, wurde ich für seine Taten blind. Gwyn stand seit seiner Geburt zwischen den Welten. Ihm gelang es nie, die Kräfte zu spüren und zu bändigen, die durch uns fließen und wirken. Die anderen Holden verachteten ihn für seine Unvollkommenheit. Auf der anderen Seite neidete mein Sohn den Sterblichen von frühester Jugend an die Kraft und Macht ihrer Gefühle. Er trieb sich viel mit den Kobolden herum und wurde ihnen sehr ähnlich: Ihr Menschen nennt das bösartig und hinterhältig. Nun ist er den Einflüsterungen Elathalions gefolgt. Ich habe das erst bemerkt, als es zu spät war.«

Rhuna stieß zischend die Luft aus. Lyret sprach weiter: »Inzwischen verschleiert mein Vater seine Anwesenheit nicht mehr. Er lauert wie die Spinne im Netz. Denn Elathalion weiß, daß Caellin wiedergeboren wurde. Er suchte mehrmals den Nebelsee auf, um sie zu beobachten.« Rhuna erinnerte sich an den einzigen Ort in der Feenwelt, der nie seine Form gewandelt hatte, an den geheimnisvollen Weiher, der in seinen Fluten Bilder widerspiegelte. Von jenem Gewässer aus beobachteten die Holden und Feen ungestört die Welten der Sterblichen, ungeachtet von Satinavs Banden. Lyret hatte Rhuna verwehrt, in die Gegenwart oder Zukunft zu sehen und nur erlaubt, die Vergangenheit zu betrachten: wie Elathalion die Sterbliche Caellin erwählte und raubte, sowie Brannons verzweifelte Suche nach einer Möglichkeit, seine Geliebte zu befreien.

Die Holde riß Rhuna aus ihren Gedanken, als sie weitersprach: »Beim letzten Mal kam ich gerade rechtzeitig genug, um die letzten Fetzen seiner Vision zu erhaschen: Ich sah Caellin durch die Facetten eines Edelsteines, des magischen Juwels, mit dem er das Mädchen in seinen Bann schlug und immer, wenn er es wünschte, beobachten konnte. Nun ist Caellin eine Bardin und nennt sich Merydwen.« Lyret hielt einen Augenblick inne und schlug mit den Flügeln. »Mir gelang es inzwischen, Gwyn eine Weile zu verfolgen und zu beobachten. Er machte es mir nicht leicht, aber ich erfuhr folgendes: Der Fürst ist zwar nicht mehr so machtvoll wie früher, aber seine Kräfte sind nicht zu unterschätzen, denn er hat einen Weg gefunden, die meines Sohnes zu steigern. Seine ganze Aufmerksamkeit ist zur Zeit auf Caellin gerichtet.«

Die Holde schwebte zu Rhuna und berührte sie mit den Händen an der Stirn. Glitzernde Funken umhüllten plötzlich ihren kleinen, zerbrechlichen Körper. »Aus all diesen Gründen mußt du stark sein. Nimm meinen Segen und einen Teil meiner Kraft, Rhuna, aber eile dich – denn meine Gabe ist nicht von Bestand. In wenigen Tagen wird sie verflogen sein!«

»O Lyret!« Die gealterte Magierin schloß die Augen und spürte, wie ein warmes Kribbeln durch ihren Körper fuhr. Lyret heilte sie auf ihre Weise. Sie gab ihr zwar nicht die Jugend wieder, schenkte Rhuna aber neue Kraft für Körper und Seele. »Lausche von nun an den Stimmen des Windes, denn sie geben dir klugen Rat und weisen dir den Weg. Vertraue nur dir selbst und nicht dem, was die anderen sagen. Lebe wohl, meine Freundin.«

Als Rhuna am nächsten Morgen erwachte, sah sie sich verwirrt in der Kammer um, als erwarte sie, nicht allein zu sein.

Jetzt erst entsann sich die Magierin ihres Gespräches mit Lyret und des Geschenkes, das die Holde ihr gemacht hatte. Die Magierin seufzte. Sie fühlte sich erfrischt und ausgeruht, auch der stets wiederkehrende Schmerz, wenn sie sich reckte und streckte, schien verschwunden.

Rhuna stand auf und ging ein paar Schritte durch den Raum. Sie konnte sich so geschmeidig bewegen, als sei sie wieder Mitte dreißig. Ob ...

Unwillkürlich blickte Rhuna auf ihre Hände, die sich aber nicht verändert hatten.

Da entsann sich Rhuna Lyrets Worten: »Nimm einen Teil meiner Kraft, Freundin. Aber eile dich mit dem, was du tun willst, denn meine Gabe wird in einigen Tagen schwinden!«

Die Magierin schloß die Augen und holte tief Luft. Dann würde sie wieder eine alte Frau mit steifen Gelenken sein. Sie schüttelte sich bei dem Gedanken.

Plötzlich riß sie der Klang eines Horns aus ihren Gedanken. Die Magierin trat neugierig an die kleine Luke und öffnete sie. Von dem Fenster ihrer Dachkammer aus überblickte Rhuna mehr als die Hälfte von Wietaun, vor allem den Dorfplatz, der bis hinun-

ter zu der Schiffsanlegestelle und dem kleinen Efferd-
tempel reichte. Die Magierin wunderte sich über die
vielen Menschen, die in der frühen Morgenstunde die
Häuser verließen. Was gab es so Wichtiges zu hören
und zu sehen? Wieder stieß jemand ins Horn.

Jetzt entdeckte sie den Reiter inmitten der Menge.
Der Mann nahm gerade das Horn von den Lippen
und wechselte einige Worte mit den Nächststehenden,
ehe er ein Schriftstück aus seinem Wams zog und es
entfaltete.

Rhuna kniff die Augen zusammen. Der Reiter trug
ein Wappen, das sie aus der Entfernung nicht erkennen konnte. Die Stimme des Herolds verstand sie um
so besser. »Höret wohl, ihr Bewohner von Wietaun!
Großes Unrecht ist gestern abend zu Falkraun geschehen: Zwei feige Mordgesellen, ein Weib und ihr Buhle,
haben die Hand wider die Edle Idra von Veneigh-Stephahan erhoben und die Dame zu Tode gebracht, ehe
sie entflohen. Weder soll diesen Übeltätern Obdach
und Nahrung gewährt werden, noch mag man sie verbergen. Wer immer dies wagt, soll derselben Strafe anheimfallen wie das Mördergesindel! Seine Wohlgeboren Aethelred von Falkraun zu Thunderbach befiehlt
euch nun, die Missetäter zu ergreifen, festzuhalten
oder Nachricht zu geben, wann immer ihr sie seht.«

Rhuna schluckte. Gebannt lauschte sie dem Herold.
»Die eine ist ein Weib, eine Vagantin, die sich selber
Merydwen ni Laighann nennt ...« Während der Mann
die beiden Missetäter ausführlich beschrieb, spürte
die Magierin, wie sich ihre Muskeln verkrampften. Es
bestand kein Zweifel daran, wer gesucht wurde: Ein
schwarzhaariger Waffenknecht ... Brannon, oder wie
er jetzt hieß, Lughaid. Und wenn sie der Beschreibung
des Herolds trauen durfte, dann konnte die wandernde Sängerin nur Caellin sein.

Rhuna schloß die Luke, noch bevor der Reiter seine

145

Rede beendet hatte, und lehnte sich gegen die Wand. Ihre Gedanken wirbelten wild durcheinander. Das Schicksal – oder die lenkende Hand der Götter – hatten die beiden Liebenden bereits zusammengeführt! Aber unter welchen Umständen! Sie wollte einfach nicht glauben, daß Brannon und Caellin einen Mord begangen hatten! Das lag nicht in der Natur von Menschen, die ihr Leben bereits einmal für andere hingegeben hatten! Lyrets orakelhafte Worte fielen ihr wieder ein: Sollte sie nicht heute morgen aufbrechen und ohne zu zögern firunwärts in den Gundelwald wandern?

Ich muß Lyret vertrauen, dachte Rhuna. Sie hat das vorausgesehen.

Kurze Zeit später schloß Rhuna leise die Hintertür der Gaststube und wanderte zwischen dem Stall und der Scheune hindurch auf einen Weg zu, der aus dem Dorf und vom Fluß wegführte.

Sie warf einen Blick über die Schulter. Sie stahl sich nicht wie eine Phexentochter davon, auch wenn das jetzt so wirkte. Aber Rhuna wollte keine Aufmerksamkeit erregen, und immerhin hatte sie genügend Geld für die Übernachtungen in ihrer Kammer zurückgelassen. Die Magierin schritt schnell aus und versicherte sich, daß ihr niemand folgte. Schon gar nicht Rhajana. Glücklicherweise unterhielt sich die Wirtstochter noch immer mit anderen Halbwüchsigen und war vollkommen abgelenkt.

Vielleicht komme ich ja um die Einlösung meines Versprechens herum, dachte Rhuna. Zwar gehörte dieser Zauberspruch zu den ersten, die ich lernte, und ich fühle mich wieder kräftig genug, um Magie zu wirken. Mir ist es jedoch lieber, daß das Mädchen unwissend bleibt. Rhajana würde doch ohnehin keine meiner Antworten gefallen! Sie ist zu alt, um ausgebildet zu werden, und bestimmt tief enttäuscht, wenn in ihr keine besonderen Gaben verborgen lägen. Da lasse ich sie lieber im Ungewissen.

Rhuna seufzte. In diesem Augenblick wünschte die Magierin sich, daß auch sie unwissend geblieben und ihre Gaben niemals erwacht wären.

Sie umklammerte ihren Stab fester, als sie an die Last ihrer Verantwortung dachte, und legte die andere Hand auf die Tasche mit ihren Büchern. Das war das letzte, was sie an ihr früheres Leben band.

17. KAPITEL

Flucht durch den Gundelwald

Es war kalt und dunkel, als Merydwen wieder zu sich kam. Um sie herum roch es nach dem allgegenwärtigen Jasalinkraut, Blättern und nasser Erde. Steinchen und Rindensplitter stachen in die Haut ihrer Arme und ihres Rückens. Ein dumpfer Schmerz pochte durch ihren Kopf.

Was ist nur geschehen? Warum bin ich nicht mehr auf der Burg, sondern halbnackt draußen im Wald? fragte sie sich verwirrt.

Merydwen setzte sich auf, zog die Beine an den Körper und schlang die Arme darum. Sie starrte blicklos in die Dunkelheit, als die Erinnerung schlagartig zurückkehrte: Sie hatte sich mit dieser Idra von Veneigh-Stephahan gestritten. Die Edeldame war plötzlich auf sie losgegangen und hatte versucht, ihr den Schmuck abzunehmen. Instinktiv tastete Merydwen nach Tjorbis Geschenk. Es hing immer noch um ihren Hals.

Sie hatte mit Idra gekämpft, bis diese ein Messer zog. Und dann war die Edeldame die Treppe hinuntergestürzt ...

Ich bin schuld an Idras Tod, dachte Merydwen und schlug die Hände vor das Gesicht. Hätte ich sie nicht geblendet, wäre sie niemals die Treppe hinuntergefallen. Vater hatte ganz recht: Die Magie, die in mir ruht, ist zu einem Fluch geworden. Aus arkanen Kräften erwächst nur Böses.

Dann blickte sich Merydwen verwirrt um. Erst jetzt nahm sie ihre Umgebung wahr. Sie saß in einer Kuhle zwischen Büschen und einem Baum. »Wie komme ich in den Wald?« fragte sie leise und zuckte heftig zusammen, als sie eine Bewegung bemerkte. Neben ihr saß eine dunkle Gestalt.

»Ich bin mit dir aus der Burg geflohen!« sagte eine Stimme, die Merydwen als diejenige Lughaids erkannte. Der junge Mann beugte sich vor, so daß der Schein des Madamals sein Gesicht in helles Licht tauchte.

»Warum?« Merydwen schauderte im kalten Wind und rieb sich mit den Händen über die Arme. Wortlos zog Lughaid sein Wams aus und reichte es ihr. Dankbar streifte Merydwen es über, nachdem sie Laub und Erde von ihrem Oberkörper gewischt hatte. »Bitte sag mir, warum wir geflohen sind!«

»Sie hätten dich ohne viel zu fragen in den Kerker gesperrt, als Idras Mörderin angeklagt und verurteilt!« erwiderte Lughaid tonlos. »Ich weiß, daß du unschuldig bist! Idra hat die Strafe bekommen, die sie für ihre Grausamkeit und Niedertracht verdiente!« fügte er hinzu und schwieg einen Augenblick, ehe er weitersprach. »Bei Rondras Ehre, ich konnte doch nicht zulassen, daß man dich ins Loch wirft!«

Merydwen preßte die Lippen aufeinander und ballte die Rechte zur Faust. Widersprüchliche Gefühle kämpften in ihr um die Vorherrschaft: die Freude über die Flucht, ihre Schuldgefühle und schließlich auch Wut. Bei den Zwölfen – Lughaid war nicht nur unerfahren, sondern auch noch einfältig. Er schien in einer anderen Welt zu leben. »Ich weiß nicht, ob das wirklich die richtige Entscheidung war. Flucht ist doch ein

Eingeständnis unserer ... meiner Schuld. Lughaid, du hast unsere Lage verschlimmert. Dein Herr wird den Stab ohne Zögern über uns brechen«, klagte sie den jungen Mann an, der den Kopf senkte. »Nun wird man uns erst recht wie wilde Tiere hetzen, bis wir gefangen oder tot sind!« Sie ballte die Fäuste. »In all den Jahren meiner Wanderschaft habe ich getreu den Gesetzen der Menschen und den Geboten der Götter gelebt, Doch jetzt, da ich heimkehre, verschulde ich den Tod einer Frau!«

»Nein, so sehe ich das nicht!« entgegnete Lughaid und sah Merydwen wieder an. Er legte eine Hand auf ihren Arm. »Du kannst nichts dafür, daß die Dame Idra die Treppe hinuntergestürzt ist. Ich habe gesehen, wie Idra ein paar Schritte rückwärts taumelte und dann ins Leere trat. Es war ein Unfall. Selbst wenn du sie gestoßen hättest, dann geschah es in Notwehr! Sie bedrohte dich mit dem Dolch. Nein, ich glaube nicht, daß du sie wirklich töten wolltest, so entsetzt wie du warst!«

»Was weißt du denn schon!« fuhr Merydwen Lughaid an. Dann senkte sie den Kopf. Es war noch zu früh, dem jungen Waffenknecht von ihrer Gabe zu erzählen. Er meinte es aufrichtig mit ihr und glaubte, was er sagte. Seine Worte leuchteten Merydwen ein. Wenn sie wirklich die ganze Schuld an Idras Tod trug, dann würden die Zwölfe sie ihrer gerechten Strafe nicht entgehen lassen. Sie holte tief Luft. »An unserer Flucht ist nun nichts mehr zu ändern«, murmelte sie leise. »Wir müssen das Beste daraus machen. Was sollen wir nun tun?«

Lughaid legte die Stirn in Falten. »Wir werden hinter dem Druebsee die Wenge überqueren und dann den Gundelwald durchqueren. Im Wald werden wir unseren Verfolgern leichter entgehen können als auf der offenen Heide oder auf der Reichsstraße.«

Merydwen vergrub die Reste ihres Kleides unter dem Laub und blickte zu Lughaid, der zwischen den Büschen hindurch auf die Heide spähte, band die Schafsfellweste zu und rümpfte die Nase über den strengen Geruch.

Nun war sie nicht nur zur Mörderin, sondern auch noch zur Diebin geworden. Lughaid und sie hatten in der Morgendämmerung eine Kate im Schatten alter Bäume entdeckt, und waren, kurz nachdem der Besitzer, ein Schäfer, mit seiner Herde aufgebrochen war, in die Hütte eingedrungen. Merydwen hatte nach kurzem Suchen in einer Truhe Kleidung gefunden. Die geflickte Hose, das löchrige Hemd und die Weste waren ihr zwar etwas zu groß, aber geeigneter als das Kleid. Merydwen war immer wieder an Brombeeren und anderem dornigen Gesträuch hängengeblieben, auch nachdem sie den Rock mit Lughaids Hilfe aufgeschlitzt und gekürzt hatte. Das Pferd des Junkers hatten sie freigelassen. Wahrscheinlich war es schon zur Burg zurückgekehrt.

Merydwen tat es leid, den armen Schäfer um Kleidung, Nahrung und ein Messer beraubt zu haben, aber es war hier und jetzt nicht die Zeit, sich Vorwürfe zu machen. Vielleicht konnte sie dem Mann das gestohlene Gut eines Tages ersetzen, jetzt aber brauchte sie jeden Taler aus ihrer Barschaft.

Sie huschte an Lughaids Seite. Der junge Mann drehte sich um. »Ich glaube, wir können aufbrechen. Wir werden nun das Ufer hinunterklettern und ein Stück durch die Wenge waten, die hier nur knietief ist.«

»Dann laß uns nicht länger zögern.« Merydwen lächelte ihm aufmunternd zu und schob das Buschwerk zur Seite. Tjorbi hätte das alles für ein großes Abenteuer gehalten. Für die Bardin war es mehr ein Kampf ums Überleben. Sie spürte keine Angst, nur noch eine große Ruhe und Sicherheit in sich, als sie den Abhang hinunterrutschte. Es war Merydwen, als sei eine ganz andere Seite in ihr erwacht, die sie bisher noch nicht an sich entdeckt hatte. Mit jedem Schritt durch das kalte Wasser war viel zu gewinnen: das Leben!

Lughaid spähte vorsichtig in Richtung des Hügels. Im schwindenden Licht nur schwer zu erkennen, erhoben sich dort die grasüberwachsenen Mauerreste eines alten Turmes. Der junge Waffenknecht atmete auf. Zusammen mit den Hecken und Büschen, bot die Ruine ein geeignetes Versteck für die Nacht. Dort würden die Flüchtlinge vor wilden Tieren und anderen unliebsamen Überraschungen sicher sein. Lughaid blickte sich wachsam um. Niemand war zu sehen. Nur ein Krähenschwarm zog krächzend über den Himmel.

Lughaid schluckte. Junker Aethelred war ein leidenschaftlicher Jäger und würde nicht so schnell aufgeben. Der junge Waffenknecht mußte vorausahnen, wie der Edelmann vorgehen würde. Schon seit dem Mittag war Junker Aethelred mit den Hunden auf ihrer Spur.

Merydwen hatte sich immer dicht an Lughaids Seite gehalten. Bisher war kein Wort der Klage über ihre Lippen gekommen. Dennoch sah man die Erschöpfung deutlich in ihr Gesicht geschrieben.

Dem jungen Mann ging es nicht anders. Die Furcht vor der Entdeckung und die Flucht durch das Dickicht forderten ihren Preis. Die Flüchtenden hatten seit dem Morgen keine Rast mehr gemacht, geschweige denn etwas essen können, obwohl Merydwen ein wenig Brot und Schafskäse aus der Hütte mitgenommen hatte.

Lughaid drehte sich zu der Bardin um, die auf einer

Baumwurzel saß, und lächelte sie zaghaft an. »Wir werden da oben übernachten!« sagte er leise und deutete auf den Hügel.

»In der Ruine?« fragte Merydwen skeptisch. »Wäre es nicht besser, das Licht noch auszunutzen und weiterzulaufen?«

»Nein! Die Dunkelheit bricht schneller herein als du denkst, und dann würden wir nur blind durch den Wald stolpern, deutliche Spuren hinterlassen und fänden auch keinen sicheren Unterschlupf mehr. Außerdem sind wir beide am Ende unserer Kräfte«, entgegnete er ernst. »Besser, wir ruhen uns jetzt aus und brechen morgen vor Sonnenaufgang wieder auf.«

»Das ist wahr!« Merydwen schlang einen Augenblick lang die Arme um ihren Oberkörper. »Wenn ich daran denke, wie nah uns Junker Aethelred schon gekommen ist, graust es mir. Er hätte nur den Bach überqueren müssen.« Sie senkte den Blick. »Ich hätte das Kleid besser vergraben sollen. Jetzt haben die Hunde meinen Geruch in der Nase.«

»Vielleicht nicht.« Lughaid grinste und deutete auf die Schafsfellweste. »Die riecht so streng, daß sich die Hunde verwirren lassen – wenn wir Glück haben.«

Lughaid schob ein paar Äste beiseite und stieg über das Wurzelwerk der Büsche. Geduckt huschte er den Hügel hinauf, wich den Dornenbüschen aus und sprang in die Kuhle, die sich hinter der überwachsenen Mauer befand. Dann blickte er sich wachsam um. Noch immer war keine Menschenseele zu sehen. Die bewaldeten Hügel lagen friedlich vor ihnen.

Lughaid atmete tief durch. Merydwen war ihm dichtauf gefolgt und setzte sich auf die Reste einer Treppe. Plötzlich zuckte sie zusammen und sah sich gehetzt um. Den Grund dafür begriff jetzt auch der junge Mann: Hundegebell erklang ganz in ihrer Nähe!

Lughaid ballte die Fäuste. Verdammt! Er hatte nicht damit gerechnet, daß die Hunde trotz aller Vorsicht doch noch ihre Fährte aufgenommen hatten. »Wir müssen hier so schnell wie möglich weg. Da, der Tierpfad ...«

»Zu spät!« zischte Merydwen und zog ihr Messer. Sie deutete auf den Fuß des Hügels.

Ein Hund kam aus dem Dickicht geschossen und rannte den Hügel hinauf. Plötzlich hielt er inne, jaulte auf, drehte sich einmal um sich selber und humpelte mit eingezogener rechter Vorderpfote wieder den Hügel hinunter.

Lughaid und Merydwen blickten sich verwirrt an.

»Vielleicht hat er sich einen Dorn eingetreten«, vermutete der junge Mann, zog seinen Dolch aus der Scheide und duckte sich neben Merydwen.

Wenn diese Töle doch nur endlich verschwinden würde! Der Hund lag am Fuß des Hügels und leckte sich seine Vorderpfote. Als ein Reiter auf die Lichtung kam, sprang er auf und humpelte winselnd zu ihm hin.

Lughaid spannte sich an. Bei den Göttern! Nicht auch noch Junker Aethelred! Wenn der die richtigen Schlüsse zog, dann waren sie verloren. Der Edelmann stieg vom Pferd und untersuchte den Hund, schien jedoch keine Wunde, keinen Dorn zu finden. Er sagte ein paar scharfe Worte zu dem Tier, richtete sich dann wieder auf und sah sich um. Waffenmeister Bran und zwei andere Männer tauchten zu Fuß aus dem Wald auf. Lughaid hielt die Luft an. Ihre Lage war hoffnungslos, wenn nicht noch ein Wunder geschah.

»Hier sind sie nicht!« rief Aethelred seinen Begleitern zu. »Wir haben sie verloren! Laßt uns zu der Kate zurückkehren, ehe man nicht einmal mehr die Hand vor Augen sieht!«

Lughaid atmete erleichtert auf und ließ sich zurücksinken, als die Männer verschwanden.

»Warum haben sie die Ruine nicht gesehen?« fragte Merydwen.

»Es ist schon zu dunkel, um Gestrüpp und Mauern zu unterscheiden«, erklärte Lughaid.

Merydwen setzte sich hin und holte aus ihrem Hemd Brot und Käse hervor. Sie teilte beides gerecht. Lughaid aß hungrig. »Du solltest dich ausruhen«, sagte er zwischen zwei Bissen. »Ich werde Wache halten!«

»Du mußt genauso erschöpft sein wie ich!« entgegnete die Bardin. »Wecke mich nach der Hälfte der Nacht! Ich habe solche Pflichten schon übernommen, und es nutzt uns beiden nichts, wenn du übernächtigt bist!«

Lughaid wollte erst ablehnen, schließlich sah er aber ein, daß die Bardin recht hatte.

Schweigend verspeisten sie das karge Mahl. Anschließend suchte sich Merydwen einen weichen Platz, wo sie sich zusammenrollte wie ein Kätzchen.

Lughaid betrachtete sie. Wie jung sie jetzt wirkte. Im Schlaf schienen all ihre Sorgen, die sich in das Gesicht eingegraben hatten, wie weggewischt. Ja, Merydwen war wunderschön wie …

Ich muß aufhören zu träumen, dachte der junge Mann, lehnte sich gegen die Mauer und blickte zum Himmel. Kühler Wind war aufgekommen und trug den würzigen Duft des Jasalinkrautes heran. Nicht ganz.

Täuschte er sich, oder stieg wirklich ein bitterer Geruch aus den Mauern auf? Unwillig schüttelte er den Kopf. Das mußte das Moos sein. Er war müde und seine Sinne spielten ihm einen Streich, denn jetzt gaukelten ihm seine Augen auch noch vor, daß der Nebel, der zwischen den Sträuchern aufstieg, vielfarbig glitzerte.

Lughaid rieb sich die Augen. Er durfte nicht einnicken, sondern mußte Wache halten.

Vergeblich versuchte er, die Augen offen zu halten, doch die Müdigkeit überwältigte ihn. Ehe er sich versah, war er in tiefen Schlaf gesunken.

18. KAPITEL

Brannon und Caellin

Auf Burg Falkenfels, vor 750 Jahren,
zur Regierungszeit der Fürstin Orgala III.
aus dem Hause Ulaman

Caellin blickte aus dem schmalen Fenster. Heute
würde ein schöner Tag werden. Die Sonne tauchte die
bewaldeten Hügel in goldenes Licht und rang den
dunklen Steinzinnen der Burg ein freundliches Leuchten ab. Ein Vogel hatte sich auf dem Sims über dem
Turmzimmer niedergelassen und trällerte sein Morgenlied.

Dabei konnte der Frieden so trügerisch sein. Caellin
schlug rasch ein Zeichen gegen Unheil, wie die alte
Muhme es sie gelehrt hatte. »Ich will dir meine schön-
ste Stickerei zum Geschenk machen, uralter Flußvater,
damit du die Drachenschiffe in diesem Sommer an unseren Ufern vorbeiträgst!« murmelte sie. »Nicht noch
einmal sollen die Thorwaler, diese wilden, grausamen
Barbaren, an der Mündung der Wyngis anlanden!«
Tränen stiegen in ihre Augen, als sie an das Leid
dachte, das im vergangenen Jahr über sie gekommen
war: an die brennenden Gehöfte in der Ferne, die verzweifelten Flüchtlinge, die hinter den starken Mauern
von Falkenfels Schutz gesucht hatten.

Kurz darauf verheerten die Thorwaler Wynnith und

versuchten, die Mauern der Burg zu erstürmen. Zwar waren sie schließlich unverrichteter Dinge abgezogen – aber um welchen Preis! Caellin dachte an die vielen Toten, zu denen auch ihre Brüder gezählt hatten; die zerstörten Häuser im Dorf und die Angst in den Gesichtern der Menschen.

Caellin seufzte. Seither trug sie ständig einen Dolch an ihrer Seite. Sie hoffte, daß sie sich niemals damit verteidigen – oder wenn ihr keine Wahl mehr blieb – selbst damit töten mußte.

Es reichte!

Eilig schloß Caellin die Schatulle. Lieber dachte sie an den Gast, den ihr Vater und sie erwarteten – Brannon aus dem Hause Crumold. Die Barden sangen bereits Lieder über die Heldentaten des Mannes, der gerade erst das dreißigste Jahr überschritten hatte: Nur mit einer kleinen Schar Bewaffneter hatte er im letzten Jahr Burg Ginsterfels gegen eine Übermacht gehalten und den Flußpiraten bei Weidenau eine schwere Niederlage zugefügt. Mit einer kleinen Schar hatte er sich zuvor einem Drachen und weiteren, von einem finsteren Magier heraufbeschworenen Schrecken entgegengestellt.

Andere Ritter, die auf Falkenfels zu Gast gewesen waren, erzählten von Brannons Mut und seiner Ergebenheit zu Rondra. Sie vergaßen auch nicht, seine mystische Gönnerin zu erwähnen: die ›Goldene Dame aus den Nebeln‹. Ob sie eine Fee oder göttliche Botin war, wußte niemand zu sagen.

Jeder berichtete von Brannon von Crumolds Ehrenhaftigkeit, Taten und Ruhm. Niemand sprach über den Menschen hinter der Legende.

Caellin seufzte. Diesen Mann sollte sie zum Gemahl nehmen. Würde Brannon von Crumold sie überhaupt wollen? Er genoß am Hof der Fürstin und der Grafen bestimmt die Achtung und Aufmerksamkeit vieler

Frauen. Der Ritter war weitgereist und welterfahren, während sie in den achtzehn Jahren ihres Lebens nicht mehr von Albernia kannte als das Land, das einen Tagesritt um Falkenfels lag.

Nachdenklich löste die junge Frau ihren Zopf und griff nach dem Kamm, der neben der Schmuckschatulle lag. Sie begann das hüftlange Haar zu kämmen und summte leise eine Melodie, während sie überlegte, wie sie sich kleiden und schmücken sollte, um einen guten Eindruck auf Brannon zu machen.

Plötzlich fuhr eine kalte Bö durch das offene Fenster, so daß Caellin fröstelte. Woher kam nur der eisige Wind? Der Winter war längst vergangen!

Dann hörte sie ein leises Lachen. Es war nicht lauter als ein Rascheln in den Zweigen der Bäume, klang fremdartig, als ob es nicht aus der Kehle eines Menschen stamme.

Caellin wirbelte herum und ließ den Kamm fallen. »Bei den Zwölfen! Du wagst es, ungefragt in mein Gemach einzudringen, du frecher Kerl? Verschwinde, oder ich …«

Im nächsten Augenblick spürte sie, wie ihre Stimme gegen ihren Willen erstarb. Mit weit aufgerissenen Augen starrte sie auf ihr Gegenüber.

Der Fremde war ungewöhnlich groß und schlank, selbst für einen Elfen. Seine Gewänder bestanden aus feinem, fließendem Stoff, der wie Tsas Roben in den Farbtönen des Regenbogens schillerte.

Sie hielt die Luft an. Der Fremde hatte ein spitzes, kantiges Gesicht, das von spinnenfeinem weißen Haar umgeben war. Kalte Augen aus flüssigem Silber musterten das Mädchen gelassen.

Nein, das war kein Elf! Caellin begriff erst jetzt, was da vor ihr stand: Ein Holder, einer der mächtigen alten Fürsten des Feenvolkes. Früher hatte die alte Muhme jeden Abend von den geheimnisvollen verzauberten

Reichen der Feen erzählt. Als kleines Mädchen hoffte Caellin, von einem aus dem Schönen Volk in die Anderswelt entführt zu werden und all die Wunder mit eigenen Augen zu schauen. Sollte das jetzt geschehen?

»Staune nur, schönes Mädchen«, sagte der Holde mit wohlklingender Stimme. »Ich habe dich unter all den Sterblichen auserwählt: Du sollst von nun an in meinem Reich leben.«

Caellin schüttelte zaghaft den Kopf. Etwas an den Worten und der Stimme des Fremden ängstigte sie. »Ich … ich kann nicht!« widersprach sie zitternd und entsann sich der Warnungen, die die Muhme ausgesprochen hatte: Ziehe niemals den Zorn des Schönen Volkes auf dich! Denke an das Schicksal der jungen Ilayne. Das Mädchen hatte sich den Wünschen eines Feenmannes verweigert. Zur Strafe war es in eine Weide am Ufer des Großen Flusses verwandelt worden. Noch heute sollen einsame Wanderer ihr Weinen und Klagen vernehmen können, wenn der Wind in den Zweigen der Bäume rauscht.

Caellin spürte, wie die Angst von ihrem Körper Besitz ergriff. Der Holde trat an sie heran und schob eine Hand unter ihr Kinn. Seine Berührung war so leicht wie die einer Feder. »Du weist mich zurück, Kind? Warum fürchtest du mich?« fragte er sanft. »Habe keine Angst, ich werde dir kein Leid zufügen. Komm mit mir!«

Caellin schloß die Augen. Sie vermochte nicht, sich der Berührung des Holden zu entziehen. Die Worte des Fremden verwirrten sie: Warum entführte er sie nicht einfach in die Anderswelt oder bestrafte sie für die Weigerung? Besaß die Macht der Holden Grenzen, wie die Muhme ebenfalls berichtet hatte?

»Ich bin bereits mit einem Menschen verlobt, einem tapferen und mutigen Ritter«, verweigerte sie sich erneut.

Der Holde zog seine Hand zurück. Für einen Augenblick glaubte Caellin, Blitze aus seinen Augen sprühen zu sehen. Sie hielt die Luft an. Jetzt würde er sie in seinem Zorn …

Der Holde schwieg eine Weile, dann lachte er auf. »So, du ziehst einen Sterblichen, den der nächste Schwertstreich fällen kann, mir vor?« sagte er belustigt. »Nun, ich will dich nicht zwingen, mit mir zu kommen. Noch nicht – denn der süßeste Wein ist immer der, der freiwillig eingeschenkt wird. Damit du mich nicht vergißt, will ich dir etwas schenken.«

Plötzlich erschien eine Kette in seinen Händen. An feinen Silbergliedern, die nur die geschickten Hände der Feen geschaffen haben konnten, pendelte ein filigran geschmiedeter Anhänger: In einem Kreis aus Eichenblättern hockte ein Vogel, der in seiner linken Kralle einen kleinen Edelstein hielt. Das Silber glänzte im Sonnenlicht, als sei es frisch poliert, das Juwel brach die Strahlen in alle Regenbogenfarben. Caellin blickte den Schmuck verwirrt an. Ehe sie sich versah, lag die Kette um ihren Hals. Sie hob die Hand, umschloß damit den Anhänger und wollte den Schmuck wieder abreißen. »Ich will Euer Geschenk nicht!« Im nächsten Augenblick ließ sie das Kleinod mit einem Schrei los und starrte auf ihre Hand, als habe sie sich verbrannt. Der Umriß des Anhängers auf ihrer Handfläche verblaßte aber bereits wieder.

Der Holde schüttelte tadelnd den Kopf. »Deine Bemühungen sind vergeblich, Kind. Solange du lebst, kann kein anderer Sterblicher dir diesen Schmuck abnehmen. Er wird von nun an zeigen, daß ich, Fürst Elathalion von den Holden, Anspruch auf dich erhebe!«

Mit diesen Worten verschwand der geheimnisvolle Fremde wie er gekommen war: Ein kalter Wind wehte ihn wie trockenes Laub davon.

Caellin starrte auf die Stelle, an der er gestanden hatte, und sank in die Knie. Sie schlug die Hände vor das Gesicht und begann zu weinen. Der Holde hätte die Macht gehabt, sie zu entführen, sie einfach mit sich zu nehmen.

Bei der Nennung seines Namens waren ihr die Worte der alten Muhme wieder eingefallen: »Unter den Holden gibt es einen, den du ebensowenig wie die mächtige Farindel Wipfelwald erzürnen darfst: Sein Name ist Elathalion Gletscherwind, und er ist einer der mächtigen Fürsten der Feen, der dich mit einem Blick zu Eis erstarren läßt, mit einer Geste in eine Kristallstatue verwandeln kann. Sein Wesen ist so kalt wie sein Name, und die Sterblichen sind in seinen Händen nur Figuren in einem großen Spiel.«

Caellin sank gänzlich in sich zusammen und schluchzte heftig. Was sollte sie nur tun? Sie konnte sich keinem anderen auf der Burg anvertrauen, ohne diesen zum Tod zu verurteilen. Elathalion würde sie holen, wann immer er wollte, und kein Sterblicher würde ihn davon abhalten können.

Brannon von Crumold blickte sich wachsam um. Nichts Verdächtiges regte sich zwischen den Bäumen und Büschen des dichten Laubwaldes. Jetzt, am späten Nachmittag, schienen selbst die Vögel zu ruhen. Nur selten erklang Zwitschern und Zirpen aus den Bäumen.

Brannon achtete aus alter Gewohnheit auf die Umgebung. Der große Fluß lag schließlich nur wenige Meilen von hier entfernt. Noch in seiner Kindheit war Burg Crumold immer wieder von Thorwalern angegriffen worden. Aber in diesen Tagen wagten sich die Nordleute nur noch an die kleineren Festungen wie Falkenfels heran. Das würde vielleicht auch bald ein Ende haben, wenn dieser Djannan ui Bennain, der sich ein Stück flußaufwärts angesiedelt hatte, es mit seinen Friedensverhandlungen wirklich ernst meinte.

»Noch vor einem Jahr hätte ich gelacht, wenn mir jemand prophezeit hätte, daß ich einmal so nahe der Heimat den Traviabund schließen würde«, bemerkte er, ehe er sich an den Rothaarigen wandte, der neben ihm stand. »Was weißt du über den Edlen von Falkenfels und seine Familie, Rhodri?«

Der Mann lächelte verschmitzt. »Als ich mich dir noch nicht angeschlossen hatte, um deine Heldentaten zu besingen, bin ich oft auf Falkenfels gewesen. Der Edle ist, wie du weißt, ein in Ehren ergrauter Ritter. Seine Gemahlin war eine liebenswürdige Frau, die gar nicht recht zu ihm passen wollte. Sie liebte die Musik und die Künste. Die Arme ist vor einigen Jahren bei einem Überfall ums Leben gekommen. Auch die beiden Söhne des Edlen sind tot. So wird seine Tochter Caellin einmal das Lehen erben.« Er schwieg einen Augenblick lang, während Brannon ihn ärgerlich anblickte.

»Ich reiche Caellin von Falkenfels nicht wegen ihres Erbes die Hand zum Traviabund! Bin ich denn ein Schacherer und Pfeffersack?«

Rhodri grinste. »Ich weiß, dir würde es schon genügen, wenn Caellin von Falkenfels eine bescheidene und kluge Frau ist«, stichelte er. »Sei ehrlich, Brannon: Nach all den Heldentaten, die du vollbracht hast, sehnst du dich nach einem Heim und einer liebevollen Frau, die dich umsorgt, wenn du von einem neuen Abenteuer zurückkehrst.«

Brannon ersparte sich eine Antwort, denn sein Freund traf mit dem Pfeil ins Schwarze: Bis vor ein paar Monaten hatte sich der Ritter noch keine Gedanken um die Zukunft gemacht. Er hatte sein Leben in den Dienst der Fürstin gestellt, sein Schwert und seine Seele Rondra angeschworen. Dann hatte er nach Jahren des rastlosen Herumziehens ein paar Wochen bei der vielköpfigen Familie seines Bruders Llwyn auf Burg Crumold verbracht und erfahren, daß es ein noch größeres Glück gab als Ehre und Ruhm zu sammeln: dies nämlich, einen Teil von sich selber in den eigenen Kindern wiedergeboren zu sehen.

Als hätte Travia ihre Hand im Spiel gehabt, war er kurz darauf dem alten Edlen von Falkenfels begegnet, der ihm die Hand seiner Tochter angetragen hatte. Brannon war der Einladung gefolgt. Daß er nun womöglich Grundbesitz erben würde, bedeutete ihm nichts.

Der Ritter hob den Kopf. Endlich lichtete sich der Wald. Vor ihnen lag das Dorf Wynnith, und dahinter erhob sich auf einem Hügel Falkenfels – eine Wehranlage, die aus einem Wohnturm und einem Mauerviereck bestand. Die wuchtigen, dunklen Blöcke schimmerten im Licht der untergehenden Sonne.

Ein Weg führte den Hügel hinauf und endete an einem ungefähr vier Schritt breiten Graben. Die Zugbrücke war bereits heruntergelassen, und ein grauhaariger, stämmiger Mann stand auf ihr. Er hob grüßend den Arm.

Brannon erwiderte die Geste und hob unvermittelt den Kopf, als er auf dem Wehrgang eine hellgekleidete Gestalt entdeckte. War das Caellin von Falkenfels?

Brannon konnte nicht mehr darüber nachdenken, denn schon trat der Edle auf ihn zu und hieß ihn willkommen. Der Ritter schwang sich von seinem Pferd und gebot seinen Begleitern mit einer Geste, das Gleiche zu tun. Dann begrüßte er den Edlen.

Caellin drehte sich um, nachdem ihr Vater und die beiden Männer im Turm verschwunden waren. Das war also Brannon von Crumold. Sie hatte ihn sich viel älter vorgestellt. Die geheimnisvolle Beschützerin, die ›Goldene Dame aus den Nebel‹, schien wirklich ihre Hand über Brannon von Crumold zu halten.

Caellin schluckte. Wenn ihr doch das Schicksal so hold sein könnte... Wie schon so oft an diesem Tag glitt ihre Rechte über die Stelle, an der der Anhänger verborgen unter dem Stoff an ihrer Haut ruhte. Sie unterdrückte mit Mühe ein Zittern. Die Angst vor Elathalion kehrte immer wieder zurück. War der Holde ihr wirklich erst am Morgen erschienen? Das schien schon eine Ewigkeit her zu sein!

Nachdem sie sich wieder beruhigt hatte, war sie in die Küche hinuntergeeilt, um das Gesinde zu scheuchen: Das Gemach, in dem sie Brannon unterzubringen gedachte, mußte noch vorbereitet werden, Hühner für das Abendmahl geschlachtet und vorbereitet, das gut abgehangene Ochsenfleisch am Spieß gebraten werden. Brot und Gebäck waren zu backen, die schönsten Früchte auszusuchen. Das alles hatte Caellin bis zum Nachmittag in Atem gehalten.

Erst danach hatte sie wieder an ihre Sorgen gedacht. Um nicht allein zu sein, hatte sie ihre Zofe angewiesen, ihr das Haar zu kämmen und neu zu flechten, weil ihre eigenen Hände zu sehr zitterten. Die alte Frau hatte das für Aufregung gehalten und sie mit klugen Ratschlägen über das Wesen eines Mannes bedacht.

Caellins Gedanken kehrten zu Brannon von Crumold zurück. Der Mann war das Wunschbild eines albernischen Ritters, groß und stattlich. Mehr bedeutete ihr aber noch, daß seine Augen so warm leuchteten und keine Falschheit in sich trugen.

Brannon nahm einen weiteren Schluck aus seinem Pokal, während sich Rhodri mit dem Edlen von Falkenfels über alte Zeiten unterhielt. Der Wein schmeckte ein wenig säuerlich, eben ein einfacher Rebensaft dieser Gegend.

Aufmerksam musterte Brannon den großen, eben-erdigen Raum. An der Wand führten Stufen nach oben und unten und eine Tür in das viereckige Nebenge-bäude, in dem sich Küche und Stall befinden mußten, nach den Gerüchen zu urteilen. Der Ritter spürte, wie sich sein Magen regte und zu knurren begann.

An den Wänden hingen Waffen und Tierschädel, die von der kriegerischen Geschichte und Jagdleiden-schaft derer von Falkenfels erzählten. Dann zog Bran-non erstaunt eine Augenbraue hoch. Der Wandtep-pich, der eine zarte, feenhafte Harfenspielerin dar-stellte, wirkte in diesem Raum fehl am Platz. Als der Edle bemerkte, was Brannons Aufmerksamkeit gefan-genhielt, trat er zu dem Ritter und seufzte schwer. »Das Bild ist nur eine schwache Erinnerung an meine Gemahlin, die in meiner Tochter fortlebt.«

»Ich wünschte, ich hätte Eure Gemahlin kennenge-lernt«, erwiderte Brannon und stellte den Pokal bei-seite. »Und …« In diesem Augenblick sah er eine Be-wegung in den Augenwinkeln und drehte sich um. Eine junge Frau trat durch den Türbogen in den Raum. Nun konnte sich Brannon vorstellen, was der Teppich nicht wiederzugeben vermochte: Caellin von Falkraun war schlichter gekleidet als ihre Mutter auf dem Bild. Das grüne Gewand und der filigrane Schmuck an den Armen und um den Hals schmeichel-ten ihrer Gestalt. Ein wenig wirkte sie, als stamme sie nicht von Dere.

Sie gleicht meiner Beschützerin, dachte Brannon und spürte, wie Spannung seinen Körper erfaßte. Er hatte schon früher Frauen begehrt, aber diesmal war es anders. Er fühlte sich nicht nur in Leidenschaft zu ihr hingezogen. Für einen Moment war ihm, als hätte er die zweite Hälfte seiner Seele gefunden.

Dann bemerkte er etwas: Caellins Lieblichkeit wurde überschattet. Zwar versuchte sie, die Gefühle zu verbergen, aber es gelang ihr nicht, Angst und Verzweiflung ganz aus dem schönen Antlitz zu verdrängen.

Brannon runzelte die Stirn. War er der Grund für Caellins Verzweiflung? Hatte ihr Vater sie gezwungen, sich ihm gegenüber freundlich zu verhalten? Sein Mund wurde trocken. Er mußte herausfinden, was die junge Frau so bedrückte, und hoffte, daß ihn keine Schuld traf.

Der Edle von Falkenfels schien nichts zu bemerken. Er trat auf seine Tochter zu und ergriff ihre Hand. »Caellin, mein Liebes, das ist Brannon von Crumold, dein zukünftiger Mann – wenn es denn die Zwölfe so bestimmen!«

Brannon neigte seinen Kopf und lächelte ermutigend. In diesem Augenblick hellte sich auch das Gesicht der jungen Frau ein wenig auf. Sie löste sich von ihrem Vater und streckte die Hände aus.

»Ritter Brannon! Ich heiße Euch in diesen Hallen mit Travias Segen willkommen«, sagte sie. »Seid unser Gast.«

Brannon legte seine Hände in die ihren. Ihre leichte Berührung ließ seine Haut kribbeln. »Mögen die Zwölfgötter Euch und dieses Haus auf ewig beschützen«, erwiderte er und blickte Caellin an. Für einen Augenblick huschte ein Schatten über ihr Gesicht, dann lächelte sie wieder und zog ihre Hände zurück.

»Doch nun kommt und speist mit uns. Ihr müßt hungrig sein!«

19. Kapitel

Die Entführung

»So befreite Brannon die Burg und sorgte dafür,
daß die junge Dame und ihr Bruder wieder in Frieden leben konnten«, endete Rhodri seine Erzählung
und trank mit tiefen Zügen aus dem Kelch. Caellin
lächelte. Elathalion war in den letzten Tagen nicht
mehr erschienen, und das hatte ihre Angst etwas gemindert. Vielleicht schreckten den Holden das Eisen
und die bitteren Kräuter ab, die sie in ihrem Zimmer
verteilt hatte, und er wagte es nicht, sie vor den Augen
anderer Menschen zu entführen. Oder er maß die
Zeit in anderer Weise als Sterbliche. Caellin mochte
jetzt nicht weiter darüber nachdenken. Sie wandte
ihre Aufmerksamkeit wieder den Männern zu und
bemerkte, wie Brannon grimmig die Augenbrauen
senkte. »Du hast genug von meinen sogenannten Heldentaten erzählt! Ich sehe den Kampf gegen das Unrecht als meine Ritterpflicht an«, sagte er. »Ich handle
um der Menschen und nicht des Ruhmes willen!«

So wehrte sich Brannon nicht zum ersten Mal dagegen, bewundert zu werden. Caellin hatte ihn in den
letzten Tagen näher kennengelernt, auch wenn ihr
Vater und Rhodri der Barde sie keinen Augenblick
allein gelassen hatten.

Brannon von Crumold war trotz seines Ruhmes
nicht anmaßend oder überheblich geworden, es schien

eher so, als schäme er sich für die Bewunderung, die man ihm entgegenbrachte. Er wirkte liebenswürdig, bescheiden und nahm die Dinge, die er sagte, sehr ernst. In seiner Gegenwart fühlte sich Caellin geborgen. Es tat ihr in der Seele weh, weiterhin zu schweigen. Aber sie konnte, sie durfte nichts sagen. Brannon würde sie vor dem Holdenfürsten beschützen wollen und dafür sterben.

Sie zuckte zusammen, als Rhodri lachte. »Wie Ihr seht, edle Caellin, ist Brannon ein sehr bescheidener Mann«, bemerkte der Barde. »Was meint Ihr denn zu den Taten unseres Helden?«

»Sie sind ehrenvoll und rondragefällig«, erwiderte die junge Frau. »Herr, Ihr steht wahrlich in der Gunst der göttlichen Leuin.« Kalte und warme Schauer jagten durch ihren Körper, als sie spürte, wie Brannons nachdenklicher Blick auf ihr ruhte.

In den letzten Tagen hatte sich der Ritter mehrere Male erkundigt, warum sie nicht über ihre Sorgen sprechen wolle. Jedes Mal war sie näher daran gewesen, sich ihm anzuvertrauen.

»Wenn Ihr nicht weiter von Euren Heldentaten erzählen möchtet, dann berichtet uns doch von anderen Dingen, Herr. Ist es wahr, daß eine geheimnisvolle Fee ihre Hände schützend über Euch hält?« wich sie aus.

Brannon räusperte sich verlegen. »Die Barden singen viel, wenn der Tag lang ist, auch der gute Rhodri. Wahr ist, daß mir die Goldene Dame aus den Nebeln bereits mehrmals geholfen hat ...«

»Sie wies uns vor vier Monaten den Weg aus der Muhrsape«, begann Rhodri eine weitere Geschichte. »Wir hatten den verfluchten Dämonenknecht zwar aus der Burg vertrieben, aber er verkroch sich in den Sümpfen. Ehe wir uns versahen, steckten wir mitten im Nebel fest. Da tauchte dieses Licht auf, und aus ihm trat eine Frau, die von einem goldenen Schein umgeben war. Sie war weder Mensch noch Elf, aber Brannon sprach mit ihr, als sei sie eine vertraute Freundin ...«

Brannon verzichtete darauf, den Barden zu unterbrechen. Diesmal dankte er seinem schwatzhaften Freund für die Geschichte – denn das hatte ihn aus der Verlegenheit befreit, selbst mehr erzählen zu müssen.

Er betrachtete Caellin und las in ihrem Gesicht wie in einem offenen Buch. Wie schon in den letzten Tagen versuchte sie, ihre Niedergeschlagenheit zu verbergen. Aber wenn sie sich nicht beobachtet glaubte, stand die Angst in ihren Augen.

Mittlerweile ahnte er, daß ihre Furcht nicht mit seiner Ankunft zusammenhing. Eher im Gegenteil: Wenn sie sich in seiner Nähe aufhielt, lösten sich ihre starren Züge. Sie schien seine Zuneigung zu erwidern; auch wenn sie bisher noch keine Gelegenheit gefunden hatten, allein miteinander zu sprechen, konnte er das in ihren Gesten und Blicken erkennen. Um so mehr wünschte er sich, herauszufinden, wer oder was die junge Frau so in Furcht versetzte. Es lag ihm am Herzen: Er konnte nicht mit ansehen, wie sehr sie litt.

»Herr Brannon, ich kann es kaum glauben: Ihr müßt ein besonderer Mensch sein, wenn Euch eine des Schönen Volkes beschützt und beschenkt.« Der Edle von Falkenfels schreckte den Ritter aus seinen Gedanken. Rhodri hatte seine Erzählung beendet.

Ehe Brannon etwas auf die Bemerkung erwidern konnte, wandte sich der alte Mann an seine Tochter. »Caellin, magst du nicht eine der Weisen für uns spielen und singen, die deine Mutter so sehr liebte?« bat er, um die junge Frau aufzumuntern, die mit ihren Gedanken offensichtlich an einem anderen Ort weilte.

»Ja, mein Vater!« Caellin zuckte heftig zusammen,

nahm aber Rhodris Laute entgegen, die ihr der Barde mit einem ermunternden Lächeln reichte. Zunächst spielte sie eine ruhige Melodie, dann begann sie zu singen.

Brannon hörte ihr aufmerksam zu. Die Ballade gehörte zu den Liedern, die er immer besonders geschätzt hatte, aber heute schauderte er bei den Worten. Die Verse erzählten die Geschichte eines Mädchens, das sich in einen Holden verliebt hatte und nun vergeblich auf die Erfüllung ihres Traumes hoffte. Die Art, in der Caellin die Klage vortrug, war ungewohnt, um nicht zu sagen... falsch.

Ein Verdacht stieg in Brannon auf.

Die junge Frau verstummte. Tränen schimmerten in ihren blaugrünen Augen, doch sie weinte sicher nicht um das Mädchen aus dem Lied. In ihrem Gesicht stand eher die Verzweiflung, zu viel verraten zu haben.

»Ich danke Euch, Herrin. Euer Lied hat mich verzaubert. Es erzählt so viel über Euch selbst«, dankte Brannon der jungen Frau.

Ihr Erschrecken erstaunte ihn nicht. »Ich danke Euch für das Lob, Herr Brannon«, antwortete Caellin scheu und wandte sich hastig an ihren Vater. »Ich fühle mich nicht wohl. Darf ich mich in meine Gemächer zurückziehen?«

Der alte Mann sah seine Tochter ob dieser Worte verwundert an. »Aber mein Kind, dir ging es eben doch noch gut! Soll ich Agwynna zu dir schicken?«

»Vielleicht bedarf Eure Tochter nur ein wenig frischer Luft«, warf Brannon ein. Jetzt war möglicherweise die Gelegenheit gekommen, sich allein mit Caellin zu unterhalten. »Erlaubt Ihr mir, daß die Herrin und ich auf dem Wehrgang spazierengehen?«

»Aber natürlich!« Der alte Edle lächelte freundlich und nickte. Caellin blickte Brannon eher verblüfft an, lehnte seinen Vorschlag jedoch nicht ab.

Als sie auf den Hof hinaus traten, wehte der kühle Wind Caellins Benommenheit fort. Die junge Frau biß sich auf die Lippen.

Was hatte sie nur getan? Sie hatte all ihre Wut und Verzweiflung in die Klage der Verschmähten gelegt. Begann ihr Geist sich zu verwirren? Was hatte sie damit bezwecken wollen?

Sie verabscheute den Feenherrscher aus tiefster Seele und wünschte sich eher tot als in seine Hände. Jetzt hatte sie damit allerdings nur erreicht, daß Brannon Verdacht schöpfte.

Sie blickte verzagt zu dem Mann an ihrer Seite. Der Ritter lächelte beruhigend. »Geht es Euch wieder besser, Caellin?« Die junge Frau nickte.

Im Schein der Fackeln wanderten sie über den Hof und stiegen die Stufen hinauf auf den Wehrgang. Ein Wächter blickte ihnen neugierig entgegen, doch erst als der Mann weit genug entfernt war, blieb Brannon stehen. »Bitte, Herrin, verschweigt mir nicht länger, was Euch so bedrückt. Caellin, ich sah Euch die Sorge schon bei unserer ersten Begegnung an. Will man Euch zu der Ehe mit mir zwingen? Wenn ja, dann werde ich Euch freigeben! Ich schätze und achte Euch zu sehr, um Euch Leid zuzufügen!«

Caellin blickte ihn an. »Herr Brannon, Ihr seid nicht der Grund für meine Sorgen! In Eurer Gegenwart fühle ich mich geborgen. Es ist, weil...« Sie verstummte und schüttelte den Kopf. »Nein, ich kann es Euch nicht sagen. Ich liebe Euch, und ich will nicht, daß Euch etwas zustößt.« Sie spürte, wie Tränen in ihre Augen stiegen, und unterdrückte mühsam ein Schluchzen. Brannon nahm sie in die Arme.

»Caellin, habt Vertrauen zu mir. Was es auch immer ist – ich liebe Euch ebenso und will Euch beschützen. Ich spüre immer mehr, daß ihr der andere Teil meiner

Seele seid. Darum vertraut mir Euer Leid an! Gemeinsam werden wir schon einen Weg finden.«

Caellin wandte sich von Brannon ab und blickte in die sternklare Nacht.

Plötzlich hob sie den Kopf. Warum vernahm sie auf einmal das Knistern der Feuer und Raunen des Windes nicht mehr? Warum waren die Flammen der Fackel in der Bewegung erstarrt?

Sie versuchte, sich aus Brannons Armen zu lösen, doch der Ritter hielt sie beschützend fest. Sein Körper spannte sich an, als er sich argwöhnisch umsah. »Was ist hier los?« fragte er heiser. «Wer wagt es, einen Zauber über uns zu werfen?«

Dann hielt er in seiner Bewegung inne und hob den Kopf. Caellin preßte sich enger an den Mann, weil sie wußte, was jetzt geschah. Eine eisige Windbö stieß auf sie zu und trieb ein silbriges Glitzern mit sich, aus dem ein Mann trat. Elathalion stand in selbstgefälliger Pose auf der Mauer und blickte auf die beiden Menschen hinunter. »Wie ich sehe, störe ich zwei verliebte Turteltauben«, sagte er spöttisch. Dann streckte er die Hand aus. »Kleine, süße Caellin, komm mit mir.«

Die junge Frau zitterte heftig und starrte den Holden mit großen Augen an. Vor diesem Augenblick hatte sie sich seit Tagen gefürchtet. Nun war er gekommen. Jetzt würde Elathalion sie nicht mehr verschonen, wenn sie sich weigerte, ihn zu begleiten.

Sie spürte, wie sich der Schmuck unter ihrem Gewand erwärmte. War das eine Mahnung? Caellin holte tief Luft und versuchte, sich aus Brannons Umarmung zu befreien. Wenn sie schon keine Wahl hatte, dann würde sie in Würde gehen.

Doch Brannon hielt sie fest. »Die Herrin Caellin von Falkenfels bleibt hier! Wer bist du, daß du sie zwingen willst, mit dir zu gehen? Sie gehört nicht zu deiner Welt und zu deinem Volk, Feenmann. Und wenn sie sich dir dreimal verweigert hat, dann darfst du sie nicht mehr mit dir nehmen.«

Elathalions Gesicht verzog sich zu einem kalten Lächeln. »Für mich gelten diese Regeln nicht, Sterblicher.« Eine kalte Drohung lag in seiner Stimme und Verachtung in seinem Blick. »Du bist bereits von meinesgleichen berührt worden und weißt viel, aber nicht genug. Ich bin machtvoller und älter, als du es dir je vorstellen könntest.« Er streckte seine Hand in einladender Geste zu Caellin aus. »Ich gewähre diesem Mädchen eine hohe Gunst. In meinem Reich mag ihre Schönheit nicht vergehen, während sie an deiner Seite altern und sterben wird.«

»Vielleicht aber wünscht sie sich genau das!« hielt Brannon ihm entgegen. »Nein, ich werde meine Braut nicht gehen lassen!«

»Bitte, reizt den Fürsten nicht!« flehte Caellin. »Ihr wißt ja nicht, mit wem ihr da redet, Brannon. Er wird Euch töten!«

»Ja, mein Kind, sag ihm, wen er vor sich hat!« erwiderte Elathalion.

»Er ist Elathalion Gletscherwind, einer der mächtigen alten Fürsten der Holden!« wisperte Caellin und versuchte, sich wieder loszureißen. »Bitte, gebt nach! Er hat die Macht, Euch mit einem Blick zu vernichten!«

Brannon schüttelte den Kopf. »Ich kann Euch nicht gehen lassen, Caellin. Damit verrate ich all das, was ich schwor. Das könnte ich mir nie verzeihen!«

»Ehre und Eide? Ja, damit pflegen sich einige von Euch dummen Sterblichen zu beschäftigen. Ein unverständlicher Zug eures Wesens, mit dem ich mich jedoch ein anderes Mal beschäftigen werde. Jetzt fordere ich das Mädchen. Gib es frei, du närrischer Sterblicher!«

»Nein!« wiederholte Brannon und hob die Rechte,

an der ein matt glänzender Ring schimmerte. Caellin sah mit Erstaunen, wie Elathalion einen Schritt zurückwich. Zornesfalten bildeten sich auf der Stirn des Holden. »Du stehst also unter dem Schutz der Alveranischen, Sterblicher ...« Er lachte böse. »Andere Menschen aber nicht.« Er streckte eine Hand in Richtung des reglos dastehenden Wächters aus.

Caellin schrie auf, als der Mann im nächsten Augenblick erstarrte und von einem weißlichen Schimmer überzogen wurde. Eine Statue aus Eis stürzte über den Rand des Wehrganges und zersprang auf dem gepflasterten Boden des Hofes. Mit einer weiteren Geste schlug Elathalion eine Bresche in die Mauer der Burg. Dann richtete sich seine Hand gegen den Turm.

»Hört auf! Es ist genug!« schrie Caellin, als sie die Absicht des Holden bemerkte. Elathalion würde Brannon nicht töten, dafür aber alle anderen! Das konnte sie nicht zulassen. Sie nahm ihre Kräfte zusammen, riß sich von dem Ritter los und eilte dem Holdenfürsten entgegen. Elathalion ergriff ihre Hand und hob die junge Frau zu sich auf die Mauer, ehe Brannon sie zurückhalten konnte.

»Bei den Zwölfen! Caellin!« Der Ritter griff instinktiv nach seinem Schwert, doch die Waffe war wie seine Rüstung im Zimmer geblieben. Mit einem Fluch auf den Lippen zog er seinen Dolch und stürzte vor.

Elathalion wich dem Ritter mit einer fließenden Bewegung aus. Caellin spürte, wie sich der Griff des Holden um ihren Leib verstärkte und sie den Boden unter den Füßen verlor. Obgleich ihr Herz heftig pochte, wehrte sie sich nicht, als Elathalion in die Luft und aus der Reichweite des Ritters schwebte. Sie beobachtete, wie Brannon zur Außenmauer stürzte und die Hand ausstreckte. Seine Worte verstand sie bereits nicht mehr. Die Umgebung um sie herum begann, in silbrigem Glitzern zu verschwimmen. Das letzte, was

sie sah, waren die berstenden Holzbohlen des Wehrganges unter Brannons Füßen.

Stöhnend kroch Brannon unter den Trümmern des
eingestürzten Wehrganges hervor. Er dankte den
Zwölfgöttern stumm, daß sie ihn beschützt hatten, als
die Holzkonstruktion zusammengebrochen war. Aber
noch immer schlug sein Herz heftig, und vor seinen
Augen stand das Bild des Holden, der mit Caellin
in den Armen im silbrigen Licht verschwunden war.
Keuchend stützte sich Brannon auf und hob den Kopf.
Um ihn herum war es laut geworden. Die Burgbewohner stürzten auf den Hof und betrachteten verwirrt die
Zerstörung. Der alte Edle stand vor der Bresche und
rang die Hände. Dann sah er sich suchend um.

Brannon zuckte zusammen, als jemand nach seinem
Arm griff und ihm aufhalf. »Bei allen Göttern, was ist
hier draußen geschehen?« fragte Rhodri und deutete
auf die Trümmer. »Das ist ...«

Brannon trat dem Edlen von Falkenfels entgegen,
der sich ihm besorgt zuwandte. »Meine Tochter, Herr
Brannon, wo ist meine Tochter?« Er blickte entsetzt auf
die Reste des Wehrganges.

»Eure Tochter ist weder tot, noch liegt sie gefangen unter dem Holz!« erwiderte Brannon hastig und
packte den alten Mann am Arm. »Sagt mir, gibt es hier
in der Nähe Orte, von denen behauptet wird, daß sie
Tore zu den Reichen der Feen sind?«

»Herr Brannon, was hat das mit meiner Tochter zu
tun?« fragte der alte Mann verwirrt und schüttelte den
Kopf. »Warum beschäftigen Euch diese Ammenmär-
chen? Wo ist Caellin?«

»Wappnet euch, Herr von Falkenfels!« erwiderte
Brannon. »Eure Tochter wurde entführt – nicht von
Menschen, wie ihr jetzt denken möget, sondern von
einem Feenfürsten.«

Das Gesicht des alten Mannes wurde weiß. Er griff sich an die Brust und stöhnte. Brannon und Rhodri fingen den zitternden Edlen auf und stützten ihn.

»Die Nachricht hat ihm einen Schlag versetzt«, stellte der Barde fest. »Schnell, hole jemanden, der in der Heilkunst erfahren ist!« schnauzte er einen Knecht an.

Brannon preßte die Lippen zusammen und half dem Barden, den alten Mann ins Haus zu tragen. Seine Gedanken wirbelten durcheinander. Er mußte Caellin folgen, aber er konnte das nicht unvorbereitet tun. Zuerst bedurften der Herr von Falkenfels und die Bewohner der Burg seiner Hilfe, dann mußte er nach einem Zugang zu der Anderswelt suchen. Nie zuvor sehnte er sich seine Gönnerin, die geheimnisvolle Dame aus den Nebeln, mehr herbei als jetzt. Schließlich war sie eine Holde wie Fürst Elathalion.

20. Kapitel

In der Feenwelt

Caellins Augen waren geblendet, als sie von gleißendem Licht empfangen wurde, und für einen Augenblick fühlte sie sich benommen. Ein warmer Windhauch streichelte ihre Wange und trug den Duft süßer Blüten mit sich, der ihre Nase kitzelte.

Caellin öffnete die Augen wieder und sah sich verwirrt um. Eben war es noch tiefste Nacht gewesen, nun stand sie im Sonnenlicht, das sich funkelnd an den Felsen brach, die den Horizont begrenzten. Um sie herum erstreckte sich eine blühende Blumenwiese, die von Steinkreisen und lichten Hainen durchbrochen wurde. In der Ferne lag ein hoher dunkler Wald.

Nein, das stimmte nicht! Caellin hob die Hände und rieb sich die Augen. Die Umgebung veränderte sich ständig. Dort, wo eben noch ein Steinkreis gewesen war, erhoben sich plötzlich die efeubewachsenen Mauern einer prächtigen Halle, dann wieder die schlanken Stämme hoher Bäume. Bäche schlängelten sich durch die Wiese und mündeten in einen See, dann waren sie plötzlich nicht mehr da.

Die junge Frau bemerkte, wie schlanke Gestalten in farbenfrohen Gewändern über die Wiese wandelten, stehenblieben und sie betrachteten. Ragte dort nicht ein Geweih aus der Stirn eines Wesens, aus dem Rücken der anderen Flügel? Neugierig wollte Caellin auf die Gestalten zueilen – doch die wandten ihr den Rücken zu.

Das Mädchen seufzte und setzte ihren Weg allein fort. Vor Staunen stand ihr der Mund offen. Die Bäume trugen gleichzeitig Frucht und Blüte. Zahme Hasen knabberten an jungem Gras und hoppelten dicht an ihr vorbei. Ja, sie ließen sich sogar auf den Arm nehmen und streicheln.

Erst jetzt bemerkte Caellin, daß sie nicht mehr ihr Kleid, sondern ein spinnwebfeines Gewand trug, das sich eng an ihren Körper schmiegte und dennoch nicht zu spüren war. Der Anhänger lag offen auf ihrer Brust. Sie stand mit bloßen Füßen auf würzig duftender Erde und weichem Gras inmitten eines Blütenmeers. Das mußte also die Anderswelt sein, die zu besuchen sie sich früher so sehr gewünscht hatte. Doch trotz der Schönheit wollte Caellin jetzt nicht hier sein. Sie erinnerte sich zu gut an das, was geschehen war und blickte sich gehetzt um. Wo war Elathalion? Er hatte sie in sein Reich entführt! Und warum ließ er sie jetzt allein?

Caellin schrak heftig zusammen, als sich eine Gestalt aus dem Schatten der Bäume löste. »Hab keine Angst, Kind. Ich bin eine Freundin der Menschen.« Die Gesichtszüge der Frau wirkten fremdartig, schmal und spitz wie die einer Maus, und ihr Haar sah aus wie eine Baumkrone im Herbst. Große Augen, wie die eines Rehs, musterten Caellin liebevoll. Anders als Elathalion strahlte diese Holde Wärme aus.

»Wer ... wer seid Ihr, hohe Frau?«

»Die Menschen kennen mich als Goldene Dame«, erwiderte die Holde freundlich. Caellins Herz tat einen Sprung, als sie sich an Rhodris Erzählungen erinnerte. Das war doch Brannons Gönnerin. »Ihr kennt doch Brannon von Crumold? Bitte verbietet ihm, mich zu retten! Ich weiß, daß Fürst Elathalion ihn sonst töten wird!«

Die braunen Augen der Holden zogen sich für einen Augenblick zu kleinen Schlitzen zusammen. »Der Fürst hat dich in die Anderswelt gebracht? Das ist…«

»…nichts, was dich beschäftigen sollte, Lyret!« erklang eine kalte Stimme. Elathalion erschien und trat zu den beiden Frauen. Er musterte die andere Holde verächtlich. »Willst du mich deswegen anklagen, Lyret? Du, deren Neigung zu den Sterblichen mich mehr als alle deine anderen Unarten anwidert?«

»Ich helfe den Menschen, wann immer ich es für richtig erachte, ich bringe sie jedoch nicht an diesen Ort, mein Fürst. Ihr aber beliebt, Eure eigenen Gesetze zu übertreten.« Die Holde lächelte kalt. »Und das Vergängliche in unsere Welt zu holen! Beneidet Ihr die Sterblichen etwa um die helle Flamme des Lebens und die Leidenschaften, die Ihr nicht besitzen könnt?«

Caellin wich erschreckt zurück, als eisige Funken aus Elathalions Augen sprühten. Lyrets Gesicht und Haare waren plötzlich von Reif überzogen. »Geh mir aus den Augen!« befahl der Fürst mit unbarmherziger Stimme. Die Holde nickte mit einem spöttischen Lächeln, dann schritt sie würdevoll davon.

Elathalion wandte sich wieder Caellin zu. Die Wut war aus seinem Gesicht verschwunden. Er lächelte das Mädchen freundlich an. »Verzeih diesen kleinen Zwischenfall. – Möchtest du nicht mein Reich kennenlernen? Deine neue Heimat?«

Caellin blickte den Fürsten mißtrauisch an, es hatte keinen Sinn, sich zu weigern. Elathalion würde sie ja doch unter seinen Bann zwingen. Sie gab einstweilen nach. »Ja.«

»Dann komm und vergiß, was eben geschehen ist! Lyret ist nur ein unerfahrenes und widerspenstiges Kind.« Elathalion reichte Caellin den Arm. Vorsichtig legte das Mädchen seine Hand darauf und schritt an der Seite des Feenfürsten über die Wiese.

»Wie willst du einen Ort finden, der nicht von dieser Welt ist?« fragte Rhodri Brannon, der sich verbissen einen Weg durch das Unterholz schlug. Sie waren tief in den Gundelwald vorgedrungen.

Trotz der letzten durchwachten Nächte spürte Brannon keine Müdigkeit. Er war mit Rhodri vor zwei Tagen allein aufgebrochen. Einzig dem Barden vertraute er in diesem Kampf. Der Weggefährte hatte keine Furcht vor dem Übernatürlichen und Seltsamen, das ihnen zur Gefahr werden konnte.

Brannon dachte an den Zustand von Falkenfels. Was den thorwalschen Flußpiraten nicht gelungen war, hatte der Feenfürst in einer Nacht geschafft: Die Mauer der Burg war halb, der Wehrgang ganz zerstört, den Edlen von Falkenfels hatte der Schlag so schwer getroffen, daß er bald sterben würde. Brannon erinnerte sich an die mutlosen Gesichter des verängstigten Gesindes und der Dorfbewohner. Nur unwillig hatten die Alten von den blauen Felsen erzählt, die tief im Gundelwald lagen, denn sie fürchteten die Rache des Feenfürsten: »Die Großmutter meiner Großmutter weiß von der alten Muhme, daß die Madasteine verzaubert sind. Ein unvorsichtiger Junge ist dort verschwunden. Wenn das Madamal am Himmel steht, sind die Steine von einem unheimlichen Leuchten umgeben, ja, edler Herr, dort geht das Feenvolk ein und aus, und Ihr findet bestimmt einen Weg. Doch ich bitt Euch, bedenkt doch, was Ihr tut, Herr: Wenn Ihr den grausamen Elathalion Gletscherwind reizt, wird er das Land mit Eis überziehen und die wilden Tiere auf uns hetzen. Seine Rache wird furchtbar sein!«

Aber Brannon war nicht bereit, Caellin verlorenzugeben. Er hatte gegen Drachen und Dämonenknechte gekämpft und in den vergangenen Jahren viel Wissen über geheimnisvolle und magische Wesen, Dinge und Orte erworben. Er wußte genau, daß er nicht allein mit dem Schwert, sondern auch mit seinem Verstand gegen den Fürsten bestehen mußte.

»Hörst du mir eigentlich zu?« beklagte sich Rhodri. »Ich habe dir eine Frage gestellt, Brannon! Was machen wir, wenn wir bei den Steinen sind? Willst du anklopfen und um Einlaß bitten?«

Brannon blieb stehen und sah den rothaarigen Barden an. »Wenn es keinen anderen Weg gibt: Ja!«

Dann sah er aus den Augenwinkeln eine Bewegung und drehte sich um. Aus dem Schatten des Waldes trat eine Frau in Gewändern, die unzählige Schattierungen von Grün und Gold vereinten. Braungoldene Augen in einem spitzen Gesicht ruhten auf Brannon.

Der Ritter neigte den Kopf. »Goldene Dame! Nie zuvor war ich glücklicher über Euer Erscheinen«, sagte er, während sein Herz vor Freude schneller schlug. Seine Gebete waren erhört worden! Die einzige, die ihnen nun helfen konnte, war gekommen.

Caellin kam aus dem Staunen nicht mehr heraus. Die Feenwelt war zeitlos – und unterlag zugleich einem stetigen Wandel. Blickte sie auf einem Wasserfall, der in unendliche Tiefen stürzte, so fand sich statt des Abgrunds an gleicher Stelle ein See, wenn sie einige Schritte weiter ging. Schien der Wald hell und licht zu sein, so stand sie im nächsten Augenblick in einem düsteren, nebelverhangenen Forst. Bunte Vögel schwirrten auf sie zu, nur um als häßliche Fledermäuse davonzuflattern. Und immer wieder entdeckte sie seltsame Gestalten, die sie beobachteten, sich ihr und dem Fürsten jedoch nicht näherten.

Schließlich führte Elathalion Caellin zu einer einsamen Lichtung. Um sie herum zwitscherten die Vögel, und ein milder Wind raschelte in den Zweigen. Das Mädchen blickte auf ein Reh, das mit seinem Kitz in der Nähe weidete.

»Gefällt dir mein Reich?« fragte der Fürst Caellin und beugte sich nieder, um eine regenbogenfarbene Blüte zu pflücken und in ihr Haar zu stecken. Der starke Duft machte Caellin schwindelig.

»Es ist wunderschön hier«, murmelte sie und lächelte entrückt. »Als Kind habe ich immer davon geträumt, die Feenwelt mit eigenen Augen zu sehen.«

»Wie du siehst, ist dein Wunsch wahr geworden«, entgegnete Elathalion und trat vor sie. Er legte seine Hände auf ihre Schultern. »Das ist eine Ehre, die nur wenigen Sterblichen widerfährt. Aber du bist auch etwas ganz Besonderes. Ich habe große Pläne mit dir.«

»Wie meint Ihr das?« Caellin hatte plötzlich Mühe, die Augen offenzuhalten und sich auf den Beinen zu halten. Sie wand sich aus der Umarmung des Holden und setzte sich auf die Wiese. Verzückt blickte sie auf die Blütenjungfern, die von Kelch zu Kelch hüpften und vom Nektar der Regenbogenblüten tranken. Sie hörte die zarten wispernden Stimmchen und das glockenhelle Lachen der kleinen Feen.

Nur am Rande spürte sie, wie Elathalion sich neben ihr niederließ und ihre Hand ergriff. Sanft streichelte der Holde Caellins Wangen. Das Mädchen hob den Kopf und spürte, wie Röte in ihr Gesicht stieg. Nicht aus Scham, wenngleich sie seine Hände auch abzustreifen versuchte, weil es nicht richtig war, was er da tat. Seine Lippen auf ihrem Mund entzündeten ein solches Feuer in Caellin, daß sie sich verlangend an seine Brust schmiegte.

Elathalions Hände wanderten zu ihrem Gesicht. Er zog Caellin zu sich heran und küßte sie. Das Mädchen erwiderte den Druck seiner Lippen. Noch einmal stiegen Bedenken in ihr auf, doch schon wurden sie durch einen Sturm von Gefühlen hinweg gewischt. Ihr Körper preßte sich an den seinen, ihre Hände streichelten seinen Rücken, seine nackte Haut, als die Gewänder wie Nebel verwehten. Der Holde versetzte mit seinen Lippen ihren Körper in Flammen, und Caellin ergab sich bereitwillig der lodernden Glut.

»Ich komme mit einer Botschaft von Caellin!« sagte die goldene Dame.

»Habt Ihr sie gesehen, Herrin? Wie geht es ihr?« fragte Brannon. »Bitte, bringt mich zu ihr! Euer Fürst Elathalion hat das Mädchen in die Feenwelt entführt!«

Die Holde musterte ihn ruhig. »Das Mädchen flehte mich an, dir zu sagen, daß du es nicht retten sollst, und es hat recht: Der Fürst wird dir mit einer einzigen Handbewegung das Leben nehmen!«

»Das habe ich gesehen«, preßte Brannon hervor. »Fürst Elathalion tötete einen Mann, indem er ihn in Eis verwandelte. Wäre Caellin nicht mit ihm gegangen, hätte er die Burg zerstört und alle Menschen von Falkenfels umgebracht.« Brannon holte tief Luft. »Ich habe geschworen, dem Unrecht Einhalt zu gebieten! Es ist meine Pflicht und mein Verlangen, die edle Caellin zu retten. Ich liebe sie!«

Die goldene Dame schwieg und blickte Brannon an. Ihre Augen zogen sich zusammen. »Du willst ihr helfen, auch wenn du weißt, daß dies dein sicherer Tod sein wird?« fragte sie dann.

»Ja! Ich muß es tun!« Brannon ballte die Fäuste. »Ich bin nicht ganz schutzlos.«

Die Goldene Dame nickte. »Das weiß ich wohl. Der Wind flüsterte mir zu, daß einige der Alveranischen mit Wohlwollen auf dich blicken. Die Sturmgeborene hat dein Schwert und den Ring an deinem Finger gesegnet. Ihre Macht endet jedoch jenseits des Tores. Gleichwohl bist du auch in meiner Welt nicht hilflos. Die Liebe ist eine mächtige Wehr.« Die Goldene Dame verstummte für einen Augenblick. »Das ist eine Gabe der Sterblichen, um die euch viele aus meiner Welt beneiden oder die sie mehr als kaltes Eisen fürchten. Ich habe keinen Augenblick daran gezweifelt, daß du trotz aller Widerstände deine Caellin retten willst. Ich muß dir beistehen, denn unser beider Welten sind in Gefahr. Der Fürst will sie vereinen, aber durch sein Tun wird er beide zerstören.«

Sie deutete auf die Büsche hinter sich, die sich wie durch Geisterhand teilten und einen Weg freigaben, der in die Dunkelheit führte. »Es gibt mehr Zugänge zu meiner Welt als ihr Menschen ahnt. Folge mir, Brannon! Allein!«

»Wenn es Euer Befehl ist, Goldene Dame, dann werde ich, wenn auch nur sehr unwillig gehorchen«, warf der Barde enttäuscht ein. »Ich kehre zur Burg zurück und warte dort!«

»Tu das, mein Freund!« Brannon trat in die Dunkelheit. Im nächsten Augenblick hatte ihn der Erdboden verschluckt.

Caellin setzte sich jäh auf. Mit einem Mal waren die verwirrenden Träume verschwunden, und sie fand sich in der Wirklichkeit wieder. Sie tanzte nicht länger mit den Blütenjungfern über die Kelche der Blüten oder wirbelte wie ein verspieltes Kind das Laub auf. Nun saß sie auf einem weichen Lager aus Stoff und Blüten und blickte durch die Säulen, die das Dach über ihr stützten, auf einen See und den Wald dahinter hinaus. Zwei Schwäne zogen auf dem Wasser ihre Kreise und liebkosten einander zärtlich mit den Schnäbeln. Zwielicht tauchte den dahinter liegenden Wald in einen seltsamen Schein.

Der laue Wind trug ein leises Raunen an Caellins Ohr: »O weh, was hat der Fürst nur getan, was hat er getan…« Langsam kehrte die Erinnerung zurück. Caellin vergrub ihr Gesicht in den Händen, als ihr bewußt wurde, was geschehen war: Sie hatte sich dem

Fürsten wie eine Dirne hingegeben, seine Liebkosungen auch noch genossen!

»Gütige Tsa, ich...!« Die Worte blieben ihr in der Kehle stecken, während ihre Hände ihren Bauch berührten.

»Die Alveranischen blicken nicht an diesen Ort, und wenn sie es täten, dann brächen sie uralte Regeln«, erklang Elathalions ruhige Stimme. »Aber du hast recht vermutet!« Er trat aus den Schatten zu Caellin. Das Mädchen wich ein Stück zurück. »Weshalb habt ihr das getan?« fragte sie und wunderte sich, warum Verzweiflung und Angst einer großen Leere gewichen waren. Ihre Tränen waren versiegt.

Elathalion setzte sich zu ihr und legte eine Hand unter ihr Kinn. »Weil ich den Sterblichen meinen Segen bringen will. Aber das kann ich nicht, wenn ich weiterhin an die Gesetze gebunden bin, die unsere beiden Welten voneinander trennen. Du mußt wissen – Sterbliche verlieren als Preis viele Jahre ihres Lebens, wenn sie einige Zeit hier verweilen, und wir Feen können nicht länger als einen Tag und eine Nacht auf eurer Welt verbringen. Aber ein Kind – unser Kind, das beiderlei Blut in den Adern trägt – wird ein Wanderer zwischen den Welten sein. In seinem Körper werde ich, wenn es mir beliebt, wohnen und über die Menschen herrschen.«

Caellin rang nach Luft. »Und deshalb hast du mich ausgesucht, damit ich dir dieses Kind gebäre!«

»Ja, denn warum sollte ich mir als Fürst nicht die kostbarste Frau nehmen, die ich finden kann? Auch unter meinesgleichen wähle ich nicht die Niedrigsten.« Er lächelte kalt. »Habe keine Angst, ich werde gut zu dir sein. Mein Hofstaat wird dir dienen, als seist du meine Königin.«

»Warum willst du die Menschen beherrschen?« fragte Caellin bitter. »Ich habe nie zuvor gehört, daß ein Holder danach verlangte.«

Elathalion lachte leise. »Ich herrsche über mein Volk länger als das Menschengeschlecht auf Dere wandelt, und ich kenne jeden einzelnen meiner Untertanen. Ihr Sterblichen aber kommt und geht und bietet stets Abwechslung. Das gefällt mir!«

Caellin schluckte. Nur weil er sich langweilt, tut er dies alles, dachte sie angewidert.

Plötzlich erstarrte Elathalion und hob den Kopf. »Dieser Sterbliche ist hartnäckiger, als ich dachte!«

Ehe sich Caellin versah, war der Holde verschwunden. Nun aber hielt es die junge Frau auch nicht länger auf dem Lager. Sie sprang auf die Beine und lief an den Säulen vorbei auf die Wiese. Sie mußte Brannon vor dem Fürsten finden, um ihren Ritter zu warnen und zu sagen, was sie eben erfahren hatte!

Brannon eilte mit schnellen Schritten durch die Dunkelheit. Ein kleines Licht schwebte vor ihm – die Goldene Dame, die ihm den Weg durch den unterirdischen Tunnel wies. Warum nur hatte er das Gefühl, durch einen Kaninchenbau zu laufen? Um ihn herum rieselte Erde herab, und es roch nach Tier.

Plötzlich hörte er ein seltsames Pfeifen.

»In die Nische dort, und halte dein Schwert bereit!« summte die kleine Fee und setzte sich auf seine Schultern. Ihr schwaches Licht erstarb. Brannon tat, wie ihm geheißen ward. Er drückte sich eng an die erdige Tunnelwand und zog das Schwert. Ein stechender Geruch wehte ihm entgegen, und das Pfeifen wurde lauter. Der Ritter hielt die Luft an, als er schmale grüne Lichter sah: Augen. Dann streiften ihn lange biegsame Halme und ein heißer, pelziger Körper drückte ihn fest an die Tunnelwand. Erst als das Tier verschwunden und nicht mehr zu hören war, bewegte sich Brannon. »Das war ein Marder«, sagte er und holte tief Luft. »Goldene Dame, durch was führt Ihr mich da?«

»Einen Tierbau, das ist richtig. Ich habe dich verwandelt, damit du mir folgen kannst. Komm nun – es ist nicht mehr weit.«

Schon erhob sie sich von seiner Schulter und schwebte wieder voraus. Brannon schüttelte den Kopf und schob das Schwert zurück in die Scheide.

Er folgte seiner Beschützerin weiter durch den unterirdischen Gang. Schließlich ging es steil hinauf – und er sah in der Ferne das Ende des Tunnels. Er beschleunigte seinen Schritt.

Als er nach draußen trat, stand er am Rande einer Lichtung. Vor ihm erstreckte sich eine große, blütenbedeckte Wiese, und dahinter, in silbrigen Nebel gehüllt, lag ein Wald. Der Ritter hielt die Luft an. So also sah das geheimnisvolle Reich der Feen aus.

Die Goldene Dame – nun wieder in voller Größe und ohne Flügel – trat aus den Büschen. Sie berührte Brannons Stirn mit der Hand. »Sei in der Feenwelt willkommen. Du bist unser Gast, und niemand soll dir hier ein Leid zufügen.«

»Das ist Verrat, Lyret!« unterbrach sie eine herrische Stimme. »Du wagst es, einen Sterblichen, der kaltes Eisen trägt, mit in diese Welt zu bringen!«

Brannon fuhr herum. Er sah Elathalion mitten auf der Wiese stehen. Die Gestalt des Holden war von einem blendenden Glühen umgeben. Einen Augenblick lang trug er noch seine fließenden, glitzernden Gewänder, dann eine reich verzierte Rüstung. Der Fürst deutete mit ausgestreckter Hand auf die Goldene Dame. »Du hast mit deiner Neigung für das Menschengeschlecht schon zu viel Schaden angerichtet! Zu viele Gaben an Unwürdige verschenkt! Ich glaube, ich muß dich noch einmal verbannen, damit du Gehorsam lernst!«

»O mein Fürst,«, entgegnete die goldene Dame ruhig, »richtest du mit deinen Plänen nicht noch mehr

Schaden an? Soll ich den anderen sagen, was du zu tun gedenkst?« Sie trat auf ihren Fürsten zu. Brannon legte eine Hand auf sein Schwert und hielt die Luft an. Er konnte die Spannung zwischen den beiden unsterblichen Geschöpfen förmlich spüren. Gleichzeitig überkam ihn das Gefühl, von tausend Augen beobachtet zu werden.

»Geh mir aus den Augen, Tochter! Mit dir beschäftige ich mich noch!« Zorn sprühte aus Elathalions Augen. Die Goldene Dame neigte ihr Haupt. »Wie Ihr befehlt, mein Fürst. Aber wisset, daß ich den Sterblichen willkommen geheißen habe, und ihm kein Leid zugefügt werden darf«, warnte sie, ehe sie im Boden versank.

»Und nun zu dir, Menschlein!« wandte sich Elathalion Brannon zu. »Warum hast du nicht auf die Bitte des Mädchens gehört und bist von diesem Ort ferngeblieben? Dann hätte ich dein Leben verschont.«

Brannon hielt dem Blick des Fürsten stand. »Weil ich Caellin zurückholen will. Sie gehört nicht hierher und zu Euch, sondern zu mir!« Er blickte sich um. Zwar sah er keinen der anderen Holden, aber er wußte, daß sie das Geschehen beobachteten. Hoffnung stieg in ihm auf.

Die Goldene Dame hatte ihm einen Hinweis gegeben. Vielleicht gelang es ihm, den Fürsten mit Worten zu zwingen, Caellin herauszugeben.

»Es ist zu spät«, erwiderte Elathalion ruhig. »Wirst du sie noch wollen, wenn ich dir sage, daß sie sich mir bereits hingegeben hat?« Er lächelte böse.

Brannon krampfte die Hand um das Schwert. »Das ist eine Lüge. Sie hätte das niemals freiwillig getan!« stieß er hervor. Die Wut stieg in ihm hoch, und das kalte Lächeln des Holden machte ihn rasend.

Wollte das der Feenfürst erreichen? Brannon atmete heftig und versuchte, sich zu beruhigen. Er spielt nur mit mir, warnte der Ritter sich.

»Sie hat freiwillig gegeben und genommen!« erwiderte Elathalion. »Ihr Körper war wie eine Flamme in meinen Armen. Aber selbst wenn ich sie jetzt gehen lasse, trägt sie mein Kind in ihrem Schoß!«

Das war genug. Brannon konnte sich nicht länger beherrschen. Er riß das Schwert aus der Scheide und spürte, wie ein Schrei aus vielen Kehlen das Land unter ihm erschütterte. »Widerwärtiger Bastard!« schrie Brannon und stürzte sich auf den Fürst der Holden.

Elathalion blieb stehen und wich erst im letzten Augenblick aus. Seine Silberklinge summte, als das Eisen sie traf. Funkensprühend trennten sich die beiden Schwerter. Dann sah Brannon sein Gesicht, und die Wut erstarb augenblicklich. Er sah den triumphierenden Blick des Feenfürsten und erkannte, daß dieser ihn in eine Falle gelockt hatte: Brannon hatte die Gastfreundschaft gebrochen, indem er das kalte Eisen gezogen und gegen einen Holden gerichtet hatte. Nun konnte der Fürst ihn ungestraft töten.

Caellin lief über die Wiesen. Es war so merkwürdig still geworden. Die Vögel sangen nicht mehr, und alle Tiere waren verschwunden. Es war, als hielte dieser Ort den Atem an. Dann war ihr, als zittere der Boden. Sie blieb verwirrt stehen. Wer schrie da so schmerzerfüllt?

Sie hob den Kopf und lauschte. »O ihr Götter«, rief sie und setzte sich wieder in Bewegung. Drang nicht Schwertergeklirr aus dem nahen Wald?

Caellin kämpfte sich durch Büsche und das Unterholz, bis sie schließlich den Rand der Lichtung erreichte. Sie blieb stehen und rang entsetzt nach Luft. Früher hatte sie von Duellen um ihre Gunst geträumt, jetzt jagte ihr der Anblick namenlose Schrecken ein. Brannon war ein ausgezeichneter Schwertkämpfer, aber in Elathalion hatte er einen gleichrangigen Gegner gefunden. Der Holde wich den Hieben des Menschen geschickt und schnell aus oder parierte sie mit einer Leichtigkeit, die kein Sterblicher besaß. Seine Silberklinge fuhr wie die Zunge einer Schlange vor und zurück. Nur seinen schnellen Reflexen hatte Brannon es zu verdanken, daß er nicht schon verletzt zu Boden gesunken war.

Aber Caellin ahnte, daß Elathalion mit dem Ritter nur spielte. Wenn der Kampf den Feenfürsten langweilte, würde eine Geste genügen, um Brannon zu töten.

Caellin wagte sich einen Schritt vor. Plötzlich hob sie den Kopf. Wieder raunten Stimmen in ihr Ohr. Sie verstand kaum eines der Worte, doch der anklagende Tonfall verriet ihr genug. Sie blickte sich um und spürte, wie unzählige Augenpaare auf ihr ruhten. Schemenhaft konnte sie einige Gestalten ausmachen. Die junge Frau holte tief Luft. Unwillkürlich legte sie eine Hand auf ihren Bauch.

Durch mich wird ihre Welt sterben, erkannte Caellin.

Wenn mein Kind geboren wird und Elathalion es benutzt, um seine Macht auf die Welt der Menschen auszuweiten, dann werden sich die Grenzen auflösen. Die Feen wissen, daß unsere Welten zu verschieden sind. Leid wird über unsere Völker kommen und alles zerstören. Es gibt nur eine Möglichkeit, das zu verhindern, dachte sie. Mein geliebter Brannon, dabei hätte ich so gerne mein Leben an deiner Seite verbracht!

Caellin hob den Kopf. Im nächsten Augenblick spürte sie, wie sich die Stimmen veränderten und ihr Mut zusprachen.

Das Mädchen ging auf die beiden Männer zu. Ihre Augen ruhten auf Brannon, der von Elathalion immer weiter zurückgedrängt wurde. Der Fürst hatte beschlossen, dem Kampf ein Ende zu machen. Sein Silberschwert war kaum zu sehen, wob ein glitzerndes Netz. Plötzlich flog Brannons Schwert durch die Luft, blieb aufrecht in der Erde stecken, und eine Flamme schoß hoch. Die Feen schrien, selbst Elathalion verzog schmerzerfüllt das Gesicht, so als wäre er selber verwundet worden. Dann fing er sich wieder und sprang mit der erhobenen Klinge vor.

Doch Caellin stand vor Brannon und sah, wie ein silberner Blitz auf sie zuraste und in ihre Brust drang. Sie verspürte keinen Schmerz, als das Silber ihr Herz durchstieß, nur eine seltsame Leere und Leichtigkeit.

Sie schenkte dem Holden ein triumphierendes Lächeln, dann sank sie in Brannons Arme. Mit einem letzten liebevollen Blick in seine Augen starb sie.

21. KAPITEL

Spuren

Merydwen spürte einen stechenden Schmerz in der Brust, als sie erwachte. Gerade so, als hätte jemand eine scharfe Klinge in ihr Herz gestoßen. Die Bardin rang nach Luft, als sich ihre Muskeln verkrampften, und öffnete hastig die Augen.

Benommen blickte sich Merydwen um. Der Tau auf den Blättern blitzte in den ersten Sonnenstrahlen, während weiße Nebelschwaden zwischen den Büschen schwebten, immer feiner wurden und sich schließlich auflösten. Vögel begrüßten mit lautem Gezwitscher den Morgen, und der Himmel war in ein rötlich-blaues Farbenspiel getaucht.

Merydwen betrachtete eine Weile lang die Landschaft, die ihr jetzt bei Sonnenaufgang so verwunschen und fremd erschien wie die Anderswelt.

Die Anderswelt?

Merydwen zuckte heftig zusammen, als das Stechen in ihrer Brust wiederkehrte und sah sich hastig nach ihrem Begleiter um. Ob er schon aufgestanden war, um…

Nein. Merydwen schüttelte den Kopf und mußte unwillkürlich grinsen. Lughaid lehnte an den Mauerresten des Turmes, in dem sie Zuflucht gesucht hatten, und schlief tief und fest, wie sie an seinen ruhigen Atemzügen erkennen konnte. Wie jung und unschuldig ihr selbsternannter Beschützer jetzt wirkte. Ganz und gar nicht wie ein mutiger Ritter, wie dieser Brannon, der sie vor allem Unheil dieser Welt bewahren wollte.

»Hesinde bewahre meinen Verstand! Jetzt sehe ich auch noch Trugbilder!« murmelte Merydwen im nächsten Augenblick unwillig.

Warum kommt mir gerade jetzt dieser verrückte Traum in den Sinn, der von einem mutigen Ritter, einer schönen Jungfer und einem Fürst der Holden, der die Menschen beherrschen will, handelt? Das klingt wie die Geschichte zu einer schlechten Ballade. Gütige Götter! Die Ereignisse der letzten Tage haben mich wohl so durcheinandergebracht, daß ich anfange, von alten Märchen zu träumen. Ich verleihe den Helden und Bösewichtern auch noch die Gesichter, die ich kenne: Lughaid war der Ritter, mein Vater der alte Edle und der verrückte Fürst der Holden sah aus wie Gwyn!

Merydwen schüttelte sich und wünschte sich einen kalten Bach, um die letzten Reste der Müdigkeit wegzuwaschen und wieder zu klarem Verstand zu kommen. Schließlich hatte sie viel größere Sorgen.

Nie hätte ich gedacht, daß ich so an meinem Leben hänge. Jetzt, da alles verloren scheint, kämpfe ich darum wie eine Löwin, dachte die Bardin verwundert und wischte mit den Händen über ihre Kleidung, um Erde und Laub zu entfernen.

Danach stand sie auf und trat zu Lughaid. Vorsichtig berührte sie ihn an der Schulter. »Wach auf, du Schlafmütze! Die Sonne ist bereits aufgegangen! Wir müssen weiter!« sagte sie leise und sprang im nächsten Augenblick einen Satz zurück.

Lughaid murmelte zunächst einige unverständliche Worte, dann schreckte er heftig hoch und schlug um sich. Der Ausdruck auf seinem Gesicht wirkte gehetzt, als ob er ebenfalls aus einem schlechten Traum erwacht sei. Verwirrt bewegte er den Kopf, bis er zu begreifen schien, wo er war. Dann rieb er sich die Augen. »Rondras Zorn komme über mich! Ich bin einfach eingeschlafen! Das ist unverzeihlich. Es hätte so viel geschehen können!«

»Danke lieber den Zwölfen, daß uns nichts geschehen ist, während wir uns ausruhten«, beruhigte ihn Merydwen und trat an die Mauer der Ruine heran, um einen Blick auf die Lichtung zu werfen. »In den letzten Tagen hat keiner von uns wirklich Ruhe gefunden. Es war doch klar, daß die Strapazen ihren Tribut fordern würden.« Sie seufzte und lauschte dem Knurren ihres Magens. »Außerdem haben wir gestern die letzten Reste unserer Vorräte verspeist, so daß wir uns eher Sorgen um unser Essen machen sollten.«

Lughaid trat an Merydwens Seite. »Das wird schon schwer genug werden, wenn wir den Dörfern und Gehöften fern bleiben wollen!« bemerkte er nachdenklich. »Wir können nur hoffen, ein paar Beeren an einem sonnigen Plätzchen zu finden, die schon reif sind. Wir sollten diesen Ort verlassen. Junker Aethelred könnte doch noch auf den Gedanken kommen, den Hügel zu untersuchen.«

Merydwen sammelte zur Bestätigung dieses Vorschlages ihre Habseligkeiten ein, verwischte die verräterischen Spuren und hängte sich das kleine Bündel über die Schulter.

Jetzt im Tageslicht wirkte die Ruine gar nicht mehr so düster und unheimlich wie in der Abenddämmerung. Das Moos auf den Steinen schien von innen her zu leuchten. Für einen Augenblick huschten Bilder vor Merydwens innerem Auge vorbei: Eine Treppe wand sich um den rankenbewachsenen Turm, dessen Spitze die Wolken berührte. Lichtpunkte umschwirrten die

zarten, feingliedrigen Gestalten, die die Stufen hinauf-
zuschweben schienen.

»Merydwen, bist du fertig?« schreckte Lughaids
Stimme sie aus ihrem Traum. Der junge Mann stand
bereits auf der Mauer und deutete auf den schmalen
Pfad, der auf der Rückseite des Hügels in den Wald
führte.

Merydwen murmelte eine Verwünschung und folgte
Lughaid hastig. Nur weg von diesem Ort – sie hatte das
düstere Gefühl, daß er verwunschen war und sie um so
mehr in seinen Bann ziehen würde, je länger sie dort
verweilte. Wenn die Träume sie schon im Wachen ein-
holten, dann …

Die Bardin warf einen verstohlenen Blick über die
Schulter und schüttelte sich. Sie wollte nicht an einem
Ort zwischen den Welten gefangen sein und erst nach
vielen Jahren wiederkehren, wie es in so vielen Sagen
Abagunds erzählt wurde.

Stumm dankte Rhuna Lyret für das Geschenk neuer
Lebenskraft, als sie mit zügigen Schritten den Wald-
weg entlangwanderte. In den letzten beiden Tagen
hatte sie die Gebrechen des Alters kaum noch gespürt,
und wenn nicht die vielen Falten gewesen wären,
hätte die Magierin glauben können, ihr wäre die Jugend zurückgegeben worden.

Rhuna strich sich das graue Haar aus dem Gesicht.
Sie wollte sich mit dem zufriedengeben, was ihr geschenkt worden war. Mehr zu verlangen, wäre ein Fre-
vel gegen die Götter gewesen und ein Schritt auf dem
Weg in die Dunkelheit.

Das andere Geschenk Lyrets hatte ihr in den letzten Tagen ebenfalls sehr geholfen! ›Lausche den Stimmen des Windes‹ bedeutete nichts anderes, als daß
sie sich der Kraftlinien und Energien, die sie umgaben, jederzeit bewußt war, ohne daß ihre gewöhnli-

chen Sinne behindert waren. So glich die Gabe dem Zauber Oculus Astralis, ohne gänzlich wie dieser zu wirken.

Rhuna blickte sich um. Sonnenstrahlen fielen durch das dichte Blätterdach und ließen vereinzelt Tautropfen aufblitzen. Buschwerk reichte bis an den Weg heran. Immer wieder mußte sie Äste zurückschieben.

So hatte sie vor langer Zeit Abagund kennengelernt – von einem dichten, teilweise undurchdringlichen Urwald bedeckt, in dem sich nur das Auvolk wirklich zurechtfand. Heideflächen hatte es so gut wie keine gegeben.

In den letzten Jahrhunderten waren die Menschen aber so zahlreich geworden, daß sie den Wald immer mehr gerodet, die Natur zurückgedrängt hatten. Selbst hier in Crumold machten sie nicht davor halt.

Aber nicht immer hatte der Mensch gewonnen. Rhuna sah die Ruine eines Hauses vor sich. Das Dach war zusammengebrochen, die Wurzeln eines Baumes hatten einen Teil der Mauer nach innen gedrückt, doch eine Steinbank lud zum Verweilen ein. Die Magierin beschloß, sich dort niederzulassen. Es war wieder an der Zeit, das Land mit anderen Augen zu sehen.

Rhuna schloß die Augen und bereitete sich darauf vor, ihren Geist schweifen zu lassen. Wieder einmal staunte sie über die Vielzahl der Kraftlinien und -netze, die sie umgaben: in unzähligen Schattierungen von Grün: vom zarten Grün eines jungen Blattes bis hin zum fast schwarzen des nassen Mooses. Alle endeten an den Toren zur Anderswelt.

Rhuna ahnte, daß sie auch der lange Aufenthalt unter den Holden für diese Magie empfänglich gemacht hatte. Früher hatte sie nur die andersfarbigen Energien gesehen.

Die magischen Kräfte waren in Unruhe. Wellenförmige Schwingungen pulsten durch Rhunas Leib, gingen diesmal gleich von zwei Orten aus: Den einen erkannte die Magierin unschwer als ein offenstehendes Tor in die Anderswelt, an dem anderen hatte jemand mit seiner ungeformten Gabe schlummernde Kräfte geweckt, die die Mauern des Vergessens durchschlagen hatten. Die wilde Magie wirkte noch immer nach.

Rhuna löste sich aus ihrer Trance. Sie erinnerte sich an den Traum der vergangenen Nacht. Nein, es war kein Zufall gewesen, daß sie die Ereignisse gesehen hatte, mit denen der Händel vor über siebenhundert Jahren begann: Caellins Raub und Brannons Rettungsversuch.

In dem Traum mußten Hinweise verborgen sein, die ihr helfen konnten, Elathalion zu besiegen!

Rhuna folgte schon seit einiger Zeit ihrem Gespür und ihren Ahnungen. Sie war auf die Reichsstraße zurückgekehrt, um hinter der Stadt Crumold nach Spießmarken abzubiegen und über Holtau nordwärts nach Dykverden zu wandern.

Die Magierin lächelte versonnen. Früher hätte sie reine Mutmaßungen als Spinnerei und Haltlosigkeit eines schwachen Geistes abgetan, heute waren Vermutungen das einzige, an das sie sich klammern konnte.

Rhuna strich über die Zeichen an ihrem Stab. Seit sie ihre magischen Fähigkeiten einsetzte, um die Kraftlinien zu erforschen, war die Zuversicht zurückgekehrt, gegen Elathalion bestehen zu können. Bisher war kein Zauber fehlgeschlagen. Deutlich konnte sie spüren, wie der Feind ständig zwischen den Welten wanderte und den Toren ihre magische Kraft entzog. Kein Zweifel – Elathalion vermochte nicht mehr auf die Macht zurückzugreifen, die er einst besaß. Er war verletzbar geworden, und das machte ihr Mut!

Lughaid stieg über eine knorrige Baumwurzel und zertrat einen trockenen Zweig. Im Blätterdach über dem Waffenknecht verstummten die Vögel und stoben erschreckt davon.

Der junge Mann blieb stehen und fluchte leise. Hier kamen sie auch nicht viel weiter. Eine Wand aus stachelbewehrten Büschen versperrte ihnen den Weg.

Nun hieß es umkehren und einen anderen Pfad suchen oder über den umgestürzten Stamm rechts von ihnen klettern und dann in die brennesselübersähte Kuhle springen.

Ärgerlich trat Lughaid gegen einen Stein. Sein knurrender Magen erinnerte ihn noch an etwas anderes: Seit zwei Tagen ernährten sie sich nur von Wurzeln und Wasser. Keines von beidem sättigte lange. Die Versuche, Kaninchen oder andere kleine Tiere zu fangen, waren allesamt kläglich fehlgeschlagen. Lughaid konnte sich noch nicht dazu überwinden, Kadaver anzurühren, an denen sich Raubtiere schon gütlich getan hatten.

Sie hatten keine Wahl. Der Hunger würde Merydwen und ihn bald dazu zwingen, ein Dorf aufzusuchen, und sei es nur, um zu stehlen.

Lughaid ballte die Rechte zur Faust. Er dachte daran, wie sehr er die Wilderer verachtet und sich geschworen hatte, niemals so zu handeln wie sie. Und nun? Nun war er ein Vogelfreier und Dieb. Nicht viel besser als die Bande, die sie an den Madasteinen gestellt hatten.

Lughaid schluckte und wandte hastig seinen Blick zu Merydwen, die sich auf die Baumwurzel gesetzt hatte. Die Bardin hielt den Kopf gesenkt und stützte sich mit den Händen auf den Knien ab.

»Wir müssen umkehren!« sagte er stockend, nur um die Stille zu durchbrechen. Die Bardin sah auf. Tiefe

Schatten lagen unter ihren Augen. »Schon wieder?« murmelte sie verärgert. »Seit Tagen geht das so! Ich habe das Gefühl, im Kreis zu laufen!« stieß sie wütend hervor. »Verdammt, ich habe es satt, mich durch dichtes Unterholz zu quälen! Bei jedem Geräusch in der Nacht aufzuschrecken, auf bitteren Wurzeln zu kauen und in den Nächten zu frieren! Ich wünschte, alles wäre vorüber. Ich kann nicht mehr!«

Lughaid suchte nach Worten, um die Bardin zu ermutigen, auch wenn er ähnlich fühlte und dachte wie sie. »Dann würde Idra – wo auch immer sie jetzt ist – triumphieren! Willst du das?«

»Mir ist nicht wichtig, ob ich schuldig oder unschuldig bin!« antwortete Merydwen und stützte den Kopf wieder in die Hände. »Ach, wäre ich doch bei Tjorbi geblieben!«

Lughaid trat unruhig von einem Fuß auf den anderen. Wie sollte er ihr Mut machen, sie trösten? Er suchte fieberhaft nach einer Möglichkeit. Im Grunde hatte Merydwen recht. Hier, im tiefen Gundelwald, kamen sie nicht weiter. Sie mußten wieder in die Nähe der Menschen zurückkehren, um schneller voranzukommen und sich mit Nahrung versorgen zu können.

Er holte tief Luft. Wenn er nicht gänzlich die Orientierung verloren hatte, waren sie gar nicht einmal so weit von der Crume entfernt, dem kleinen Flüßchen, das die Baronien Draustein und Crumold voneinander trennte. Dieser Gedanke gab ihm neuen Mut.

»So aussichtslos ist unsere Lage nicht, Merydwen!« Lughaid legte ihr die Hand auf die Schulter. »Die Crume ist nicht mehr weit von hier. Wenn wir sie überschritten haben, befinden wir uns in Crumold und unterstehen der Gerichtsbarkeit eines anderen Barons! Um in den dortigen Dörfern nach uns suchen zu lassen, bedarf Aethelred der Erlaubnis seiner Hochgeboren von Crumold!« Merydwen sah zu ihrem Begleiter auf und wischte sich die Tränen aus dem Gesicht. Mit den verschmierten Staubspuren wirkte sie verwegen. »Wir könnten neben den Wegen herwandern und uns in den Dörfern versorgen!«

»Warum sind wir nur nicht früher darauf gekommen?« entgegnete Merydwen leise. »Wir hätten uns viel ersparen können!« Dann wanderte ihr Blick zu Lughaids Hand, die immer noch auf ihrer Schulter ruhte. Der junge Mann wollte sie wegziehen, aber Merydwen umfing sie mit ihren Händen und hielt sie eine Weile, ehe sie die Finger freigab.

»Mein Freund, du hast schon so viel für mich getan und dein vertrautes Leben geopfert. Wie werde ich dir das jemals danken können?«

Lughaid spürte, wie ihn eine seltsame Spannung erfaßte. Er wollte Merydwen sagen, was er schon seit geraumer Zeit für sie empfand, brachte die Worte jedoch nicht über die Lippen. Hier und jetzt waren sie fehl am Platz. »Wir ... wir sollten umkehren. Ich bin mir sicher, daß der Bach, an dem wir vorüberkamen, zur Crume führt!«

Merydwen nickte zur Bestätigung. Wirkte sie nicht ein wenig enttäuscht?

Rhuna blickte dem stummen Mädchen nach, das ihr dunkles Brot und eine Schale mit wässrigem Eintopf gebracht hatte, und setzte sich auf einen Holzblock, um das einfache Mal zu verspeisen. Wenigstens hatte sie heute nacht ein Dach über dem Kopf. Der prasselnde Regen würde bestimmt die ganze Nacht anhalten. Das dumpfe Ziehen in den Gelenken verriet es. Die Magierin schüttelte den Kopf. Eines hatte sich in den vergangenen Jahrhunderten nicht geändert: Das Wetter! Es regnete noch fast täglich, und man konnte sich nie sicher sein, ob das Wetter nicht in der nächsten Stunde umschlug.

Die Menschen konnten vielleicht die weiten Wälder abholzen, um Albernia urbar zu machen, die alten Völker vertreiben – denn wo waren die Elfen geblieben, denen sie auf ihren wenigen Reisen außerhalb Havenas begegnet war? Ganz offensichtlich aber vermochten sie nicht in die Gesetzmäßigkeiten der Natur einzugreifen! Und das war, den Göttern sei Dank, auch gut so.

Rhuna benutzte Brot und Finger, um das einfache Essen zu verspeisen. Sie hatte all ihr Verhandlungsgeschick und ein paar Münzen benötigt, um die Bauersfrau davon zu überzeugen, daß sie nicht mit üblen Absichten gekommen war. Trotzdem hatte die verängstigte Kätnerin der Magierin nur erlaubt, im Heuschober zu übernachten. Zweifelnd blickte Rhuna zur Decke. An einigen Stellen tropfte Wasser von oben auf den festgestampften Lehmboden.

Hoffentlich werde ich nicht wieder krank, dachte Rhuna besorgt. Ich spüre schon, wie …

Im nächsten Augenblick ließ Rhuna die Schale und das Brot mit einem heftigen Keuchen fallen und griff nach ihrem Stab. Ihre magischen Sinne schlugen Alarm. Ein eisiger Wind, den sie nur mit ihrem magischen Gespür wahrnahm, fegte über sie hinweg.

Rhuna hielt den Stab schützend vor sich. Die Runen auf dem Holz glühten auf, die Umgebung wurde plötzlich von einem giftgrünen Schimmer erhellt.

Jemand wirkte nicht allzu weit entfernt Magie – fremdartige Zauber, die die Mächte einer anderen Sphäre anrührten. Und dann war der Spuk so schnell vorüber, wie er begonnen hatte.

Die Magierin rang nach Luft. Sie ließ den Stab wieder sinken und lauschte in die Nacht. Doch alles blieb ruhig.

»Elathalion!« flüsterte Rhuna und starrte auf die leere Holzschale und das aufgeweichte Brot. Die Magierin hatte keinen Hunger mehr. Statt dessen fror sie jämmerlich.

Fröstelnd ließ sie die Finger über den Stab gleiten, um die aufkeimende Furcht zu mindern. Rhuna war diese Macht nicht gänzlich unbekannt gewesen. Elathalion hatte seine Zauberkraft schon einmal gegen sie gerichtet. Nur die Tatsache, daß sie das Duell in einem Bereich ausgefochten hatten, in dem die ungezügelten Kräfte des Limbus die Energie der anderen Sphäre beeinflußte, hatte sie damals ebenso mächtig wie Elathalion gemacht.

Unruhig sprang die alte Magierin auf. Gegen wen hatte Elathalion seine unselige Macht gerichtet? Ihre schlimmsten Befürchtungen wurden wach. Hatte er etwa Brannon und Caellin aufgespürt und die beiden nichtsahnenden Gefährten getötet?

Bitte, ihr Zwölfe, laßt das nicht geschehen sein! flehte sie in Gedanken. Boron, du kannst sie doch nicht nur aus deinen Hallen entlassen haben, damit sie gleich ein zweites Mal sterben! Das darf nicht der einzige Grund ihrer Wiedergeburt gewesen sein!

Aber wenn nicht die beiden – wer dann? Wer hatte Elathalion im Weg gestanden?

Rhuna versuchte, einen klaren Gedanken zu fassen und beschloß, den Ort des Geschehens aufzusuchen, um sich gleich morgen früh Gewißheit zu verschaffen!

Es führte kein Weg daran vorbei. Selbst wenn sie Elathalion begegnete. Vielleicht – und an diese Hoffnung klammerte sie sich – war er durch seinen Zauber geschwächt.

Die Magierin setzte sich in das Heu. Sie wußte, daß ihr eine unruhige Nacht bevorstand, weil die Ungewißheit sie nicht ruhen lassen würde. So mußte sie die kommenden Stunden ausnutzen, um ihre eigene Kraft zu sammeln und all das Wissen über den Feenfürsten in ihr Gedächtnis zurückzurufen.

Die Zeit läuft mir davon, dachte Rhuna. Lyrets geschenkte Lebenskraft schwindet immer schneller. Bald wird sie gar nicht mehr vorhanden sein. Dann bin ich wieder eine gebrechliche alte Frau.

22. Kapitel

Die Begegnung alter Seelen

Lughaid stand neben Merydwen und blickte auf den Weg, der sich in der Talsenke durch den Wald schlängelte. Niemand war zu sehen, auch wenn die tiefen Spuren von den vielen Karren kündeten, die hier sonst unterwegs waren.

»Der Jäger gestern sagte, daß wir in Crumold sind«, murmelte Merydwen neben Lughaid. »Ob wir es wagen können, auf dem Weg zum nächsten Dorf zu wandern, um dort etwas zu essen und die Dinge, die wir sonst noch brauchen, zu kaufen?«

»Ich weiß es nicht«, entgegnete Lughaid ehrlich. »Einerseits kämen wir auf dem Pfad schneller voran, andererseits könnten wir anderen Reisenden auffallen. Zwar sind wir hier sicherer als in Draustein, aber ich kenne meinen Herrn zu gut. Der hat die Suche nach uns bestimmt noch nicht aufgegeben. Du mußt wissen, er ist ein leidenschaftlicher Jäger. Eine Herausforderung wie uns hatte er schon lange nicht mehr!«

»Dann müssen wir um so rascher aus dieser Gegend verschwinden. Wir können ja ins Dickicht ausweichen, wenn wir jemanden kommen hören oder sehen«, schlug Merydwen vor und lächelte versonnen. »Tjorbi und ich haben uns immer versteckt, wenn meine Freundin sich durch ihre Rauflust Feinde geschaffen hatte.«

Sie ist wunderschön und wirkt viel jünger, wenn sie lächelt, dachte Lughaid unvermittelt, als er Merydwens aufgeheitertes Gesicht sah. Ein Gefühl der Zuneigung durchflutete ihn. Der Traum kam ihm wieder in den Sinn. Erstaunlich, wie klar die Bilder in seinem Gedächtnis erschienen. War es denn wirklich Zufall, daß Merydwen der schönen Caellin glich und den gleichen Schmuck wie die Edeldame trug? Lughaid schauderte. Fast wollte er glauben, daß überirdische Mächte sie und ihn zusammengeführt hatten. Erst jetzt fühlte er sich ...

Im nächsten Augenblick schüttelte der junge Mann ärgerlich den Kopf. Ehe Merydwen seine Kopfbewegung mißdeuten konnte, sagte er: »Ich dachte auch daran. Komm, der Weg ist gerade verlassen.«

Lughaid machte sich an den Abstieg. Vorsichtig kletterte er den steilen Hügel hinab und achtete darauf, nicht über eine verborgene Wurzel oder einen Stein zu stolpern. Merydwen folgte ihm dichtauf. Sie war nicht ganz so achtsam wie er, konnte das aber durch ihre Geschicklichkeit wettmachen.

Schließlich erreichten sie den Weg und genossen es, nun zügig voranzukommen, ohne Umwege machen oder auf den Untergrund achten zu müssen.

Lughaid blieb wachsam. Immer wieder ließ er seinen Blick schweifen und ermahnte Merydwen: »Sobald wir etwas hören oder sehen, werden wir uns im Unterholz verbergen.«

»Ich hoffe, wir haben noch die Gelegenheit dazu!« Merydwen hielt in ihrer Rede inne und wirbelte herum, als habe sie etwas am Wegesrand bemerkt.

Auch Lughaid wandte sich um. Er starrte entsetzt auf die alte Frau in der derben Kleidung einer Bäuerin, die am Waldrand gerastet hatte und nun aufstand.

Lughaid schluckte. Dann erkannte er sie wieder – es

war die unheimliche Alte, die ihn vor einigen Tagen so unverhohlen angestarrt hatte.

Der junge Mann legte die Hand auf den Dolch. Die Alte war ganz gewiß eine Hexe. Sie stand trotz ihres hohen Alters ungebeugt vor ihnen und strahlte zeitlose Würde aus. Ihre lederne Tasche und der Stab, auf den sie sich stützte, waren mit seltsamen Zeichen verziert! Beide Gegenstände hatte sie damals noch nicht mitgeführt. Nun aber zeigte sie ihr wahres Gesicht!

Merydwen starrte entsetzt auf die Greisin, die sie zuerst mit anderen Sinnen als ihren Augen wahrgenommen hatte. Der verzierte Stab und die Bücher – die Bardin zweifelte keinen Augenblick daran, eine Magierin vor sich zu haben. Lauerte die Alte ihnen im Auftrag des Edelmannes auf?

Merydwen spannte sich an und erwartete instinktiv, daß die alte Frau sie lähmen oder in ihrem Bann schlagen würde. »Schnell weg von hier!«

Die Greisin trat ihnen in den Weg. »Im Namen der Zwölfe, so bleibet doch. Ich bin gekommen, um Euch in Eurer Not zu helfen!«

Merydwen runzelte die Stirn. Das erleichterte, ja glückliche Lächeln auf dem verwitterten Gesicht verwirrte sie.

Was wollte die Alte von ihnen? Woher nahm sie sich das Recht, sie so vertraulich anzusprechen? Zumindest Lughaid schien die Greisin wiederzuerkennen, musterte er sie doch mit einem mißtrauischen, wenn nicht sogar erschreckten Gesichtsausdruck.

Sie bemerkte, daß Lughaid die Hand um den Dolchgriff an seiner Seite geschlossen hatte.

Nun blickte die Magierin Merydwen durchdringend an. Die Bardin fühlte sich tief in ihrer Seele durchschaut. »Nein! Hört auf damit!« zischte sie und drehte den Kopf zur Seite.

»Verzeihet meine Kühnheit, doch Euer Seel' enthüllt das Mysterium wie ein offenes Buch«, entgegnete die Magierin. »Vergebt mir meinen ungehörigen Vorwitz. Ich weiß wohl, daß Ihr zu spüren vermöget, ob Falsch' und Trug' in meiner Rede und meinem Herzen ist, dies bin ich ob Eurem Talentum gewiß!«

Merydwen preßte zornig die Lippen aufeinander. Ihre Augen funkelten. Wie kam die Alte nur dazu, so offen zu sein? An ihre unseligen Fähigkeiten wollte die Bardin hier und jetzt nicht erinnert werden! Sie zwang sich dazu, sich nichts anmerken zu lassen. »Ich weiß nicht, was Ihr meint, alte Frau! Redet nicht irr! Wer seid Ihr überhaupt, und was wollt Ihr von uns?« fragte sie scharf.

Die Greisin ließ sich nicht abweisen und hob die Handfläche, in der sich klar und deutlich ein Akademiesiegel abzeichnete. »Bei Hesinde, daß in meinem Sinn nur Wahrheit sei, will ich gern geloben.« Die alte Magierin sah sie flehend an. »Die Zeit verrinnet so schnell! Wahrlich, Ihr müsset noch viel mehr erfahren von jenem, was Brannon und Caellin geschah. Oder Elathalion, der Holden eisiger Fürst. Unser aller Feind.«

Merydwens Augen weiteten sich. Die Alte hielt sie mit dem lächerlichen Traum zum Narren, den sie nur in ihren Gedanken entdeckt haben konnte. Wütend wehrte die Bardin ab: »Närrisches altes Weib. Erzählt Euren Enkeln diese Märchen und geht uns endlich aus dem Weg!«

Ärgerlich wollte sich Merydwen an der Magierin vorbeidrängen, doch diese trat traurig dreinblickend zur Seite. »Erfüllet die Furcht Euer Herz so, daß Ihr den Zauber nicht erkennet, der um Euch gewoben? Jungfer, vertrauet mir, auch wenn wir uns in jenem vergangenen Leben niemals trafen. Ich kann Euch die Wahrheit meiner Worte beweisen!«

Merydwen wollte zunächst nicht auf das Bitten der alten Magierin hören und hatte sich schon einige Schritte von der Greisin entfernt, als sie plötzlich innehielt. Konnte es denn schaden, sich die letzten Worte der verrückten Alten anzuhören? »Also gut! Tu, was du für richtig hältst«

Die Magierin hob eine Hand und deutete auf eine Stelle über Merydwens Herzen. »Möget ihr schauen, so Ihr dies noch nicht bemerktet... Hier durchstieß Elathalion Caellins Leib. Und des Holden Klinge hinterließ ein Signum!«

Merydwen sah fragend zu Lughaid, der genauso verwirrt schien wie sie und nur mit den Schultern zuckte. Zögernd schob sie die Weste zurück und öffnete das Hemd so weit, daß sie die entsprechende Stelle auf ihrer Haut betrachten konnte. Tatsächlich zeichnete sich dort eine fingerlange und -breite, grünlich verfärbte Narbe ab.

»Ihr Zwölfe, was hat das zu bedeuten?« wisperte Merydwen erschüttert und sah die Magierin mit großen Augen an. »Da war dieser seltsame Traum. Ich war ein junges Mädchen namens Caellin. Und nun trage ich diese Narbe!« Verwirrt blickte sie von Rhuna zu Lughaid. Der junge Mann war ebenso erschüttert wie sie. »Auch ich träumte, während wir in der Ruine übernachteten, von einem Ritter... von Brannon.« Er verstummte. Seine Augen weiteten sich. »Aber das ist doch nur eine alte Sage aus der Zeit der klugen Kaiser, die...« Er hielt in seiner Rede inne und schüttelte den Kopf.

Die alte Frau streckte Merydwen und Lughaid ihre Hände entgegen. »Der Schlüssel zu allem Wissen ist jener Traum – von eurem vergangenen Leben. Die Götter haben euch in ihrer Gnade das Geschenk einer...«

Plötzlich drehte die alte Frau den Kopf. Unwillkürlich folgte Merydwen ihrem Blick zurück auf den sichtbaren Weg. Dort konnte sie eine Reitergruppe erkennen, die in schnellen Galopp verfiel, als der Anführer ein Zeichen gab. Hunde bellten.

»Bei allen Dämonen der Niederhöllen! Das ist Herr Aethelred! Ich glaube, er hat uns gesehen!« fluchte Lughaid. »Wir müssen schnellstens hier weg!«

»Ja, fliehet! Ich will Eure Verfolger in die Irre führen!« rief ihnen die alte Frau zu.

Merydwen ergriff Lughaids ausgestreckte Hand und rannte mit ihm so weit auf dem Weg entlang, bis sie sich an einer geeigneten Stelle ins Dickicht schlagen konnten. Sie sandte ein Stoßgebet zu den Zwölfen. Hoffentlich meinte die Greisin ihre Worte ernst und schenkte ihnen kostbare Zeit für die Flucht.

Rhuna sah den beiden Fliehenden mit Tränen in den Augen nach. Brannon und Caellin hatten vor ihr gestanden und ihren Worten gelauscht. In den Augen der jungen Frau hatte sogar der Funke des Verstehens geglommen!

Aber mehr als diese kurze Begegnung war ihnen nicht vergönnt gewesen. Jetzt schienen die Gefährten ihr weiter entfernt als zuvor. Trotzdem mußte sie alles tun, um zu verhindern, daß Brannon und Caellin – Lughaid und Merydwen, wie sie nun hießen – in die Hände der Verfolger fielen. Ob die beiden nun schuldig waren oder nicht!

Auch ihr blieb nicht mehr viel Zeit. Was konnte sie nur tun, um die Spuren zu verwischen? Die alte Magierin dachte angestrengt nach. Sie erinnerte sich plötzlich an einen Spruch, dessen Thesis ihr Geliebter entwickelt und erprobt hatte, um seinen manchmal recht dreisten Nachforschungen unverfolgt nachgehen zu können. Konnte der jetzt nützlich sein? Nur mit Mühe erinnerte sich Rhuna an die Gesten und

Worte, die ihre Kräfte in die entsprechenden Bahnen lenkten.

Gerade als die Kraft ihres Zaubers wirksam wurde, preschten die Reiter in vollem Galopp heran. Rhuna blieb wie erstarrt stehen. Erst im letzten Augenblick wich sie den Hufen des vordersten Pferdes mit raschem Sprung zur Seite aus und stöhnte vor Schmerz, als ihr rechter Knöchel den Dienst versagte. Während sie sich schwer auf ihren Stab stützte, brachte der Reiter vor ihr das steigende Pferd wieder in seine Gewalt. »Zum Namenlosen mit dir, alte Hexe!« brüllte er und beugte sich vor, um Rhuna einen Schlag zu versetzen. Mitten in der Bewegung hielt er inne und kniff die Augen zusammen.

Rhuna holte tief Luft und wappnete sich gegen die unvermeidlichen Fragen. Als der Edle sie zum ersten Mal gesehen hatte, waren Stab und Tasche verborgen gewesen. Diesmal trug sie beides offen mit sich.

Zunächst dachte der Edelmann an das Naheliegendere und befahl seinen Männern: »Bran, du bleibst an meiner Seite. Ihr anderen sucht die Umgebung ab!« Er musterte Rhuna mißtrauisch. Sein Blick verharrte besonders lange auf dem Stab. Die Magierin hob langsam die Hand mit dem Akademiesiegel. Durch Trom wußte sie, daß sie das Gildenzeichen vom Verdacht, eine Hexe zu sein, reinwaschen würde. Hoffentlich war der Edelmann nicht so gelehrt, daß er die Siegel der einzelnen Akademien kannte.

Erleichtert stellte Rhuna fest, daß sich das Gesicht des dunkelhaarigen Mannes etwas aufhellte. »Ich glaube, wir sind uns schon einmal begegnet, gelehrte Dame. Nur verratet mir, warum Ihr in solch unpassenden Gewändern auftretet?« Aethelred von Falkraun deutete auf Rhunas Kleidung. »Dann hätte ich Euch schon damals als Dame von Stand erkannt und begrüßt!« Seine Augenbrauen senkten sich grimmig.

Rhuna mußte die folgenden Worte mit Bedacht wählen. Der Edelmann war noch immer mißtrauisch.

»Euer Wohlgeboren, ich bin Rhuna Ynlais, Adepta der Halle der Methamorphosen zu Kuslik.« Es war gar nicht einfach, so zu sprechen wie eine Angehörige dieser Zeit. »Vergebet mir dies schäbige Gewand! Schiere Not zwang mich, es anzulegen. Gesindel raubte meine Habe und ließ mir allein dies Kleid!«

Der Edelmann nickte bedächtig. »Ich will Euch glauben, Dame Ynlais. Dieser Tage macht viel Gesindel die Wälder Albernias unsicher. Allerdings erklärt das nicht Euer großes Interesse an meinem ehemaligen Gefolgsmann Lughaid, als wir uns zum ersten Mal trafen. Und mir schien es, als habet Ihr eben erst mit dem verräterischen Burschen und seiner mörderischen Buhle gesprochen! Wehe Euch, wenn Ihr die beiden zu schützen wagt!«

Rhuna wich dem durchdringenden Blick des Adligen nicht aus. Sie lächelte versonnen. »Jener Lughaid glich einem geliebten Mann meiner Jugend. Und so wünschte ich zu wissen, ob der Jüngling ihn kannte. In der Zwölfe Namen, wie sollte ich wissen, daß der Bube ein Missetäter ist?« täuschte sie Entsetzen vor. »Nun kann ich die Furcht der beiden verstehen. Als jene Euch sahen, flohen sie den Weg zur Linken. Wenn ich eher von ihren Missetaten gewußt, so hätt' ich ihnen Einhalt geboten!«

Aethelred von Falkraun schwieg nachdenklich. »Ich danke Euch für den Hinweis, Herrin.« Er wandte sich den zurückkehrenden Männern zu. Die Magierin frohlockte heimlich. Ihr Zauber hatte sogar die Hunde getäuscht. »Habt ihr eine Spur gefunden?«

»Nein, Herr, bisher nicht!« erklärte ein rothaariger Waffenknecht. »Das Unterholz ist für Menschen zu dicht, und wir konnten auch noch keine Spuren entdecken!« Ein anderer Bewaffneter unterbrach ihn.

»Einen Augenblick! Hier sind abgebrochene Äste und die Abdrücke eines schmalen Schuhs!« Er deutete auf den Weg zur Linken.

Rhuna lächelte zufrieden, doch sie freute sich zu früh. In diesem Augenblick wandte sich der Junker ihr wieder zu und meinte freundlich: »Wir können Euch, eine gebrechliche, alte Frau, doch nicht einfach allein im Wald zurücklassen, Dame Ynlais! Wollt Ihr uns nicht bis zum nächsten größeren Ort begleiten?«

Rhuna schluckte. Sie wußte nicht, was sie von den Angebot des Edelmannes halten sollte: Wollte er ihr wirklich nur helfen? Oder war das vielmehr eine List, um sie in der Nähe zu haben, wenn sich ihre Behauptung als Lüge herausstellte? Sie blickte dem Mann in die Augen und erkannte sein tiefes Mißtrauen.

Die Magierin wußte, daß sie sich in einer schwierigen Lage befand. Wenn sie die Einladung des Edelmannes ablehnte, würde der wissen, daß sie ihn angeschwindelt hatte. Begleitete sie Aethelred von Falkraun, verlor sie kostbare Zeit und zudem den Ort aus den Augen, an dem Elathalion seine Magie gewirkt hatte.

Rhuna seufzte. Das Schicksal hatte sich wieder einmal gegen sie gewandt. Um Merydwen und Lughaid zu beschützen, hatte sie jedoch keine andere Wahl. »Habet Dank für Euer Anerbieten, das ich annehmen will.«

»Ich wußte, daß Ihr eine kluge Entscheidung treffen würdet!« bemerkte der Adlige ungerührt. Er deutete auf den rothaarigen Waffenknecht. »Dugan wird Euch zu sich auf sein Pferd nehmen!«

Rhuna saß auf. Hoffentlich fand sich bald eine Gelegenheit, dem Junker und seinen Begleitern zu entkommen!

23. Kapitel

Eine schreckliche Entdeckung

Lughaid ließ sich keuchend in das weiche Gras einer Mulde fallen. Die wilde Flucht durch den Wald hatte ihn erschöpft. Er rang nach Luft, und sein Herz pochte so heftig, als würde es ihm in der Brust zerspringen. Dann sah er sich hastig um. Wo war Merydwen? Hatte er die Bardin auf der Flucht durch den Wald verloren? Irgendwann war sie nicht mehr an seiner Seite gewesen.

Angestrengt lauschte er nach Geräuschen. Da waren nur die Laute der Tiere und – ein Rascheln, so als hetze jemand durch den Wald. Der junge Mann rappelte sich auf. Die Hand fuhr zu seinem Dolch, doch er ließ sie wieder sinken, als Merydwen in sein Blickfeld kam.

Die Frau sank erschöpft auf die Knie. Sie atmete heftig und stützte sich am Waldboden ab. »Sind sie noch… hinter uns her?«

Lughaid hob den Kopf. »Ich höre nichts!« murmelte er. »Vielleicht hat die Greisin Herrn Aethelred und die anderen wirklich auf eine falsche Fährte geführt. Bei Rondra, das war verdammt knapp!« stöhnte er. »Ich frage mich nur, woher die Alte so viel über uns wußte, und dann dieses wunderliche Gerede über den Helden einer Sage… Merydwen?«

Er bemerkte, wie die Bardin auf einen Punkt vor

sich starrte – und drehte den Kopf. »Was ... was ist?« fragte er verwundert, als er lediglich einen Hügel sah, der mit gelben Blumen bewachsen war. Auf der Spitze stand die Ruine eines Hauses.

»Merydwen?« fragte er noch einmal und streckte die Hand aus, um sie an der Schulter zu berühren.

Die Bardin ließ sich zurücksinken. Sie wandte ihren Blick nicht von dem Hügel. »Hier habe ich als Kind mit meinen Geschwistern und den Kindern des Gesindes gespielt. Wir sind in der Ruine herumgetollt und haben Kränze aus den Praioskrönchen geflochten«, murmelte sie. »Lughaid, es ist nicht mehr weit zu meinem Zuhause.« Ihre Stimme zitterte. »Ich habe dich belogen. Ich bin doch eine Ni Laighann aus Crumold, wie schon der Edle und seine Mutter vermutet haben. Ich bin vor vierzehn Jahren ...« Sie verstummte und ließ den Kopf sinken. »Meine Eltern und ich trennten uns vor vierzehn Jahren im Streit. Erst vor ein paar Wochen habe ich mich entschlossen, heimzukehren und Frieden mit ihnen zu schließen.«

Lughaid ahnte, was Merydwen als nächstes sagen würde. »Ich weiß um die Gefahr und die Nähe unserer Verfolger, aber ich kann nicht anders – ich muß sie sehen, mit ihnen reden ... Das war der Grund für meine Heimkehr. Wenn ich sie wenigstens aus der Ferne sehen könnte ...«

Der junge Mann schwieg. Auf der einen Seite wußte er die Verfolger nahe, auf der anderen konnte er die Gefühle der Frau verstehen. So legte er ihr eine Hand auf die Schulter und nickte.

Merydwen hob die Hand und legte sie auf diejenige Lughaids. Sie sah ihn dankbar an. Der junge Mann war mehr als ein treuer Freund. Erst half er ihr zu fliehen, und zeigte Verständnis für ihre Wünsche. In seinen Augen schimmerte Besorgnis und... Zuneigung?

Die Bardin ahnte, was Lughaid für sie fühlte. Sie schob ihre Finger zwischen die seinen und lächelte. Lughaid erwiderte den Druck und sah sie erwartungsvoll an. Ein stummes Einverständnis entstand zwischen ihnen. Erst sollte Merydwen Frieden mit ihren Eltern schließen, dann konnten sie sich über ihre Gefühle zueinander klar werden.

Ihr Götter, wir kennen uns erst wenige Tage, und doch scheint es mir so, als wären wir schon unser ganzes Leben zusammen, dachte Merydwen, ehe sie sich auf das näherliegende Ziel konzentrierte. Der Augenblick, den sie seit ihrem Aufbruch aus Havena so gefürchtet hatte, war gekommen.

Sie holte tief Luft. Die Erschöpfung durch die hastige Flucht war mit einem Schlag verschwunden. Statt dessen klärten sich ihre Sinne, und sie nahm ihre Umgebung deutlicher wahr als zuvor. Sie roch den süßen Duft der Praioskrönchen, den ihre Mutter immer der Seife zugemischt hatte, und lauschte für einen Augenblick dem Rauschen des Windes und den Stimmen der Vögel.

»Hier entlang!« Sie führte Lughaid zwischen den Blumen hindurch auf den Hügel. Einen Augenblick blieb sie an den Ruinen stehen und deutete auf die verblaßten Zeichen, die jemand in den Stein geritzt hatte.

»Meine Brüder prahlten oft mit ihren Schreibkünsten!« erklärte sie mit einem wehmütigen Klang in der Stimme. »Schau nur, wie viele Fehler sie machten.«

Rasch riß sie sich von dem Anblick los und wanderte weiter durch den Hain mit den blühenden Obstbäumen. Dahinter lag das Gut.

Merydwens Herz begann schneller zu schlagen. Wie

würden die Eltern sie empfangen? Im nächsten Augenblick verwandelte sich ihre Aufregung in Verwirrung. Auf den ersten Blick wirkte der Gutshof so, wie sie ihn in Erinnerung hatte: Die rankenbewachsenen Häuser des Gutes waren von einer mannshohen Steinmauer umgeben, die auch den Kräutergarten der Mutter mit einschloß. Die eingezäunten Weiden, wo die Pferde den Tag verbrachten, waren leer. Auf dem Hof liefen die Hühner umher.

»Es ist mitten am Tag! Wo bei den Zwölfen sind die Menschen?« fragte Lughaid. »Da unten stimmt etwas nicht!«

»Ich weiß es nicht!« erwiderte Merydwen besorgt. »Wir müssen es herausfinden!« Wie von selbst setzte sie sich in Bewegung. Mit jedem Schritt eilte sie schneller auf das Gut zu, durchquerte das weit offenstehende Eichentor und stürmte zwischen den gakkernd auseinanderflatternden Hühnern durch.

Erst vor dem Haupthaus blieb sie stehen. Sie blickte auf das Gebäude, mißtrauisch und verwirrt. Weshalb waren die Fensterläden am hellichten Tag geschlossen? Warum sah sie keine Menschenseele? Selbst wenn ein Großteil der Bewohner das Gut zur Arbeit auf den Feldern und im Wald verlassen hätte, so würden doch immer einige zurückbleiben, ihre Mutter eingeschlossen! Sie bekam Angst.

»Mutter? Ist denn niemand hier?« rief Merydwen und lauschte. Die Hühner beruhigten sich, aber im Stall herrschte große Unruhe: Das Muhen der Kühe klang ungeduldig, so als hätte sie am Morgen niemand gemolken. Pferde und Schweine schienen nicht gefüttert worden zu sein. Sonst war kein anderer Laut zu hören.

Die Bardin wirbelte erschreckt herum, als sie Schritte hörte. Doch es war nur Lughaid, der sie eingeholt hatte und mit gerunzelter Stirn auf das Haus blickte.

Merydwens Anspannung wuchs. Sie wollte die Stufen zum Eingang hinaufgehen, doch Lughaid hielt sie zurück. »Ich traue dem Frieden nicht. Das könnte eine Falle sein ...«

Merydwen schüttelte den Kopf. »Siehst du Spuren eines Überfalls? Wären Räuber hier, hätten sie die Tiere abgeschlachtet oder mitgenommen, und wenn sie noch immer hier wären, dann hätten sie Wachen aufgestellt! Conneleigh liegt zwar sehr einsam, aber nicht so verlassen, daß nicht alle paar Tage jemand vorbeikäme! Ich muß wissen, was geschehen ist!«

Merydwen riß sich los und eilte zu der zweiflügligen Tür. Warum war die angelehnt? Die Bardin zögerte kurz, dann hob sie die Hand, um den rechten Flügel aufzuschieben. Das Knarren der Scharniere dröhnte in ihren Ohren. Früher waren sie immer gut geölt gewesen. Ihr Vater hätte niemals zugelassen, daß...

»Vater? Mutter?« Ihr Ruf hallte durch das dunkle Haus, ohne beantwortet zu werden.

Die Anspannung wuchs ins Unerträgliche. Merydwen stieß die Tür ganz auf und trat in das Innere des Hauses. Im nächsten Augenblick begann sie zu zittern. Plötzlich umhüllte sie eine Kälte wie im schlimmsten Firunswinter – und überall dort, wo das Sonnenlicht auf die Wände fiel, wurde es glitzernd von einer hauchdünnen Eisschicht gespiegelt.

»Bei Rondras blitzender Klinge!« stieß Lughaid aus, der der Bardin in den Eingangsraum gefolgt war. »Was ist das?«

Merydwen hielt die Luft an. Mit düsteren Ahnungen trat sie auf die Tür zu, hinter der sich der große Wohnraum mit dem Kamin befand, und stieß sie auf. Knirschend gab das Eis nach, das das Holz umschloß.

Die Bardin nahm die folgenden Worte Lughaids nicht mehr wahr. Ihre Aufmerksamkeit wurde ganz von dem wenigen gefangen, was sie in dem dunklen Raum erkennen konnte: Umrisse von menschlichen Gestalten – mitten in der Bewegung erstarrt!

Merydwen spürte, wie ihre Knie nachgaben, doch da hielten sie kräftige Hände, fingen die Bardin auf. »Das Haus ist von böser Zauberei erfüllt! Laß uns sofort wieder nach draußen gehen!« drängte Lughaid und wollte Merydwen mit sich ziehen.

»Nein! Ich will alles sehen!« Sie schob seine Hände sanft zurück. »Ich muß wissen, was hier geschehen ist!«

Die Schwäche wich aus ihren Gliedern. Gefaßt ging die Bardin zu einem der Fenster und öffnete die Läden. Dann – fast gleichzeitig mit Lughaids ersticktem Aufschrei – drehte sie sich um, riß die Augen weit auf und hob die Hände zum Herzen. Sie wollte aufschreien, aber kein Laut kam über ihre Lippen.

Ihr Vater und ihre beiden Brüder standen mitten im Raum, die Hände ausgestreckt, als wollten sie jemanden ergreifen, die Gesichter wutverzerrt. »Vater!« murmelte Merydwen tonlos. »Djannas! Rhuan!« Sie ging um die drei Gestalten herum, betrachtete jeden genau. Die Brüder waren nicht mehr die hochgewachsenen, schlaksigen Jünglinge aus ihren Erinnerungen, sondern erwachsene, vom Leben gezeichnete Männer. Der hübsche Djannas, der als junger Mann die Mädchen bezaubert hatte, war von einem Schwerthieb auf der Wange entstellt worden, und an seiner linken Hand fehlten zwei Finger. Ihr Vater war alt geworden, sein Gesicht von tiefen Falten durchzogen. Der namenlose Schrecken der letzten Augenblicke spiegelte sich in den Augen von Vater und Brüdern wider.

Merydwen wandte sich entsetzt den anderen Personen im Raum zu. Hinter ihrem Vater saßen drei Frauen auf den mit Kissen gepolsterten Bänken. Ihre Mutter hatte den Stickrahmen fortgeworfen und schien gerade aufspringen zu wollen, während die beiden anderen Frauen beschützend ihre Kinder an sich drückten. Die Gesichter der drei waren von tiefer Angst gezeichnet – so, als hätten sie eine Kreatur aus den finstersten Niederhöllen gesehen.

Merydwen schluchzte auf und sank vor ihrer Mutter auf die Knie. Sie legte ihre Hände in die flehend ausgestreckten der älteren Frau. Im Augenblick der Berührung spürte sie den Nachhall großer Furcht und dann nur noch Leere und Kälte. »Mutter, ich bin zurückgekehrt. Vergib mir, daß ich zu spät gekom...«

Merydwen verstummte plötzlich und starrte auf die Hände. Das Eis um ihre Mutter schmolz nicht, sondern ging mitsamt der Kälte auf ihre Finger über. »Nein!« Fassungslos zog Merydwen ihre Hände zurück und rieb sie an der Schafsfellweste. Nur langsam wich das taube Gefühl aus ihrem Fleisch. Sie ahnte, daß sie keinen Augenblick länger hätte zögern dürfen. Sonst wäre auch sie zu Eis erstarrt.

Der Moment, in dem sie ihre Mutter berührt hatte, verschaffte ihr jedoch die Gewißheit, daß ihre Eltern und Brüder nicht mehr lebten.

»Dieser Ort ist verflucht!« murmelte Lughaid mit unsicherer Stimme in die Stille. »Wir müssen das Haus verlassen, ehe wir auch noch dem bösen Zauber anheimfallen!«

Magie! Merydwen ballte die Hände zu Fäusten und rang nach Luft. Warum hatte sie nicht schon früher daran gedacht? Die Spannung in ihrem Körper wuchs.

Wer hatte ihre Familie umgebracht? Und aus welchem Grund? Was war in den Jahren ihrer Abwesenheit geschehen? fragte sie sich. Ihr Zorn auf den Unbekannten wuchs. »Wer auch immer das getan hat – die Zwölfe mögen ihn verfluchen!« stieß sie hervor. »Praios sei mein Zeuge, ich schwöre, daß ich den

Übeltäter finden und seiner gerechten Strafe überantworten werde!«

Merydwen zitterte vor Wut. Wie so oft bei heftigen Gefühlsregungen erwachten ihre magischen Kräfte. Diesmal versuchte sie nicht, die Energie zu bändigen und zurückzuhalten, sondern ließ die Macht aus sich strömen und auf das Eis treffen.

Überall um Merydwen begann es zu knistern und zu knirschen. Die Bardin riß die Augen auf. Täuschte sie sich, oder bekam das Eis Sprünge? Entsetzt starrte sie auf die abbröckelnden Eissplitter. Kleine gläserne Dolche schwebten eine Weile kreiselnd in der Luft, dann rasten sie genau auf Merydwen zu. Die Bardin wollte mit einem Sprung ausweichen, aber die Muskeln verweigerten ihr den Dienst.

Doch da sprang Lughaid an ihre Seite, packte Merydwen und zerrte sie aus dem Raum nach draußen. Keinen Augenblick zu spät. Hinter ihnen heulte ein Sturm durch das Haus. Eis prasselte gegen das Holz der Innenwände und sprühte in einer glitzernden Wolke aus dem geöffneten Fenster und der Tür.

Erst in der Nähe des Tores wagte es Lughaid stehenzubleiben und wischte sich den kalten Schweiß von der Stirn. Seine Knie zitterten noch immer, so daß er sich schließlich auf einen Trittstein setzte. Bis zum heutigen Tage hatte er das Wirken überirdischer Kräfte noch nie am eigenen Leibe verspürt, und nun hoffte er, so etwas nie wieder erleben zu müssen. Das Zittern in seinen Gliedern wich nur langsam.

Er schluckte und warf einen Blick auf Merydwen, die einen Augenblick ins Leere starrte und dann auf die Knie sank, um den Kopf in den Händen zu bergen und ihren Tränen freien Lauf zu lassen.

Unsicher blickte Lughaid zu ihr. Er wollte ihr helfen, aber er wußte nicht wie. Er fand nicht die rechten

Worte. Würde es vermessen sein, Merydwen in die Arme zu nehmen? Sie kannten sich erst wenige Tage, und diese Vertrautheit durfte er sich nicht erlauben.

Das war Unsinn! Lughaid faßte sich ein Herz. Vorsichtig legte er seine Arme um die weinende Frau. Merydwen stieß ihn nicht zurück. Statt dessen lehnte sie sich an ihn. »Ich wollte meine Eltern wiedersehen. Wir trennten uns in einem heftigen Streit...«, schluchzte Merydwen. »Nun sind sie alle tot, und ich werde nie erfahren, ob sie mich jemals vermißt haben.«

»Bestimmt haben sie das«, murmelte Lughaid und ärgerte sich im nächsten Augenblick schon wieder über diese hohle Floskel.

»Ich hoffe es, aber ich wünschte, ich hätte mich dessen versichern können. Du weißt ja gar nicht, was damals vorgefallen ist.« Ihre Stimme klang unsicher.

Lughaid legte seine Arme ganz um Merydwen und begann, sie sanft zu streicheln. »Dann erzähle es mir und erleichtere dein Herz.«

Merydwen brauchte diese Aufforderung nicht und berichtete, warum sie einst ihr Heim verlassen mußte.

Lughaid schloß seine Arme unwillkürlich fester um Merydwen. Zorn über den treulosen Kerl, der sie so einfach sitzen gelassen hatte, und über die Ungerechtigkeit stieg in ihm auf. Verdienten Merydwens Eltern in ihrer Grausamkeit überhaupt die Trauer ihrer Tochter? Hätten vielleicht nicht eher Vater und Mutter um Verzeihung bitten müssen? »Den Frühling und Sommer wanderte ich als Bettlerin umher, und nur der Hilfe freundlicher Menschen verdanke ich, daß ich nicht wie mein Kind bei der Geburt starb.«

Lughaid zügelte seine Wut und blickte auf Merydwen, die ihren Kopf an seine Brust lehnte, während die Tränen noch immer über ihre Wangen liefen. Sie blickte zu ihm auf. »Meine Freundin Tjorbi sagte mir, daß ich heimkehren sollte, damit meine Seele nicht ganz von kleinen Ungeheuern aufgefressen würde. Jetzt, so scheint es mir, ist genau das Gegenteil eingetreten. Mir ist, als läge ein Fluch über mir, seit ich diesen Weg eingeschlagen habe!«

»Nein, das glaube ich nicht!« bestritt Lughaid. »Ich... wir hätten einander niemals kennengelernt«, fügte er verlegen hinzu. »Ich bin mir ganz sicher, daß alles seinen Sinn hatte. Vielleicht rede ich jetzt wie ein Narr – aber ich glaube, daß das Schicksal uns zueinandergeführt hat, weil wir... wir...«

Merydwens Stimme klang sanft und nachdenklich. »Zueinander gehören, meinst du?« beendete sie seinen Satz und wischte sich die Tränen ab. »Ja, vielleicht ist dem wirklich so. Du warst mir schon bei unserer ersten Begegnung so vertraut.« Sie sah Lughaid an, lächelte zaghaft und schmiegte sich enger an ihn, legte den Kopf in den Nacken. Ihre Lippen öffneten sich leicht. Lughaid verstand. Kein Wort konnte ausdrükken, was er für die Bardin fühlte. Er beugte sich vor, um sie zu küssen.

Ehe er ihre Lippen berühren konnte, drehte sich Merydwen jedoch von ihm weg und blickte ernst zum Haus hinüber. »Nein, ich kann nicht!« flüsterte sie leise. »Nicht solange meine Familie ungerächt ist!«

Ernüchtert und ein wenig enttäuscht löste sich Lughaid von der Bardin. »Was können wir gegen den Fluch ausrichten? Wie sollen wir ihn brechen? Wir wissen ja nicht einmal, wer den üblen Zauber über diesen Ort gelegt hat, und...« Er seufzte. »Du weißt, daß wir selber Gejagte sind.«

»Ich kann meine Eltern und meine Brüder nicht so zurücklassen! Nicht in diesem... diesem...« Merydwen verstummte und runzelte die Stirn. »Wir haben bisher nur meine Familie gesehen, aber wo sind die Bediensteten?« Ohne auf Lughaid zu achten, sprang

sie auf die Beine und rannte wieder auf das Haupthaus zu. Der junge Mann hatte Mühe, ihr zu folgen.

»Nein!« Merydwen schlug wütend gegen einen Stützbalken. »Das darf nicht wahr sein!« stöhnte sie und
blickte auf den Stallknecht, der steifgefroren vor dem
Gatter mit den Schweinen stand. »Hat denn keiner
überlebt? Was für eine Macht hat alle Menschen getötet – aber die Tiere am Leben gelassen?« Sie schüttelte hilflos den Kopf.

Überall wo Merydwen und Lughaid nachgesehen
hatten, fanden sie das gleiche Bild vor: Hier eine Magd
mit einer Schüssel in den Händen, dort ein Knecht,
der Werkzeuge weglegte, ein Jüngling, der die Ärmel
hochkrempelte, um eine Kuh zu melken... allesamt
waren sie zu Eis erstarrt. Selbst einen in der Wiege liegenden Säugling hatte der Fluch nicht verschont.

Konnte vielleicht doch jemand überlebt haben?
Merydwen versuchte verzweifelt sich zu erinnern: Das
Gesinde lebte auf Conneleigh zusammen mit der Fa-
milie. Nur wenn eine Magd oder ein Knecht die eige-
nen Verwandten besuchen wollten, verließen sie das
Gut.

Die Bardin seufzte. Unter den Toten waren auch ihr
fremde Menschen gewesen, so daß sie sich keine Antwort auf diese Frage geben konnte.

Merydwen zuckte zusammen, als Lughaid aus dem
hinteren Teil des Stalles zurückkehrte und den Kopf
schüttelte. »Ich habe niemanden mehr gefunden«,
sagte er und strich sich die Haare aus der Stirn. Er sah
mitgenommen aus.

Die Bardin nickte stumm und blickte aus der offenen Stalltür auf den Hof. Die Sonne ging unter. Lughaid trat an Merydwens Seite und blickte ebenfalls
nach draußen. »Es bleibt uns wohl nichts anderes, als
hier zu übernachten. Doch morgen müssen wir in aller

Frühe aufbrechen. Junker Aethelred ist uns dicht auf den Fersen, und wenn wir noch länger zögern, hat er uns!«

»Und die Menschen?« Merydwen deutete auf den Stallburschen. »Wir können sie doch nicht einfach so zurücklassen! Ich hoffe inbrünstig, daß Golgari ihre Seelen in Borons Reich geholt hat, aber wirklichen Frieden werden sie erst finden, wenn ...«

»Merydwen!« Lughaid packte sie an den Armen und sah sie flehend an. »Was sollen wir denn tun? Besitzt einer von uns die Macht, den Fluch zu brechen? Ich verstehe deinen Schmerz, aber wir müssen sie so zurücklassen, wie sie jetzt sind! Wir vermögen überhaupt nichts auszurichten, solange wir unsere Unschuld nicht beweisen können!«

Merydwen riß sich los und stampfte wütend mit dem Fuß auf. »Nein! Zum Na ...« Sie verstummte und senkte den Kopf. Lughaid hatte sie wieder an die Sorgen erinnert, die sie im Schmerz vergessen hatte. Ihre Familie war tot, aber sie lebte noch, und wenn sie ihren Schwur erfüllen wollte, dann durfte sie jetzt nicht aufgeben!

Fahrig strich sich Merydwen die Haare aus dem Gesicht und rieb sich die Augen. »Du hast recht, Lughaid. Ich war in meinem Schmerz außer mir!«

Der junge Mann streckte die Hand aus und lächelte zaghaft. »Ich würde mich an deiner Stelle nicht anders fühlen. Wir sollten uns jetzt ausruhen und neue Kraft für den morgigen Tag schöpfen, wenn wir uns um die Tiere gekümmert haben. Vielleicht fällt uns ja noch etwas ein, was wir für die Menschen hier tun können.«

»... und so wuchs ich auf Burg Falkraun auf. Ich habe niemals erfahren, wer mein Vater war«, erzählte Lughaid und aß den letzten Bissen Käse. »Du kannst dir vorstellen, welche Träume und Hoffnungen ich als Junge hatte.«

Sie saßen im Schein einer Sturmlaterne im Heuschober, einem Ort, der vom kalten Atem des Zaubers verschont geblieben war. Merydwen nickte und zog die Decke enger um ihre Schultern. Obwohl der Frühlingsabend lau war, fror sie. Lughaid erging es nicht anders.

Wenigstens hatten sie zu essen und zu trinken. Er erinnerte sich, wie sie sich zunächst mehr schlecht als recht um die Tiere gekümmert, im letzten Licht des Tages das Haus durchsucht und sich mit dem Notwendigsten an Nahrung und frischer Kleidung versorgt hatten. Nur die Räume, in denen sich Menschen aufgehalten hatten, waren von dem unheimlichen Zauber betroffen gewesen.

Lughaid war nicht wohl dabei, die Nacht an einem verfluchten Ort zu verbringen. Ob er Merydwen nicht doch noch davon überzeugen konnte, außerhalb des Gutes zu nächtigen?

»Ich will meiner Familie nahe sein!« war ihre Antwort auf jede seiner Bitten gewesen.

Lughaid hatte erwogen, Merydwen mit Gewalt nach draußen zu schleppen, aber das widersprach seinem Ehrgefühl. Nein, er würde mit der Bardin ausharren, auch wenn es sein Tod sein sollte. Unwillkürlich sandte er ein Stoßgebet zu Rondra. »Gib mir die Kraft, jede Gefahr hier schnell zu erkennen, Herrin.«

Er schrak auf, als Merydwen an seine Seite rutschte und sich an ihn lehnte. »Lughaid!« flüsterte sie und legte ihre Hand auf seinen Arm. »Ich bin dir dankbar, daß du an meiner Seite bleibst.« Sie lächelte traurig. »Auch wenn ich im Augenblick nur an mich denke. Aber das ist das letzte, was ich tun kann. Für meine Familie – und für mich.« Sie legte ihren Kopf an seine Schulter und schloß die Augen.

Lughaid räusperte sich. War jetzt nicht der geeignete Zeitpunkt gekommen, um ihr zu sagen, was er für sie fühlte? »Jemand muß doch an deiner Seite sein, und es gibt noch einen anderen Grund. Merydwen, ich kann nicht länger schweigen, und ich glaube, du weißt auch: Für keine andere Frau habe ich bisher so viel empfunden wie für dich. Ich liebe dich mehr als mein...«

Er verstummte, als er regelmäßige und tiefe Atemzüge vernahm. Merydwen war an seiner Seite eingeschlafen.

Lughaid seufzte bitter enttäuscht. Wich die Bardin ihm aus, oder hatte sie einfach nur die Erschöpfung übermannt?

Aber auch er war todmüde. Ihm kam es vor, als sei an diesem Tag mehr geschehen, als sonst in einem Monat: Erst hatten sie mit dieser verwirrten alten Frau gesprochen und waren vor Junker Aethelred geflohen, dann waren sie auf Merydwens Heim gestoßen und ...

Über diesen Gedanken schlief er ein.

24. KAPITEL

Elathalions Rache

Baronie Draustein, tief im Gundelwald,
acht Jahre nach Caellins Tod

Brannon sah den ärmlich gekleideten Gestalten nach
und stützte dann das Kinn auf die Hand. »Das Wolfsrudel ist erneut in der Nähe eines Dorfes aufgetaucht.
So kann es nicht weitergehen. Wir müssen etwas gegen diese Bestien unternehmen!« knurrte er. »Sie
haben eine Kuh und zwei Schafe gerissen! Wann werden Menschen an der Reihe sein? Ich glaube nicht, daß
der lange Winter daran schuld ist, daß die Wölfe so
frech sind. Schließlich halten sie sich im Land meines
Bruders, des Barons Llwyn von Crumold, auch zurück, wie er von seinen Bauern weiß!« Er sprang auf
und ging unruhig in der kleinen Halle auf und ab.
»Gleich morgen früh werden wir uns auf die Jagd
nach dem Rudel machen, Rhodri!«

Der rothaarige Mann, der es sich auf der breiten
Bank am Fenster bequem gemacht hatte, zuckte mit
den Schultern. »Ich weiß, daß ich dich nicht aufhalten
kann, gleichgültig, welches Wetter draußen herrscht.
Ich spüre in meinen alten Knochen ganz deutlich, daß
es morgen bestimmt nicht weniger regnen wird, eher
im Gegenteil!« brummte Rhodri. »Außerdem suchst
du schon seit Tagen nach einem Grund, um dich nicht

in der Burg aufhalten zu müssen. Übermorgen jährt sich der Todestag der armen Caellin zum achten Mal.«

Der Freund hatte mit seiner Vermutung ins Schwarze getroffen. Brannon sah den Rothaarigen wütend an. Dann senkte er den Kopf. In der Burg hatten sich viele Dinge verändert, aber die Erinnerung an die vorherigen Herren von Falkenfels konnten damit nicht ausgelöscht werden.

Die Erinnerung kehrte zurück, als sei alles erst gestern geschehen: die wenigen glücklichen Tage, in denen er Caellin kennen und lieben gelernt hatte, die Entführung durch den Fürsten Elathalion, die verzweifelte Suche nach einem Weg in die Feenwelt und den Kampf mit dem Holden.

Noch deutlicher stand ihm das jähe Ende des Duells vor Augen: Als Caellin, von Elathalions Klinge durchbohrt, in seine Arme gesunken war, hatte sie ihm Worte zugeflüstert, die ihn noch heute mit Grauen erfüllten. Seine Anverlobte war nicht nur gestorben, weil der uralte Holde sie entehrt hatte, sondern auch, um den vermessenen Plan des Fürsten zu vereiteln. Elathalion wollte die Feen- und die Menschenwelt miteinander vereinen und das Abagund zu einem Teil seines Herrschaftsbereiches machen.

Brannon entsann sich, daß er erwartet hatte, ebenfalls durch die Hand des Holden zu sterben. Doch dann war der kalte Zorn aus Elathalions Gesicht gewichen. »Du hast den Tod in meine Welt gebracht, Sterblicher. Dir jetzt dein klägliches Leben zu nehmen, wäre eine viel zu große Gnade. Ich habe euch Menschen lange genug beobachtet: Nichts fürchtet ihr mehr als die Ungewißheit! Sie zerstört euer Leben, euren Geist und euren Körper. Ich werde dich bestrafen, Brannon von den Menschen, aber nicht jetzt und nicht hier!« Mit einem letzten verächtlichen Blick war daraufhin der Fürst verschwunden.

Brannon erinnerte sich, wie er mit Caellins sterblicher Hülle von den anderen Holden aus der Feenwelt entrückt worden war. Das letzte, was er gesehen hatte, war die schwarz verfärbte Erde um sich herum – ein durch Eisen und Tod verbrannter Ort in der zeitlosen Feenwelt.

Unwillkürlich hob der Ritter eine Hand und berührte die Stelle an seiner Brust, wo Caellins Schmuck auf seiner Haut ruhte. Er trug ihn als Andenken an seine Liebe, die nun schon so lange in Borons Hallen weilte. Genau wie ihr Vater.

Danach hatte Brannon sein Leben sechs Jahre in den Dienst der streitbaren Göttin gestellt, um für sein Versagen Buße zu tun. Schließlich war die Baronin Livoan Stephahan von Draustein an ihn herangetreten und hatte ihm für seine Verdienste im Kampf gegen die Flußpiraten gerade dieses Lehen verliehen.

Was für eine bittere Wendung des Schicksals, über die herzlose Wesen wie die Feen nur lachen würden!

Der Ritter fragte sich unwillkürlich, was wohl aus der Goldenen Dame geworden war. Seit der Auseinandersetzung war sie ihm nicht mehr erschienen.

Brannon ballte eine Hand zur Faust und holte tief Luft. Er durfte sich nicht erlauben, seinen Gefühlen weiter freien Lauf zu lassen und damit Elathalion schließlich doch noch zum Sieg zu verhelfen. Denn der Holde hatte recht gehabt: Die Ungewißheit, wann und wo ein erneutes Treffen stattfinden würde, nagte an Brannons Seele und Stolz. Einem anderen Menschen, selbst einem Geweihten, mochte er seine Furcht, dem mächtigen Gegner eines Tages unvorbereitet gegenüber zu stehen, nicht eingestehen.

Längst durchnäßte die Feuchtigkeit ihre Umhänge. Brannon schob die Kapuze zurück und blickte über die Landschaft vor sich. Seit dem Schwinden des

Tageslichts war der Nebel dichter geworden und hüllte die bewaldeten Hänge vor ihnen in graue Schleier. Der Ritter hörte die Männer hinter sich murmeln. Rhodri und die anderen hatten recht: Den ganzen Tag über hatten sie im stetigen Regen vergeblich nach Spuren der Wölfe gesucht, und … Es war an der Zeit, einen geeigneten Platz zum Übernachten zu finden.

Brannon biß sich auf die Lippen. Er konnte die Verärgerung der Männer gut verstehen. Er wünschte sich auch in seine warme Stube und ans Feuer zurück. Trotzdem hielt ihn die Gewißheit, noch nicht rasten zu dürfen, in ihrem Bann.

Plötzlich hob Brannon den Kopf. Seine Intuition hatte ihn nicht getrogen. »Was war das?« stieß er hervor. »Hörst du es auch, Rhodri?«

»Das klingt wie Wolfsgeheul«, antwortete der Barde. »Firun erweist uns endlich Gnade.«

Brannon hob die Hand. »Schweig still, mein Freund. Ich höre noch etwas anderes!« Er lauschte aufmerksam. »Bei den Zwölfen, das ist der Schrei eines Menschen! Firun steh mir bei! Ich lasse nicht zu, daß die Bestien einen Menschen anfallen und töten!« Brannon trieb sein Pferd an, ehe ihn jemand aufhalten konnte.

Er galoppierte über breite Schneisen in die Richtung, aus der der Schrei gekommen war. Als der Pflanzenbewuchs dichter wurde, ließ der Ritter sein Tier zurück und eilte zu Fuß weiter durch das Dickicht. Um seine Männer machte er sich keine Sorgen, die würden ihn schon einholen. Er packte den Jagdspeer fester und schob das letzte Blattwerk beiseite.

Auf der Lichtung vor ihm rannte eine Gestalt in langen Gewändern vorbei, verfolgt von grauen Schatten – unnatürlich großen Wölfen. Nun hatte sie den Fuß eines Felsens erreicht und fuchtelte ungeschickt mit ihrem Stab herum, um sich die Wölfe vom Leib zu halten. Als das nicht viel half, versuchte die Frau in ihrer Angst, an den schroffen Steinen emporzuklettern, was ihr mit der Robe sichtlich schwerfiel. Sie ließ den verzierten Stab fallen, klammerte sich an die Vorsprünge und trat verzweifelt nach den Tieren aus, die jaulend und schnappend hochsprangen.

Brannon stieß einen Fluch aus. Bei Rondras Schwert – mit einem solchen Anblick hatte er am wenigsten gerechnet. Was tat eine Magierin fernab aller Wege so tief im Gundelwald?

Einer der Wölfe schnappte nach dem Fuß der Frau und riß einen großen Fetzen aus dem nachtblauen Gewand. Angstbebend zog sich die Magierin ein Stück höher, rutschte an dem feuchten Stein aber wieder ab. Sie schrie vor Schmerz auf.

Brannon schleuderte seinen Speer. Winselnd und zuckend wälzte sich der Wolf am Boden, als die Waffe ihr Ziel traf. Brannon stürzte vor und zertrümmerte der einen Bestie den Schädel mit seinem Schwert. Erst jetzt wandte sich der Leitwolf, ein großer zernarbter Rüde, Brannon zu.

Der Ritter holte tief Luft, als er in die grün schimmernden Augen des Tieres sah. Der Wolf handelte nicht aus freiem Willen. Eine andere Kraft lenkte ihn, und das konnte nur eines bedeuten: Er war in eine Falle gelaufen! »Kommt nur her, ihr Bestien! Ich weiß genau, wer euch geschickt hat!« Er lachte höhnisch auf. »Ist das alles, was du senden kannst, Fürst Elathalion? Tiere, die das vollenden, was du nicht vermochtest! Wie armselig deine Rache doch ist!«

Während Brannon sprach, ging er mit langsamen Schritten, die Wölfe im Auge behaltend, über die Lichtung und stellte sich schützend vor die Magierin. Keinen Augenblick zu spät, denn die Frau rutschte ab und fiel zu Boden. Sie schien das Bewußtsein verloren zu haben. Der Ritter glaubte nicht, daß sie mit Elathalion verbündet, sondern allenfalls sein Köder war: Holde und menschliche Magier – das waren Gegensätze wie Feuer und Wasser!

Die kurze Ablenkung nutzten die Wölfe. Sie griffen an!

Brannon zog seinen Dolch und wehrte ein übereifriges Tier ab, das ihn von der Seite angesprungen hatte. Das Rudel schloß knurrend einen Halbkreis um den Ritter. Gegen acht Tiere gleichzeitig konnte er nicht bestehen, es sei denn ...

Nie zuvor hatte er sich den Anblick fliegender Jagdspeere mehr gewünscht als in diesem Augenblick! Vier Tiere krümmten sich verletzt am Boden, die anderen wandten sich Rhodri und den Männern zu, die aus dem Dickicht stürmten.

Nur Brannon sah, wie sich der grüne Schimmer um den Kopf des Leitwolfes verstärkte und das Tier starr dastand, als erhielte es von jemandem unhörbare Befehle. »Das war nur ein kleines Vorspiel auf die Dinge, die dich erwarten«, erklang eine leise Stimme im Knurren des Tieres, dann wich der Wolf zurück und floh. Die Überlebenden seines Rudels folgten ihm.

Brannon sah den Tieren nach. Warum hatte er jetzt die Ahnung, die Tiere würden die Dörfer in der Umgebung nicht mehr belästigen?

Ein Stöhnen zu seinen Füßen riß den Ritter aus seinen Gedanken. Er kauerte sich neben die Magierin und half ihr, sich aufzurichten. »Wie geht es Euch, Gelehrte Dame? Ist mit Euch alles in Ordnung?«

Die Frau sah zu ihm auf. »Ich denke schon«, antwortete sie leise. »Ich bin nur erschöpft.« Sie betrachtete ihr Gewand. »Die Wölfe haben mich nicht verletzt, sondern nur meine Robe zerrissen. Hesinde sei Dank, daß Ihr zu meiner Rettung gekommen seid.« Es schien, als wolle sie noch etwas hinzufügen, dann schüttelte sie den Kopf und versuchte aufzustehen.

Brannon half ihr auf und stützte sie, als ihre Beine den Dienst versagten. »Ihr braucht Ruhe, Gelehrte Dame.«

»Rhuna. Ich bin Rhuna Ynlais, Adepta Major der Thaumaturgischen Akademie aus Havena.« Die Magierin nahm Brannons Hilfe gerne an. »Und Ihr seid…«

»Brannon von Crumold-Falkenfels. Wartet, meine Dame, ich werde Euch tragen.«

Die Magierin sah erstaunt auf. »Ich habe schon von Euch gehört, Herr Brannon. Aber laßt!« wehrte sie seine Hilfe ab. »Ich bin doch keine alte Frau!«

Die Männer zerrten die Kadaver der Wölfe ein gutes Stück in den Wald hinein, während Rhodri auf ihn zutrat. »Dieser Platz wäre zum Übernachten gut geeignet. Wenn du nichts dagegen hast, holen wir die Pferde und schlagen hier unser Lager auf.«

Auch wenn Brannon nicht wohl bei der Sache war, stimmte er dem Vorschlag seines alten Freundes zu.

Brannon saß mit Rhuna Ynlais allein am kleineren der beiden Feuer. Die Magierin kramte schon eine ganze Weile in ihrer Tasche herum, die ein Waffenknecht zwischen ein paar Büschen gefunden hatte, als er die Umgebung untersuchte. Nun zog Rhuna einen bläulich schimmernden Stein aus ihrem Gepäck hervor. Sie hielt ihn so, daß Brannon die aufgemalten Linien genauer betrachten konnte. »Ein Vagabund verkaufte mir mehrere von diesen blauen, runenverzierten Steinen. Seht Euch diese Zeichen genau an! Sie entstammen keiner mir bekannten Schrift, und ich kenne sogar viele Zeichen der Schrift von Yash' Hualay! Meine Neugier wuchs noch, als ich schließlich herausfand, daß eine ganz besondere Magie in ihnen ruht.« Rhuna blickte einen Augenblick verträumt, dann setzte sie ihre Rede fort. »Ihr müßt wissen, seit fast zehn Jahren beschäftige ich mich mit den Kräften der Globulen, den Sphären, die neben den großen Sieben existieren, und den Stätten, an denen man Zutritt zu ihnen erlangen kann. Ich hatte mir immer vorgenommen, das Abagund mit all seinen verwunschenen Orten und vielleicht auch den Farindelwald zu besuchen. Zuvor studierte ich gründlich das vorhandene Wissen, auch die Märchen, und suchte Gemeinsamkeiten in ihnen, aber auch nach Artefakten, die meine Theorien untermauerten. Die Steine sind ein solcher Beweis, da aus ihnen nicht nur die arkanen Kräfte unserer Welt, sondern auch der magische Odem einer anderen strömte. Ich bin der Ansicht, daß die Steine nicht von Dere stammen, daß sie vielleicht von einer anderen in unsere Welt gerieten. Als ich dann auch noch herausfand, aus welchem Teil des Abagund die Artefakte kamen, beschloß ich, mein Studierzimmer zu verlassen, und mir den Fundort anzusehen. Vielleicht erfüllt sich meine Hoffnung ja, ein Tor zur Anderswelt zu finden! Stellt Euch nur vor, welche Erkenntnisse ich dort gewinnen kann! Das wäre …«

Brannon sah Begeisterung in den braunen Augen der Magierin aufleuchten und hielt die Bemerkung, die ihm auf der Zunge lag, zurück. Nach seinen Erlebnissen mit Elathalion sehnte er sich nicht danach, noch einmal einen Fuß in andere Welten zu setzen.

Rhuna bemerkte seinen Gesichtsausdruck und hielt in ihrer Rede inne. Über das Feuer hinweg blickte sie Brannon verlegen an. »Verzeiht mir, ich muß Euch mit meinem Gerede langweilen. Ich vergaß, daß ich keinen Collegus an meiner Seite habe.«

Brannon lächelte. »Ich bemühe mich, Euren Erörterungen zu folgen, Herrin, doch Euer Verlangen kann ich nicht teilen.«

Rhuna stutzte und zog die Stirn in Falten. Plötzlich beugte sie sich neugierig vor. »Dann sind die Geschichten über Euch wahr, Euer Wohlgeboren? – Ihr habt die Feenwelt wirklich betreten.« Sie holte tief Luft. »Ich dachte zuerst, die verhexten Wölfe hätten es auf mich abgesehen, weil ich in verbotene Bereiche des Waldes eingedrungen bin. Da ich nicht wußte, wieviel Ihr von solchen Dingen versteht, erzählte ich Euch nichts von meinen Beobachtungen. Die Drohung des Wolfes galt also Euch.« Sie beugte sich noch weiter vor und sah den Ritter fordernd an. »Erzählt mir unbedingt von Euren Erfahrungen!«

Brannon zuckte zusammen. »Ihr müßt verstehen, Herrin, ich spreche nicht gerne darüber«, wehrte er den Wunsch der Magierin ab und blickte hinaus in die Dunkelheit.

Rhuna zog die Knie an den Körper und blickte eine Weile schweigend in die Flammen. »Als wir den Fundort der Steine erreichten, tauchten plötzlich die Wölfe aus dem umliegenden Dickicht auf. Meine Begleiter nahmen Reißaus und ließen mich mit den Bestien zurück. Die umkreisten mich zuerst – und gütige Hesinde, ich schloß schon mit meinem Leben ab! Da wich der Leitwolf zurück und ließ mich fliehen. Wären sie wirklich die Wächter dieses Ortes gewesen, hätten sie mich nicht entkommen lassen«, dachte die Magierin laut und schob nachdenklich eine lange braune Strähne, die sich aus ihrer Hochfrisur gelöst hatte, aus dem Gesicht. »Wenn ich jetzt darüber nachdenke, komme ich mir vor wie ein Köder.«

Der Vorfall beschäftigte Rhuna Ynlais offenbar sehr. Brannon überlegte. Sollte er sich der Magierin anvertrauen? Vielleicht vermochte sie ihm dank ihrer Kenntnisse und Fähigkeiten einen guten Rat zu geben! Noch zögerte der Ritter. Konnte er verantworten, einer völlig Fremden von seinen Sorgen zu erzählen und sie damit in die Angelegenheit zu verstricken?

»Die Wölfe jagten in der Tat nicht Euch, Adepta, sondern mich!« Brannon holte tief Luft. »Ja, es hat mit den Geschichten zu tun, die man sich über mich erzählt. Ich stehe in Fehde mit einem Fürsten der Feen.« Brannon erzählte von den Ereignissen, die sich vor genau acht Jahren ereignet hatte, von Caellins Entführung, seinem eigenen Eindringen in die Feenwelt, dem Tod seiner Geliebten und Elathalions Schwur.

Auf Rhunas Gesicht konnte der Ritter ablesen, wie sehr sie das Gehörte bewegte. Zuerst war es nur Interesse, dann wuchsen Bestürzung und Sorge. »Die Zwölfe mögen uns davor schützen, daß dem Feenfürsten dieser Plan jemals gelingt! Niemand weiß, was geschieht, wenn zwei Sphären ineinanderfließen und sich vermischen. Doch genau das wird eintreten, wenn Fürst Elathalion seinen Plan eines Tages umsetzt! Eure Caellin war sehr tapfer. Sie hat ...« Rhuna verstummte, als sie seinen Gesichtsausdruck sah. »Verzeiht, Brannon, ich wollte nicht taktlos sein!« fügte sie hinzu und zog ein Buch aus der Tasche. »Ich werde über alles gründlich nachdenken und Euch morgen meinen Rat mitteilen.«

»Dann werde ich mir derweil die Beine vertreten.« Brannon erhob sich und beschloß, Rhodri bei seiner Wache abzulösen. In dieser Nacht würde er ohnehin kein Auge mehr zutun.

Der Schein des Madamals verlieh dem nebligen Wald eine unheimliche Aura. Wenigstens hatte es aufgehört zu regnen. Brannon rieb sich den Nacken und blickte zu den Feuern, die fast niedergebrannt waren. Die Männer schliefen – bis auf Rhodri. Auch die Magierin schien sich niedergelegt zu haben, da Brannon sie nicht mehr am Feuer sitzen und in eines ihrer Bücher schreiben sah.

Diese Rhuna Ynlais war schon eine seltsame Frau: Auf der einen Seite klug, wortgewandt und überaus neugierig, auf der anderen unerfahren und ungeschickt in alltäglichen Dingen oder im Umgang mit einfachen Menschen. Sie mußte ihr Studierzimmer bisher wirklich kaum verlassen haben, wie er aus ihren Erzählungen über die Reise und ihrem Verhalten schließen konnte. Die Magierin mochte vielleicht das Wissen anderer verinnerlicht haben, aber das ersetzte nicht die eigenen Erfahrungen.

Der Ritter lehnte sich gegen den Felsen. Im milchigen Zwielicht wirkte der Wald wie ein verwunschener Ort. Es war still, so als hielte die Natur den Atem an. Nichts raschelte in den Bäumen, nicht einmal der Ruf eines Käuzchens war zu vernehmen.

Brannons Anspannung wuchs. Er legte die Hand auf den Schwertgriff, sah sich wachsam um und trat einen Schritt zurück, um den Felsen genauer zu betrachten. Im nächsten Augenblick berührte ihn jemand am Rücken. Fluchend zuckte Brannon zusammen. Er hatte das Schwert schon halb aus der Scheide gerissen, als er die Gestalt erkannte, die ihn so erschreckt hatte. »Gelehrte Dame Ynlais!« stieß er erleichtert und wütend zugleich hervor. »Ich dachte, Ihr hättet Euch zur Ruhe begeben!«

Die Magierin sah Brannon verwirrt an und schluckte, als sie das halb gezogene Schwert bemerkte. Der Ritter stieß die Klinge in die Scheide zurück und holte tief Luft. »Bitte schleicht Euch nicht noch einmal von hinten an mich heran. Bei Rondra, ich hätte Euch erschlagen können!«

Erst jetzt bemerkte der Ritter, daß die Frau ihre Tasche und den Magierstab bei sich hatte. Bedeuteten die Gegenstände ihr so viel wie ihm sein Schwert?

»Verzeiht, ich wollte Euch wirklich nicht erschrecken«, sagte die Frau kleinlaut und strich ihr langes braunes Haar zurück. Sie sah sich verstört um. »Ich bin durch ein merkwürdiges Gefühl wach geworden. Wie soll ich es nur erklären: Mir war, als würde jemand nach mir greifen und mich mit sich fortreißen!«

Brannon ballte die Linke zur Faust und wandte dem Felsen wieder den Rücken zu, um den Wald in Augenschein zu nehmen. »Auch ich habe eine Ahnung, daß hier etwas nicht mit rechten Dingen zugeht.«

»Ich kann versuchen, Näheres in Erfahrung zu bringen.« Die Magierin legte die Stirn in Falten, murmelte etwas und machte verschlungene Gesten mit ihrer Rechten. Brannon trat zur Seite. In diesem Augenblick wirkte sie wie ein Spürhund, der eine Witterung aufnahm.

Plötzlich schrie Rhuna auf und hob die Hand zu den Augen, als sei sie von gleißendem Licht geblendet worden. »Hesinde steh mir bei!«

Brannons helfender Griff ging ins Leere. Wie durch einen unsichtbaren Sog wurde die Magierin rücklings gegen den Felsen gerissen. Sie stolperte, ruderte mit den Armen und verschwand im Gestein.

Ja, wenn dort welches gewesen wäre! Der Felsen hatte sich bis auf einen Torbogen in silbrigen Nebel aufgelöst. Brannon zögerte nicht lange. Er zog sein Schwert und trat in das Tor. Es verstieß gegen sein Ehrgefühl, daß Elathalion Rhuna an seiner Stelle bestrafte oder gar auf dieselbe Weise benutzte wie Caellin.

Für einen Augenblick verschwamm Brannons Sicht, und er hatte das Gefühl, in endlose Tiefen zu fallen. Dann spürte er wieder festen Boden unter den Füßen. Er stand in einem grünlich schimmernden Felsentor.

Der Ritter sah sich um. Mit einem kurzen Blick über die Schulter stellte er fest, daß das Lager nicht mehr zu sehen war – nur noch waberndes, undurchdringliches Grau. Das wirkte ebensowenig vertrauenerweckend auf ihn wie das ebene Land, das er durch milchige Nebelschwaden hindurch sah.

»Halt, Ritter Brannon, geht nicht weiter und auch nicht zurück!« drang Rhunas Stimme an sein Ohr. »Sonst ist der Weg nach Dere für uns beide verschlossen, oder Ihr verliert Euren Weg im Limbus!«

»Dame Ynlais, wo seid Ihr?« Brannon wandte verwirrt den Kopf. Dann sah er die Magierin über die Wiese wandern. Immer wieder beugte sie sich hinunter, um Blüten und Kräuter zu pflücken und in ihre Tasche zu stopfen. Mit großen Augen bewunderte sie die Umgebung.

Der Ritter verzog das Gesicht. Für ihn besaß die Welt des Fürsten Elathalion keine Wunder, die es zu bestaunen galt. »Adepta – ich bitte Euch, kommt sofort her!«

»Nur einen Augenblick. Bei allen Wundern und Geheimnissen Deres! Das hier ist unglaublich. Alle meine Studien, meine Sammlung … Nichts ist mit diesem Anblick zu vergleichen!« erklärte Rhuna begeistert. »Ich komme gleich zu Euch. Nur noch dieses eine …« Im nächsten Moment schrie Rhuna auf und wich ein paar Schritte zurück. Aus dem Nichts war eine schlanke, hochgewachsene Gestalt vor ihr aufgetaucht.

Elathalion blickte hochmütig auf die Magierin hinab. In seinen fließenden, schimmernden Roben war er eine eindrucksvolle Erscheinung. »Du hättest auf ihn hören sollen, Menschenkind. Ich mag keine ungebetenen Eindringlinge in meinem Reich. Nun muß ich dich bestrafen!«

»Eindringlinge?« Rhunas Stimme zitterte leicht, als sie ihrem Gegenüber widersprach. »Großmütiger Fürst, wir sind keine Eindringlinge! Eine andere Kraft als die meine entführte mich an diesen Ort!«

»So, tat sie das wirklich?« Der Holde lächelte kalt.

»Jetzt weiß ich, was hier gespielt wird!« murmelte Brannon und rief Elathalion laut zu: »Du hast mich dort, wohin du wolltest, Fürst der Feen. Laß uns unseren Streit endlich ausfechten! Ich bin bereit!«

Er wollte einen Schritt auf den Widersacher zugehen. Doch Rhuna, die zwischen ihm und dem Holdenfürsten stand, schüttelte heftig den Kopf. »Nein! Das dürft ihr nicht tun!« Sie wich in den schimmernden Nebel zurück.

Elathalion zog eine Augenbraue hoch. »Willst du dich etwa einmischen? Nur weil du glaubst, durch deine Kräfte dazu berufen zu sein?« Er wandte sich an Brannon. »Wie ich sehe, hast du unser Treffen schon seit Jahren erwartet. Die Ungeduld hat sich tief in dein Gesicht eingegraben, Sterblicher. Ja, mich langweilt mein Spiel mit dir. Ich will ihm ein Ende machen! Komm, Menschlein. Ich will dich mit deiner kleinen Blume, die so sinnlos verwelkt ist, vereinen.«

Dieser Herausforderung konnte Brannon nicht widerstehen. Die Erwähnung seiner verstorbenen Geliebten weckte in ihm alte Wut. »Sprecht nicht so herablassend über Jungfer Caellin von Falkenfels!« Er hob sein Schwert.

In diesem Augenblick war Rhuna an seiner Seite und hielt ihn fest. »Fragt den Fürsten, warum er nicht zu Euch kommt, sondern außer Reichweite des Tores bleibt!« zischte sie.

»Aus welchem Grund?« Brannon wollte den Griff der Magierin abschütteln.

»Bei Hesinde: fragt!«

Der Ritter gehorchte. »Wenn Ihr Euer Spiel beenden wollt, warum kommt Ihr dann nicht ganz einfach zu mir?«

»Ich kann dich auch zu mir rufen! Du selbst hast mir die Macht über dich gegeben!« entgegnete Elathalion ruhig. »Genauso wie ich immer wußte, wo du dich aufgehalten hast!«

Brannon faßte sich an die Brust, als der Schmuck unter seinem Hemd plötzlich brennend heiß wurde. Er kämpfte gegen den Drang, sich dem Holdenfürsten zu nähern.

Die Magierin umklammerte seinen Arm. Ihre Augen wurden schmal. Dann hob sie eine Hand und schob das Hemd zur Seite. Brannon widerstand dem Wunsch, Rhuna wegzustoßen. Die Qual wurde unerträglich, als sie den Anhänger hervorzog und umklammerte.

Die Magierin stöhnte vor Schmerz auf, als der Schmuck sie verbrannte, und versuchte erfolglos, die Kette von seinem Hals zu reißen.

Rhuna war mit ihrer Weisheit noch nicht am Ende und murmelte nun ein paar Worte, die der Ritter nicht verstand. Er spürte nur, daß jeglicher Zwang von ihm wich.

Elathalions Augen glühten wütend auf. Ein underischer Wind heulte um ihn und ließ sein Haar und seine Gewänder flattern. »Du betrachtest dich wohl als besonders klug, kleine Menschenfrau? Deine Kräfte sind nichts im Vergleich zu den meinen«, sagte er gefährlich ruhig. »Deinesgleichen war mir schon immer ein Dorn im Auge: Ihr dringt ungebeten in meine Welt ein, versucht Unseresgleichen euren Willen aufzuzwingen, und wißt noch nicht einmal, mit welchen Kräften ihr es zu tun habt. Du bist zu weit gegangen!«

Brannon sah dem Holden in die Augen und lächelte. Dankbar drückte er Rhunas Hand. Sie hatte ihn von Elathalions Bann befreit und ihm eine Schwäche des Gegners aufgezeigt: Dem gefiel es nicht, in den Bereich des Tores zu treten! Aus welchem Grund?

»Der Fürst hat einen entscheidenden Fehler begangen!« wisperte Rhuna Brannon ins Ohr. »Er hat den Pfad zerstört, auf dem er uns in seine Welt holte, jedoch nicht bedacht, daß Ihr noch innerhalb des Tores standet. Nun treffen die Kräfte des Limbus und dieser Globule ungeschützt aufeinander und verwandeln sich gegenseitig. Das beeinflußt auch Fürst Elathalion. Er zieht einen Großteil seiner Macht aus dem mystischen Gefüge seiner Welt, während die Energien des Limbus meiner Zaubermacht größere Kraft verleihen. Ich weiß jedoch nicht, wie lange noch.«

Brannon verstand zwar nur die Hälfte von dem, was sie sagte, aber er konnte sich das Ergebnis zusammenreimen: Der Holde würde hier kein unbezwingbarer Gegner mehr sein!

Brannon hatte plötzlich das Gefühl, von tausend Augenpaaren beobachtet zu werden. Die Magierin an seiner Seite bewegte erstaunt ihren Kopf. Sie waren nicht mehr allein. Elathalions Untertanen waren auf die Auseinandersetzung aufmerksam geworden. Überall sah er Schatten zwischen den Bäumen – große, kleine, tierhafte, elfengleiche …

Der Fürst schien stumme Zwiesprache mit ihnen zu halten. Für Augenblicke wirkte sein Gesicht entrückt, dann wandte er sich wieder den Menschen zu. »Mein Volk verlangt deine Bestrafung für den Schmerz, den du ihnen und unserer Welt gebracht hast, Sterblicher. Noch immer brennt der Tod in dieser Welt wie eine schwärende Wunde.«

»Wenn Ihr uns in Eurer Welt töten wollt, dann vergrößert Ihr die Qual Eurer Sphäre nur noch mehr!« erwiderte Rhuna ruhig. Sie spreizte die Hände und holte tief Luft. »Das wollen Eure Untertanen gewiß nicht. Ihr solltet besser zu uns kommen!«

Elathalions Augen begannen zu lodern. Er streckte die Arme aus. Seine langen Gewänder aus fließendem, glitzerndem Stoff verschwanden zugunsten von Rüstung und Schwert. »So werde ich dich wie beim letzten Mal demütigen, Brannon von den Menschen!«

Mit weit ausholenden Schritten trat der Fürst in den Nebel.

»Das ist jetzt meine Aufgabe!« sagte Brannon und blickte die Magierin ernst an. Sie sollte sich nicht einmischen.

»Bitte, seid vorsichtig. Der Fürst ist nicht ganz ohne Macht! Er kann augenblicklich zwar nicht mehr Euch, aber dafür seine Umgebung beeinflussen.« Rhuna nahm ihre Hände von seinem Arm.

Der Ritter nickte. Er trat dem Holden einen Schritt entgegen und mußte erkennen, daß seine Begleiterin mit ihrer Warnung recht behielt. Plötzlich schnellten Ranken aus dem Boden und schlangen sich blitzschnell um seine Beine. Fluchend kämpfte Brannon dagegen an. Rhuna eilte heran und rief dabei unverständliche Worte. Doch ehe sie ihren Zauberspruch beenden konnte, fuhr der Fürst der Holden mit seinem Schwert dazwischen. Die Magierin wich zurück.

»Wage es ja nicht, dich noch einmal einzumischen!« drohte Elathalion kalt. »Oder willst du mich herausfordern?«

»Seid keine Närrin, Dame Rhuna!« rief Brannon, doch die Magierin schien nicht auf ihn hören zu wollen. Wütend kämpfte der Ritter weiter gegen seine Fesseln an.

»Ja, ich stelle mich Euch entgegen, Fürst Elathalion!« antwortete sie fest. »Ich kann nicht zulassen, daß Ihr meine und Eure Welt zerstört!«

Elathalion lachte spöttisch. »Was verstehst du denn schon davon, kleine Magierin? Ich bringe Euch Sterblichen die Wunder uralter Zeit und verlange dafür nicht mehr als das, was ihr Euren Herrschern zusteht!«

Brannon sah, wie sich die Finger seiner rechten Hand krümmten. »Habt Acht!« rief der Ritter der Magierin zu, doch diese schien auf die Hinterlist des Holden vorbereitet zu sein. Sie hob blitzschnell den rechten Arm und ließ den Zauberstab einmal waagrecht über sich kreisen »Gardianum!«

Die wirbelnden Eiskristalle aus Elathalions Fingern prallten von einer unsichtbaren Wand ab und schlugen in den Boden ein, wo sie tiefe Furchen gruben. Einige wenige durchdrangen den Schild und zerfetzten den langen Rock der Magierin.

Rhunas Augen weiteten sich erschreckt. Offensichtlich hatte sie den Einfluß der Kräfte auf der anderen Seite des Tores überschätzt und der Fürst war doch nicht so machtlos, wie sie gehofft hatte.

Brannon durchschnitt die ersten Ranken. Der Holdenfürst war zu abgelenkt, um das zu merken oder den Zauber aufrecht zu erhalten, denn nun ging Rhuna zum Gegenangriff über. »Plumbumbarum ...«, rief sie.

Elathalion erstarrte. Nur sein Gesicht spiegelte Erstaunen und Wut wieder. Diese Zeit nutzte Rhuna, um Brannon von den letzten Ranken zu befreien und mit den Fingern die Schwertklinge zu berühren. »Anvilarium ...«, murmelte sie und fügte lauter hinzu: »So könnt Ihr besser gegen den Feenfürsten bestehen!«

Derweil schüttelte Elathalion die Auswirkungen von Rhunas Zauber ab. »Ist das alles, was du gegen mich aufzuwenden vermagst?« höhnte er und kam auf sie zu.

Brannon sprang dazwischen und drängte die Klinge des Feenfürsten zurück. Er ließ Elathalion keine Zeit, seine Magie einzusetzen, sondern drang heftig auf ihn ein. Sein und Rhunas Leben hing davon ab. Aus den Augenwinkeln sah er die Magierin. Diese schien sich konzentriert auf einen Zauber vorzubereiten.

Für einen Augenblick war der Ritter abgelenkt. Diesen nutzte der Holde, um sich aus dem Kampf mit dem Menschen zu lösen. Schnell wie ein Blitz stürzte er auf Rhuna zu. Brannon verfolgte ihn, doch er kam zu spät. Noch bevor er Elathalion erreichte, durchstieß die Klinge Rhunas Brust.

»Nein!« brüllte er und riß den Holden zurück. Elathalion sprang zur Seite. »Die wird dir nun auch nicht mehr helfen können!« sagte er ruhig. Brannon blickte zwischen seinem Gegner und Rhuna hin und her. Die Magierin war auf die Knie gesunken. Sie preßte eine Hand auf die Brust, mit der anderen umklammerte sie ihren Stab. »Setzt Euren Kampf fort«, murmelte sie mit schwacher Stimme. »*Pentagramma ... Drudenfuß ...*«

Brannon ahnte, daß die Magierin trotz ihrer schweren Verletzung einen letzten großen Zauber versuchte. Nun war es seine Aufgabe, den Fürsten in Atem zu halten. Geschickt tauchte er unter der Klinge des Holden weg, fing sie mit seinem Schwert ab und drängte sie nach oben. Elathalions Gesicht verfinsterte sich, als der Ritter ihm eine Kerbe in die Rüstung schlug. Heftig wehrte der Holde den nächsten Angriff des Menschen ab.

Brannon spürte, daß der Fürst nicht das volle Ausmaß seiner Fähigkeiten einsetzte. Ein Teil der Aufmerksamkeit Elathalions richtete sich auf Rhuna.

»*Heb ... dich ...*«

Der Holde deutete mit seiner linken Hand auf Rhuna. Zwischen seinen Fingern spann sich ein Netz aus grünlich glühenden Fäden. Brannon gab seine Deckung auf und stach mit dem Schwert nach dem Schildarm des Gegners. Während die Klinge Elathalions in Brannons Schulter biß, drang die Spitze seines Schwertes in den Arm des Holden. Mit welcher Wirkung! Elathalion wich mit schmerzverzerrtem Gesicht zurück. Mehr als zwei Handbreit zu jeder Seite der Wunde hatte sich sein Fleisch schwarz verfärbt.

Das Eisen! Es ist wirklich wahr: Eisen verbrennt selbst die Mächtigsten unter ihnen!

Brannon frohlockte. Er nutzte die Unaufmerksamkeit seines Gegners und durchbrach die Deckung. Elathalion wich zurück, doch der Ritter setzte ihm rasch nach. Jetzt galt es, den Vorteil zu nutzen!

»... hinfort ... in ...«

Brannons Schwert durchschlug die Rüstung und drang in den Körper des Holden ein. Der Ritter stieß die Klinge mit aller Kraft hinein und ließ sie erst los, als das Metall siedendheiß wurde.

Brannon wich ein paar Schritte zurück, während Elathalion, durch den Schwung mitgerissen, zum Tor taumelte. Mit schmerzverzerrten Gesicht fing sich der Holdenfürst am Stein ab, während sein Körper von innen her zu leuchten begann.

»... in Rauch und Ruß!« schrie Rhuna und brach zusammen.

Der Leib des Holdenfürsten loderte auf, wurde in Flammen gehüllt und zerbarst in einem Funkenregen. Brannons Schwert wurde emporgeschleudert und flog in hohem Bogen über die beiden Menschen hinweg, bis es sich mit der Spitze in den Boden bohrte. Das Gras rund um das Metall verfärbte sich schwarz.

Brannon atmete auf und wandte sich ab. Kaum hatte er sein Schwert erreicht und aus dem Boden gezogen, wirbelte er erschreckt herum, denn er hatte eine Bewegung am Tor bemerkt. Brannon krampfte die Hand um das Schwert. War Elathalion wiederauferstanden? Ihn erfaßte erst Erleichterung, als er bemerkte, daß die Gestalt des Holdenfürsten durchscheinend und von gräulichen Fäden umgeben war.

»Ihr mögt heute über mich triumphieren – aber freut euch nicht zu früh, Menschlein! Wenn eure

Namen vergessen sind, eure Leiber zu Staub zerfallen, werde ich wiederkehren. Und dann werde ich grausame Rache an euren Nachfahren nehmen... Und vielleicht auch an euch selbst!« drohte der Geist Brannon und kämpfte gegen die Fesseln an, die ihn unaufhaltsam in die grauen Nebel des Limbus zogen.

Plötzlich blickte Elathalions Geist in eine andere Richtung. Brannon bemerkte, daß seine Goldene Dame in den Nebel getreten war und nun neben Rhuna niederkniete. »Lyret, meine undankbare Tochter. Diesmal magst du unser Spiel gewonnen haben, aber freue dich nicht zu früh. Du selber wirst mir die Möglichkeit geben, mich zu befreien!« erklärte der Geist mit Genugtuung und wehrte sich nicht länger. Er wurde in die grauen Nebel gezogen.

Der steinerne Torbogen verblasste in dem Maße, wie sich der Nebel auflöste.

Brannon schob das Schwert in die Scheide und näherte sich der goldenen Dame. Diese nahm die Magierin vorsichtig in die Arme. Sanft strich sie über Rhunas Gesicht und schob den Stoff über der Wunde zur Seite.

»Brannon, wo ist...« Die Magierin regte sich schwach und öffnete die Augen. Der Ritter kauerte sich neben sie und ergriff ihre Hand. Er sah das viele Blut auf Rhunas Brust.

»Fürst Elathalion ist aus unserer und deiner Welt verbannt«, antwortete die goldene Dame an seiner Stelle. »Du hast meinen Vater zwar unterschätzt, er dich aber ebenfalls.«

»Ich habe die Kräfte sehen können, die hier wirkten... das war mein Vorteil«, seufzte Rhuna. »Ansonsten hatte ich mehr Glück als Verstand... Ich war so leichtsinnig zu hoffen, daß mein Exorzismus... den Fürsten durch die Nähe des Limbus in denselben verbannen würde.« Sie lächelte verkrampft. »Das würde ein Aufsehen geben, wenn ich meine Thesis… Niemand zuvor hat…« Ihre Augen verschleierten sich vor Schmerz. »Wenigstens durfte ich einmal in meinem Leben die Wunder sehen, nach denen ich suchte. Jetzt bin ich müde.«

»Könnt ihr die Dame Rhuna retten?« Brannon blickte flehend zu der Holden, die ihre Hand auf der Wunde ruhen ließ. Goldfarbenes Licht entströmte den langgliedrigen Fingern.

»Die Wunde, die der Fürst geschlagen hat, ist tief. Ich weiß nicht, ob ich sie heilen kann, aber ich will es versuchen!« tröstete die Goldene Dame den Ritter und musterte ihn mit ihren unergründlichen Augen. Brannon nickte dankbar.

Rhuna hob eine Hand und legte sie in die seine. »Ich werde sterben, nicht wahr?«

»Nein, das werdet Ihr nicht, Rhuna. Ihr seid in den besten Händen!« entgegnete Brannon. »Ohne Euch hätte Elathalion mich getötet. Mir ist fast so, als wäret ihr ein Geschenk der Götter, Rhuna.«

»Sagt nicht so etwas… Ihr macht mich ganz… verlegen«, wehrte sich Rhuna und krümmte sich vor Schmerzen. Die Holde hielt sie fest. Brannon spürte, wie neugierig seine Goldene Dame den Anblick des nahen Todes beobachtete.

»Unser Spiel ist noch nicht zu Ende!« hatte Elathalion der Goldenen Dame zugerufen… Brannon verbarg aber sein Unbehagen in Gegenwart der Unsterblichen. Spielte die Holde vielleicht genauso mit dem Schicksal der Menschen wie ihr Vater? Wenn auch auf eine andere Art und Weise?

Er vernahm ein leises Raunen und Wispern. »Die anderen wünschen, daß du gehst, Brannon!« sagte die Goldene Dame plötzlich. »Diesen Wunsch kann ich ihnen nicht abschlagen. Du hast schon zum zweiten

Mal den Tod in diese Welt gebracht. Der Schmerz ist unerträglich geworden. Nicht nur deine Begleiterin bedarf der Heilung.«

»Ja, ich weiß!« Der Ritter erhob sich langsam und ließ Rhunas Hand los. »Ich verstehe Euch sehr gut.« Er blickte zu den kaum erkennbaren Schatten hinüber. »Ich habe das alles nie gewollt!« Noch einmal erhob sich das Raunen, dann bemerkte Brannon, wie ihn funkelnder Nebel einhüllte. Auf die gleiche Weise war er mit Caellins Leib entrückt worden.

Sein letzter Blick galt der Magierin. Er wußte, daß er sie nicht wiedersehen würde, zumindest nicht in diesem Leben. Alles erschien ihm plötzlich so fern und unwirklich. Fast so, als ob er alles nur geträumt hatte.

Benommen stützte sich Brannon gegen die nasse Baumrinde. Er schüttelte den Kopf, um wieder zu sich zu kommen, und sah sich überrascht um. Eben hatte er doch noch vor dem Felsen gestanden!

Stirnrunzelnd faßte er sich an die schmerzende Schulter und ertastete eine klebrige Flüssigkeit. Blut? Wann hatte er die Wunde davongetragen?

Brannon war plötzlich wieder hellwach. Er hatte nicht geträumt, auch wenn er sich nicht mehr an alle Einzelheiten seines Aufenthaltes in der Feenwelt erinnern konnte. Aber eines entsann er sich ganz deutlich. Er hob die Hand und riß die Kette von seinem Hals. Diesmal ging es ganz leicht – vielleicht waren die darin wohnenden Zauber gewichen – aber er wollte sein Glück nicht weiter auf die Probe stellen. So schleuderte er den Schmuck in das nächste Gebüsch.

Auf der Lichtung vor ihm herrschte Unruhe. Brannon trat aus dem Unterholz und sah, wie sich seine Männer vor dem Felsen scharten, den Stein untersuchten, und dabei laut durcheinander redeten.

Der Ritter lächelte. »Ich bin hier!«

Die Männer verstummten und drehten sich um. Sie starrten Brannon an, als sei er ein Geist – allen voran Rhodri.

»Es ist vorbei. Die Jagd ist vorüber!« erklärte Brannon.

»Wo warst du?« fragte der Barde und trat vor die anderen. »Die meisten von uns sind durch das grelle Licht wach geworden, das plötzlich aufflammte. Unser Gast und du, ihr wart verschwunden!« Rhodri sah sich um. »Was ist mit der Dame Ynlais geschehen? Wo hast du sie zurückgelassen?«

»In jenem verwunschenen Reich, in dem ich bereits Caellin verlor. Wir werden Rhuna Ynlais nicht wiedersehen, Rhodri«, erklärte Brannon müde. »Doch dringe jetzt nicht weiter in mich. Das alles ist eine lange Geschichte, die ich dir irgendwann erzählen werde, jedoch nicht jetzt und hier.«

Sein alter Freund nickte verständnisvoll und scheuchte die neugierig gaffenden Männer davon. »Legt Euch wieder hin! Hier gibt es nichts mehr zu sehen!«

Brannon aber zog sich an sein Feuer zurück und starrte auf die verwaiste Decke und die zurückgebliebenen Habseligkeiten der Magierin. Er tat in dieser Nacht kein Auge mehr zu.

Als die Sonne am Morgen aufging, stand sein Entschluß fest: Er würde in den nächsten Tagen zu Baronin Liovan reiten und sie bitten, ihn von seinem Lehenseid zu entbinden. Er konnte nicht länger an diesem Ort leben, der ihn immer an die Schuld erinnern würde, die so schwer auf seiner Seele lastete: Caellins Tod nicht verhindert und Rhunas beinahe herbeigeführt zu haben.

Er konnte nicht weiterleben, so als sei nichts geschehen. Das widersprach seinem Ehrgefühl. »Ich werde den Rest meines Lebens allein Rondra weihen, um mich Caellins und Rhunas Opfer weiterhin würdig zu erweisen!« schwor sich Brannon.

So bemerkte er nicht, wie sich ein Waffenknecht bückte, nachdem er sich hinter einem Gebüsch erleichtert hatte. Der Mann hob einen kleinen, glitzernden Gegenstand auf, starrte ihn verwundert an und stopfte die Kette verstohlen in seine Taschen.

25. KAPITEL

Erkenntnisse

Merydwen erwachte zitternd. Sie schnappte nach Luft und versuchte, ihre Gedanken zu ordnen. Die Bilder des neuen Traums standen deutlich vor ihren Augen. Benommen setzte sie sich auf und zog die Beine an den Körper. Immer noch war ihr kalt. Warum zeigte sich dieser zweite Traum so deutlich wie der erste, obwohl sie sich die ganze Zeit als Beobachterin fühlte?

Unwillkürlich blickte sie zu Lughaid hinüber, der sich unruhig im Schlaf herumwälzte und unzusammenhängende Worte brabbelte. Sie wurde hellhörig, als sie einige davon verstand: »Schuld sühnen... Rhodri, du mußt es verstehen...«

»Rhodri?« fragte Merydwen überrascht. Das war doch der Name von Brannons Waffengefährten und Freund gewesen. Bedeutete das etwa, daß Bran... Lughaid das gleiche träumte wie sie selbst? Sie musterte den jungen Mann genauer und zuckte heftig zusammen. Bisher hatte sie alles als Hirngespinste und Zufall abgetan, jetzt konnte sie das nicht mehr. Die beiden Träume konnten kein Zufall sein.

In diesem Augenblick schreckte Lughaid mit einem Keuchen und weit aufgerissenen Augen auf. »Drei Mal verdammt sei dieser...«

»...hochmütige Fürst der Holden!« ergänzte Merydwen seinen Satz. Ruckartig drehte Lughaid den Kopf zu ihr und starrte sie überrascht an. »Woher weißt du das?«

Merydwen zuckte mit den Schultern. »Ich träumte von Ritter Brannon und einer Magierin, die sich diesem verrückten Feenherrscher entgegenstellten.«

»Das tat auch ich. Es ging um eine alte Fehde. Ich hatte das Gefühl, mitten im Geschehen zu stehen. Ich war Ritter Brannon!« meinte Lughaid mehr zu sich selber. »Das war nicht das erste Mal. Vor ein paar Nächten, als wir in dieser seltsamen Ruine übernachteten...«

»...hatte auch ich einen Traum, von einer jungen Edeldame namens Caellin«, fügte Merydwen hinzu. »Schon damals fühlte ich mich so eng mit ihr verbunden. Und je mehr ich darüber nachdenke, desto mehr komme ich zu dem Schluß, daß ich selbst – sie war.« Die Bardin schüttelte den Kopf. Die Worte der alten Frau im Wald fielen ihr wieder ein. »Ihr müßt noch so viel wissen. Über Brannon und Caellin – und ihren größten Feind Elathalion!« murmelte sie leise. »Lughaid, die Alte im Wald, das war Rhuna. Die Magierin, mit deren Hilfe dieser Ritter...« Sie setzte ihre Rede mit zitternder Stimme fort. »Mit deren Hilfe du Elathalion besiegt hast.« Sie legte ihre Hand auf die Stelle, wo unter dem Hemd die Narbe verborgen war. »Ich will mir nicht eingestehen, daß es wahr sein könnte, aber es ist die einzige Möglichkeit, die ich mir vorstellen kann. Das: Du bist Ritter Brannon und ich die Edeldame Caellin. Die Worte der Greisin waren kein wirres Gefasel...«

»Wie kommst du darauf?« Lughaid klang völlig verwirrt.

»Sie wußte, wer wir sind, und was wir träumten, und sie sprach von einem Geschenk der Zwölfgötter!« erklärte Merydwen und fügte nachdenklich hinzu: »Das klingt wie die Geschichten, die ich während meiner Reisen aufgeschnappt habe: Einige berichten von Seelen, denen Boron die Gnade der Wiedergeburt gewährt hat. Die meisten waren durch Unrecht zu früh aus dem Leben geschieden. Durch die Fürsprache eines der Zwölfe durften sie Jahre später noch einmal ein neues Leben beginnen, ohne sich zu erinnern, wer sie früher gewesen waren. Doch nur einer, Dietrad von Blautann, wurde auf Rondras und Praios Geheiß nach zwanzig Jahren mit all seinen Erinnerungen zurückgesandt, um eine Aufgabe zu erfüllen, die er noch nicht beendet hatte: Greifenfurt vom verderblichen Einfluß einer Dämonendienerin zu befreien, die die Mächtigen der Stadt wie Marionetten lenkte.«

»Und was hat diese Geschichte mit uns zu tun? Ich versuche zu verstehen, was du andeutest, doch es fällt mir sehr schwer!«

»Mir ergeht es nicht anders!« Merydwen seufzte. »Wenn ich unsere seltsamen Träume richtig deute, dann sind wir wiedergeboren worden, um eine noch nicht vollendete Aufgabe zu erfüllen. Rhuna gelang es zwar, den Feenfürsten zu bannen, doch er sprach davon, daß er sich eines Tages befreien würde! Ob er das schon getan hat oder es noch versuchen wird?«

»Wie soll ich die Antwort darauf wissen?« murmelte Lughaid und schüttelte den Kopf. »Noch vor ein paar Tagen verlief mein Leben in geruhsamen Bahnen – und mit einem Mal ist nichts mehr, wie es einmal war.« Plötzlich zuckte er zusammen. »Da war noch etwas«, fiel ihm plötzlich ein. »Darf ich den Anhänger sehen, den du um den Hals trägst?«

Merydwen runzelte die Stirn. Sie folgte Lughaids Wunsch, schnürte die Halsöffnung ihres Hemdes auf und zog Tjorbis Geschenk hervor. »Aber das ist ja der Schmuck, den dieser Feenfürst – Elathalion – Caellin schenkte!« stieß sie hervor und umklammerte den Anhänger. Der Schmuck erwärmte sich in ihrer

Handfläche. »Ich glaube, wir brauchen uns nicht länger zu fragen, ob der Fürst sich befreit hat. Die Alte im Wald, Rhuna, hat uns sagen wollen, daß er zurückgekehrt ist, und uns einzuweihen versucht! Ihr Zwölfe steht uns bei! Nun fügt sich alles zusammen: Wir waren einander so vertraut, weil wir uns in jenem früheren Leben kannten und liebten. Rhuna erkannte in dir Ritter Brannon wieder… und der Schmuck kehrte zu mir zurück, weil ich ihn schon einmal getragen habe.« Plötzlich wurde ihr kalt. »Was ist, wenn der Zauber trotz Rhunas Bemühungen wieder wirkt? Dann weiß Elathalion bereits, wo ich mich aufhalte!« Merydwen versuchte erfolglos den Anhänger abzureißen. Statt dessen schrie sie auf und starrte auf ihre verbrannte Handfläche. Dort zeichneten sich die Umrisse des Anhängers ab. »Was ist das?« Die Bemühungen, die Kette über den Kopf zu ziehen oder den Verschluß zu öffnen, schlugen fehl. Ihr war, als hinderten sie unsichtbare Hände daran. »Er geht nicht mehr ab!«

Merydwen sah Lughaid hilfesuchend an. Der schwarzhaarige Mann versuchte nun, sie von dem Schmuck zu befreien. Kaum berührte er die Kettenglieder, schob Merydwen seine Hände wieder weg. Sie hatte das Gefühl, daß sich die Kette mitsamt Anhänger in ihre Haut brennen wollte. Ihre Augen tränten vor Schmerz. »Nein, so geht das nicht!« stieß sie gequält hervor. »Wir müssen damit leben, daß dieser Fürst uns finden kann, wann immer er will. Ob er das schon getan hat?« Die Bardin wurde blaß, als eine schreckliche Ahnung in ihr aufstieg. »Elathalion war voller Wut und Haß. Wie könnte er uns mehr schaden, indem er uns das nimmt, was wir am meisten geliebt haben? Unsere Heimat, unsere… – Bei den Zwölfen, Elathalion hat meine Familie umgebracht!«

Lughaid hatte ihr die ganze Zeit schweigend zugehört. Nun runzelte er die Stirn: »Wie kommst du darauf? Welchen Beweis haben wir dafür?«

Merydwen biß sich auf die Lippen. »Das sagen mir Gefühl und Verstand. Der Zauber kann keinem menschlichen Geist entsprungen sein. Und eine dämonische Kreatur würde diesen feinen Unterschied zwischen Mensch und Tier nicht machen.« Sie holte tief Luft. »Außerdem haben wir bereits einen solchen Zauber erlebt: Als der Feenfürst Caellin entführte, verwandelte er einen Wächter in Eis. Genauso wie die mächtige Farindel Wipfelwald über die Bäume in ihrem Reich gebietet, so sind dem Feenfürsten Elathalion Gletscherwind die Kräfte des Eises untertan. Mit einer Geste bringt er den Winter, mit einem Hauch seines Atems läßt er den Leib und die Seele eines sterblichen Wesens erstarren«, zitierte sie aus einer alten Legende. »Ich bin mir ganz sicher – er hat meine Eltern und Brüder umgebracht.«

»Ich möchte das gerne glauben«, sagte Lughaid zögernd. »Aber ich habe meine Zweifel. Wie kann der Feenfürst noch so mächtig sein, wenn es Rhuna und Brannon gelang, ihn seiner körperlichen Existenz zu berauben und zu bannen?«

»Ich weiß es nicht!« Merydwen faßte einen Entschluß. »Bestimmt kennt Rhuna die Antwort auf unsere Fragen und weiß einen Weg, wie ich diesen verdammten Schmuck loswerden kann! Wir müssen sie finden, koste es, was es wolle ...«

»Und was ist mit unseren Verfolgern?« gab Lughaid zu bedenken. »Hast du Junker Aethelred vergessen? Wenn wir dem in die Hände geraten, ist es auch mit unserem zweiten Leben vorbei!«

Merydwen nickte. »Den habe ich ganz bestimmt nicht vergessen.« Sie holte tief Luft und betrachtete den Anhänger. Das Juwel funkelte schwach. »Was hat unsere Flucht jetzt noch für einen Sinn? Selbst wenn wir dem Edlen entkommen, wird uns der Schatten Elathalions weiter verfolgen.« Sie seufzte. »Und eines Tages wird uns unsere Schuld einholen, weil wir dem Offensichtlichen nicht gefolgt sind. Diese Träume wurden uns nicht ohne Grund gesandt.«

Lughaid legte den Arm um Merydwen. »Du hast recht. Vorsicht ist nun nicht länger angebracht. Schon um deiner Familie willen sollten wir nicht davonlaufen. Hoffentlich hat Aethelred der alten Frau nichts angetan!«

Rhuna saß hinter einem von Aethelreds Waffenknechten und umschlang seinen Leib mit den Armen. Dem Mann behagte das nicht sonderlich, denn es schmerzte ihn immer wieder, wenn sie sich bei einer überraschenden Bewegung des Pferdes stärker an ihm festhielt.

Die Tränen schossen Rhuna in die Augen, und sie stöhnte leise auf, als Schmerz durch ihren Körper jagte. Schon als junge Frau hatte sie es nicht gemocht, auf Pferden zu sitzen. Und jetzt, da der Sattel die Stöße nicht abfing, spürte sie jeden Schritt des Tieres nur noch mehr. »Warum sind Sumus Leib nur so unbequeme Tiere entsprungen«, murrte sie leise. Seit dem gestrigen Mittag begleitete sie den Edlen von Falkraun. Im Gegensatz zu seinen Männern schien der Adlige ihr gegenüber keine Furcht zu spüren. »Ich bin viel in der Welt herumgekommen und habe so einiges erlebt!« hatte er irgendwann am Abend geäußert und sich mit ihr über Kuslik, das Liebliche Feld und andere Gegenden unterhalten. Rhuna hatte Blut und Wasser geschwitzt und so unverfänglich geantwortet, wie es ihr möglich war. Noch immer wußte sie nicht, was sie von der Freundlichkeit des Edelmannes halten sollte. Der verriet mit keiner Miene, wie weit er ihr glaubte. Zumindest hatte er noch jede Einzelheit ihrer Begegnung mit den beiden Flüchtigen wissen wollen, nachdem die Reiterschar bis zum Abend nichts gefunden hatte.

Rhuna seufzte. Sie spürte, daß die Kräfte sie immer mehr verließen. Verzweiflung stieg in ihr auf. Lyrets Gabe der Lebenskraft war in dem Maße geschwunden, wie die Kraftlinien des Waldes vor ihren Augen verblaßten. Die Magierin rieb sich die Stirn. Auch ihre Erinnerung ließ nach. So konnte Rhuna sich nur noch an wirre Fetzen ihres Traumes aus der vergangenen Nacht erinnern. Aber wenn sie jetzt die Hoffnung verlor…

Rhuna schrak auf, als der Reitertrupp anhielt. Neugierig schaute sie über die Schulter des Mannes vor sich.

Aethelred von Falkraun befragte ganz offensichtlich einen Wanderer, der ihm entgegen gekommen war. Rhuna konnte nur die Beine des Fremden sehen, bis das Pferd des Edlen einen Schritt zur Seite tänzelte.

Die Magierin zuckte heftig zusammen. Der Bursche war schlank und hochgewachsen wie ein Elf. In der derben Kleidung konnte man ihn leicht für einen Jäger halten. Statt eines Bogens und Köchers zeigte sich jedoch der Hals einer Laute über seinem Rücken. Schulterlanges weißblondes Haar umgab ein schmales Gesicht mit tiefen Schatten unter den Augen. Bei Hesinde, das war Gwyn, Lyrets Sohn! Der Mann, der Elathalions Geist in sich beherbergte!

Rhuna verbarg sich hinter dem Rücken des Waffenknechtes, damit der Hellhaarige sie nicht zufällig sah.

Sie bebte vor Zorn und erwog, Lyrets Sohn hier und jetzt anzugreifen. Die Überraschung würde auf ihrer Seite sein, und die Gelegenheit schien günstig, denn er wirkte sehr erschöpft.

Die Magierin legte eine Hand auf ihren Stab, der am Sattel des Pferdes befestigt war, zog sie dann aber ernüchtert zurück. Was wollte sie allein gegen den Feenfürsten ausrichten? Sie hatte Elathalion schon einmal unterschätzt und dabei fast ihr Leben verloren. Er war sicher nicht so wehrlos, wie er im Augenblick wirkte.

Außerdem war sie von Menschen umgeben, die von der alten Feindschaft nichts ahnten und sie an ihrem Plan hindern würden, ehe sie Gwyn schaden konnte.

Rhuna blieb nichts weiter, als ihren Feind zu beobachten. Sie versuchte, dem Gespräch der beiden Männer zu lauschen, verstand aber kein einziges Wort.

Gerade, als sie einen Zauber einsetzen wollte, um ihre Sinne zu verstärken, hob Aethelred von Falkraun seine Hand und bedeutete seinen Männern, ihm zu folgen. Gwyn trat beiseite und ließ die Reiterschar passieren.

Rhuna zog unwillkürlich die Kapuze ihres Umhanges über den Kopf. Der Waffenknecht schob die alte Frau unwillig zurück, als sie sich schutzsuchend an ihn schmiegte. »Laß das sein, Frau!«

Verstohlen blickte die Magierin unter dem Stoff hervor. Als sie an Gwyn vorüberkam, hielt sie kurz die Luft an. Der junge Mann stand reglos da, als würde er in sich hinein lauschen. Ein Lächeln umspielte seine Lippen. Dann hob er plötzlich den Kopf und sah in ihre Richtung. Rhuna hielt die Luft an. Gwyn blickte an ihr vorbei, nickte und huschte dann in den Wald.

Die alte Frau fror. Hatte der Feind sie wirklich nicht bemerkt, oder wollte er das nur vor ihr verbergen? Diese Frage beschäftigte sie noch, als Gwyn schon längst außer Sicht war.

26. Kapitel

Unter Gauklern

»Glaubst du wirklich, wir werden Rhuna finden?«
fragte Lughaid Merydwen. Es ging bereits auf Mittag
zu, und noch immer hatten sie keine Spur von der
alten Frau entdeckt. Die Bardin sah ihn an. »Rhuna ist
unsere einzige Hoffnung!« antwortete sie mit finste-
rem Gesichtsausdruck. »Wir müssen sie finden! Sie
kann doch nicht einfach vom Erdboden verschwinden.«

»Es sei denn, Junker Aethelred hat die Greisin verschleppt!« unkte Lughaid. »Das hieße für uns, sich
mitten unter das Wolfsrudel zu begeben!«

»Welches Interesse kann der Edelmann denn schon
an einer alten Frau haben...« Merydwen runzelte die
Stirn. »Beschwöre das Unheil nicht herauf, Lughaid.
Eines frage ich mich schon eine ganze Weile: Als ihr
euch damals begegnet seid, kann sie nicht viel älter
gewesen sein als ich, vielleicht Mitte Dreißig, aber jetzt
muß sie an die acht Jahrzehnte zählen.«

»Die Frage kann ich dir nicht beantworten...« Lughaid hob den Kopf. Er hatte aus der Richtung, in
die sie wanderten, Stimmen gehört. »Da vorne ist jemand!«

Schnell huschten sie an den Wegrand und gingen im
Schatten der Büsche und Bäume weiter. Hinter der
nächsten Biegung lichtete sich der Wald, und sie sahen

weites Heideland vor sich. Noch im Schutz der Bäume, vielleicht hundert Schritt voraus, standen sechs bunt bemalte Wagen. Die Zugpferde weideten friedlich daneben, bewacht von zwei jungen Männern. Vor den Tieren spielten ein paar Kinder Fangen. Gewiß gehörten noch mehr Leute zu der Sippe.

»Das sind Fahrende!« stellte Merydwen fest. »Die kommen viel herum und sehen eine ganze Menge. Vielleicht haben sie die alte Frau oder unsere Verfolger gesehen. Je mehr wir wissen ...«

»Warte! Übereile nichts!« Lughaid hielt Merydwen an der Schulter zurück, bevor sie aus dem Schatten treten konnte. In ihrer Lage konnten sie es sich nicht leisten, unvorsichtig zu sein. Ärgerlich sah die Bardin ihn an. »Von den Fahrenden droht uns keine Gefahr!«

»Bist du dir da so sicher? Wir wissen nicht, woher sie kommen!« knurrte Lughaid unwillig. »Und wenn sie uns erkennen? Glaubst du, die würden zögern, an uns ein paar Dukaten zu verdienen? Diesem goldgierigen Pack ist nicht zu trauen!«

Merydwen funkelte Lughaid böse an. »Bevor ich Tjorbi begegnet bin, habe ich mich für einige Monate einer Gauklertruppe angeschlossen! Willst du mir jetzt auch nicht mehr vertrauen?« fuhr sie ihn an.

Verlegen hob Lughaid die Hände. »Schon gut«, grummelte er. »Aber in unserer Lage sollten wir vorsichtig bleiben!«

Merydwen nickte ihm zu. »Mach dir keine Sorgen! Die meisten Fahrenden besitzen auch eine Art von Ehre«, beruhigte sie ihn und trat aus dem Schatten der Bäume. Langsam ging sie auf die Wagen zu und hob, als die Menschen sie bemerkten, den Arm zum Gruß.

Lughaid, der ihr zögernd folgte, bemerkte, daß Merydwen nicht nur einfach winkte. Gab sie den Fahrenden etwa Zeichen? Der junge Mann biß sich auf die Lippen. Er war jetzt vogelfrei und konnte nicht mehr wie früher auf die heimatlosen Gaukler herabsehen, sondern war auf deren Freundschaft angewiesen.

Eine hochgewachsene Frau mit kurzem blonden Haar, enganliegendem Wams und knapp geschnittener Hose, unter der sich die Muskeln abzeichneten, sowie ein kleiner drahtiger Norbarde traten auf Merydwen zu, als sie die Wagen fast erreicht hatte. Ein zottiger Hund schoß unter einem der Karren hervor, blieb dicht vor Merydwen sprungbereit stehen und knurrte sie drohend an. Die anderen Angehörigen der Gruppe musterten die beiden Ankömmlinge neugierig.

»Der Wind in Eurem Rücken, Phex und Rahja an Eurer Seite! Ich bin Wanderfalke und das ist mein Gefährte Brannon!« stellte Merydwen sich und ihren Begleiter vor.

Die Blonde runzelte die Stirn. »Woher kennst du unsere Zeichen? Du siehst mir nicht wie eine von uns aus!« Dann deutete sie auf Lughaid, der zusammenzuckte. »Und der da schon gar nicht!«

Der Norbarde nickte zustimmend. »Eine Bardin willst sein, Meidl? No, wo hast gleich dein Instrument poftim?«

Merydwen hob die Hände und erklärte mit großer Geste: »Das ist eine lange Geschichte. Erlaubt mir, sie Euch zu erzählen!«

»Nur zu!« meinte die Blonde.

Lughaid blickte verwirrt von einem zum anderen. Woher wußten die beiden Gaukler, daß Merydwen eine Bardin war? Hatte er da die entscheidenden Worte überhört?

»Ihr wollt wissen, wo mein Instrument geblieben ist? Eifersucht und Mißgunst haben es zerstört!« begann Merydwen und warf Lughaid einen beruhigenden Blick zu. »Vor einigen Tagen fand ich Aufnahme auf dem Gut eines Edelmannes, um aufzuspielen. Oh, ich hätte es besser wissen müssen, als ich vor ihm und seiner Gemahlin sang. Doch ich dachte an den Lohn, den man mir versprochen hatte, wenn ich noch einige Tage bliebe. In der Nacht kam der Herr dann zu mir und versuchte mich zu überreden, mit ihm Rahjas Becher zu leeren. Er war stattlich, aber so sehr wie ihn die Göttin mit Durst nach ihrem Nektar erfüllt hatte, so sehr wurde seine Gemahlin von Zorn über den Untreuen erfüllt. Und ihr wißt, wer dann darunter leiden muß. Sie ließ mich mit Schimpf und Schande von ihrem Gut jagen, nachdem sie meine Besitztümer zerstört hatte. Nur Brannon stand mir bei und wich seither nicht mehr von meiner Seite.« Merydwen legte die linke Hand auf das Herz, mit den Fingerspitzen der Rechten berührte sie kurz den Mund.

Lughaid nickte hastig. Ihm war nicht wohl bei der Sache. Warum mußte Merydwen so nah bei der Wahrheit bleiben?

»Und wo soll des alles sein g'wesen?« hakte der Norbarde nach.

»Auf Gut Conneleigh, hier im Crumoldschen!« entgegnete Merydwen ungerührt. »Glaubt mir, die Herrin ist ein unleidliches Frauenzimmer. Mit der ist nicht gut Kirschen essen!«

Nur mit Mühe konnte Lughaid sein Erschrecken über diese freche Lüge verbergen.

Die blonde Frau nickte. »Danke für den Hinweis. Wir wollten ohnehin nicht mehr im Abagundischen verweilen, sondern hinüber nach Kyndoch. Dort findet am nächsten Windstag ein großer Markt statt!« Sie trat einen Schritt vor und streckte die Hand aus. »Halika Eiriksdottir, und der Kleine hier ist Wasjeff. Seid willkommen!«

Merydwen ergriff die Hand. »Ich danke dir!« erklärte sie sichtlich erleichtert und winkte Lughaid zu sich heran. »Mein Gefährte ist bisher ein Seßhafter gewesen und kennt unsere Sitten und Gebräuche nicht, deshalb wundert euch nicht über ihn!«

Verlegen und ein wenig in seinem Stolz gekränkt blickte Lughaid zu Merydwen und dann auf die anderen. »Ich danke Euch für die gastliche Aufnahme!« murmelte er.

Halika reichte auch ihm die Hand und grinste breit. Selbst der Hund wedelte nun freundlich mit dem Schwanz. Es schien, als hätten die Worte der Bardin das Eis gebrochen.

Merydwen schlug zum letzten Mal die Saiten der kleinen Harfe an und reichte sie dann dem eigentlichen Besitzer zurück, der zufrieden nickte. Wie lange sie gesungen und gespielt hatte, wußte sie nicht, aber die Sonne war schon ein gehöriges Stück auf den Horizont zugewandert. Nun saßen sie alle um eines der beiden Kochfeuer und sahen zu, wie ihr Abendessen in den Töpfen über dem Feuer garte.

Merydwen schüttelte die steifen Finger aus und rieb sie dann gegeneinander. Nun, nachdem sie ihre Kunstfertigkeit bewiesen hatte, schienen auch die letzten mißtrauischen Blicke verschwunden zu sein – soweit es sie betraf. Die meisten Gaukler blieben aber Lughaid gegenüber zurückhaltend und beobachteten ihn aufmerksam. Merydwen lächelte nachdenklich. Ihr war es in den ersten Jahren ihres Wanderlebens auch nicht besser ergangen. Erst jetzt – nach über einem Jahrzehnt – wurde sie von denen, die ihr ganzes Leben auf der Straße verbracht hatten, als Freundin betrachtet.

»Wir sollten nicht länger als nötig bei den Fahrenden bleiben, da wir jetzt schon kostbare Zeit verloren haben. Länger als bis zum Morgen können wir nicht bei ihnen verweilen«, flüsterte ihr Lughaid zu.

»Das habe ich auch nicht vor – aber es wäre unhöflich, nur ein paar Worte mit den Menschen hier zu wechseln und sich dann schon wieder zu verabschieden. Eine Ablehnung ihrer Einladung würde uns Halika übelnehmen«, erwiderte Merydwen. »Das könnte uns schaden, wenn die Gaukler danach auf unsere Verfolger treffen!«

Lughaid runzelte die Stirn. »Gehört das zu den erwähnten Sitten?«

»Warum sollten die Gebräuche der Fahrenden so anders sein als die der Seßhaften?« fragte Merydwen. »Auch ihnen ist Travias Gastrecht heilig; die Einladung auszuschlagen, wäre eine Beleidigung der Göttin gewesen!«

Lughaid seufzte. »Kaum bin ich weg von Falkraun, sehe ich die Welt mit anderen Augen. Früher habe ich den Gauklern zwar gerne zugesehen, wenn sie in Thunderbach oder auf Falkraun auftraten, aber ich glaubte, sie wären zügellos und den Zwölfen wenig zugetan.« Er blickte sich um. »Ich habe mich geirrt!«

Merydwen wollte ihm antworten, doch bevor sie dazu kam, setzte sich Halika neben sie und reichte Lughaid und ihr die Hälften eines gefüllten Fladenbrotes. »Du spielst gut. Bist du weit herumgekommen?«

»Wenn man das Yaquirtal und Chababien weit nennen kann, dann ja. Allzu tief in den Süden oder Osten hat es mich auf meinen Reisen nicht verschlagen«, erwiderte Merydwen zwischen zwei Bissen. »Man warnte mich immer davor, nach Mengbilla oder gar Al'Anfa zu gehen!«

Die blonde Frau lachte auf. »Das ist klug, aber nicht sehr mutig!« meinte sie belustigt. »Allerdings beherzige ich das auch, seit ein paar Freunde in die Sklaverei verschleppt wurden.« Halika seufzte. »Hier ist es zwar auch nicht leicht sich durchzuschlagen, doch man landet hier wenigstens nicht gleich auf einer Plantage oder Galeere!«

»Nein, das nicht«, bestätigte Merydwen mit einen Seitenblick auf Lughaid. »Aber sie halten ihre Geldbörsen und Gefährten fest!« Halika amüsierte die Bemerkung. Sie klopfte Merydwen auf die Schulter. »Gut gesprochen! Wie heißt du eigentlich? Wanderfalke nennen sich ziemlich viele Sänger und Musikanten! Da verliert man den Überblick!«

»Caellin von Heidkryz!« antwortete Merydwen und benutzte einen häufigen Dorfnamen im Abagundischen.

Halika nickte. »Caellin ist ein Name, den man sich merken kann! Seid ihr aus dieser Gegend?«

»Hm, ja…«, erwiderte Merydwen. Sie überlegte, wie sie das Gespräch auf Rhuna bringen konnte. Doch Lughaid kam ihr zuvor. Er schien den gleichen Gedanken gehabt zu haben: »Ja, wir kommen beide aus dem Crumoldschen.« Er setzte eine besorgte Miene auf. »Dann habe ich noch eine Frage an Euch. Als wir das Gut fluchtartig verließen, wollten wir bei meiner Großmutter unterschlüpfen, aber sie war nicht zu finden. Nun mache ich mir Sorgen um sie. Ihr müßt wissen, sie ist ein wenig sonderlich und hält sich noch immer für eine junge, abenteuerlustige Frau. Ich mache mir sogar ziemliche Sorgen um sie. Habt ihr die alte Frau vielleicht gesehen? Sie trägt derbe Hirtenkleidung und einen runenverzierten Stab.«

Halika runzelte die Stirn. »Wenn ich eine solche Frau gesehen hätte, dann würde ich mich bestimmt dran erinnern. Sie ist nicht zufällig eine Hex'?«

»Nein!« wiegelte Lughaid entschieden ab. »Meine Großmutter ist keine Hexe…«

Jemand rief Halika vom Lagerrand aus etwas zu. »Ja, was ist, Alrik?« brüllte die Anführerin der Gaukler zurück und entschuldigte sich bei Merydwen und

Lughaid: »Wartet einen Augenblick. Da stößt noch jemand zu uns!«

Während sie aufsprang und hinter einem der Wagen verschwand, murmelte Lughaid besorgt: »Wenn das...«

Merydwens Herz schlug schneller. Sie blickte rasch in die Runde. Die Gaukler schienen nicht beunruhigt zu sein. Das wäre nicht der Fall, wenn sich ihnen ein bewaffneter Reitertrupp nähern würde. »Mach dir keine Sorgen«, raunte sie Lughaid zu, der schon eine Hand auf seinen Dolch gelegt hatte. »Uns droht keine Gefahr!«

»Woher willst du das wissen?« knurrte Lughaid zurück.

Merydwen runzelte die Stirn. Hatte sie etwas Falsches gesagt? Oder war er einfach nur eingeschnappt, weil sie hier im Lager die Führung übernommen hatte? Sie deutete auf die Umsitzenden: »Würde hier noch jemand seiner Arbeit nachgehen, wenn ein Trupp Bewaffneter herangaloppiert käme?«

Dann reckte sie den Hals, um erkennen zu können, wen Halika da begrüßte und ins Lager einlud. Der Mann war ein Barde, wie die Laute auf seinem Rücken verriet. Nun schlug der schlanke Fremde seinen Umhang zurück. Helles Haar flatterte im aufkommenden Wind und enthüllte die ein wenig spitzen Ohren eines Halbelfen.

»Das kann doch nicht wahr sein!« Merydwen schüttelte fassungslos den Kopf. Dieses Gesicht hatte sie jahrelang in ihren Alpträumen verfolgt. »Das ist Gwyn«, flüsterte sie und ballte die Hände zu Fäusten. Sie begann vor Wut zu zittern. Ich wünschte, meine Kräfte würden meinem Willen gehorchen, dachte sie. Dann...

Gwyn durfte nicht bemerken, wie aufgeregt sie war. Merydwen atmete tief ein und aus und erhob sich langsam. Lughaid wollte ihr folgen, doch sie hielt ihn mit einer Handbewegung zurück. »Das geht nur mich und ihn etwas an«, erklärte sie leise. »Bitte misch dich nicht ein!«

Lughaid verzog das Gesicht. Er schien mit ihrer Entscheidung ganz und gar nicht einverstanden zu sein, billigte aber ihren Wunsch.

Merydwen sah Gwyn entgegen. Der hellhaarige Halbelf blieb stehen, musterte sie von Kopf bis Fuß und runzelte die Stirn. Dann umspielte ein freudiges Lächeln seinen Mund. Im nächsten Augenblick eilte er auf die Bardin zu und zog sie in seine Arme. »Verdammt sollst...« Gwyn erstickte Merydwens Protest mit einem Kuß. Die Bardin war zu überrascht, um sich dem Griff des Halbelfen sofort zu entwinden.

Erst nach einigen Augenblicken wehrte sie sich gegen Gwyns Umarmung und stieß ihn von sich weg. »Laß mich los du... Mistkerl!« zischte sie den ehemaligen Geliebten an und wich einige Schritte zurück. Dabei stieß sie gegen Lughaid. »Verschwinde aus meinen Augen, Gwyn! Du bist ein Lügner und ein Dieb!«

Das genügte, um auch die letzten Gaukler anzulocken. Im Halbkreis versammelten sie sich um die Streitenden. Merydwen ließ Gwyn nicht aus den Augen.

»Bitte, verzeih mir mein Ungestüm, Liebste!« erklärte der Halbelf mit weit ausgestreckten Armen. »Ich kann dir erklären, warum ich dich damals allein ließ, Me...«

»Halt den Mund, du Heuchler!« schnitt Merydwen ihm das Wort ab, ehe Gwyn ihren richtigen Namen voll aussprechen konnte. »Ich weiß genau, warum du mich damals hast sitzen lassen! Du mußt dich nicht herausreden: Nachdem der Winter vorüber war, brauchtest du keinen warmen Platz am Herd mehr und noch weniger das Mädchen, das dir die Nächte mit Rahjafreuden versüßte. Schon gar nicht, nachdem Tsa ihren Leib gesegnet hatte!«

Gwyns graue Augen blitzten erstaunt auf. »Das habe ich nicht gewußt! Warum hast du mir nichts davon erzählt? Ich wäre bei dir geblieben!«

Merydwen schnaubte. »Damals war ich ein dummes Ding und habe nicht bemerkt, daß du nicht vorhattest, auch nur eines deiner Versprechen zu halten: Wolltest du mich nicht auf deine Reisen mitnehmen und mich all deine Lieder lehren?« Sie trat auf den Halbelfen zu. »Spar dir deine schönen Worte, Gwyn. Glaub ja nicht, daß ich noch einmal auf deine Schmeicheleien hereinfalle!«

Lughaid stand dicht hinter Merydwen und kochte vor Wut. Nur ihre Bitte, sich aus dem Streit herauszuhalten, hielt ihn zurück. Das war also der Mistkerl, durch den Merydwen alles verloren hatte! Nur zu gerne hätte er den hochmütigen Schönling aus dem Lager geprügelt, der Merydwens Anschuldigungen mit einem hämischen Lächeln auf den Lippen anhörte. Nein, der bereute nichts und meinte keines seiner Worte ernst. »Merydwen, die Vergangenheit ist nicht mehr ungeschehen zu machen«, sagte Gwyn. »Ich kann dir nur versichern, daß ich alles sehr bedauere.«

»Bitte erspare dir dein Gefasel!« entgegnete Merydwen scharf. »Ich bin kein unerfahrenes Kind mehr, das du leicht um den Finger wickeln kannst.«

»Das ist wahr! Du bist in den vergangenen Jahren noch schöner geworden«, erwiderte Gwyn. »Was habe ich da nur für einen Schatz aufgegeben!« Er warf einen Blick auf Lughaid. »Willst du mir nicht wenigstens deinen Begleiter vorstellen, Merydwen? Ist das dein ... Mann?«

Lughaid ballte die Fäuste und erwiderte den spöttischen Blick Gwyns. Der junge Waffenknecht war kurz davor, die Beherrschung zu verlieren. Obgleich die Unterhaltung harmlos schien, las er aus jedem Wort des Halbelfen eine Beleidigung. Das lag allein am Tonfall. Warum bemerkten die anderen, allen voran Merydwen, das nicht?

Lughaid trat an ihre Seite und sah sie an. Die Bardin öffnete den Mund, doch er kam ihr zuvor. »Wer ich bin, das tut hier nichts zur Sache. Ich bin ihr treuer Freund – und als solcher weiß ich genau, wann Merydwen nicht mehr mit Euch reden möchte, Gwyn« erwiderte er noch höflich und fügte in schärferem Ton hinzu: »Also respektiert ihren Wunsch und laßt uns allein!«

Gwyn zog eine Augenbraue hoch. Sein rechter Mundwinkel zuckte, während er sich wieder an Merydwen wandte. »Soll unser Wiedersehen so plötzlich enden, Merydwen? Bitte, hör mich an, ich habe dir noch so viel zu sagen! Schließlich verbindet uns eine ganze Menge. Wir sollten darüber reden. Allein!« sprach er sie eindringlich an. Dann nahm seine Stimme einen verächtlichen Ton an. »Ich wundere mich, Liebes, kann mich doch noch erinnern, daß du niemals einen jüngeren Gefährten haben wolltest. Die seien dir zu unerfahren ...«

Lughaid schüttelte Merydwens Hand ab und sprang vor, um den Barden am Kragen zu packen. »Laß uns vor das Lager gehen, dann werde ich dir die Abreibung geben, die du verdient hast!«

Gwyn sah ihn herablassend an. »Ich habe keinen Streit mit dir.«

Im nächsten Augenblick wurde Lughaid von kräftigen Händen zurückgerissen. Er wehrte sich gegen den Griff Alriks und des Norbarden Wasjeff, während Halika und ein anderer Mann den Halbelfen festhielten.

Das Eingreifen der Gaukler brachte den jungen Mann zur Besinnung. Wozu hatte er sich da nur hinreißen lassen? Gwyn hatte das absichtlich herausgefordert. Aber ob er die Fahrenden damit auf seine Seite brachte, stand noch in den Sternen.

Halika blickte finster auf Merydwen, Gwyn und schließlich auch Lughaid. »Wir haben euch in Travias heiligem Namen Gastrecht gewährt, und ich werde nicht zulassen, daß ihr es entweiht«, zischte sie verärgert. »Ich glaube, du hast uns eine Menge zu erklären!« wandte sie sich an Merydwen.

Die Bardin verstand, wie sie das meinte. »Caellin ist nur mein zweiter Name. Ich heiße in Wirklichkeit Merydwen Caellin ni Laighann und stamme aus Havena. All die anderen Dinge stimmen, so wie ich sie euch erzählte!« Sie deutete auf Gwyn. »Nachdem dieser Mann mich schwanger zurückließ, verstießen mich meine sittenstrengen Eltern. So wurde ich zur Vagantin.«

»Und dein Kind?« fragte eine Gauklerin mitfühlend, die einen Säugling in den Armen barg.

»Es wurde tot geboren!« Lughaid bemerkte den Schmerz in Merydwens Stimme. »Versteht ihr jetzt, was ich für diesen Mann empfinde?«

»Ja!« antwortete Halika für die Gaukler. Sie ließ Gwyn los, als habe sie sich an ihm beschmutzt. Alrik und Wasjeff gaben Lughaid frei und traten zurück.

Halika blickte von einem zum anderen. »Ich kann und will keinen von euch aus dem Lager weisen. Das habe ich in Travias Namen versprochen, aber den Gastfrieden einzuhalten, fordere ich nun auch von euch dreien!«

Lughaid hätte gerne erklärt, daß Merydwen und er die Gaukler so schnell wie möglich verlassen hätten, doch die Entscheidung lag nicht allein bei ihm.

»Mein Begleiter und ich versprechen gerne, den Frieden zu wahren«, erklärte die Bardin mit einem mißtrauischen Blick auf Gwyn.

»Ich natürlich auch!« stimmte der Halbelf lächelnd zu.

»Also gut. Dann wäre erst einmal alles geklärt. Und nun sollten wir das Essen nicht weiter zerkochen lassen!« sagte Halika, um die Spannung zu lösen.

Ein besonders vorwitziger Vogel hatte sich auf einem Wagendach niedergelassen und weckte Merydwen mit seinem Morgenlied. Die Dämmerung war nicht mehr fern.

Gähnend rieb sich die Bardin die Augen und dachte an die unruhige Nacht, in der sie sich ständig von einer Seite auf die andere gewälzt hatte. Die Ereignisse der letzten Tage wühlten sie auf: Wann nahmen die Überraschungen nur ein Ende?

Merydwen drehte sich auf den Rücken und blickte hinauf zum sichelförmigen Madamal, das noch am Himmel stand. Wenigstens war der Abend ohne weitere Zwischenfälle verlaufen. Gwyn hatte sich an das andere Feuer gesetzt. Immer wieder hatte sie verstohlene Blicke zu dem hellhaarigen Barden hinübergeworfen und ihn auch dabei ertappt, wie er sie beobachtete. Lughaid schien sie beide im Auge behalten zu haben, aufmerksam wie ein wachsamer Jagdfalke.

Merydwen lauschte Lughaids ruhigen Atemzügen und beneidete den jungen Mann um seinen Schlaf. Dann setzte sie sich auf und betrachtete ihn liebevoll. Er war nicht der einzige gewesen, der dem Frieden mißtraut hatte. Auch die Gaukler hatten seit dem Streit Abstand gewahrt und nicht mehr als nötig mit ihnen geredet. Merydwen konnte es ihnen nicht verdenken. Sie wollten für keinen ihrer Gäste Partei ergreifen.

Die Bardin ließ ihren Blick über das Lager schweifen. Außer ihnen übernachteten nur noch zwei Männer der Gauklersippe im Freien, alle anderen hatten sich in die Wagen zurückgezogen. Der Mann, der Wache hielt, hatte sich auf eine Deichsel gesetzt und starrte über die stille Heide.

Und wo hielt sich Gwyn auf?

Merydwen reckte ihren Hals. Gestern abend hatte sich der Halbelf an einer geschützten Stelle am Rande des rotbemalten Wagens niedergelassen. Aber da lag nur noch eine zerknüllte Decke.

Merydwen sprang auf. Durch das Geräusch aufmerksam gemacht, blickte der Wächter zu ihr hinüber. Die Bardin eilte zu ihm und deutete auf Gwyns Schlafplatz. »Ist der Barde Gwyn schon aufgebrochen?«

Der Gaukler runzelte die Stirn, blickte unter den roten Wagen und zuckte dann mit den Schultern. »Tut mir leid, ich habe während meiner Wache nichts bemerkt. Vielleicht ist der Kerl schon während Frams Wache gegangen.«

Merydwen biß sich auf die Lippen und blickte auf das leere Lager. Welchen Grund könnte Gwyn gehabt haben, die Gaukler noch mitten in der Nacht zu verlassen? Plötzlich wurde der Bardin eiskalt. Eine böse Ahnung stieg in ihr auf.

27. Kapitel

Verraten und verkauft

»Halt, wer da?« rief der Wächter laut. Erschrocken fuhr Rhuna aus dem Schlaf hoch, während um sie herum Stimmen laut wurden. Das Reiben von Stahl auf Leder verriet ihr, daß Schwerter gezogen und im nächsten Augenblick wieder in die Scheiden geschoben wurden. Müde stützte Rhuna sich auf einen Arm und blickte über das Lagerfeuer hinweg auf die Gruppe von Männern, die auf der anderen Seite der Lichtung stand. Nun gab die massige Gestalt des alten Ritters Bran den Blick auf eine schlanke große Gestalt mit hellen Haaren frei, die auf Aethelred von Falkraun einredete.

Rhunas Müdigkeit war im Nu verflogen. Sie spannte sich an. Was wollte Gwyn – sie verbesserte sich – Elathalion hier? Ob er sie erkannt hatte und nun den Adligen und seine Männer gegen sie aufhetzen wollte?

Sie lauschte angestrengt. Die Männer standen am anderen Ende der Lichtung und sprachen zu leise, um ein Wort verstehen zu können.

Rhuna war nicht wohl bei dem Gedanken, ihre magischen Fähigkeiten einsetzen zu müssen. Sie fühlte sich wieder unsicher, weil Lyrets Geschenk nun ganz verflogen war. Aber wie sonst konnte sie herausfinden, was Elathalion mit dem Adligen um diese

275

Nachtzeit zu bereden hatte? Sie durfte die Gelegenheit nicht aus Angst vor einem Fehler verstreichen lassen.

Die Magierin drehte sich so, daß sie nicht mehr in das Lagerfeuer blickte, und legte die Hände auf die Schläfen. Nach einem Augenblick schärften sich ihre Sinne. Um sie herum wurde es taghell. Ein Mann ganz in ihrer Nähe erleichterte sich von den Blähungen in seinem Bauch, ein anderer klopfte einen unruhigen Rhythmus auf seiner Schwertscheide. Scharren, Rascheln, das Knistern der Flammen – und endlich auch die Stimmen.

»Du behauptest also, die beiden Flüchtigen in einem Gauklerlager gesehen zu haben?« fragte der Edelmann mißtrauisch. »Wann und wo war das?«

»Kurz nach Sonnenuntergang, die Straße hinunter in einem Gauklerlager. Die Frau war hochgewachsen, etwa 30 Jahre alt, mit langen braunen Haaren, und befand sich in Begleitung eines jungen schwarzhaarigen Mannes, so wie Ihr ihn mir beschrieben habt, Euer Wohlgeboren!« erwiderte Gwyn. »Wenn Ihr Euch beeilt, dann könnt Ihr die Flüchtigen noch aufgreifen! Ich habe das Lager zwar unbemerkt verlassen, aber mein Verschwinden könnte inzwischen doch aufgefallen sein.«

»Ich verstehe!« Im nächsten Augenblick rief der Edelmann vier seiner Männer mit lauter Stimme zu sich. Rhuna, die nicht damit gerechnet hatte, sackte mit einem Stöhnen zusammen und hielt sich die schmerzenden Ohren zu. Das waren die Tücken des ›Adleraug und Luchsenohr‹.

Die Magierin hatte genug gehört. Sie schüttelte verwirrt den Kopf. Warum verriet Elathalion Caellin und Brannon an ihre Verfolger und tötete sie nicht mit eigener Hand? Besaß er vielleicht nicht mehr die Kraft dazu? Oder spürte er Rhunas Anwesenheit und wollte die drei Gegenspieler an einem Ort zusammenführen, um sie alle auf einmal zu vernichten?

Sie mußte Geduld haben und die kurze Frist bis zum Aufbruch der Männer nutzen, um sich etwas einfallen zu lassen.

Die Magierin nahm vorsichtig die Hände von den Ohren, als der Schmerz nachließ.

Aethelred und seine Leute hatten in Windeseile die Pferde gesattelt und saßen auf. Unter den Reitern war auch Gwyn.

Rasch duckte sich die Magierin und zog die Decke über ihren Kopf, als der hellhaarige Mann noch einmal seinen Blick schweifen ließ, als habe er etwas gespürt.

»Ich glaube, du hattest recht mit dem, was du über den Lump gesagt hast«, meinte der Wächter, um Merydwen aufzumuntern. »Den Mistkerl hat wohl das Gewissen zu stark gedrückt.«

»Gwyn war schon immer gut darin, sich heimlich aus dem Staub zu machen«, antwortete Merydwen. Unruhig blickte sie sich um. Noch war nichts und niemand zu sehen, aber ihre Sorge wuchs. »Bitte, entschuldige mich!« sagte sie hastig und eilte zu ihrem Schlafplatz. Sie mußte Lughaid wecken. Wenn Gwyn wirklich im Schilde führte, was sie vermutete, würde der Ärger nicht lange auf sich warten lassen.

»Lughaid!« Der schwarzhaarige Mann fuhr hoch. »Was ist?«

»Gwyn ist weg!« Merydwen kauerte sich neben ihn. »Ich habe einen schlimmen Verdacht, was er vorhaben könnte. Wir sollten von hier verschwinden.«

Lughaids Augen blitzten auf. Er wußte sofort, was sie gemeint hatte und sprang auf die Beine. »Dann laß uns nicht länger zögern, Gastfreundschaft hin oder her!«

Schnell waren die Bündel gepackt. Durch die Unruhe wurden die anderen Gaukler, die draußen nächtigten, wach. Einer setzte sich auf, rieb sich den Schlaf aus den Augen und fragte: »Was ist denn mit euch los? Warum wollt ihr euch bei Nacht und Nebel verdrücken?«

Merydwen biß sich auf die Lippen. Jetzt war guter Rat teuer. »Der Barde, mit dem ich Streit hatte, ist weg«, erklärte sie. »Ich denke, er weiß, daß ich von einem Edelmann gesucht werde.«

»Gesucht?« Der Mann kniff die Augen zusammen. »Warum?«

Lughaid packte die Bardin am Arm und sah sie warnend an, doch sie sprach weiter. »Ich habe ihn bestohlen, und das will er nicht auf sich sitzen lassen!« Die Ausrede klang besser als der ihr angelastete Mord.

Lughaids Griff an ihrem Arm entspannte sich, als sich das Gesicht des Gauklers aufhellte. »Und darum willst du dich verstecken? Wir werden dem Kerl schon was anderes erzählen!« lachte der Mann.

»Ihr kennt den Herren Aethelred von Falkraun nicht!« ging Lughaid auf das Spiel ein. »Der ist ein unerbittlicher Jäger und wird keine Angst vor euch haben! Deshalb sollten wir besser hier verschwinden, ehe er auftaucht. Wir tun das, um euch und euer Hab und Gut zu schützen.«

»Halika sollte zumindest Bescheid wissen, daß ihr gehen wollt«, erwiderte der Gaukler darauf und erhob sich. »Ich werde sie wecken, wenn sie nicht selbst schon durch unsere Unterhaltung wach geworden ist.«

Lughaid horchte auf, kaum daß der Gaukler geendet hatte. War das nicht Hufgetrappel? Da die weiche Erde die Geräusche dämpfte, mußten die Reiter schon recht nahe sein.

Er verstärkte den Griff um Merydwens Arm. Die

Bardin hatte den Kopf gehoben. Nun zuckte sie zusammen. »Sind das unsere Verfolger?«

»Wer sollte es zu dieser Morgenstunde sonst sein?« Lughaid ging ein paar Schritte zur Seite, um bessere Sicht zu haben. Gegen den heller werdenden Horizont zeichneten sich Reiter ab. Der junge Mann blickte zum Wald. Würden sie noch eine Chance haben, vor ihren Verfolgern das dichtere Unterholz zu erreichen? Versuchen mußten sie es!

Lughaid zögerte nicht. »Komm!« rief er Merydwen zu und griff nach seinem Bündel. Die Bardin folgte seinem Beispiel. Während sie losrannten, erklang Halikas kräftige Stimme, aber Lughaid achtete nicht mehr auf die Anführerin der Gaukler. Er rannte auf den nahem Waldrand zu, das Bündel fest umklammert. Merydwen war ein paar Schritte neben ihm. Sie wandte immer wieder den Kopf, um nachzusehen, wie weit ihre Verfolger hinter ihnen waren. Lughaid fluchte laut. »Laß das!« schrie er.

Zu spät!

In diesem Augenblick stolperte die Bardin über eine versteckte Wurzel und fiel der Länge nach zu Boden. Merydwens Habseligkeiten verteilten sich aus dem geöffneten Bündel über den Waldboden.

Lughaid kehrte um. Er konnte Merydwen nicht zurücklassen, auch wenn dabei ihrer beider Vorsprung auf ein Nichts zusammenschrumpfte.

Als er Merydwen erreichte, hatte sie sich von der Überraschung erholt und rappelte sich wieder auf. Allerdings waren nun auch ihre Verfolger heran. Allen voran Aethelred von Falkraun.

»Schnell weiter!« schrie Lughaid. Er stieß Merydwen von sich weg. Die Bardin verstand, was er damit bezweckte. Sie rannte in die entgegengesetzte Richtung. Die Reiter waren gezwungen, sich aufzuteilen.

Lughaid sprang über einen verrottenden Baumstumpf und schlug einen Haken, als der Edelmann ihm den Weg abschneiden wollte. Das Pferd scheute, als er sein Bündel in Junker Aethelreds Richtung schleuderte.

Mit einer hastigen Kopfbewegung orientierte sich der junge Mann. Er wich einem anderen Reiter aus, der ihm den Fluchtweg abschneiden wollte, und sprang mit einem verzweifelten Satz über eine Kuhle. Dabei traf er unglücklich auf und verlor kostbare Zeit, als er versuchte, sein Gleichgewicht wiederzugewinnen. Das wurde ihm zum Verhängnis. Eine Hand krallte sich von hinten in seinen Kragen. Wehrlos wurde Lughaid mitgerissen.

Junker Aethelred hielt ihn mit eisernem Griff, bis Lughaid nicht mehr mit dem Pferd Schritt halten konnte und den Boden unter den Füßen verlor. Der junge Mann rollte sich ab, doch bevor er wieder auf die Beine gelangen konnte, sprang der Edelmann vom Pferd, stürzte auf ihn zu und packte ihn. »Warum mußtest du mich so enttäuschen, Lughaid? Verdammt noch mal, wo war dein Verstand? Etwa in deiner Hose?« wütete der Edelmann und versetzte Lughaid mehrere Hiebe ins Gesicht.

»Halt! Es ist genug! Ihr prügelt den Burschen ja zu Tode, Herr!« gebot Bran mit donnernder Stimme Einhalt. Benommen nahm Lughaid wahr, wie ihn kräftige Hände packten und festhielten. Dann schlang jemand Lederriemen um seine Handgelenke. Lughaid rang nach Luft. Sein Gesicht brannte und pochte. Das rechte Auge schwoll an, und ein paar Zähne schienen sich zu lockern.

Der junge Mann sah sich stöhnend um. Ein paar Schritte entfernt redete Bran auf Junker Aethelred ein. Vielleicht war wenigstens Merydwen entkommen.

Nein! Zwei Waffenknechte zerrten die zerzauste

Bardin mit sich, die jeden Widerstand aufgegeben hatte. Der kleinen Gruppe folgte ein Reiter.

»Du Schweinehund! Möge Praios dich für deinen Verrat und deine anderen Verbrechen mit einem Blitz zerschmettern!« machte Lughaid seiner aufschäumenden Wut Luft. »Und sich die Abgründe der Niederhöllen auftun, um dich zu verschlingen!« Lughaid versuchte, sich wutentbrannt aus dem Griff der beiden Männer zu befreien. Die hatten Mühe, ihn zu halten.

»Was ist mit dir los, Lughaid! Ist ein Dämon in dich gefahren?« fuhr einer ihn an. »Bei den Zwölfen, nimm Vernunft an! Du machst alles noch schlimmer!«

Diese Worte brachten Lughaid zur Besinnung. Heftig nach Atem ringend, starrte er den weißhaarigen Reiter an und wünschte sich, sein Blick könnte den Halbelfen auf der Stelle töten.

Gwyn lächelte zufrieden. Ein kalter Schimmer lag in seinen Augen. Lughaid wandte den Blick ab und biß sich auf die Lippen. Er durfte sich vor diesem Falschling keine weitere Blöße geben.

Seine Aufmerksamkeit richtete sich wieder auf seinen ehemaligen Herrn. Der Edelmann trat heran. Er musterte Merydwen mit unbewegtem Gesicht. »Du wirst deine gerechte Strafe für den Mord an Jungfer Idra erhalten!« sagte er knapp und wandte sich dann Lughaid zu. Aethelreds Mund war nur noch ein dünner Strich. »Wie konntest du dich nur dazu hinreißen lassen, dieser Frau zur Flucht zu verhelfen? Hat dich das Weib mit ihren Reizen oder geheimnisvollen Zauberkünsten in ihren Bann geschlagen? Bei Rahja, ich weiß, daß die Leidenschaft viele Männer zu Narren macht, aber ich hätte das nicht von dir erwartet. Sag mir einen guten Grund, warum du das getan hast!« knurrte er kopfschüttelnd.

Lughaid sah Junker Aethelred an und erklärte: »Ich

habe Merydwen ni Laighann aus freien Stücken geholfen, weil sie unschuldig am Tode Jungfer Idras ist.«

»Unschuldig?« Junker Aethelred verzog das Gesicht
und schnaubte. »Wie kommst du darauf? Dughan sah
ebenfalls, wie Jungfer Idra die Treppe hinabstürzte
und die Bardin stand oben. Du warst einige Augenblicke früher am Ort des Geschehens! Hattest du vielleicht deine Finger im Spiel?«

»Ich werde sprechen, wenn es an der Zeit ist.«

»Wie du willst!« entgegnete Aethelred von Falkraun
enttäuscht. »Ein anderer soll über eure Schuld und
euer Schicksal entscheiden. Ich habe meine Pflicht
getan!« Dann wandte er sich an seine Männer. »Bringt
die beiden zu den Pferden. Laßt uns zurück zum
Lager reiten – ich brauche einen ordentlichen Schluck
nach dieser wilden Jagd! Und dann geht es heim-
wärts!«

Es dämmerte bereits, als sie in den kümmerlichen
Resten des Dörfchens Gilgins zwischen Crumold und
Draustein Halt machten. Der alte Ritter Bran und ein
Knecht waren vorausgeritten, um sich um die Unter-
kunft zu kümmern, und winkten die Reiterschar zu
einem größeren Gehöft.

Merydwen schaute zu Lughaid hinüber und zwang
sich zu einem hoffnungsvollen Lächeln. Der junge
Mann erwiderte ihren Blick. Gerade, als er den Mund
öffnete, ritt Junker Aethelred zwischen sie. »Trennt
mir die beiden!« befahl der Edelmann mit einem bos-
haften Lächeln. »Ich will nicht, daß Lughaid und seine
Vagantin Gelegenheit haben, Fluchtpläne zu schmieden. Coraigh, Dughan, ihr bringt das Weib in den
Schuppen, Culain und Ruadh, haltet Lughaid zusammen mit den Pferden im Pferch. Bewacht mir die
Gefangenen gut – und daß mir keiner von Euch auf
dumme Gedanken kommt!« Die angesprochenen Waf-

fenknechte stiegen mit einem leisen Murren von den Pferden, während sich der Edelmann von dem jungen Ritter verabschiedete, der in Crumold die Jagd nach Merydwen und Lughaid im Auftrag seines Barons überwacht hatte. Der Mann schien noch in der einbrechenden Dunkelheit nach Hause zurückkehren zu wollen.

Merydwen biß sich auf die Lippen. Der Junker dachte an alles und raubte ihnen nun auch die letzte Hoffnung, ihrem Schicksal noch einmal entkommen zu können.

Sie suchte wieder den Blick Lughaids. Der junge Mann versuchte, gefaßt und stark zu wirken, konnte jedoch seine eigene Mutlosigkeit nicht verhehlen.

Merydwen zuckte zusammen, als sie eine Berührung an ihren Beinen spürte. Die beiden Waffenknechte, die sie bewachen sollten, lösten das Seil, mit dem ihre Knöchel unter dem Bauch des Pferdes zusammengebunden waren. Dann halfen sie ihr abzusteigen.

Die Bardin knickte ein, als ihre Füße den Boden berührten. Sie war nicht mehr gewohnt, so lange zu reiten. Die Männer hielten sie grob fest, ehe sie hinfiel.

Aber sie war nicht die einzige, der es so erging: Merydwen drehte ihren Kopf, als sie einen Klagelaut vernahm. Die alte Frau stützte sich mit schmerzverzerrtem Gesicht auf ihren Stab.

Die Bardin musterte Rhuna finster. Sie fragte sich zum wiederholten Male, warum sich die Alte dem Edelmann angeschlossen hatte, denn wie eine Gefangene wirkte sie nicht gerade. Was bezweckte sie damit? Wollte die Magierin einen geeigneten Zeitpunkt abwarten, um ihnen zu helfen? Dieser Gedanke machte Merydwen wieder Hoffnung.

»Wo starrst du denn nur hin? Mach uns keine Schwierigkeiten, Frau, und komm endlich!« grollte einer der Waffenknechte und zerrte grob an ihrem Arm.

Merydwen drehte den Kopf. »Ich werde euch schon keine Schwierigkeiten machen«, erklärte sie und hinkte auf den Schuppen zu.

Rhuna spürte die Verwirrung der Bardin überdeutlich. Sie wandte jedoch hastig den Kopf ab, als sie den Blick eines anderen auf sich ruhen spürte. Aethelred von Falkraun beobachtete sie mit gesenkten Brauen.

Die alte Magierin wußte nicht, ob sie sich freuen sollte. Brannon und Caellin befanden sich in unmittelbarer Nähe, waren aber unerreichbarer als zuvor. Der Edelmann hatte sie den ganzen Tag im Auge behalten. Bestimmt würde Aethelred von Falkraun bald wieder Fragen stellen und sie um Hilfe beim Verhör der Gefangenen bitten. Rhuna wußte nicht, was sie von dem Gebaren des Adligen halten sollte. Sie mußte sehr vorsichtig sein.

Es könnte noch schlimmer sein, dachte sie, ja, vielleicht ist es das sogar! Kann ich mir denn sicher sein, daß mich Elathalion nicht erkannt hat? Und ob er jetzt nur mit mir spielt, so wie mit Brannon und Caellin?

Es gibt nur einen einzigen Grund, warum er sich am Morgen von uns getrennt hat: Elathalion ist am Ende seiner Kraft und muß sich erst wieder in der Feenwelt erholen, wenn er nicht endgültig mit Gwyn verschmelzen oder gänzlich erlöschen will. Aber ich bin mir im klaren darüber, daß er wieder zurückkommen wird. Die Art, in der er Caellin beim Abschied angestarrt hat, beweist es mir. Und bevor es dazu kommt, muß ich die beiden Liebenden befreit haben.

»Geh aus dem Weg, Alte!« schreckte sie ein Waffenknecht aus ihren Gedanken. Rhuna humpelte hastig zur Seite, um ihn und die beiden Pferde, die der Mann mit sich führte, vorbeizulassen. Die Gelegenheit war

günstig, sich heimlich zurückzuziehen und zu überlegen, wie sie Brannon und Caellin helfen konnte.

Doch Aethelred von Falkraun schien einen sechsten
Sinn zu haben, solche Pläne zu vereiteln. »Meisterin
Ynlais!« rief er zu ihr hinüber. »Wollt ihr Euch nicht
für ein gutes warmes Mahl zu mir gesellen?«

Diese Bitte konnte Rhuna nicht ablehnen, ohne den
Verdacht des Edelmannes zu verhärten. Sie nickte.
»Natürlich, Euer Wohlgeboren!« entgegnete sie höf-
lich. Die Fluchtpläne mußten warten.

28. Kapitel

Eisiger Zorn

Merydwen ließ den Kopf hängen und weinte. Nachdem die beiden Waffenknechte sie im Schuppen an einen Stützbalken gefesselt hatten, war auch der letzte schwache Hoffnungsschimmer geschwunden.

Unsere Lage ist aussichtslos! Kann die alte Frau Lughaid und mir überhaupt noch helfen? Die kommt doch selber kaum vom Fleck!

Das ist alles meine Schuld! Wäre ich doch niemals auf diesen unseligen Gedanken gekommen, meine Eltern wiedersehen zu wollen. Dann wäre ich diesem hinterhältigen Edeldämchen nicht begegnet ... ach, wäre ich doch nur schon tot und begraben! So hätte das ganze Elend ein Ende!

Merydwen ließ ihrer Verzweiflung freien Lauf, bis der Krampf in ihrer Kehle gewichen war. Langsam kam sie wieder zur Besinnung.

Was tue ich da nur? Ich muß schließlich die Verantwortung für meine Tat tragen, meldete sich ihr Verstand. Ich bin kein kleines Kind mehr, das vor seinen Missetaten davonläuft!

Merydwen hörte auf zu schluchzen. Von draußen drangen leise Stimmen herein. Im Schein der Sturmlaterne, die von einem Balken hing, konnte sie einen ihrer Wächter sehen. Der Mann saß auf einem Schemel und kaute gelangweilt auf einem Strohhalm. Hin und wieder warf er ihr einen verstohlenen Blick zu. Sein Gefährte war nirgendwo zu sehen. Merydwen verzog das Gesicht. Der Waffenknecht sah nicht so aus, als wolle er den Befehl seines Herrn übertreten und sich ihr nähern. Als er bemerkte, daß sie ihn beobachtete, sah er sofort in eine andere Richtung.

Merydwen suchte nach Ablenkung. Vielleicht konnte sie mit dem Mann ins Gespräch kommen und etwas über ihr weiteres Schicksal erfahren oder wie es Lughaid erging. »Ich habe Durst, und das Leder schnürt mir das Blut in den Handgelenken ab«, sagte sie mit kratziger Stimme. »Bitte, gib mir etwas zu trinken.«

Ihr Wächter blickte sie mißtrauisch an. »Ich traue dir nicht, Hexe!« knurrte er. »Du willst mich genauso wie Lughaid in deinen Bann schlagen. Bei Rondra, der Bursche war früher nicht so verrückt! Und hat schon gar nicht einer Übeltäterin zur Seite gestanden!«

»Wie kommst du darauf, daß ich eine Hexe bin?« erwiderte Merydwen. »Wenn ich eine wäre, dann hätte ich schon längst einen Weg gefunden, mich zu befreien oder gar nicht erst in eure Hände zu geraten. Es war Lughaids eigene Entscheidung, mir zu helfen … und ich werde nicht zulassen, daß er meinetwegen bestraft wird!« fügte sie leise hinzu. »Ich weiß, daß das schwer zu glauben ist.«

Der Waffenknecht zuckte mit den Schultern. »Eigentlich sollte ich warten, bis Dughan vom Donnerbalken zurück ist, ehe ich mich dir nähere.« Er erhob sich und angelte nach dem Wasserschlauch. »Aber ich will dir mal glauben.«

Kaum wandte sich der Mann Merydwen zu, erstarrte er in der Bewegung, verdrehte die Augen und fiel wie eine Marionette, deren Fäden man losgelassen hat, in sich zusammen.

Eine hochgewachsene, schlanke Gestalt trat in den Lichtkreis und ließ die Hand sinken, mit der sie den Nacken des Soldaten berührt hatte. Merydwen schnappte nach Luft, als sie den Mann erkannte. Dann kauerte sich der unerwartete Besucher vor sie. Die Bardin drehte den Kopf weg. »Verschwinde von hier, Gwyn«, zischte sie. »Was willst du noch von mir?«

Gwyn packte ihr Kinn und zwang sie, ihn anzusehen. Sein Gesicht wirkte erschöpft und übernächtigt. Unwillig wehrte sich Merydwen gegen den Griff. Tränen stiegen ihr in die Augen, als sich der Druck der Finger verstärkte. »Hast du nicht schon genug Unheil angerichtet?« fragte sie haßerfüllt. »Dir scheint es wohl Vergnügen zu bereiten, mein Leben zu zerstören!«

In diesem Augenblick strömte Kälte von Gwyns Fingern in ihr Fleisch. Die Bardin konnte nicht weitersprechen. Ihr Kiefer wurde taub und Angst kroch in ihr hoch. Gwyn zeigte sich plötzlich von einer Seite, an die sie sich nicht erinnern konnte.

Der blonde Mann lächelte ungerührt: »Betrachte es doch einmal von einer anderen Seite, Merydwen. Ich habe dir ein aufregendes Leben geschenkt. Du bist in der Welt herumgekommen und nicht in diesem hinterwäldlerischen Teil Albernias versauert. Du hast Abenteuer erlebt, anstatt eines Tages die Gemahlin eines Ritters zu werden, der nicht weiter als bis zu der Spitze seiner Lanze denkt.« Seine Stimme bekam einen kalten, schneidenden Klang. »Du hast dich nicht nur äußerlich verändert, mein schönes Kind.«

Merydwen fröstelte. Diesen Gwyn kannte sie nicht – und doch war ihr der Klang seiner Stimme vertraut. Eine schreckliche Ahnung überkam sie.

»Schon vor Jahrhunderten hast du meine Gaben nicht zu würdigen gewußt, Caellin! Das brachte dir immer nur Leid ein. Sieh dich jetzt einmal an! Willst du es dir nicht noch einmal überlegen?«

Merydwen schrie erstickt auf. Das Herz klopfte ihr

bis zum Hals, als die lange verborgenen Erinnerungen klar in ihrem Geist erschienen. Sie wußte jetzt, wen sie vor sich hatte. »Bist du gekommen, um mir Hilfe anzubieten, Elathalion? Welchen Preis wirst du diesmal fordern?«

In Gwyns Augen trat ein eisiges Funkeln. Für einen Augenblick verwischten sich seine Gesichtszüge und machten den wohlbekannten des Feenfürsten Platz. »Ich dachte mir schon, daß du dich an alles erinnern würdest«, bemerkte er boshaft. »Lyret, meine undankbare Tochter, hat offensichtlich die Kräfte beider Welten in Bewegung gesetzt, um euch zu warnen, damit ihr mir Einhalt gebietet. Allerdings konnte sie nicht ahnen, daß ich ihr immer einen Schritt voraus war.« Er lachte selbstgefällig. »Schließlich wandte sich ihr eigenes Kind gegen sie. Gwyn befreite mich nicht nur, durch ihn erfuhr ich auch, daß du wieder lebst.«

»Hast du deshalb meine Eltern aufgesucht? Du hattest doch andere Mittel, um herauszufinden, wo ich mich aufhalte!« hielt Merydwen ihm entgegen.

»So einfach war das nicht, meine Schöne. Du mußt wissen, daß meine Welt nicht den Gesetzen der deinen unterworfen ist. Zunächst las ich nur die Erinnerungen meines Enkels und erkannte dich in ihnen. Dann weilte ich in meinem Reich, um zu erfahren, was sich während meiner Abwesenheit dort verändert hatte. Als ich wieder zurückkehrte, waren... wie nennt ihr das gleich... Monate vergangen. Nun erst spürte ich, daß du erneut die Trägerin meiner Gabe bist, süßes Menschenkind!« Gwyn-Elathalion lächelte. »Dennoch ließ ich mir nicht nehmen, deine Eltern aufzusuchen, um zu erfahren, was aus dir geworden war. Leider begrüßte man mich nicht mit angemessener Freundlichkeit! Dein Vater ließ wirklich jede Höflichkeit vermissen.«

»Und deshalb hast du alle Menschen zu Eis erstarren lassen?« unterbrach Merydwen ihn heftig. »Selbst die unschuldigen Frauen und Kinder! Das war keine Notwehr, sondern reine Bosheit!«

»Beruhige dich, meine Schöne! Du siehst viele Dinge falsch!« Gwyn neigte bedauernd den Kopf. »Willst du mir nicht ein wenig dankbarer dafür sein, daß ich deine Eltern für das Unrecht an dir bestraft habe?« Er schob seine Hand in ihren Ausschnitt und holte den Anhänger hervor. Der Edelstein in den Krallen des Falken verbreitete schwaches Licht. »Da ist ja meine Liebesgabe an dich, Caellin. Erstaunlich, daß sie wieder zu dir zurück gefunden hat?«

»Hast du mir den Schmuck zugespielt?«

»Wie sollte ich?« erwiderte Gwyn-Elathalion. »Dahinter steckt eher meine geliebte Tochter Lyret, die einmal mehr Schicksal spielen wollte und diesem Schmuck mehr Bedeutung zumißt, als er wirklich besitzt! Glücklicherweise kennt sie nicht alle meine Geheimnisse.« Das eisige Funkeln in seinen Augen wurde heller. »Doch nun ist es an der Zeit, daß du meine Fragen beantwortest!«

»Warum sollte ich das?« Merydwen rang nach Luft. Sie konnte ihren Blick nicht mehr abwenden und schrie schmerzerfüllt auf, als sich der Geist des Feenfürsten wie ein glühender Dolch in ihre Seele bohrte. Elathalion zertrümmerte mühelos die Mauern um ihre Gedanken.

Hilflos in eine Ecke ihres Geistes gedrängt, mußte Merydwen zulassen, daß der Feenfürst rücksichtslos ihre Erinnerungen durchsuchte ...

... unter seinen zärtlichen Berührungen. »Laß mich deine Blüte brechen, du süße Lilie! Ich spüre, daß du das willst«, wisperte Gwyn in Merydwens Ohr und ließ seine Hand über ihren Körper gleiten. Das Mädchen seufzte wohlig. »Aber ich kann doch nicht ... Ich muß an meinen Ruf denken. *Meine Eltern würden es gar nicht gutheißen ... wenn ich. O Gwyn ...*«

Der junge Mann küßte ihre Stirn und Wangen. »Vergiß deine Ängste, Liebes. Rahja hat dich mit ihren Gaben reich beschenkt, willst du ihr nicht endlich dafür danken ... für dein weiches, golden schimmerndes Haar ... deine funkelnden Smaragdaugen ... deinen süßen kleinen Mund ... All diese Kleinodien hat sie dir geschenkt.« *Geschickte Finger erkundeten ihre geheimsten Stellen.* »Mein Kleines, spürst du ihren drängenden Ruf nicht auch in ihr?«

»Ich ... ich – Ja!«

... »Wo bist du, Gwyn! Warum hast du mich allein gelassen?« *schluchzte Merydwen, als sie sich in der leeren Kammer ihres Geliebten umsah. Er hatte nichts aus seinem Besitz zurückgelassen.*

Eine laute Stimme schreckte sie plötzlich aus ihren Gedanken »Ich werde diesem Dieb eine Lektion erteilen, die er so schnell nicht vergessen wird!« *brüllte ihr Vater durch das Haus und stieß die Tür zu Gwyns Raum mit Wucht auf.* »Merydwen, was machst du hier?« *herrschte er sie an.* »Hatte ich dir nicht gesagt, du solltest dich von diesem Lump fernhalten?«

... allein. *Weinend legte Merydwen die Hände auf ihren gewölbten Bauch. Sie war am Ende ihrer Kräfte. Der Hunger nagte in ihren Eingeweiden, denn außer ein paar halbreifen Beeren und Wurzeln hatte sie nichts Eßbares gefunden.*

Erst gestern hatten sie die Bewohner eines armseligen Heidedorfes mit Steinwürfen und Beschimpfungen davongejagt. »Wag es ja nicht, nochmals nach Haagen zu kommen und anständige Leute anzubetteln, schmutzige Dirne!« – »Verschwinde, Schlampe! Denk ja nicht, daß wir dich und deinen Balg durchfüttern werden!«

Merydwen schluchzte heftiger. Hure, Schlampe – selbst ihr Vater hatte sie mit diesen Worten aus dem Haus gewie-

sen. »Ich wünschte, ich wäre tot! Dann hätte ich endlich meinen Frieden!«

»Wie sprichst du von Mutter Sumus Gabe, mein Kind?« Merydwen schreckte zusammen, als sie die Worte vernahm und gleichzeitig in die Arme genommen wurde. Sie blickte in das besorgte Gesicht einer Frau, deren grüne Augen merkwürdig alterslos wirkten. »Jedes Leben hat seinen Sinn und Wert. Komm mit, du brauchst Hilfe. Ich werde mich um dich kümmern ...«

»Wer, wer seid ihr?« fragte Merydwen ängstlich zurück. Einerseits war sie glücklich, einen Menschen getroffen zu haben, der sich um sie sorgte, andererseits fürchtete sie, daß das nicht ganz ohne Hintergedanken geschah. Die grau gekleidete Frau duftete stark nach Kräutern und sah auch sonst nicht wie eine einfache Bäuerin aus. »Ich bin Kräuterfrau und Heilerin«, erriet die andere Merydwens Gedanken. »Alle nennen mich hier nur die Muhme.«

... sank Merydwen zurück in die Kissen. Matt, erschöpft und glücklich holte sie Luft. Die Muhme hatte sie in den vergangenen Monaten gelehrt, das in ihr wachsende Leben mit Freude zu erwarten. Wie eine Freundin, wie eine Mutter hatte die Muhme ihr beigestanden. Nun aber ...

Merydwen blickte verwirrt auf. Etwas stimmte hier nicht. »Muhme«, rief sie. »Muhme, was ist mit dem Kind?« Sie versuchte sich aufzusetzen.

»Beruhige dich!« Die alte Frau wandte sich um, das in ein Tuch gehüllte Kind in den Armen. »Dein Kleines ist gesund und wunderhübsch, allerdings ... Mädchen, was hast du mir verschwiegen?«

Merydwen starrte entsetzt auf den Säugling. Das Kind atmete, und seine Gliedmaßen bewegten sich schwach – aber es gab keinen Laut von sich, und seine Augen wirkten blind und leer.

»Geh weg! Nimm es weg! Ich will es nicht mehr sehen!« Die junge Mutter schlug die Hände vor das Gesicht und

schrie. Sie konnte den Anblick des Kindes nicht länger er-
tragen. Das war doch nur eine seelenlose Hülle. Die Götter
hatten sie für ihren Ungehorsam gegenüber den Eltern
schrecklich bestraft! Alles war ihre Schuld, ganz allein ihre
Schuld!

»Mein Kind, du weißt so wenig …« Merydwen würgte und hustete, als der Feenfürst von ihr abließ. Eine Vergewaltigung ihres Körpers konnte nicht so schlimm sein. Sie fühlte sich erniedrigt und beschmutzt. Elathalion hatte ihr auch den letzten Rest von Würde genommen. Durch ihr Keuchen vernahm sie seine spöttische Stimme. »Erstaunlich, dein Geist ist stärker, als ich ihn in Erinnerung hatte. Nun, du hast dem Sohn meiner Tochter also das gegeben, was du mir niemals gewähren wolltest.«

Merydwens Kopf schoß hoch. Worauf spielte Elathalion an? Er meinte doch nicht etwa …

Das zufriedene Glitzern in den Augen des blonden Mannes verriet ihr, daß sie auf der richtigen Spur war. »Mein Kind ist tot! Es kann in seinem Zustand nicht lange überlebt haben.«

»Bist du dir da so sicher?« Gwyns Stimme bekam einen spöttischen Unterton. »Du hast nicht gewußt, daß der Sohn meiner Tochter zur Hälfte der Feenwelt angehört. Nicht einmal jetzt begreifst du, was das für dein Kind bedeutet!«

Merydwen holte tief Luft. »Mittlerweile sind vierzehn Jahre vergangen. Selbst wenn die Muhme sich um mein Kind gekümmert hätte, nachdem ich davongelaufen bin, so heißt das doch nicht, daß es noch lebt!«

»Wer weiß? Deine Muhme ist keine gewöhnliche Sterbliche. Deine Erinnerungen verraten sie. Das Weib ist mit der Welt der Feen vertraut.« Der helle Mann lachte amüsiert. »Wußtest du, daß sie einem meiner

Vasallen dient? Ich habe sein Zeichen auf ihrer Stirn gesehen.« Er beugte sich vor und wisperte: »Ich glaube, sie wußte sofort, was sie in den Armen hielt. Es schien ihr ganz recht zu sein, daß du es nicht angenommen hast. Ein Kind mit Feenblut ist eine nicht zu unterschätzende Machtquelle.« Seine Stimme wurde sanft. »Willst du mir nicht verraten, wo das Weib lebt, damit ich ihr unser armes Kind entreißen kann?«

»Nein, das werde ich nicht!« schrie ihm Merydwen entgegen. »Du willst es doch nur für dich, Elathalion!«

Der Mann schüttelte den Kopf. »Caellin, sträube dich nicht. Du weißt genau, daß ich deinen Geist niederringen und mir das Wissen mit Gewalt holen kann.« Er streichelte ihre Wange. »Bei allem, was uns verbindet, schlage ich dir einen Tauschhandel vor: deine Freiheit gegen ein Kind, das du ohnehin nie geliebt hast!«

»Niemals! Um diesem Preis erkaufe ich mir meine Freiheit nicht!« erwiderte Merydwen heftig. Obwohl sie große Angst hatte, wollte sie weder Gwyn noch Elathalion den Triumph gönnen, um ihr Leben zu feilschen. Nicht nach allem, was sie inzwischen über sich und ihn wußte!

Der blonde Mann packte sie wieder am Kinn. Seine Augen begannen zu glühen. »Du hast es nicht anders gewollt!«

In diesem Augenblick wurde die Tür zum Schuppen heftig aufgerissen. »Soso, du bist eingeschlafen?« donnerte Aethelred von Falkrauns Stimme durch den Raum. »Wenn dir das noch einmal passiert, dann werfe ich dich eigenhändig in die Jauchegrube! Bei allen Dämonen der Niederhöllen ...«

Merydwen schluchzte erleichtert auf, während Gwyn-Elathalion von ihr abließ und in die Schatten zurückwich. »Euer Wohlgeboren!« stieß sie hervor. »Seid vorsichtig, ich bin nicht allein. Da ist noch ...«

Der Edelmann benötigte ihre Warnung nicht. Mit einem Blick bemerkte er den reglos neben Merydwen liegenden Wächter und die Bewegung im Schatten. »Komm aus deinem Versteck!« schnappte er und zog sein Schwert. »Willst du dein Liebchen befreien, nachdem du sie verraten hast? Vagantenpack hat keine Ehre im Leib!«

»Rettet Euer Leben, Herr Aethelred.« Merydwen riß an ihren Fesseln. »So geht doch! Er wird Euch töten!« drängte sie, doch der Edelmann mißachtete ihre Warnung.

Gwyn trat aus den Schatten. »Ich bedauere, daß du nicht auf die Frau gehört hast!« sagte er mit unheilvoller Stimme.

Aethelred von Falkraun wich einen Schritt zurück, während sein Begleiter ganz aus dem Schuppen floh.

»Wer oder was bist du, Bube?« fragte der Edelmann und richtete das Schwert gegen Gwyn-Elathalion. »Du kannst mich nicht mit deinen billigen Zauberkunststücken einschüchtern, Scharlatan! Ich fürchte mich nicht vor dir!«

Merydwen stöhnte. Spürte der Edelmann die eisige Aura nicht, die Gwyn umgab? Sah er in dem Halbelfen nur einen Jahrmarktszauberer, der außer Taschenspielertricks und Illusionen keine wahre Magie beherrschte?

»Scharlatan nennst du mich?« Mit einer nachlässigen Geste deutete Elathalion auf den Edelmann. Merydwen schloß die Augen. Sie wollte nicht mitansehen, wie Aethelred von Falkraun starb.

Das erwartete Knistern und Knirschen blieb aus. Statt dessen brach das Lachen des Edelmannes plötzlich ab. Ein Schrei erklang, dann fluchte Aethelred von Falkraun wütend und entsetzt.

Merydwen öffnete die Augen. Gwyn eilte nach draußen, während Aethelred von Falkraun fassungslos die Eislanzen anstarrte, die aus dem Boden auf ihn zugestoßen waren. Von einer Spitze tropfte Blut.

»Bei allen Ränken des Namenlosen! Welch üble Zauberei ist das?« brüllte der Adlige und betrachtete verwirrt die blutende Wunde. Mit einem finsteren Gesichtsausdruck musterte er Merydwen und drehte sich dann sofort um. »Hört auf zu jammern!« fuhr er seine Untergebenen an, die durch die Auseinandersetzung aufgeschreckt herbeieilten. »Seid ihr ängstliche Kinder oder erwachsen?«

Das aufgeregte Gemurmel der Leute verstummte. »Ederyn, hole mir auf der Stelle die Alte her!« befahl Aethelred grimmig. »Bran! Nimm den Rest der Männer! Bringt mir diesen verfluchten Mistkerl her – tot oder lebendig!«

Merydwen begann zu kichern. Die Lage hatte sich in ihr Gegenteil verkehrt. Nun war Elathalion nicht mehr der Jäger, sondern der Gejagte. Es fragte sich nur, wann er den Spieß wieder umdrehen würde.

Auf den vernichtenden Blick des Edelmannes hin verstummte die Bardin. »Freue dich nicht zu früh, Weib, du kommst auch noch an die Reihe!«

29. Kapitel

Im Schatten alten Zaubers

»Was ist bloß in dich gefahren, Lughaid?« meinte Culain und schob ein paar Zweige in das Feuer. »Das fragt sich nicht bloß unser Herr! Du mußt ja mächtig in die Sängerin vernarrt sein!«

»Ich habe es dir doch schon vor ein paar Jahren gesagt, Cul! Unser Freund ist auch nur ein Mann. Es brauchte bloß der richtige Weiberrock zu kommen, und schon verliert Lughaid den Verstand!«

Lughaid stöhnte. »Würdet ihr bitte den Mund halten!« knurrte er seine ehemaligen Kameraden an. »Es ist ganz anders, als ihr denkt!«

»Und wie?« Culain beugte sich vor und grinste breit. »Ist deine Sängerin eine Maid in Nöten gewesen, die vor dem schrecklichen Drachen namens Idra gerettet werden mußte?« stichelte der braunhaarige Waffenknecht weiter. »Bei den Zwölfen, wir waren mal Freunde. Warum bist du nicht wenigstens ehrlich zu uns und erzählst, was eigentlich passiert ist?«

Lughaid biß sich auf die Lippen und verdrehte die Augen. Warum hatte Junker Aethelred gerade die schwatzhaftesten Burschen zu seiner Bewachung abgestellt? Schon seit sie ihn an die Begrenzung des Pferchs gefesselt hatten, versuchten die beiden ihn auszuhorchen.

»Ich weiß nur, daß Merydwen ni Laighann unschuldig ist!« beantwortete er die Frage. »Culain, ich wünschte mir, ich könnte dir jetzt aufs Maul schlagen, damit du endlich still bist! Ich kann dein dummes Gerede nicht mehr hören!«

Der andere verzog sein Gesicht und hielt Lughaid die Faust vor die Nase. »Paß auf, was du sagst.«

»Holla!« Ruadh unterbrach den Streit. »Ist das nicht der Vagant, der uns geholfen hat, Lughaid und das Weib einzufangen?« Er deutete auf den Hof. »Ich dachte, der hätte sich längst mit seiner Belohnung aus dem Staub gemacht!«

Culain drehte sich zur Seite und gab so den Blick frei. Lughaid spannte sich an. Wieder kochte die Wut in ihm hoch, und er riß an den Fesseln. Gwyn! Wenn er diesen verdammten Bastard doch nur zu fassen bekäme!

Ohne die drei Männer eines Blickes zu würdigen, eilte der blonde Mann einige Schritte entfernt an ihnen vorbei, so daß der Lichtschein des Feuers ihn gerade noch erreichte.

»Der sieht aber ziemlich schlapp aus!« stellte Culain treffend fest. »Als ob er sich völlig verausgabt hätte!«

»He, Bursche, was ist denn mit dir los?« rief Ruadh. In diesem Augenblick übertönte das laute Brüllen des Junkers alle anderen Geräusche in ihrer Nähe.

Überrascht drehten die Waffenknechte den Kopf. Nur Lughaid beobachtete den Halbelfen weiter. Er sah, wie Gwyn sich plötzlich zusammenkrümmte. Für einen Augenblick umgab ihn eine grünlich schimmernde Aura, dann hastete der verräterische Barde weiter und verschwand aus Lughaids Sicht.

»Beim Schuppen ist was passiert! Paß du hier auf, ich sehe mal nach!« Ruadh hastete davon, ehe Culain Einspruch erheben konnte.

Verwirrt kam Rhuna zu sich, als sie ein kalter Hauch streifte. Sie griff hastig nach ihrem Stab und horchte auf. Draußen war es laut geworden. Die dunkle Stimme des Junkers bellte über den Lärm hinweg.

Die Magierin schüttelte benommen den Kopf und sammelte ihre Gedanken. Sie hatte nach dem einfachen Mahl doch nur die Füße hochlegen und über ihre Fluchtpläne nachdenken wollen, während Junker Aethelred nach seinen Leuten sah. Statt dessen war sie eingeschlafen.

Vorsichtig streckte Rhuna ihre schmerzenden Beine aus.

»Ich hab da eine Salbe, gelehrte Dame!« meinte die Frau am Spinnrad zu ihr. »Ein altes Hausrezept meiner Großmutter! Das hilft bestimmt.« Dieses Angebot ging über die Freundlichkeit hinaus, die die Bauersleute dem Junker und seinen Leuten erwiesen hatten, nachdem der Edelmann ein paar Silbermünzen auf den Tisch geworfen hatte. Rhuna lächelte. »Habet Dank! Ihr erweiset mir eine große Wohltat.«

Die Bäuerin erhob sich. Da wurde die Tür aufgestoßen, und ein Waffenknecht stürmte in den Raum. »Du… Ihr sollt mit mir kommen, gelehrte Dame. Seine Wohlgeboren will Euch sofort sehen!«

»Welcherhalb?« fragte Rhuna verwirrt und stellte die Füße auf den Boden. Sie griff nach Stab und Tasche. Beides lag neben ihr.

»Im Schuppen ist was passiert. Doch seht Euch das selber an! Ihr versteht mehr davon!« murrte der Waffenknecht ungeduldig. »Kommt, ich helf Euch! Seine Wohlgeboren mag es nicht, lange zu warten.«

Dankbar nahm Rhuna die Hilfe an und stützte sich auf den Arm des Waffenknechtes. Der Mann blickte zu der Bauernfamilie. »Ihr da bleibt besser im Haus! Ist besser!« sagte er freundlich.

Rhuna begleitete den Mann nach draußen in die Dunkelheit. Als sich ihre Augen an das schwache Licht gewöhnt hatten, erkannte sie in der Tür des windschiefen Schuppens eine breitschultrige Gestalt. Von den restlichen Waffenknechten war keine Spur zu sehen, aber sie vernahm Rufe im Wald und sah den Schein von Fackeln durch das Blattwerk schimmern.

Sie erreichten den Schuppen. Junker Aethelred trat zur Seite und deutete in das durch eine Lampe erhellte Innere. »Gelehrte Dame, seht Euch das einmal an. Versteht Ihr etwas davon?«

Rhuna blickte in den Schuppen. Ihre Augen weiteten sich, als sie die aus der Erde ragenden Eisspeere bemerkte. Von einer der schmelzenden Spitzen tropfte Blut.

Die alte Magierin fröstelte. Das konnte nur Elathalions Werk sein! Was hatte der Fürst hier gewollt? Genügte es ihm nicht, Caellin und Brannon in Gefangenschaft und bald zum Tode verurteilt zu wissen?

Merydwen schaute mit kalkweißem Gesicht und ängstlichen Augen zu ihr. Die Lippen der Bardin formten einen Namen: Elathalion!

Der letzte Hauch von Müdigkeit wich. Rhuna holte tief Luft. Sie durfte nicht mehr länger zögern und die Chancen einer gemeinsamen Flucht abwägen! Hier und jetzt war der richtige Zeitpunkt gekommen. Sie mußte die Aufregung, die der Feenfürst verursacht hatte, ausnutzen!

Rasch drehte Rhuna ihren Kopf. Der Edelmann preßte ein Tuch auf seine Brust. »Der blonde Lump, der uns geholfen hat, war bei diesem Liebchen. Er wollte sie wohl befreien, nachdem er die Belohnung eingesteckt hatte. Als ich ihn zur Rede stellte, streckte er die Hand aus, und darauf schossen die Dinger aus dem Boden«, erklärte er wütend.

Rhuna schob eine Haarsträhne aus dem Gesicht und versuchte äußerst besorgt dreinzuschauen. »Von überaus widernatürlicher Natura scheinet mir jenes Eis dort. Der Bösewicht, der dies Zauberwerk heraufbeschwor, scheinet mir dem verfallen zu sein, den man auch den eisigen Jäger nennt! Euer Wohlgeboren, danket wahrlich den Zwölfen, daß ihr noch am Leben seit!«

»Praios' Zorn zerschmettere diesen hinterhältigen Bastard! Der wird nicht länger auf Deres Antlitz verweilen!« grollte der Edelmann. »Dafür will ich sorgen!«

Rhuna hob ihren Stab. »Dies Werk will ich schon tun«, sagte sie leise. »Vergebet mir!« In ihrem Geist bildete sich das gewünschte arkane Muster. Die alte Magierin betrachtete gähnend den Edlen und seinen Begleiter. »Somnigravis ...« Die Magie wurde freigesetzt. Für einen kurzen Augenblick spürte Rhuna Widerstand, dann setzte die Wirkung ihres Zaubers ein.

»Was ... ist d ...« Während der Waffenknecht schnarchend in sich zusammensank, kämpfte der Junker noch eine Weile gegen den Drang zu schlafen und blickte Rhuna ungläubig an. Aber auch er widerstand dem Zauber nicht.

Rhuna drehte sich um. Sie betrat den Schuppen und zerschlug mit ihrem Stab die Eisspeere. Die bedeuteten keine Gefahr, hatte Elathalion doch nur die Elementarkräfte des Eises mit denen des Wassers verbunden.

Merydwen sah die Magierin mit großen Augen an. »Wie habt ihr das gemacht?«

Rhuna legte einen Finger auf die Lippen. »Jetzt nicht!« Sie beugte sich zu dem reglosen Wächter hinunter. Die Haut des Mannes hatte eine bläuliche Färbung angenommen. Als sie ihn umdrehte, um an das Messer an seinem Gürtel zu gelangen, spürte sie, wie kalt er war. Elathalion hatte sein Blut erstarren lassen.

Mit dem Messer in der Hand eilte die alte Magierin zu Merydwen und durchschnitt die Lederfesseln. Die Bardin bewegte sich mit leisen Schmerzenslauten, rieb ihre Hände aneinander und beugte vorsichtig ihre Beine.

Rhuna sah nach draußen. Dort rührte sich keine Menschenseele. Die beiden Männer lagen noch immer reglos am Boden. Bis zu dem Pferch, in dem sich die Pferde des Junkers und Lughaid aufhielten, war es allerdings ein weiter Weg, der an der Wohnstube vorbeiführte.

Die alte Magierin blickte zu Merydwen hinunter und reichte ihr das Messer des Toten. »Kannst du bereits aufstehen?«

»Ich will es versuchen. Meine Beine sind steif wie die einer alten Frau.« Verlegen hielt die Bardin inne, während sie das Messer in die leere Scheide an ihrem Gürtel steckte.

Rhuna lächelte. »Ich will dir vergeben!« Sie stützte sich auf ihren Stab und streckte Merydwen ihre Hand entgegen. Ungelenk kam die jüngere Frau auf die Beine und machte einige vorsichtige Schritte. Als sie den Griff lösen wollte, hielt Rhuna sie fest. »Habe Geduld, Caellin. Nun müssen wir einander an den Händen halten.«

»Warum?« Merydwen hatte am heutigen Tag genug Magie zu spüren bekommen. Erst am eigenen Leib und dann in unmittelbarer Nähe. Mißtrauisch blickte sie auf Rhuna. Die alte Frau schien zu erraten, was sie dachte. »Der Edelmann und sein Knecht schlafen nur. Bei Hesinde, niemals würde ich einem Menschen ein Leid zufügen!« Das klang fast schon empört.

»Verzeiht«, entgegnete Merydwen nur wenig beruhigt. »Was habt ihr vor!«

»Niemand soll uns erschauen!« erklärte die Magierin bedeutungsvoll. Merydwen verkrampfte sich, als ihre Haut zu kribbeln begann. »Visibili Veras Vanitar, Zauber mach uns wahrlich unsichtbar!« intonierte Rhuna und neigte den Kopf.

Die Bardin riß die Augen auf, als die alte Magierin neben ihr durchscheinend wurde und dann nicht mehr zu sehen war. Über was für eine Macht gebot Rhuna nur? Soweit sich die Bardin erinnerte, hatten sich die Scharlatane immer darüber lustig gemacht, daß gelehrte Herren und Damen, ja selbst die ehrwürdigsten Spektabilitäten, nur nackt und bloß, so wie Tsa sie geschaffen hatte, unsichtbar werden konnten!

Rhuna umklammerte Merydwens Hand, als habe sie nichts besonderes getan und sagte: »Nun laß uns schnell von hinnen eilen!«

Merydwen stolperte beinahe über den toten Waffenknecht. Die alte Magierin führte sie an den schmelzenden Eisresten und den schlafenden Männern vorbei.

Draußen sah sich Merydwen gehetzt um. An der Tür zur Wohnstube stand ein Mann und blickte hinaus. Obwohl sie dicht an ihm vorübergingen, entdeckte der Bauer sie nicht. Dennoch war sie erleichtert, als er sich wieder in das Haus zurückzog.

Endlich kam der Pferch in Sicht. Dort unterhielten sich leise zwei Männer. Der eine lehnte am Zaun und beobachtete wachsam seine Umgebung, der andere kauerte am Feuer und stocherte in der Glut. Gleich daneben saß Lughaid, an einen Pfahl gefesselt. Er blickte gequält.

»…das früher gewußt, hätten wir ihn aufhalten können. Mensch, der Bube ist doch ganz nah an uns vorübergelaufen!«

»Ich bin froh, daß wir nichts davon gewußt haben, Cul! Wer weiß, was der Kerl mit uns angestellt hätte. Mit so einem Pack will ich nichts zu tun haben, Ruadh!«

Merydwen biß sich auf die Lippen. Wie konnten sie

die Männer überwältigen, ohne daß sie vorher Alarm schlugen?

Sie suchte verzweifelt nach einer Lösung, als ihre Haut wieder zu prickeln begann. In dem Augenblick, da Rhuna und sie sichtbar wurden, begannen die beiden Waffenknechte heftig zu gähnen und sanken schnarchend zu Boden. Auch Lughaid sackte in sich zusammen.

Rhuna wischte sich den Schweiß von der Stirn. »Wecke Lughaid so auf, daß die anderen nicht zu sich kommen«, raunte sie Merydwen zu.

Vorsichtig schlich sich die Bardin am Feuer vorbei und schüttelte Lughaid an den Schultern. Als der junge Mann sich bewegte, hielt sie ihm den Mund zu. »Ich bin es! Rhuna hat mich befreit.«

Lughaid sah verwirrt zu der alten Frau, die am Rand des Lichtkreises stand und die Umgebung beobachtete. »Mmpf?«

»Leise! Die anderen dürfen nicht aufwachen.« Merydwen durchschnitt die Fesseln und trat dann einen Schritt zurück. »Ich habe keine Zeit für lange Erklärungen. Wir müssen hier weg«, wisperte sie, beobachtete wachsam die Schlafenden und zuckte bei jeder unruhigen Bewegung der beiden zusammen. Neidvoll stellte sie fest, wie schnell Lughaid sich von der Fesselung erholte und schließlich aufstand.

»Zu den Pferden«, raunte er und ergriff Merydwens Hand. Sie hielt ihn fest und blickte fragend zu Rhuna. Die alte Frau schüttelte den Kopf und deutete zum Wald.

Lughaid runzelte die Stirn. Er wollte widersprechen, aber Merydwen legte warnend einen Finger auf die Lippen. Unwillig verzog der junge Mann das Gesicht. Sollten sie sich wirklich wie Diebe davonstehlen? Mit den Pferden würden sie viel schneller voran- und dem Junker vielleicht entkommen!

Lughaid umklammerte Merydwens Hand und ging vorsichtig an Culain vorbei auf die Greisin zu. »Wir sollten die Pferde nehmen«, schlug er vor.

»Aber die anderen Waffenknechte bemerken uns sofort!« wisperte Merydwen. »Ich bezweifle, daß Rhuna und ich so gut mit einem Pferd umgehen wie du und im Galopp reiten können!«

»Denket nicht wie ein Rittersmann, Brannon!« bat die Magierin.

Warum sträubte sich Merydwen jetzt? Die alte Frau schien ganz eigene Pläne zu haben.

Er blickte von den geräuschvoll schnarchenden Männern zu Rhuna. Ein kalter Schauer lief über seinen Rücken. Als er die Magierin Rhuna als Brannon kennengelernt hatte, war sie eine junge Frau gewesen, nicht viel älter als Merydwen, nun aber ...

Die Greisin winkte ihn auffordernd zu sich. Ihr Gesicht wirkte durch das unstete Flackern des Feuers noch zerfurchter, aber in ihren Augen las er dieselbe Entschlossenheit wie bei ihrer ersten Begegnung. Damals hatte sie ihm das Leben durch ihre klugen Ratschläge gerettet. Es war nur gerecht, wenn er sie diesmal wieder ernst nahm. Also würden sie zu Fuß fliehen.

Lughaid kniff die Augen zusammen. »Da lang!« murmelte er und schob die Frauen auf einen Wildwechsel zu, der im Dämmerlicht kaum zu erkennen war und zwischen den Büschen hindurch in die Ausläufer des Gundelwaldes führte.

Die ersten Strahlen der Sonne tauchten die Bäume und Büsche in rötliches Licht. Kleine Tiere huschten durch das Dickicht, während immer mehr Vögel in den Bäumen zwitscherten.

Rhuna achtete kaum auf die erwachende Natur. Sie biß die Zähne zusammen und stützte sich schwer auf die beiden jungen Menschen, die ihr halfen. Jeder Schritt war mit Schmerzen verbunden, als liefe sie über glühende Kohlen. Sie konnte ihre Knie kaum noch beugen. Mit Tränen in den Augen kämpfte sich Rhuna weiter. Sie wollte nicht aufgeben, nicht jetzt, nachdem sie schon so lange durchgehalten hatte. Warum hatte sie sich niemals einen Zauber angeeignet, mit dem sie Schmerz unterdrücken konnte?

Die Magierin klammerte sich an einen einzigen Gedanken: So viel hing davon ab, dem Edelmann und seinen Knechten zu entkommen – nicht nur ihrer aller Leben, sondern auch die Zukunft Deres! Rhuna bezweifelte nicht, daß Elathalion außer der Rache an ihnen sein ursprüngliches Ziel zu erreichen suchte! Wie er das bewerkstelligen wollte, wußte sie noch nicht, aber die Antwort würde sich sicher bald finden. Und wenn ihm das gelang, würde sich die Vermischung der beiden Sphären wie eine Blutvergiftung auf Sumus Leib ausbreiten. Die Folgen waren nicht abzuschätzen.

»Lughaid, meinst du nicht auch, daß wir uns ausruhen sollten?« bemerkte Merydwen plötzlich auffordernd über Rhunas Kopf hinweg zu Lughaid.

Die Magierin schüttelte den Kopf. »Ob meiner müsset ihr euch nicht sorgen!« erklärte sie und versuchte ohne die Hilfe der beiden weiterzugehen. Prompt knickte sie ein. Gerade noch rechtzeitig hielten Lughaid und Merydwen sie fest.

»Du hast recht!« antwortete der junge Mann. »Das wird allerdings unseren Vorsprung zunichte machen!« Damit erinnerte er sie alle an die erstaunlich ruhig verlaufene Flucht. Es erschien auch Rhuna wie ein Wunder, daß bisher noch niemand ihre Spur gefunden hatte.

»Wir dürfen uns keinesfalls sicher fühlen. Ich weiß, daß Junker Aethelred vor Wut kochend nach uns sucht. Gerade jetzt wird er nicht aufgeben, weil wir ihm auf so seltsame Art entkommen sind«, warnte der junge Mann. Rhuna bemerkte seinen mißtrauischen Blick.

Die Unterschiede zwischen Lughaid und Brannon fielen ihr nun immer deutlicher auf: Der Waffenknecht war dem Aberglauben viel stärker verhaftet und fürchtete sich vor Ereignissen, die er nicht nachvollziehen konnte, während der Ritter das Wirken überderischer Kräfte ruhig erwartete. Außerdem stand Lughaid seiner ersten wirklichen Herausforderung gegenüber. Vielleicht besaß er die Erfahrungen und das Wissen Brannons – aber beidem vertraute er nicht sonderlich und wollte ganz offensichtlich seine eigenen Entscheidungen treffen.

»Sollte der Edelmann uns aufspüren, so müssen wir ihn diesmal selbst überraschen und ausschalten!« entgegnete die Bardin entschlossen und legte die Hand auf das Messer in ihrem Gürtel. Rhuna musterte Merydwen erstaunt. Das war nicht mehr die scheue und duldsame Caellin, die sie in den Bildern des Nebelsees und ihren Träumen miterlebt hatte, sondern eine Frau, die bereit war, bis zum Äußersten zu gehen.

Rhuna schluckte. Die vorangegangene Szene machte auf sie den Eindruck, als hätten die Gefährten ihre Rollen vertauscht: Merydwen war nun die Ältere und Erfahrene, weitgereist und von ihrem abenteuerlichen Leben geprägt, während Lughaid seine Heimat nie verlassen hatte.

Rhuna ließ sich erleichtert auf dem Waldboden nieder. Etwas in ihrer Tasche drückte unangenehm hart in ihren Rücken. Plötzlich erinnerte sich die Magierin, daß sie ja noch immer die Runensteine bei sich trug. Vielleicht war es an der Zeit, diesen nutzlosen Ballast endlich zurückzulassen. Nachdenklich holte sie eines der glatten Stücke aus der Tasche und drehte es in der Hand.

»Was ist denn das?« fragte Merydwen neugierig.

»Das ist einer von jenen Runensteinen, die mich an den Ort führten, wo der Kampf mit der Holden Fürst stattfand!« murmelte Rhuna gedankenverloren. Plötzlich zuckte sie zusammen. Ein Sonnenstrahl fiel auf die glatte bläuliche Oberfläche und ergänzte das sichtbare Zeichen. Die alte Magierin hielt die Luft an.

Warum hatte sie das Offensichtliche nicht schon früher erkannt? Die Lösung war doch so einfach gewesen, und sie hatte sie in den Monaten angestrengten Studiums nicht erkannt! Rhuna schlug sich gegen die Stirn. »O, welch ein einfältiges Ding ich doch war! Die Zeichen haben einen Sinn!« Begeistert blickte Rhuna ihre Gefährten an und erntete nur verwirrte Blicke. Sie wollte zu einer weit ausholenden Erklärung ansetzen, besann sich aber eines besseren. Statt dessen hielt sie einen Stein nach dem anderen ins Sonnenlicht. Die Symbole, leicht verfremdete Zeichen altertümlichen Zhayads, waren nur dann vollständig zu erkennen, wenn sie in einem bestimmten Winkel zu den Strahlen gehalten wurden.

Bei Hesinde, diese Artefakte hat ein wahrer Meister der Thaumaturgie geschaffen, dachte Rhuna. Er hat die Kräfte der Steine und die Macht, die den Zeichen innewohnt, miteinander verbunden und dafür gesorgt, daß nur ein Kundiger sie durchschaut. Wenn ich die Runen in einer bestimmten Reihenfolge anordne und zur Wirkung bringe, werden wir für die Sinne von Mensch und Tier verborgen sein!

Sie umklammerte die Steine und lächelte glücklich. »Fürchtet euch nicht mehr. Ich will einen Zauber wirken, welcher uns vor Aug', Nas' und Ohr von Mensch und Tier verberget!« Kaum hatte Rhuna davon gesprochen, meldete sich ihr Verstand. Durfte sie es wagen, die Macht der Steine einfach einzusetzen? Sie kannte nicht das volle Ausmaß der Kräfte, die sie entfesseln wollte. Vermochte sie den Zauber später wieder aufzulösen? Im schlimmsten Fall konnten sie innerhalb des Schutzkreises für immer gefangen sein! Das Bellen eines Hundes wischte ihre Zweifel beiseite. Lughaid und Merydwen sahen sich gehetzt um.

»Füget die Steine im Kreise um uns und beginnet damit im Praios und Firun, sodann wendet euch zur Linken!«, bat Rhuna. Sie hatte keine Zeit mehr, das Für und Wider abzuwägen. Vorsichtig reichte sie den beiden jungen Menschen die Steine in einer ganz bestimmten Reihenfolge. Merydwen und Lughaid musterten sie für eine Weile verwirrt, ehe sie ihrer Bitte nachkamen.

Rhuna holte tief Luft und konzentrierte sich auf das erste der Zeichen. Sie hoffte, daß sich der Zauber, der den Steinen innewohnte, auf gewohnte Weise lösen ließ.

Ohne auf Widerstand zu treffen, erweckte Rhuna die magische Kraft des ersten Steins und spürte, wie diese zu den anderen übersprang, bis der Kreis geschlossen war. »Es ist getan!« murmelte sie benommen.

Wenige Augenblicke später schoß der erste Hund aus dem Dickicht auf die Lichtung und rannte kläffend umher. Lughaid und Merydwen hielten die Luft an, als auch noch der Rest der Meute aus den Büschen hervorsprang.

Die Tiere blieben verwirrt stehen, schnüffelten und liefen dann wirr durcheinander, als hätte jeder eine andere Spur gefunden. Ein Mann trat auf die Lichtung und rief die Hunde mit scharfen Worten zu sich. Die Meute sammelte sich aufgeregt bellend um ihn.

Rhuna duckte sich unwillkürlich, als der Hundemeister seinen Blick schweifen ließ. Nun würde sich erweisen, ob der Schutzkreis wirksam war!

Der Mann sah gezielt in ihre Richtung, aber er schien sie nicht zu bemerken. Schließlich zuckte er mit den Schultern und befahl seinen Hunden weiterzusuchen.

Erst als er außer Hörweite war, atmete die alte Magierin auf und musterte ihre Begleiter zufrieden. Jetzt konnten sie alle sich erst einmal ausruhen und neue Kraft sammeln, ohne ständig Furcht haben zu müssen!

Merydwen saß neben der schlafenden Magierin. Die Haut der Bardin kribbelte und juckte. Das lag sicher nicht nur an dem Ungeziefer, das sich während der Flucht in ihrer Kleidung verkrochen hatte. Sie fühlte sich in der Nähe der Magie unwohl. Aus diesem Grund konnte sie nicht schlafen und hatte sich bereit erklärt, die Wache zu übernehmen. Wenigstens ruhten sich die beiden anderen aus.

Merydwen zog die Beine an den Körper und sah zu Rhuna hin. In ihrem letzten Traum hatte sie die Magierin als jüngere Frau gesehen. Warum war sie jetzt so alt geworden?

Merydwen erinnerte sich an die vielen Legenden, in denen Menschen für ihren Aufenthalt in der Feenwelt einen hohen Preis gezahlt hatten. Eine Warnung wiederholte sich in jeder Geschichte: Iß und trink nicht in der Feenwelt, und nimm nichts aus den geheimnisvollen Reichen mit dir, nicht einmal ein Geschenk der hohen Wesen! Sonst verlierst du das Band zu deiner Welt, und aus Augenblicken, die du in der Anderswelt weilst, werden Monate, aus Tagen Jahrzehnte. Und setzt du dann noch einmal deinen Fuß auf Dere, wird die verstrichene Zeit dich einholen: Ein Kind wird zum Greis, ein stattlicher Bursche oder eine liebliche Maid zerfallen zu Staub.

Die Bardin schluckte. So mußte es Rhuna ergangen sein! Die arme Magierin hatte durch ihre schwere Verwundung keine andere Wahl gehabt, als diesen Preis zu zahlen.

Merydwen schauderte, als sie sich die Bedeutung dieser Gedanken vorstellte: Rhuna hatte kein anderes Leben hinter sich – der Kampf mit Elathalion lag für die Magierin nur wenige Monate oder Jahre zurück! Ebenso wie die Herrschaft der Fürsten aus dem Hause Ulaman, von denen sie selbst nur noch die Namen kannte!

Rhuna stammte aus der Zeit der Klugen Kaiser, die weithin als glücklich und friedlich gepriesen wurde! Als Zeitalter, in dem Kunst und Wissenschaft in hoher Blüte gestanden hatten! Die alte Frau besaß Kenntnisse, die sich die heutigen Menschen erst wieder mühsam aneignen mußten. So viel war in den vergangenen Jahrhunderten verlorengegangen.

Merydwen schreckte aus ihren Gedanken, als sich Lughaid aufsetzte. »Ich bin zu aufgeregt, um mich auszuruhen oder gar zu schlafen! Wir sollten endlich weitergehen!«

»Nein, ich bin anderer Meinung. Sieh doch, Rhuna ist ganz erschöpft! Wie weit kämen wir, bevor uns die Häscher aufspürten?« wandte Merydwen heftig ein. »Du mußt mehr Rücksicht auf Rhuna nehmen. Sie ist eine gebrechliche alte Frau!«

»Glaubet mir, daß ich ebenso meine Jugend zurückersehne!« meldete sich die Magierin unerwartet zu Wort.

Auch Rhuna hatte keine Ruhe gefunden. Die vielen unbeantworteten Fragen schwirrten ihr durch den Kopf. Besonders eine: Warum hatte Elathalion die beiden Liebenden zunächst an die Verfolger verraten, um dann in der Nacht zurückzukehren? Weshalb wollte er Merydwen befreien?

»Vielleicht sollten wir lieber miteinander reden, bevor uns wieder jemand stört!« schlug Merydwen vor und beäugte mißtrauisch die Steine. »Wir haben viele Fragen an Euch, Rhuna!«

Die alte Magierin stimmte freudig zu. »Doch zuvor bitt' ich dich, Cae... Merydwen, mir zu erzählen, was dort im Schuppen geschah, bevor ich gerufen ward. Welcherhalb suchte Elathalion dich auf? Hat er Wissen über deine einstige Incarnatio?«

»Bei Rondra, der Fürst war bei dir?« fragte Lughaid entsetzt dazwischen. »Ich habe nur diesen verdammten Verräter Gwyn davonrennen sehen!«

Rhuna blickte zwischen beiden hin und her. Da waren Dinge geschehen, die sich ihrer Kenntnis entzogen! »Erzähle mir alles!« drängte sie. War alles noch viel schlimmer, als sie befürchtete? Hatte die Auseinandersetzung bereits begonnen?

»Woher wißt ihr, daß Elathalion in Gwyns Körper steckt?« fuhr Merydwen sie gehetzt an. »Wie lange befindet sich dieser bösartige Feengeist schon in ihm?«

»Soviel ich weiß, nicht mehr als ein Jahr«, erwiderte Rhuna. Sie bemerkte, daß sich Merydwens Anspannung ein wenig löste. »Kind, was habet er dir angetan?«

»Wer von den beiden?« fragte Merydwen mit zitternder Stimme. »Beide haben mein Leben zerstört!« Sie schüttelte die Hand der Magierin ab und starrte an Rhuna vorbei in das Buschwerk. »Was der eine tat, wißt ihr beide. Der andere, Gwyn, sorgte dafür, daß mich meine Eltern verstießen und ich die Freude am Leben verlor!«

Rhuna spürte, wie sich Merydwens Aura verstärkte. Die Bardin benutzte unbewußt Magie, um sich genau an die Ereignisse zu erinnern, von denen sie berichtete.

Die Augen der Magierin weiteten sich bei jedem Wort. Die Enthüllungen waren unglaublich! Fast schien es ihr, als habe sich die Geschichte wiederholt. Elathalion war durch das Wirken seines mißratenen Enkels dem Ziel näher als je zuvor!

»Als mich Elathalion in Gwyns Gestalt aufsuchte und mir auf widerwärtige Art und Weise Erinnerungen entriß, erfuhr er von dem Kind. Aber was er dann sagte, war entsetzlich! Sagt mir, welche Bedeutung kann ein Kind haben, das wie eine leere, seelenlose Hülle... Gütige Tsa!« Da hielt Merydwen inne und wurde totenbleich. »Warum bin ich nicht schon früher darauf gekommen?« Ihre Stimme überschlug sich. »Tamlin sang ein Lied über ein namenloses Feenkind, das zum ›Schatten vom Farindelwald‹ wurde, und erzählte mir die Legende dazu. Bei den Zwölfen, warum habe ich erst so spät davon erfahren?« Tränen traten in Merydwens Augen. »Ich hätte die Zeichen damals besser deuten können: Mein Kind war von makelloser Gestalt und lebte, aber es regte sich kaum. Seine Augen waren blind und leer. Jetzt erst begreife ich, daß es keine Seele hatte, weil sein Vater nicht von dieser Welt stammte! Gwyn hat mich getäuscht: Er ist kein Halbelf.«

»Das ist wohl wahr!« ergänzte Rhuna. »Dieser Gwyn ward von der Goldenen Dame, die auch Lyret, Tochter des Fürsten Elathalion, geheißen, von einem Sterblichen empfangen.«

Merydwen zitterte heftiger. Sie schien die Worte gar nicht richtig verstanden zu haben. »Tamlin erzählte mir, daß Feenkinder keine Seele haben. Erst wenn die Mutter ihnen einen Namen gibt, schlüpft die Seele in ihren Leib. Und das gilt auch für jene, die zwischen den Welten stehen!« Sie schlug die Hände vor das Gesicht. »Gütige Tsa, verzeih mir, ich habe das Kind durch meine Zurückweisung zu einem elenden Dasein verurteilt!«

Rhuna zog Merydwen in ihre Arme und drückte die schluchzende Bardin wie ein Kind an sich. »Ja, weine nur, meine Tochter. Gebe deinen Schmerz und deine Schuld frei!« murmelte sie. »An allem was geschehen, hast du keinen Anteil. Nun bist du nicht mehr allein! Wir sind an deiner Seite!« Hilfesuchend blickte die alte Magierin zu Lughaid, weil sie nicht wußte, wie sie die Weinende trösten konnte.

»An allem ist nur dieser Bastard Gwyn schuld!« Der junge Mann kniete sich hin und nahm Merydwen in die Arme. »Ach hätte ich diesen elenden Verräter doch nur erschlagen, als er vor mir stand!« machte er seiner aufgestauten Wut Luft.

Die Bardin hob den Kopf. »Das hättest du nicht geschafft, er hätte dich genau so umgebracht wie meine Eltern!« schluchzte sie. Rhuna horchte auf. Es schien so, als hätten die Gefährten noch mehr zu berichten. »Deine Eltern?« fragte sie vorsichtig.

Lughaid antwortete zuerst. »Merydwen vermutet, daß Elathalion ihre Eltern und das Gesinde zu Eis erstarren ließ!«

»Ich vermute das nicht nur, ich weiß es!« Merydwen hob den Kopf. »Er hat es mir offen ins Gesicht gesagt! Bevor er mir mit Gewalt meine Erinnerungen entriß!« Die Gesichtszüge der Bardin versteinerten. »Elathalion wollte genau wissen, wo sich das Kind aufhielt«, murmelte sie düster. Dann weiteten sich ihre Augen. »Gütige Götter! Er weiß es!«

Aufgeregt entwand sich Merydwen Lughaids Armen und wollte aufspringen, doch der junge Mann hielt sie fest. »Es hat keinen Sinn, kopflos drauloszustürmen! Da draußen sind Aethelreds Männer!«

»Bran ... Lughaid hat recht!« unterstützte Rhuna

den jungen Mann und suchte nach einer Möglichkeit, die Bardin zu beruhigen. Da fiel ihr ein Umstand ein, den sie bisher noch nicht erwähnt hatte. Fieberhaft erklärte sie: »Verloren ist unsere Sache noch nicht!« Sie umfaßte Merydwens Hände. »Da Elathalion in diesen letzten Tagen so viele mächtige Zauber wirkte, muß er nun auf länger in der Feenwelt oder an einem Ort verweilen, an dem sich die Welten berühren! Sonst vergehet sein Geist gleich einem Nebelstreif im Licht der Sonne!«

»Wieviel Zeit haben wir?« fragte Merydwen gehetzt. »Einen Tag, eine Woche oder mehr?«

»Das vermag ich nicht zu sagen. Satinavus Bande enden an den Toren.« Rhuna seufzte. »Gewiß erscheinet mir jedoch, daß Elathalion auf länger dort weilen muß!«

»Ich wünschte, ich hätte deine Zuversicht!« Merydwen ließ sich erschöpft gegen Lughaid sinken. Für einen Augenblick genoß sie die Geborgenheit in seinen Armen. Dann schreckte sie wieder hoch und versuchte, ihre aufgewühlten Gedanken zu ordnen. »Ich ließ mein Kind bei einer Frau, die man die Muhme nannte«, erklärte sie Rhuna.

»Von der habe ich schon gehört!« warf Lughaid ein. »Das seltsame Weib lebt bei Haagen im Draustein-schen! Sie soll eine arglistige Hexe sein!«

»Die Muhme soll bösartig sein? Das behaupten nur jene, die sie nicht kennen!« erwiderte Merydwen. »Diese Frau gab mir meinen Lebensmut zurück und lehrte mich, mein Kind zu lieben, bevor es geboren wurde. Deshalb war es für mich um so schlimmer, das Kleine so leblos zu sehen.« Sie schauderte. »Ich will nicht glauben, daß sie sich nur mit dunklen Hintergedanken um mich gekümmert hat!« Die Bardin wischte sich fahrig über Stirn und Wangen. »Ich muß auf jeden

Fall zu der Muhme und herausfinden, ob sie mein Kind aufgezogen hat! Selbst wenn es mich mein Leben kostet!«

Ihre Hand glitt über die Kehle nach unten. Der kleine Finger verhakte sich in dem Band, das noch immer um ihren Hals hing.

Merydwen überlief es heiß und kalt. Sie zog den Anhänger unter dem Hemd hervor und betrachtete ihn entsetzt. »Ich hatte den Schmuck ganz vergessen!«

»Das ist ja Elathalions Gabe...«, stellte Rhuna erstaunt fest, während Merydwen schrill lachte.

»Der Schmuck, mit dem er Caellin in seinem Bann hielt – ja, er ist zu mir zurückgekommen! Elathalion wird immer wissen, wo wir hingehen. Es wird unvermeidlich sein: Wir werden ihn zu meinem Kind führen.«

»Laß mich sehen!« Rhuna beugte sich vor und streckte die Hand aus. Merydwen nickte. Die Magierin hatte die Magie in dem Anhänger schon einmal bezwungen. Vielleicht gelang ihr das erneut!

Als die alte Frau den Silberschmuck berührte, unterdrückte Merydwen nur mühsam einen Schrei. Heftiger Schmerz zuckte durch ihren Körper, so als erkenne die Magie des Anhängers die Kräfte der alten Magierin. Für einen Lidschlag hatte sie eine leuchtende Aura um den Edelstein gesehen: fremdartige, ineinander verwobene Muster, die sich ständig veränderten und wie Peitschenschnüre ausschlugen. Rhuna verzog das Gesicht und ließ dann von dem Anhänger ab. Sie schüttelte den Kopf. »Dieses Artefakt ist von zu großer Macht. Ein Destructibo auf es zu wirken, würde dir den Tod bringen! Das darf nicht geschehen!«

»Das stimmt«, antwortete Merydwen bitter und ließ den Schmuck in Augenhöhe pendeln. »Ich werde erst frei sein, wenn Elathalion mir den Schmuck abnimmt oder einer von uns tot ist«, murmelte sie leise. »Ich habe meinen Lebensweg niemals selbst bestimmen können – alles was geschah, hat zu diesem Punkt geführt. Und so nah vor dem Ziel werde ich nicht aufgeben. Die Träume, die Geschehnisse, sie haben uns auf einen Pfad gedrängt, den wir nun gemeinsam zu Ende gehen müssen.« Sie blickte von Lughaid zu Rhuna. »In der Vergangenheit konnten wir Elathalion nur aufhalten, jetzt aber haben wir die Pflicht, ihn zu besiegen.«

Sie spürte, wie sich ihre Anspannung veränderte. Aus Verzweiflung und Furcht wurden Wut, Entschlossenheit und Mut. Merydwen holte tief Luft. Sie hatte keine Angst mehr vor dem, was noch vor ihr lag, auch wenn es das Ende ihres Weges sein würde. Sie war lange genug vor ihrer Verantwortung davongelaufen. Nie wieder!

»So soll es sein!« Lughaid ergriff ihre rechte Hand, Rhuna die linke.

30. Kapitel

In die Höhle des Bären

Lughaid warf einen Blick zu der Burg hinauf, die das Flußtal weithin sichtbar überragte. Draustein warf einen langen Schatten voraus. Ihm erschien das wie ein düsteres, unheilverkündendes Omen.

Wir laufen mit offenen Augen in unser Verderben, dachte er mit einem flauen Gefühl im Magen. Es ist blanker Wahnsinn, auf der offenen Straße in Richtung Falkraun zu reisen! Ich kenne doch meinen ehemaligen Herrn. Der hat die Jagd nach uns noch nicht aufgegeben. Jetzt, da wir seinem Zugriff einmal entwischt sind, wird er nur noch um so verbissener nach uns suchen! Und irgendwann die richtigen Schlüsse ziehen!

Lughaid wischte sich die schweißfeuchten Hände an der schmutzigen Hose ab und umfaßte die Zügel fester. Das alte, klapprige Grautier, das den kleinen Karren zog, bedurfte eigentlich keiner Lenkung. Stur folgte es dem Verlauf der Straße, setzte Huf vor Huf und ließ sich in seinem Trott nicht stören.

Wie lange wird unser gewagtes Spiel noch gutgehen? fragte sich der junge Mann. Plötzlich hob er den Kopf. Erklang hinter ihnen nicht Hufgetrappel?

Lughaid warf einen verstohlenen Blick über die Schulter. Ein Reiter holte langsam, aber stetig an Abstand zu ihnen auf. Die Farben seines Waffenrockes wiesen ihn als einen der landlosen drausteinischen

Ritter aus. Der Mann trug ein oberschenkellanges Kettenhemd und Beinschienen, eine kurze Lanze steckte in der dafür vorgesehenen Halterung am Sattel... Leichte Panzerung und Bewaffnung, wie sie zur Verfolgung von Flüchtigen angebracht war.

Lughaid zwang sich dazu, Ruhe zu bewahren. Er durfte keinen Verdacht auf sie lenken!

Seufzend erinnerte er sich an die Rolle, die er seit gestern spielte: Ich bin Fiann von Heidkryz, ein Tagelöhner, der sein Heimatdorf verlassen hat, um in der Fremde ein neues Leben zu beginnen. Ich will mit meiner kranken Frau und deren Mutter zu Verwandten nach Altenfaehr.

Merydwen hatte sich diese Geschichte ausgedacht, nachdem sie einer alten Witwe den Karren, das Grautier und ein paar Kleidungsstücke für das letztes Geld der Magierin abgeschwatzt hatte. Die Gefährten hatten sich wegen Rhuna dazu entschieden, so gefährlich zu reisen. Die alte Magierin verfiel zusehends. Sie konnte keine weiten Strecken mehr laufen, geschweige denn querfeldein.

Lughaid warf einen strengen Blick zu den beiden Frauen, die sich auf dem schmalen Karren zusammendrängten. Die beiden stellten ihr Getuschel ein und zogen die Tücher enger um sich.

Der Reiter hatte sie fast erreicht und nahm den Karren in Augenschein.

Lughaid drehte sich nach vorne und schob den Knüppel, den er in Ermanglung einer anderen Waffe mit sich genommen hatte, so zurecht, daß er leicht nach ihm greifen konnte. Das Kratzen von Holz auf Holz hinter ihm verriet, daß sich Rhuna ebenfalls vorbereitete. Nun würde sich ja erweisen, wie gut ihre Verkleidung wirklich war.

Lughaid Herz begann schneller zu schlagen, als der Ritter ganz zu ihnen aufgeschlossen hatte. Er brachte das Grautier mit einem Schnalzen zum Stehen und wich dem stechenden Blick des Mannes aus. »Die Zwölfe zum Gruße, hoher Herr!« Krampfhaft versuchte er die Haltung der Bauern und Tagelöhner nachzuahmen, die Aethelred und die Herrin aufgesucht hatten.

»Sieh mich einmal an, Bursche! Wer bist du?«

Lughaid biß sich auf die Lippen und gehorchte. »Bin Fiann von Heidkryz. Das da sind mein Weib Algai und ihre Mutter Wynna, hoher Herr!« In diesem Augenblick hoffte der junge Mann, daß sein Gesicht durch die Mißhandlungen immer noch geschwollen genug war, um ihn anders aussehen zu lassen. Der wuchernde Bart und der zusätzlich auf seine Wangen und Stirn geschmierte Schmutz taten ein übriges.

»Wo wollt ihr hin?«

»Nach Altenfaehr, Herr. Zu Verwandten. Wollen uns dort niederlassen.«

Der Ritter schien mit der Antwort nicht ganz zufrieden zu sein. Er nahm die beiden Frauen genauer in Augenschein und verweilte mit seinem Blick lange auf Merydwen. Doch als diese ihre mit Pflanzensaft dunkler gefärbten Haare aus dem Gesicht schob und damit kleine rote Pusteln auf ihren Wangen enthüllte, wandte der Mann den Blick schnell wieder ab. »Dann macht, daß ihr schnellstens dahin kommt!« knurrte der Drausteiner. »Und haltet euch mit der da nicht länger als nötig in diesem Landstrich auf!« Angewidert riß der Mann an den Zügeln und ritt wieder davon.

»Der unfreundliche Kerl hat etwas vergessen!« spöttelte Merydwen. »Es heißt nicht nur: Haltet euch mit der da nicht länger hier auf als nötig, sondern auch noch: Haltet euch ja auch von den Dörfern fern. Fremde, die ansteckende Krankheiten anschleppen, können wir hier nicht brauchen!« Sie lächelte Lughaid an. »Woher wußtest du eigentlich, daß die Bißnessel einen so heftigen Ausschlag verursacht?«

»Ich bin selber einmal in ein Beet gefallen!« entgegnete Lughaid trocken und trieb das Maultier mit einem Schnalzen und einem kurzen Ruck an den Zügeln wieder an. Der Karren schwankte heftig und ratterte weiter.

Noch einmal wandte sich Lughaid den beiden Frauen zu. »Ich halte es immer noch für eine verrückte Idee, uns für Flüchtlinge auszugeben und auf der Straße zu reisen! Auch wenn wir vor Falkraun am Drübsee abbiegen, kann uns noch immer jemand entgegenkommen, der dich oder mich erkennt!«

Merydwen schaute zu ihm auf. Sie zog einige Haarsträhnen über das verunstaltete Gesicht. »Diese Gefahr müssen wir schon auf uns nehmen. Ich weiß aus eigener Erfahrung, daß man uns viel mehr mißtrauen wird, wenn wir uns auf der offenen Heide von Hügel zu Hügel schleichen! Dann weiß selbst der dümmste Schäfer, daß wir etwas zu verbergen haben!«

»Dein Vertrauen möchte ich haben!« Lughaid wandte den Blick wieder nach vorne. Am dunstverhangenen Horizont waren die Umrisse der Zwillingsfelsen mit der darauf thronenden Burg zu erkennen. Zu seiner Rechten erstreckte sich der Drübsee. An seinen Ufern entlang führte der Weg nordwärts zum kleinen Heidedorf Haagen.

Lughaid seufzte. Das mulmige Gefühl in seinem Magen wollte nicht weichen. Eher im Gegenteil; seine Anspannung wuchs.

Auch Merydwen war nicht so gelassen, wie sie Lughaid gegenüber vorgab. Natürlich war es leichtsinnig, so offen durch Draustein zu reisen. Sie waren bereits von mehreren Rittern angehalten und befragt worden. Aber mit jedem, der sie nicht erkannte, wuchs ihre Zuversicht, das Ziel zu erreichen. Die Bardin holte tief Luft. Sie fürchtete die menschlichen Verfolger immer weniger. Um so mehr wuchs ihre Aufregung, wenn sie an Elathalion dachte.

Jetzt spürte sie Rhunas Hand auf ihrem Arm. »Wir müssen uns anderen Dingen zuwenden, das ist wichtiger!« sagte die alte Magierin leise. Besorgt blickte Merydwen auf die alte Frau, deren Gesichtszüge aschgrau und eingefallen waren. Nur die Augen schienen noch mit Leben erfüllt. Rhuna klagte nicht, aber die Bardin spürte an dem verkrampften Griff der Magierin, daß sie unter starken Schmerzen litt. »Ich weiß nicht, ob ich euch noch lang beizustehen vermag. Meine Kraft verrinnt wie Wasser im Sande. Dieserhalb ist es um so wichtiger, daß du nicht länger leugnest, welche Macht in dir ruhet! Im Kampfe gegen Elathalion ist jede Waffe wichtig! Und sei sie noch so stumpf!«

»Ich weiß!« entgegnete Merydwen und legte ihre Hände in die Rhunas. Stumpf, ungeschliffen, das war das richtige Wort. Die Bardin spürte erneut den Widerwillen, die in ihr schlummernden Kräfte als Teil ihrer selbst anzunehmen. Ihr Herz schlug schneller. Sie spannte sich an, als sie die geistige Berührung Rhunas spürte. Die alte Magierin wollte ihr nur helfen – wollte sie nicht verletzen, sondern nur führen!

+ Unitatio Animus... Der Bund zweier Seelen... denke wie ich, fühle wie ich und lerne zu verstehen... +, erklang die Stimme der Magierin in ihrem Geist. Merydwen wehrte sich nicht länger. Ihre Hände krallten sich in die dürren Arme der Greisin, als sie sich Rhuna öffnete und preisgab.

Das Pochen des Herzens verlangsamte sich, bis es im Einklang mit dem der Magierin schlug. Sie atmeten im Gleichtakt, dachten den selben Gedanken, folgten...

»Merydwen!« Die Bardin schrie auf und krümmte sich zusammen. Ein brennender Schmerz, so als habe ihr jemand eine glühende Klinge in den Leib gestoßen, durchzuckte ihren Körper. »Merydwen, verdammt, komm zu dir!«

Im ersten Augenblick wußte sie nicht, wo sie sich aufhielt und was um sie herum geschah. Wie zu den Gelegenheiten, an denen sie von Tjorbi aus tiefstem Schlaf gerissen wurde.

»Lughaid, bist du irr?« stöhnte sie und versuchte, klare Gedanken zu fassen. Vor ihren Augen tanzten wirre Bilder. Sie tastete blind nach Rhuna. Die alte Magierin schien durch den Schock das Bewußtsein verloren zu haben.

Wieder packte Lughaid sie grob an der Schulter. »Merydwen, komm zur Besinnung! Wir haben keine Zeit mehr für eure seltsamen Bräuche!« schimpfte er aufgebracht.

»Was ist denn los?« Merydwen bewegte den Kopf, um ihre Benommenheit abzuschütteln, und sah sich hastig um. Sie standen mitten auf einer einfachen Holzbrücke. Unter ihnen plätscherte die Wenge. Neben ihr regte sich Rhuna leise stöhnend. Die Magierin schien keinen weiteren Schaden genommen zu haben.

Wieder stieß Lughaid sie grob an. »Übernimm du die Zügel. Ich halte unseren Verfolger auf!« Merydwen blickte in die Richtung, in die Lughaid deutete. Ein Reiter jagte in wildem Galopp auf sie zu. »Das ist Herr Aethelred! Ich erkenne seinen Rappen!«

Die restliche Benommenheit fiel von Merydwen ab. Sie reckte ihren Hals, und versuchte zu erkennen, ob noch andere Verfolger hinter ihnen waren, aber dem schien nicht so zu sein.

Lughaid drückte Merydwen kurzerhand die Zügel in die Rechte und sprang von der Deichsel. »Du bist verrückt. Du kannst nicht nur mit einem Knüppel gegen einen bewaffneten Ritter antreten!« protestierte die Bardin.

Lughaid schnalzte zur Antwort.

»Halt, nicht!« Merydwen verlor den Halt, als sich das Grautier überraschend in Bewegung setzte. Fluchend fing sie sich ab und kletterte über den schlichten Sitz nach vorne. Hastig blickte sie über die Schulter. Lughaid verließ die Brücke und stellte sich mitten auf den Weg. Bei Rondra! Junker Aethelred würde ihn einfach niederreiten! Erwartete der junge Mann ein Wunder, eine göttliche Fügung, die ihm ermöglichte, gegen den Feind zu bestehen?

Merydwen blieb keine Zeit, weiter darüber nachzudenken. Ihre ganze Aufmerksamkeit wurde von Karren und Esel in Anspruch genommen. Sie war in ihrer Jugend zwar geritten, hatte aber in ihrem ganzen Leben niemals ein Fuhrwerk gelenkt. Aufgeregt zog sie an den Zügeln. Quälend langsam entfernten sie sich von Lughaid. Konnte das alte Grautier denn nicht schneller laufen?

Merydwen ahmte Lughaids Schnalzen nach. »Verdammt! Nun lauf doch, du dummer Esel!« bat sie das Grautier eindringlich, das sich in seinem Trott jedoch nicht stören ließ, bis …

Merydwen warf wieder einen verzweifelten Blick zurück. Lughaid war doch noch zur Vernunft gekommen. Er kletterte einen steilen Hang hinauf, dicht verfolgt von dem Reiter. Doch das Pferd schien immer schwerer festen Tritt zu finden.

In diesem Augenblick ging ein heftiger Ruck durch den Karren. Das zweirädrige Gefährt schwankte stark. Merydwen sah gehetzt nach vorne.

Aus irgendeinem unerklärlichen Grund war der Esel in Trab verfallen. Nun verließ das Tier auch noch den Weg. »O nein, bitte nicht! So hatte ich das nicht gemeint!« jammerte Merydwen. Sie wußte nicht, was sie tun sollte.

»Das bin ich mir und Euch schuldig, Herr Aethelred!« sagte Lughaid ruhig zu sich selber. Er wußte, daß er gegen den Ritter keine Chance hatte und nur Zeit für Merydwen und Rhuna gewinnen konnte, aber das war ihm sein Leben wert. Noch einmal warf er einen Blick über die Schulter. Der Karren ratterte aus der Sicht.

Brannon von Crumold kam ihm in den Sinn. Wie hätte sich mein einstiges Ich in einer solch aussichtslosen Lage verhalten, fragte sich Lughaid plötzlich. Er grinste schief. Ein kluger und erfahrener Held würde sich einem überlegenen Feind nur dann entgegenstellen, wenn er diesen täuschen wollte!

Plötzlich wußte der junge Mann, wie er sich vor vielen Jahrhunderten in einer ähnlichen Lage verhalten hatte und handelte danach. Wie von selbst hoben sich seine Arme.

Lughaid stürmte wild den Knüppel schwingend auf den Edelmann zu und stieß einen Kampfschrei der Thorwaler aus Djannan ui Bennains Zeiten aus. Wenige Schritte vor dem scheuenden Pferd des Ritters schlug er einen Haken und verließ den Weg. Er mußte den Junker zu einem Ort locken, an dem er beritten nicht viel ausrichten konnte.

Weiter hinten brachte Aethelred von Falkraun fluchend seinen scheuenden Rappen unter Kontrolle. Hastig sah Lughaid zurück. Wie erwartet, wurde er verfolgt, aber das temperamentvolle Pferd kam auf dem unebenen Heideboden nur schlecht voran. Je steiler der Hang wurde, desto weiter fiel Aethelred zurück. Dem Edelmann blieb nichts anderes übrig, als die Verfolgung zu Fuß fortzusetzen. »Bleib endlich stehen, du feiger Hund, und stell dich zum Kampf!« brüllte er

Lughaid nach. »Du warst doch sonst immer auf Ehre bedacht! Hast du deine Haltung geändert?«

»Nein!« murmelte Lughaid zu sich selbst. Er stützte sich mit der Hand an einem Stein ab und kletterte eine besonders steile Stelle hinauf.

Vor ihm lag, halb in den Hang hineingebaut, eine verfallene Kate. Das Dach war zur Hälfte eingebrochen, aber die Seitenmauern standen noch. Mit ein paar Schritten huschte der junge Mann in den Schatten einer Wand und preßte sich eng gegen den feuchten, moosbewachsenen Stein. Vorsichtig lugte er um die Ecke. Vielleicht konnte er den Edelmann überraschen.

Lughaid hielt die Luft an und hob den Knüppel. Aethelred von Falkraun kam in Sicht. Er blieb jedoch am Rand des Abhangs stehen, weit genug von der Kate entfernt, und sah sich wachsam um. Lughaid fluchte in Gedanken. Er hätte seinen Herrn nicht unterschätzen sollen!

Aethelred schien seinen Plan schon durchschaut zu haben. Er zog sein Schwert und trat näher an die Kate heran. »Komm heraus, Lughaid!« rief er fordernd. »Ich weiß, daß du dich in der Hausruine versteckst! Glaube ja nicht, du könntest mich überraschen! Du entkommst mir nicht noch einmal!«

Lughaid wich weiter in den Schatten zurück. Noch war er nicht bereit, sein Versteck preiszugeben.

Aethelreds Gesicht verfinsterte sich. »Was willst du damit erreichen, mein Junge? Deine beiden Spießgesellinnen werden trotzdem nicht weit kommen! Ich habe bereits einen Boten losgeschickt, der die Kunde von ihrem schändlichen Treiben durch ganz Abagund tragen wird. Die alte Hexe und die Mörderin werden brennen! Ebenso wie dieser halbelfische Dämonenknecht!«

Nein, das durfte Lughaid nicht zulassen. »Herr, hört

mich an!« rief er drängend. »Ich muß mit Euch sprechen!«

Aethelreds Kopf bewegte sich ruckartig in seine Richtung. »Welche Lügen willst du mir nun wieder auftischen, Lughaid? Stehst du nun gänzlich unter dem Bann der Hexen? Seit eurer Flucht weiß ich, daß üble Magie mit im Spiel ist!«

»Die finstere Zauberkunst übt nur einer aus – Gwyn, der Halbelf!« widersprach Lughaid. »Rhuna und Merydwen verfolgen ihn schon mehrere Jahre, denn er hat beider Familien umgebracht! Deshalb sind wir geflohen!«

Aethelred schüttelte den Kopf. »Das kannst du vielleicht anderen erzählen, aber nicht mir. Diese Ausrede stinkt zehn Schritt gegen den Wind!«

»Dann geht doch einmal zum crumoldischen Gut Conneleigh. Dort werdet ihr nur zu Eisstatuen erstarrte Menschen finden! Das ist Gwyns Werk!«

»Oder das eure! Nein, euch dreien traue ich mittlerweile alles zu!« Aethelred kam mit schnellen Schritten näher.

Lughaid sah sich gehetzt um. Der Edelmann würde ihn in die Enge treiben, wenn er keinen Ausweg fand. Rasch kletterte der junge Mann durch einen Spalt in das Innere des Hauses. Er bemerkte, daß einige der Stützbalken, die den Rest des Daches hielten, gefährlich locker waren. Bedacht darauf, keinen anzustoßen, suchte er sich einen günstigen Standort. In ihm reifte ein Plan.

Lughaid spürte, wie ihm das Herz bis zum Hals schlug. Er packte den Knüppel mit beiden Händen und wartete geduldig. Im nächsten Augenblick setzte Aethelred über die Mauer hinweg, das Schwert zum Schlag erhoben. Lughaid legte alle Kraft in den Hieb gegen einen der Dachbalken. Das Holz rutschte weg. Es knarrte und knirschte. Das Dach begann wegzusacken, Stroh und Erde rieselten auf Lughaid und den Edelmann herab. Aethelred von Falkraun hielt in seinem Angriff inne und blickte erstaunt nach oben.

Der junge Mann aber rannte los, um dem zusammenbrechenden Dach zu entkommen. Mit einem geschickten Sprung über die Mauer rettete er sich vor einem herabstürzenden Balken. Draußen fiel er auf die Knie. Erde und Stroh prasselten auf seinen Rücken. Lughaid duckte sich und wartete, bis kein Geräusch mehr zu hören war. Durch den Nebel aus aufgewirbeltem Staub konnte er das nun gänzlich eingesunkene Dach erkennen. Aethelred von Falkraun aber war verschwunden.

»Halt! Halt jetzt an, du störrisches Vieh!« schimpfte Merydwen und kämpfte mit den Zügeln. Der Karren schaukelte bedenklich, als er über die Erdhügel rumpelte. Der Weg lag längst weit abseits von ihnen.

Sie warf einen hastigen Blick nach hinten. Rhuna schaute hilflos zu ihr auf, klammerte sich verzweifelt an den Seitenstreben fest und bemühte sich trotzdem, ihre Tasche und den Stab nicht zu verlieren.

»Iiieeeeh!« quietschte Merydwen entsetzt, als sie wieder nach vorne blickte. Der Karren raste knapp an einem Abhang entlang.

Die Bardin zog fieberhaft an den Zügeln und versuchte es mit allen Rufen, die ihr in den Sinn kamen. »Hott! So halt doch endlich an! Halt!« Sie probierte es mit Schnalzen. Dann endlich blieb das Grautier mit bebenden Flanken stehen. Merydwen holte erleichtert Luft und wischte sich den Schweiß von der Stirn. Es war nicht ihr Verdienst gewesen, daß sie angehalten hatten – das Tier war erschöpft.

Als ihre Glieder nicht mehr zitterten, ließ Merydwen die Zügel fahren und sprang vom Karren. Nach dieser wilden Fahrt wollte sie lieber auf ihre Füße vertrauen.

Rhuna schaute vorsichtig hoch. Ihr fahles Gesicht hatte eine grünliche Farbe angenommen. Die alte Magierin schien nicht glauben zu wollen, daß der Karren wirklich zum Stehen gekommen war.

Merydwen ergriff beruhigend ihre Hand und lächelte ermutigend. Dann sah sie sich um. Ein Schreck fuhr ihr in die Glieder, als sie bemerkte, wie knapp sie vor einem Bach gehalten hatten, dessen Bett sich einige Handbreit tief in den Heideboden gegraben hatte. Der Karren wäre diesmal ganz sicher umgekippt.

Um sie herum gab es nur heidebewachsene Hänge, schroffe Felsen, die aus dem Grün herausragten, eine Baumgruppe, die in der weiten Landschaft verloren wirkte, und der Pfad, der sich links von ihnen durch die Heide schlängelte.

Merydwen erkannte die Gegend wieder. Sie war hier sehr oft mit der Muhme gewandert, um Kräuter zu sammeln. »Wir sind nicht mehr weit von unserem Ziel entfernt«, sagte sie erleichtert zu Rhuna. »Kannst du laufen?«

Die alte Magierin nickte. »Ich will es versuchen!« erklärte sie entschlossen. Merydwen half ihr, den Karren zu verlassen und stützte die alte Frau, als sie auf einen der Hügel zugingen. Auf der anderen Seite würden sie das Haus der Muhme finden – die an den Hang gebaute Kate, die in der Landschaft kaum zu erkennen war.

Merydwen spürte, wie die Aufregung in ihr wuchs. Was, wenn das Haus zerstört und die Muhme nicht mehr da war? Was wenn... Entschlossen verdrängte sie ihre düsteren Gedanken.

Dennoch fiel ihr ein Stein vom Herzen, als sie den Hügel überquerten und die Kate unten sahen. Das kleine Haus hatte sich in all den Jahren nicht verändert. Drei in der Nähe weidende Schafe und die Kräuterbündel an einem Balken, der aus dem Dach ragte, verrieten, daß das Haus noch immer bewohnt wurde.

Merydwen zog Rhuna aufgeregt mit sich. Die alte Frau hatte Mühe, ihr den Abhang hinunter zu folgen.

Dann standen sie vor dem Eingang. Merydwen nahm allen Mut zusammen und klopfte an die Tür. »Muhme … Muhme, bist du da?«

Lughaid stand vorsichtig auf. Sein linkes Bein schmerzte, aber er konnte noch damit auftreten und laufen. Er atmete auf und blickte auf die Ruine.

Junker Aethelred war nicht so glimpflich davongekommen. Das restliche Dach mußte über ihm eingestürzt sein. Bestimmt hatte einer der Balken den Edelmann erschlagen.

Der junge Mann blickte auf die Trümmer. Er fühlte jedoch keinen Triumph, sondern nur tiefe Scham. Er hatte den Mann getötet, dem er so viel verdankte, dem er Gefolgschaft geschworen hatte. Das würde er sich niemals verzeihen können.

Entschlossen trat Lughaid in die Ruinen. Er wollte seinen ehemaligen Herrn nicht unter den Trümmern zurücklassen. Wenigstens das war er ihm schuldig.

Lughaid zuckte zusammen, als er ein leises Stöhnen hörte. Und dann sah er auch die Hand, die zwischen den Trümmern herausragte und sich bewegte. Das Schwert des Edlen lag gleich daneben.

Aethelred von Falkraun lebte noch!

Hastig begann Lughaid, die Reste des Dachrieds und der Erde sowie die Balken beiseite zu schaffen, bis er Aethelreds Kopf und Schultern ausgegraben hatte. Entschlossen packte Lughaid den Mann unter den Achseln und zog ihn vorsichtig unter den Trümmern hervor. Rondra sei dank – Aethelred war nicht von den herabstürzenden Balken eingeklemmt worden, sondern ließ sich ohne Schwierigkeiten befreien.

Lughaid schleppte ihn aus der Ruine und lehnte ihn vorsichtig gegen einen grasüberwucherten Mauerrest. Aethelred von Falkraun war nicht bei Bewußtsein. Er zuckte zwar bei jeder Berührung zusammen oder bewegte seine Arme, öffnete aber seine Augen nicht.

Lughaid tastete ihn vorsichtig ab, entfernte Holzspäne, die sich in das Fleisch des Verletzten gebohrt hatten, und schiente das gebrochene rechte Bein mit Ästen und Stoffstreifen aus dem Umhang des Adligen.

Schließlich kam Aethelred von Falkraun wieder zur Besinnung. Er öffnete die Augen und starrte Lughaid ungläubig an. »Du?«

»Hattet Ihr jemand anderen erwartet, Herr?« fragte Lughaid ruhig. »Ich konnte Euch nicht so zurücklassen, denn ich bin kein ehrloser Schurke, auch wenn Ihr das von mir glauben mögt.«

Aethelred musterte ihn durchdringend, als wollte er die Wahrheit seiner Worte prüfen. Lughaid erwiderte ruhig seinen Blick. Plötzlich schoß der Arm des Edlen vor und umklammerte Lughaids Handgelenk mit stahlhartem Griff. Der junge Mann wehrte sich nicht dagegen. »Ich verstehe dich nicht mehr«, murmelte er dann. »Auf der einen Seite hilfst du diesem Gesindel, auf der anderen benimmst du dich wie der vielversprechende Jüngling, den ich zu meinem Knappen machen wollte. Ist der Bann endlich von dir gewichen?«

»Ich stand niemals unter einem Bann«, entgegnete Lughaid. »Oder sollte ich vielleicht besser sagen: Ich stand nur im Schatten meiner eigenen Vergangenheit.« Der Edle musterte ihn verwirrt, so daß Lughaid weitersprach. »Bitte, Herr, glaubt mir nur noch dies eine Mal. Ich schwöre bei Rondra, daß ich Euch hier und jetzt die Wahrheit sage: Ich würde meine Hand für

Merydwen ui Laghann ins Feuer legen. Sie ist unschuldig an Idras Tod, denn sie handelte in Notwehr. Eure Base hätte sie sonst erstochen. Wir suchten das Weite, weil wir annahmen, daß niemand uns glauben würde.

Auf dieser Flucht eröffnete sich uns die Vergangenheit und eine Aufgabe, die wir nur gemeinsam bewältigen können. Und der Halbelf ist der Schlüssel dazu.«

»Dieses Märchen soll ich dir glauben?« Der Griff um Lughaids Handgelenk verstärkte sich. »Willst du etwa behaupten, du seist ein Held aus alter Zeit, der wiedergeboren wurde? Oder der Nachfahre eines solchen, der das Werk seines Ahnherren zu Ende führen muß? Von diesen Dingen hast du doch schon als Junge geträumt!«

Lughaid nickte mit ernstem Gesicht. »Rondra möge mich mit ihrem Zorn strafen, wenn ich lüge: Ja, Ihr habt die Wahrheit erkannt!«

In Aethelreds Gesicht wechselten sich Zorn und Unglauben ab, dann wurde der Edelmann nachdenklich. »Du hast die alten Geschichten immer sehr ernst genommen«, murmelte er. »Lughaid, in deiner Natur lag es nie, dich zu verstellen und mich anzulügen. Entweder ist der Bann über dir sehr mächtig oder...« Aethelred löste seinen Griff um Lughaids Handgelenk. »Nein, du meinst deine Worte wirklich ernst, so schwer es mir auch fällt, dir zu glauben.« Er verzog das Gesicht zu einem schiefen Grinsen. »Nun geh und erfülle dein Schicksal, ehe ich es mir anders überlege.«

»Und Ihr, Herr? Ich kann Euch doch nicht allein zurücklassen!«

»Bran und die anderen werden mich schon finden. Verschwinde endlich!« Lughaids Augen weiteten sich, als ein grimmiges Lächeln Aethelreds schmerzgepeinigte Züge überflog. »Und nimm mein Schwert mit, Junge. Du wirst es brauchen können. Erteile diesem verräterischen Bastard von einem Halbelfen eine Lektion. Ich werde dafür sorgen, daß ihr drei für eine Weile nicht weiter verfolgt werdet.«

Lughaid erhob sich verwirrt. Er verstand den plötzlichen Sinneswandel seines ehemaligen Herrn nicht, aber er gehorchte und holte das Schwert.

Noch einmal blickte er über die Schulter zu Aethelred. Der Edelmann schob sich in eine bequemere Lage. »Nun verschwinde, ehe ich meine Freundlichkeit bereue, Junge! Und wenn du weiterleben willst, dann komm niemals wieder in das Abagund zurück!«

»Ich danke Euch für Euer Vertrauen, Herr!« erwiderte Lughaid leise. »Ich werde es nicht enttäuschen!«

»Ach!« Aethelred winkte ab. »Das ist weniger Vertrauen als Mitleid mit einem Jungen, der seine Träume von Edelmut, Heldentum und Ehre noch nicht verloren hat. Leb wohl, Lughaid! Mögen die Zwölfe dich beschützen!«

»Das wünsche ich auch Euch!« Mit diesen Worten wandte sich Lughaid ab. Er eilte, das Schwert fest umklammert, in die Richtung, in die der Karren verschwunden war.

31. KAPITEL

Am Ende des Weges

Merydwen hielt die Luft an und lauschte. Niemand antwortete auf ihr Klopfen. Die Muhme ist sicher nur zu einem Besuch in Haagen oder irgendwo draußen auf der Heide, versuchte sie sich einzureden. Merydwens Unruhe aber wuchs.

Rhuna umklammerte ihren Arm fester. »So müssen wir also warten, bis deine Muhme kommet. Das ist ...«

»Ich kann mich nicht hinsetzen und warten!« erwiderte Merydwen ungeduldig und schüttelte den Griff der alten Frau ab. Sie öffnete vorsichtig die Tür und blickte in die Hütte. Drinnen hatte sich nichts verändert: Es duftete immer noch stark nach Kräutern. Die Regale an der rechten Seitenwand reichten immer noch bis zum Dach und waren mit allerlei Krimskrams gefüllt. Netze und Kräuterbündel hingen von den Balken. In der Feuerstelle glomm schwach die Glut.

Dann zuckte Merydwen zusammen. Über einem Stuhl hing ein Kleid, das der Muhme viel zu klein sein mußte, und vor der breiten Schlafstelle lag eine Stoffpuppe.

Merydwen schloß hastig die Tür. Ihr ganzer Körper kribbelte vor Aufregung. »Bitte warte hier, Rhuna. Ich werde nach der Muhme suchen!« Ohne auf eine weitere Antwort der verblüfften Magierin zu warten, rannte die Bardin los. Mit großen Schritten eilte sie den Hang hinauf und folgte einem kleinen Trampelpfad. Immer wieder ließ sie ihren Blick schweifen. Zur Linken konnte sie die armseligen Hütten Haagens und die Rundtürme des Gutes Hohenhaagen erkennen, zur Rechten die Heidelandschaft, durch die sie eben erst gereist waren.

Das Grautier graste an der Stelle, an der sie es zurückgelassen hatte. Von Lughaid war noch immer nichts zu sehen.

Angst stieg in Merydwen auf. Sie wollte nicht daran denken, daß sie Lughaid vielleicht schon verloren hatte. »Ihr Götter, laßt ihn heil zu mir zurückkehren. Ich liebe ihn!« flüsterte sie. Dann holte sie tief Luft. Sie mußte weiter nach der Muhme suchen – und nach dem Kind. Lughaids Opfer durfte nicht vergebens sein!

Merydwen lief auf eine Mulde zu, in der die Einsiedlerin besondere Kräuter herangezogen hatte. An dem kleinen Bach würde sie vielleicht ...

Wie vom Schlag getroffen, blieb Merydwen stehen und starrte mit weit aufgerissenen Augen auf die Gestalt, die vielleicht dreißig oder vierzig Schritt von ihr am Bachrand auf einem großen Stein saß. Das einfach gekleidete Mädchen hatte die Beine an den Körper gezogen und schaukelte gleichmäßig hin und her. Ihre sonnenfarbenen Haare waren zu einem langen Zopf geflochten.

»Gütige Tsa!«

Schritt für Schritt näherte sich Merydwen der Kleinen, die nichts um sich herum wahrzunehmen schien – nicht einmal den vorwitzigen Vogel, der auf ihrem Kopf landete.

Tränen liefen Merydwen über die Wangen. Mit einem Mal war alle Unsicherheit geschwunden. Sie spürte mit den Instinkten einer Mutter: Das da unten war ihr Kind – ihre Tochter, die sie vor vierzehn Jahren zurückgelassen hatte.

Merydwen verlangsamte ihren Schritt. Ihre Tochter war so zart, so zerbrechlich wie eine Fee. Sie schien kein Teil von Dere zu sein. Nicht einmal die wilden Tiere verspürten vor dem Mädchen Furcht! Der Vogel plusterte sich auf, rupfte an einer hochstehenden Locke und zwitscherte fröhlich vor sich hin. Merydwen blieb stehen. Sie wollte dieses friedliche Bild nicht stören.

Plötzlich trat eine hochgewachsene Gestalt hinter den Felsen auf der anderen Bachseite hervor. Das weißblonde Haar flatterte im Wind. Gwyn blickte sie herausfordernd an.

»Nein!« stieß Merydwen hervor, als der Anhänger auf ihrer Brust glühend heiß wurde und ihr den Atem raubte. »Nein, ich lasse nicht zu, daß du mir das Kind nimmst!« Die Bardin kämpfte gegen den Schmerz an und rannte los. Die Angst um ihr Kind gab ihr die Kraft dazu. Urplötzlich ließ das Brennen auf ihrer Brust nach. Elathalion hatte erkannt, daß er Merydwen damit nicht aufhalten konnte. Gwyn verzerrte das Gesicht, preßte seine Hände an die Schläfen und warf den Kopf in den Nacken. Er stöhnte gequält auf, als silberner Nebel aus seinen Augen strömte und zielstrebig auf das Kind zuwehte.

Merydwen beschleunigte ihren Schritt. Der Vogel auf dem Kopf ihrer Tochter piepste verwirrt, flog auf und fiel wie ein Stein zu Boden, als ihn der Nebel streifte. Sie erreichte das Mädchen und schlang ihre Arme beschützend um das Kind. Dann zog sie es hoch und drückte es fest an sich.

Aus dem silbernen Nebel formte sich eine Gestalt mit wutverzerrten Gesichtszügen. Elathalion streckte seine Hände aus. Der Feenfürst war seinem Ziel so nahe, aber er würde seinen Triumph nicht auskosten können.

Merydwen küßte ihre Tochter auf die Stirn. »Du bist mein Kind, meine Rhuna!« rief sie in dem Augenblick, in dem Elathalions durchscheinende Gestalt das Kind berührte. »Geh fort, du unseliger Geist! Du wirst Rhuna nicht bekommen! Mein Kind hat nun doch einen Namen!«

Die Erscheinung wurde bei diesem Wort zurückgeschleudert. Merydwen wollte aufatmen, aber schon fing sich Elathalion wieder. Haß und Zorn verzerrten sein Gesicht zu einer dämonischen Maske. Blitze umzuckten ihn, als Ausdruck seiner unbändigen Wut, so dicht vor dem Ziel gescheitert zu sein. Merydwens Haar wurde von einer kalten Sturmbö aufgewirbelt. Eiskristalle prasselten gegen ihren Kopf und Oberkörper. Doch sie hatte mehr Macht über ihn. Jede Namensnennung traf Elathalion wie ein Schwerthieb. »Rhuna heißt meine Tochter! Rhuna, wie die ehrwürdige Magierin, die dich schon einmal verbannte. Rhuna!« Als erkenne das Mädchen seinen Namen, bewegte es sich bei jeder Nennung in Merydwens Armen. »Meine Rhuna!« Ein Glücksgefühl durchflutete die Bardin, als sich die zarten Finger in den Stoff ihrer Bluse krallten. Elathalion mochte noch so sehr wüten, nun konnte er ihrer Tochter nichts mehr anhaben! Im nächsten Augenblick riß ein leises Stöhnen die Bardin aus ihrem Triumph. Gehetzt wandte Merydwen den Kopf. Ihr Lächeln erstarb. Sie hatte Elathalions Verbündeten vergessen!

Aber war er das noch? Gwyn regte sich auf der anderen Bachseite und blickte zu ihnen hinüber. Seine blaßgrauen Augen richteten sich auf den Geist. »Du hast mich betrogen, Großvater!« brüllte er zornig. »Du hast mich in der ganzen Zeit nur benutzt! Deine Versprechen waren Lügen!«

Elathalions durchscheinende Gestalt verharrte reglos wie eine Statue. Merydwen hielt die Luft an. Sie konnte sehen, wie der Geist ihr einen spöttischen, bösen Blick zuwarf, ehe er sich seinem Enkelkind zuwandte. »Gwyn, paß auf!«

Doch zu spät. Elathalions Gestalt verschwamm zu silbernem Nebel, der auf den blonden Barden zuschoß.

»Plumbumbarum et Narretey, alles an dir sei schwer wie Blei!« erklang da Rhunas kräftige Stimme. Elathalions Geist hielt dicht über Gwyn inne. Der Barde rappelte sich auf, wich einige Schritte zurück, und blickte wie Merydwen den Hügel hinauf.

Die alte Magierin stand hoch aufgerichtet wie eine zornige Götterbotin da – den Zauberstab gegen die beiden Widersacher gerichtet. Ihre Augen leuchteten entschlossen.

Rhuna seufzte. Obwohl sie Merydwen gut verstehen konnte, fühlte sie sich unwohl bei dem Gedanken, daß die jüngere Frau allein dort draußen herumrannte. Die große Konfrontation näherte sich unerbittlich, und wieder waren sie nur zu zweit. Unruhig blickte sich Rhuna um, doch außer Schafen war niemand zu sehen. Wo blieb nur Bran… Lughaid? Sie waren auf den jungen Mann angewiesen, wenn sie gegen Elathalion bestehen wollten.

Rhuna schob die grauen Strähnen, die unter dem Kopftuch hervorgerutscht waren, wieder unter den Stoff. Dann zuckte sie heftig zusammen. Die alte Wunde in der Brust begann schmerzhaft zu pochen, als wolle sie vor etwas oder jemandem warnen.

Der Wind trug einen Hauch von fremder Magie heran. In unmittelbarer Nähe wurde ein Tor in diese Welt geöffnet. Die alte Magierin ahnte bereits, von wem. Merydwen war in allergrößter Gefahr!

Rhuna nahm noch einmal alle Kraft zusammen, verdrängte den Schmerz in ihren Knochen und humpelte so schnell sie konnte der Bardin hinterher. Mühsam kämpfte sie sich den steilen Abhang hinauf. Als sie oben angekommen war, gellte ihr eine Stimme entgegen. »Rhuna heißt meine Tochter!« Die alte Magierin beschleunigte ihren Schritt. Das war Merydwens Stimme! Dann sah sie die Bardin am Ufer eines Baches stehen. Die Frau hielt ein Mädchen in den Armen und starrte herausfordernd auf eine durchscheinende Gestalt. Auf dem anderen Bachufer kauerte Lyrets Sohn.

Rhuna erfaßte die Lage sofort: Elathalion hatte den Körper seines Enkelsohns verlassen, um in den seelenlosen Leib des Feenkindes zu schlüpfen. Merydwen mußte ihm zuvorgekommen sein und ihre Pflicht nachgeholt haben, der Kleinen einen Namen zu geben.

»Rhuna!« Die alte Magierin lächelte stolz, kniff dann aber die Augen zusammen. Welche Macht besaß Elathalion als Geist? Würde er nicht schon alle Kraft benötigen, sich in dieser Sphäre nicht zu verflüchtigen? Das konnte sie nur herausfinden, wenn sie sich ihm entgegenstellte.

Der Geist des Holden bewegte sich auf Lyrets Sohn zu. Die alte Magierin erkannte Elathalions Absicht. Wenn der Fürst wieder in Gwyns Körper fuhr, war er ein ernst zu nehmender Gegner!

Genau das mußte sie verhindern! Instinktiv hob Rhuna den Zauberstab. Zorn und Entschlossenheit durchfluteten sie.

Der Spruch kam leicht über ihre Lippen. Ein Geist war nicht gegen magische Angriffe gefeit, nicht einmal der eines Feenfürsten! Widerstand und Zorn schlugen ihr entgegen, aber sie durchbrach seine Abwehr. Ihre Vermutung war richtig gewesen – Elathalion benötigte alle Kraft, um in dieser Sphäre nicht zu vergehen! Das war seine Schwäche.

Und die ihre das Alter! Rhuna taumelte, als Kraftlosigkeit sie übermannte, und stützte sich schwer auf den Stab. »Nein, bitte nicht jetzt!« stöhnte sie. Mit verschwommenem Blick sah sie, wie Merydwen, das Mädchen mit sich zerrend, auf sie zulief. Der Feenfürst schüttelte die Wirkungen ihres Zaubers ab und holte Gwyn ein, der in eine andere Richtung davonrannte. Lyrets Sohn schlug wild mit den Armen um sich und brüllte. Er kämpfte verzweifelt gegen den Geist seines Großvaters an.

Vergebens!

Der silberne Nebel drang durch Mund und Nase in ihn ein. Gwyn stürzte zu Boden und wand sich unter Krämpfen hin und her. Seine Hände rissen Jasalinbüschel aus. Plötzlich lag er still.

Merydwen erreichte Rhuna und ergriff ihre Hand. »Ist Gwyn tot?«

»Nein, daß glaube ich nicht!« Die Magierin schüttelte den Kopf. Sie konnte deutlich spüren, wie die Aura Elathalions stärker wurde. Der Fürst entriß seinem Enkel die Lebenskraft. Stumm deutete sie auf Gwyn, der sich langsam erhob. Ein underisches Glühen lag in den Augen des hellen Mannes. Mit einem geschickten, anmutigen Sprung setzte er über den Bach hinweg. Langsam schritt er auf die Frauen zu. »Dem Spiel mache ich jetzt ein Ende, Sterbliche«, sagte er drohend leise und hob die rechte Hand. Ein eisiger Wind kam auf und überzog Gras und Jasalinkraut mit Reif. Rhuna spürte das Aufwallen von Elathalions fremdartiger Macht. Sie war der ihren überlegen, aber sie erkannte die Schwäche des Gegners: Elathalions Zaubermacht besaß auf Dere, anders als in vergangenen Zeiten oder auf seiner Welt, Grenzen. Gwyns menschliches Blut schränkte die Fähigkeiten des Feenfürsten stark ein. Auch seine Kraft würde sich erschöpfen.

Und es war ihre Aufgabe, ihn so weit wie möglich zu schwächen. Rhuna hob ihren Stab und machte sich

340

bereit. Der Kampf hatte nie zu ihren Disziplinen gehört, und so kannte sie nur die Sprüche, die sie als Elevin erlernt hatte. Das mußte reichen.

Um Elathalions Hände begann es zu glitzern und zu funkeln. Wieder griff er auf sein ureigenstes Element zurück. Dolchähnliche Eisspitzen rasten auf sie zu.

»Ignifaxius Flammenstrahl!« konterte Rhuna verzweifelt. Die Flammenlanze zerstörte einen Großteil der im Sturmwind herangetragenen Eissplitter, jedoch nicht alle! Heftiger Schmerz jagte durch Rhunas Körper. Mehrere Spitzen waren in ihr linkes Bein und den Bauch gedrungen. Die Magierin schrie auf und sackte zusammen, der Stab rutschte aus ihrer Hand. »Fulminictus Donnerkeil!« rief sie verzweifelt, aber sie spürte, daß der Schmerz ihre Konzentration trübte.

Merydwen sah schreckensstarr, wie Elathalion gegen Rhuna einen wahren Eissturm entfesselte. Die Magierin wehrte sich mit Feuer aus ihren Händen, aber das schützte sie nicht vor den Dutzenden von Eisdolchen!

Die alte Frau sank zu Boden. Kraftlos rief sie einen weiteren Zauberspruch, der jedoch keine große Wirkung mehr auf Elathalion zu haben schien. Glitzernde Splitter ragten aus Rhunas Unterleib und einem der Beine. Der Stab rutschte aus den Händen der Magierin und rollte vor Merydwens Füße. Die Bardin dachte nicht nach, als sie nach dem Holz griff. Ein seltsames Kribbeln zuckte durch ihre Arme. Das war der Stab einer Magierin, den sie sonst nicht angerührt hätte, doch er schien die einzige größere Waffe in Reichweite zu sein.

Elathalion trat näher und hob seine Hände, um die alte Frau endgültig zu vernichten.

Merydwen wurde ganz ruhig. Jetzt, da Rhuna schwer verletzt war, mußte sie an die Stelle der Magierin treten. Es gab kein Davonlaufen mehr, keine

Flucht. Der Refrain ihres Liedes klang in ihren Ohren: Den Weg, den ich gehe, habe ich nicht gewählt! – Natürlich nicht: Alle Pfade, die sie beschritten hatte, führten seit ihrer Geburt zu diesem Ziel. Elathalion verkörperte die Fehler ihres jetzigen Lebens. Wenn sie ihn besiegte, machte sie viele davon wieder wett!

Merydwen warf einen Blick auf ihre Tochter, die ihren Kopf wie ein Kleinkind bewegte – zwar alles wahrnehmend, aber noch nicht begreifend, was um sie herum vorging. Das Mädchen setzte sich gehorsam ins Gras, als Merydwen sie sanft von sich schob.

Dann trat die Bardin Elathalion entgegen und stieß ihm mit aller Kraft den Stab in den Bauch. Der blonde Mann brüllte schmerzerfüllt auf, wich ein paar Schritte zurück und wandte wütend den Kopf. »Du!« Merydewen spürte Eiskristalle auf ihrer Haut, dann ließ das Kribbeln nach. »Nein, meine Schöne! So einfach will ich es dir nicht machen!« Elathalion ließ die ausgestreckte Hand sinken und lächelte. Gwyns Gesichtszüge hatten sich nun völlig zu denen des Feenfürsten gewandelt. »Es wäre eine Schande, dich zu vernichten! Auch wenn du dich mit diesen Pusteln verunstaltet hast, so bist du doch immer noch geeignet, um meine Wünsche zu erfüllen!«

Abwehrend hob Merydwen den Stab. Sie ahnte, was er mit ihr vorhatte, und würde das keinesfalls zulassen.

»Dein Widerstand ist vergeblich, mein Kind. Glaubst du wirklich, du kannst mich damit verletzen? Vergiß nicht, ich habe Macht über dich!«

Merydwen erstarrte mitten in der Bewegung. Ihr Körper gehorchte ihr plötzlich nicht mehr. Der Schmuck glühte warm auf ihrer Haut und strahlte wohlige Gefühle aus. Verzweifelt kämpfte die Bardin dagegen an. Sie konnte nicht verhindern, daß sich ihre

Arme senkten und ihre Hände den Griff um Rhunas Stab lockerten. Der fiel zu Boden, während sie sich Schritt um Schritt dem Feenfürsten näherte.

Jetzt zeigte Elathalion, welche Macht er durch den Schmuck wirklich über sie hatte. Tränen der Wut liefen Merydwen über die Wangen. Der Fürst verbot ihr sogar zu sprechen.

Rhuna stöhnte verzweifelt und streckte die Hände aus, um sie festzuhalten. »Merydwen, nein!« Die blutige Hand der Magierin rutschte kraftlos ab. »Verdammt sollst du sein, Elathalion!«

Der Holdenfürst beachtete die Magierin nicht. Er hob einladend die Hand. »Komm mit mir, Schöne«, sagte er leise. Seine Augen glitzerten in kaltem Triumph, als er Merydwens Handgelenk ergriff. »Wir werden nun in meine Welt zurückkehren!«

Merydwens Augen weiteten sich. Doch nicht aus Angst. Sie schöpfte wieder Hoffnung, als es ihr gelang, die Finger der rechten Hand zu bewegen. Wurde der Bann schwächer? Verstohlen musterte sie Gwyn. Das Glühen in seinen Augen ließ nach, auf seinem Gesicht vertieften sich von Augenblick zu Augenblick die Spuren der Erschöpfung. Kein Wunder, daß Elathalion es plötzlich so eilig hatte, in die Anderswelt zurückzukehren.

Merydwen ballte die Finger zur Faust. Noch kam sie nicht weiter gegen den Bann an und mußte dem Feenfürsten folgen, ob sie wollte oder nicht.

Jäh blieb Elathalion stehen. Er zog Merydwen an sich, umschlang sie mit den Armen und preßte sie fest an seinen fiebrig warmen Körper, als sei sie sein Schild gegen den unerwartet aufgetauchten Gegner.

Lughaid stand ihnen im Weg, heftig atmend, mit blutenden Kratzern an Stirn und Armen und einem Schwert in der Hand. »Keinen Schritt weiter, Elathalion. Euer Weg ist hier zu Ende!« rief er mit entschiedener Stimme. »Ihr werdet diese Welt nicht mehr verlassen!«

Elathalion lachte spöttisch. Aber das klang schon längst nicht mehr so siegessicher wie früher. »Brannon von den Menschen, was bist du jetzt? Nur ein unerfahrener kleiner Jüngling! Du weißt ja gar nicht, welche Kräfte du da herausforderst!«

»Täuscht Euch nicht in mir!« konterte Lughaid entschlossen und reckte das Kinn stolz vor. »Ihr wollt mich doch nicht ein drittes Mal unterschätzen, Fürst Elathalion? Vor allem jetzt, da Ihr selber am Ende Eurer Kraft seid!«

Merydwen spürte, wie der Bann über sie erlosch, und wehrte sich gegen den Griff des blonden Mannes. Der versuchte nicht länger, sie festzuhalten. Seine Hand glitt blitzschnell unter das Hemd und ergriff den Anhänger. Mit einem Ruck riß er die Kette von ihrem Hals und schubste die Bardin in Lughaids Richtung. Nur um Haaresbreite entging Merydwen der zur Abwehr erhobenen Schwertklinge. Die Bardin taumelte ein paar Schritte vorwärts, ehe sie sich abfing und herumwirbelte.

Die Erschöpfung wich aus Elathalions Zügen. Die Hand, mit der er den Anhänger umklammerte, war von einer grünlichen Aura umgeben. Natürlich, der Schmuck war ein magisches Artefakt aus der Feenwelt, eine Machtquelle für den Feenfürsten! Er durfte die neugewonnene Kraft nicht mehr einsetzen!

Plötzlich wußte Merydwen, was sie tun mußte. Rhuna hatte es ihr gezeigt. Sie trat an Lughaids Seite und legte ihre Hand auf seinen Schwertarm. »Jetzt!« rief sie laut. Im gleichen Augenblick, als Elathalions Augen eisig aufflammten und er seine Hand hob, sprangen Merydwen und Lughaid gleichzeitig vor. Die Bardin öffnete ihren Geist und ergab sich ganz den in ihr schlummernden Kräften. Sie spürte, wie die

Macht durch sie hindurch in Lughaid und das Schwert strömte und die Wehr Elathalions durchstieß.

Der Angriff des Feenfürsten verpuffte wirkungslos, als das Eisen in seinen Körper drang. Auch wenn Gwyn zur Hälfte ein Mensch war, hatte der Schwertstoß bei ihm eine verheerende Wirkung: Die Bauchwunde verfärbte sich schwarz, die Haut warf schwärende Blasen, auch noch nachdem Lughaid das Schwert zurückgezogen hatte. Es stank nach verbranntem Fleisch.

Elathalion stöhnte auf und verlor die Herrschaft über Gwyns Körper. Der Feenfürst ließ den Schmuck fallen und preßte die Hände auf die Wunde. Dunkler Qualm und Blut drangen zwischen seinen Fingern hervor. Der helle Mann sank auf die Knie und sah mit schmerzverschleierten Augen zu den beiden Menschen auf.

Doch noch war Elathalion nicht bereit aufzugeben. Wie schon einmal drang silberner Nebel aus Gwyns Augen. Der Schwerverletzte stieß gurgelnde Schreie aus, krümmte sich zusammen und sackte reglos zu Boden. Zielstrebig bewegte sich der Geist des Holdenfürsten auf den im Heidegras liegenden Anhänger zu.

»Schnell! Zerstör den Schmuck!« Merydwen erkannte Elathalions Plan. Lughaid sprang vor und teilte den silbernen Anhänger mit seiner Klinge, noch bevor ihn Elathalions Geist erreichen konnte. »Aus dem Nebel formte sich noch einmal die durchscheinende Gestalt des Holdenfürsten, dann verwehte die Erscheinung wie ein Nebelstreif im Sonnenlicht.

Merydwen blickte auf den reglos daliegenden Gwyn und dann zu Lughaid. Die düstere Macht, die ihr bisheriges Leben überschattet hatte, war verschwunden. Sie hatten Elathalion besiegt!

32. KAPITEL

Abschied und Neubeginn

Lughaid stützte sich auf Aethelreds Schwert und wischte sich den Schweiß von der Stirn. Erst jetzt spürte er die Anstrengung des Laufs durch die Heide. Die Angst, zu spät zu kommen, hatte ihn vorangetrieben und jegliche Erschöpfung vergessen lassen. Und dann, als er dem Feind gegenüberstand, war alles so schnell gegangen.

Jetzt endlich wurde ihm bewußt, daß Merydwen und er Elathalion gemeinsam vernichtet hatten! Und der Verbündete des Feenfürsten, Gwyn, lag sterbend zu ihren Füßen. Lughaid verspürte kein Mitleid mit dem Blonden. Wer mit den dunklen Mächten spielte, mußte den Preis dafür zahlen!

Doch wo war die dritte Angehörige ihrer verschworenen Gemeinschaft? Merydwen schien auf den gleichen Gedanken zu kommen. »Gütige Götter, Rhuna!«

Lughaid folgte ihr und schluckte, als er die Magierin am Boden liegen sah. Schmale Dolche aus glitzerndem Eis ragten aus ihrem Leib. Zwar war kaum Blut zu sehen, aber das Gesicht der Greisin schien totenbleich.

Eine grau gekleidete Frau drehte die bewußtlose Magierin gerade vorsichtig in eine bequemere Lage und entfernte zaghaft die Splitter. Ein halbwüchsiges Mädchen beobachtete sie dabei aufmerksam.

»Gute Muhme!« Merydwen eilte zu der Frau, die wohl in ihren Vierzigern stehen mußte. Lughaid blieb einige Schritt vorher stehen. Ihm war nicht ganz wohl. Das war also die Muhme, die unheimliche Hexe, vor der die Haagener so viel Respekt hatten. »Eine große Unruhe rief mich aus dem Dorf zurück«, erklärte die graugekleidete Frau. »Das Aufwallen großer und sehr alter Kräfte.« Sie zeigte kein Erstaunen, als sie Merydwen betrachtete. »Mädchen, du hast dir sehr viel Zeit bis zur Rückkehr gelassen!« tadelte sie die Bardin und hob den Kopf: »Ich habe dich schon viel früher zurückerwartet. Aber wie ich sehe, war es doch noch rechtzeitig.« Lughaid fühlte sich von den forschenden grünen Augen durchbohrt. »Nun denn, steh nicht so tatenlos herum, junger Lughaid. Hilf uns!« Woher kannte die Frau seinen Namen? Mißtrauisch dreinblickend gehorchte Lughaid dem Befehl der Muhme.

»Kannst du Rhuna retten? Sie darf nicht sterben«, bat Merydwen die Muhme flehend und blickte auf Rhunas blasses Gesicht. Die Magierin war bisher nicht zu Bewußtsein gekommen. »Ich will sehen, was ich tun kann«, antwortete die Graugekleidete ruhig. »Doch Wunder kann ich dir nicht versprechen, Kind.«

Merydwen überließ Lughaid ihren Platz. Der junge Mann hatte das Schwert in den Gürtel geschoben und hob Rhuna vorsichtig auf seine Arme.

Merydwen wandte den Kopf, als jemand an ihren Kleidern zupfte. Zarte Hände legten sich auf ihren Arm, schmale türkisfarbene Augen blickten neugierig zu ihr auf.

Merydwen beugte sich hinunter. Ihre Tochter ragte ihr bis zu den Schultern, wenn sie sich auf die Zehenspitzen stellte. »Meine Rhuna!« flüsterte sie. »Ich werde dich nie wieder allein lassen. Niemals wieder!« Ihre Umarmung wurde zart erwidert. Und dann erklang eine glockenhelle Stimme an ihrem

Ohr. »Mama!« flüsterte das Mädchen. Merydwen schloß selig die Augen und streichelte ihrem Kind über das Haar. Sie fühlte sich so leicht, so beschwingt, so frei – die Schatten der Vergangenheit waren endlich geschwunden. Sie hörte die Stimmen von Lughaid und der Muhme, doch war sie so in sich selbst versunken, daß sie nicht verstand, worüber die beiden sprachen. Sie spürte nur, daß sie sich mit der alten Magierin entfernten.

Das Mädchen ließ seine Hände durch Merydwens zerzauste, schmutzige Haare gleiten, bis sie die pustelbedeckten Wangen erreichten. Merydwen öffnete ihre Augen und betrachtete ihre Tochter. Sie konnte so viele ihrer eigenen Züge in dem Gesicht erkennen, aber auch …

»Gwyn, ich habe Gwyn vergessen«, murmelte Merydwen und blickte hoch. Noch waren nicht alle Schatten geschwunden. Der Mann, der über Jahre ihr schlimmster Alptraum gewesen war, lag ein paar Dutzend Schritte von ihr entfernt in der Heide und starb. Wenn sie nicht wenigstens versuchte, ihm zu helfen, war sie nicht besser als er. Die Bardin faßte das Kind an den Schultern. »Rhuna, geh zur Muhme und warte dort auf mich, verstehst du? Das hier ist nichts für dich!«

»Ja, Mama!« Das Kind nickte gehorsam und wanderte langsam hinter den anderen her. Merydwen sah ihr kurz nach und eilte dann zu dem immer noch Reglosen. Sie kauerte sich neben dem blonden Mann nieder und drehte ihn an den Schultern vorsichtig auf den Rücken. Gwyn wurde mit jedem Atemzug schwächer. Sie konnte nichts tun. Er würde sterben.

Mühsam öffnete Gwyn, nun wieder Herr seiner selbst, die Augen und sah zu Merydwen auf. Seine Lippen bewegten sich schwach. Die Bardin beugte sich hinunter, um ihn besser zu verstehen, da fuhr eine

348

blutbefleckte Hand des Mannes hoch und zerrte sie an den Haaren zu sich hinab.

Merydwen versuchte, sich zu befreien. Warum zeigte er im Augenblick seines Todes noch einmal so viel Bosheit? Der Sterbende bot all seine Kraft auf, um sie festzuhalten. Mit der anderen Hand tastete er nach ihrem Dolch. Merydwen wollte ihn davon abhalten. Vor Schmerz schossen ihr die Tränen in die Augen. Sie kam nicht von ihm los.

Plötzlich erstarrte Gwyn und blickte in eine andere Richtung. Eine zarte, langgliedrige Hand löste seine Finger von Merydwens Haaren. Die Bardin nahm den Duft von süßen Blüten wahr. Sie hob den Kopf und blickte auf eine Frau in schimmernden Gewändern. Goldene Augen in einem spitzen Gesicht blickten sie traurig an, als die Fremde auch neben Gwyn niederkniete und seinen Oberkörper in ihre Arme nahm. Der blonde Mann ließ keinen Blick von ihr. Seine Gesichtzüge entspannten sich, und der letzte Hauch von Bosheit wich aus seinen Augen. »Mutter, warum hast du mir nie mein Geburtsrecht zugestanden?« waren die letzten Worte aus seinem Mund, ehe sein Kopf zurücksank und sich sein Körper entspannte. Konnten Feen wirklich keine Trauer empfinden, wie unzählige Legenden erzählten? Waren ihnen leidenschaftliche Gefühle so fremd? Merydwen erhob sich vorsichtig und trat zwei Schritte zurück.

Vielleicht traf diese Behauptung für den Großteil der unsterblichen Wesen zu – auf diese Holde jedenfalls nicht: Tränen rannen über Lyrets altersloses Gesicht und benetzten den Leib des Toten. Die Unsterbliche trauerte wie eine menschliche Mutter um ihr Kind.

Merydwen wich noch weiter zurück. Sie spürte, daß sie an diesem Ort fehl am Platze war. Plötzlich hob Lyret den Kopf. »Geh und laß mich in meinem

Schmerz allein! Ihr Sterblichen habt Euer Schicksal erfüllt, nun seid ihr frei!«

»Frei?« Merydwen runzelte die Stirn. »Frei von was?«

»Ich hebe das géach über Euch auf, das nicht einmal die Alveranischen zu brechen wagten, denn Eure Aufgabe ist erfüllt!«

Merydwen schnappte nach Luft. Sie erkannte die Wahrheit: Die ganze Zeit über – in der Vergangenheit und jetzt – waren sie nur Figuren im Machtkampf zwischen zwei unsterblichen Wesen! Elathalion hatte nicht gelogen, als er behauptet hatte, seine Tochter würde Schicksal spielen.

Wütend ballte Merydwen die Fäuste, verbiß sich aber die Bemerkung, die ihr auf der Zunge lag, als sie in das Gesicht der Holden sah.

Deren goldene Augen sprachen eine stumme Warnung. Obwohl Lyret in der Vergangenheit stets eine Wohltäterin der Menschen gewesen war, war sie noch immer eine Angehörige ihres zeitlosen Volkes. Ja, die Leidenschaften und Gefühle, derer sie in den letzten Jahrhunderten fähig geworden war, machten sie noch gefährlicher.

Für Augenblicke trafen sich ihre Blicke. »Behüte dein Kind wohl!« sagte Lyret leise. »Wenn es eines Tages den Ruf seines Blutes spürt, dann zwinge es, sich für eine der beiden Welten zu entscheiden! Es soll nicht wie mein Sohn keinem Volk wirklich angehören.«

»Das verspreche ich Euch, hohe Herrin! Rhuna wird ein Kind Deres werden, dafür sorge ich!« erwiderte Merydwen kalt, und wandte den Blick ab. Zu ihren Füßen glitzerte der in der Mitte gespaltene Silberschmuck. Aus einem unbestimmten Gefühl heraus hob sie ihn auf und nahm den Anhänger an sich, ehe sie zu den anderen in die Hütte trat.

Als Rhuna erwachte, war der Schmerz vergangen. Ihre Glieder fühlten sich so leicht an, als würde sie schweben. Jede Last des Alters schien von ihr genommen. War mit dem Tode Elathalions auch der Zauber vergangen, der sie so alt hatte werden lassen? Rhuna bewegte sich vorsichtig. Sie genoß diesen Schwebezustand zwischen Schlaf und Wachsein, Traum und Wirklichkeit. Sie wünschte, er würde niemals enden. Sie fühlte sich in ihre Zeit als junge Elevin versetzt. Damals hatten die Hallen der Thaumaturgischen Akademie noch viele Wunder geboten, die sie nun mit ihren alten Augen neu schaute.

Da erklang ein Rauschen, und riesige Schwingen warfen einen dunklen Schatten über sie. Rhuna sah in die erwartungsvoll glitzernden Augen eines nur als Schemen sichtbaren Vogels ... und verstand.

Wenn sie jetzt nicht aufwachte und sich weiter den Strom der Zeit hinabgleiten ließ, dann würde sie keinen Abschied von Brannon und Caellin nehmen können! Die Gefährten waren zwar nur ein kleines Stück ihres Lebens mit ihr gegangen, aber sie waren ihr mehr ans Herz gewachsen als jeder andere Mensch.

Rhuna wurde im Angesicht Golgaris ruhig. Ihre Angst vor dem Tod wehte hinweg wie ein Nebelstreif. »Ich werde dir gleich folgen, hab nur noch einen Augenblick Geduld mit mir.«

Rhuna durchschritt noch einmal das Tor in die diesseitige Welt. Sie nahm zunächst nur den würzigen Geruch von Kräutern wahr, dann leise Stimmen. Dumpfer Schmerz pochte durch ihren Leib. Nichts hatte sich verändert, nur daß die Müdigkeit ihren Körper überwältigt hatte und alles andere überdeckte.

Lughaid, Merydwen, das Kind und eine ihr unbekannte, grau gekleidete Frau beugten sich über ihr Lager. Die Magierin lächelte. Sie spürte, daß die Bardin und der junge Mann ihre Hände hielten, während das Mädchen neugierig ihr Haar streichelte. Die Fremde wartete ruhig im Hintergrund.

»Weinet nicht um mich!« flüsterte Rhuna, nachdem sie eine Weile nach Worten gesucht hatte. »Ich wäre euch doch nur hinderlich.«

»Nein, Rhuna, das wärst du nicht!« entgegnete Merydwen verzweifelt. »Alles, was geschehen ist, hat stärkere Bande zwischen uns geschlossen, als es das Blut vermag. Durch dich habe ich gelernt, meine Fähigkeiten zu verstehen. Du bist mir mehr ...«

»Mach mir den Abschied nicht so schwer, Merydwen«, seufzte Rhuna. »Du brauchst mich weniger, als du nun denkest ... und deine Sorge muß jetzt einer anderen Rhuna gelten!« Sie wandte den Kopf, um das Mädchen zu betrachten, das ihren Blick aufmerksam erwiderte, und umschloß dann Merydwens und Lughaids Hände mit ihren eigenen. »Lebet das Leben, welches euch früher nicht miteinander vergönnet war. Ihr seid Kinder dieser Zeit, ich jedoch nicht!« Rhuna blickte die Graugekleidete an, die nicht so jung war, wie sie aussah, und suchte Bestätigung. »Alles was ich kannte, ist zerstöret, zu Staube zerfallen oder ins Gegenteil verkehret. Ich fühle mich im eigenen Heimatlande fremd. Glaubt ihr, daß dies lange unerkannt bleiben würde ... Nein, ich will mich nicht mühselig erklären müssen.« Rhuna ließ sich zurücksinken. Der Ruf Golgaris übertönte Merydwens und Lughaids Proteste und drängte sie sanft, ihm zu folgen.

Lughaid setzte das Boronsrad vorsichtig auf den frischen Grabhügel im Schatten eines Felsenvorsprungs Die Bardin kniete still auf der anderes Seite des Erdhügels und schien ins Gebet versunken. Auch Lughaid ließ sich nun auf die Knie nieder.

Es war seltsam, aber auch ihn machte der Verlust Rhunas traurig. Dabei hatten sie beide die Frau kaum gekannt, wußten nur wenig über ihre Vergangenheit – selbst er, an dessen Seite sie vor über achthundert Jahren gekämpft hatte.

Verdiente die Magierin nicht Besseres als diese einsame Grabstätte in der Heide? Mit einem namenlosen Boronsrad, so daß sie bald vergessen sein würde. Immerhin hatte sie wie einer der großen alten Helden ihr Leben zum Wohl der Menschen hingegeben. Gwyn hätte er gerne irgendwo verscharrt, aber der Körper des Feen-Halbblutes war verschwunden.

»Rhuna wird nicht vergessen werden, solange wir leben!« erriet Merydwen seine Gedanken. Ein Windstoß ließ ihre braunen Haare fliegen. »Die Erinnerung der Menschen bedeutet viel mehr als ein Name auf einem Grabstein. Und wenn mir endlich einmal eine Ballade glückt, werden auch andere von ihren Taten erfahren. Sie seufzte. »Ich hoffe nur, wir haben Rhuna an der rechten Stelle bestattet, so daß niemand ihre Ruhe stört oder gar ihr Grab schändet. Damit spielte sie auf Rhunas Habseligkeiten an, die sie der Toten ins Grab mitgegeben hatten: Stab und Tasche, Steine und Bücher. Merydwen war nicht wohl bei dem Gedanken gewesen, die Besitztümer der alten Magierin an sich zu nehmen, auch wenn damit das kostbare alte Wissen Rhunas verlorenging. Lughaid hatte ihr leichten Herzens zugestimmt. Irgendwann hätte jemand die ungewöhnlichen Schriften und Artefakte entdeckt und unangenehme Fragen gestellt. Zusätzliche Schwierigkeiten konnten sie in ihrer Lage nicht gebrauchen. Aethelred von Falkraun mochte zwar die Jagd fürs erste abgebrochen haben, aber die Anklagen wegen Mordes, Hexerei und in seinem Fall noch wegen Eidbruchs hatten weiterhin Bestand. Sie mußten Albernia, das Mittelreich so schnell wie möglich verlassen, wenn sie weiterleben wollten.

Das bedeutete aber auch, sich ihrer Verantwortung

für das Geschehene zu entziehen, die Fragen um Schuld und Unschuld niemals zu beantworten.

Merydwen schien in seinen Gesichtszügen wie in einem Buch zu lesen. »Ich frage mich auch schon die ganze Zeit: Was nun?« Sie verzog das Gesicht. »In den Balladen und Legenden hat niemals jemand nach dem Danach gefragt. Elathalion wird nie wieder unser Leben überschatten und unsere Welt bedrohen. Allerdings liegt unser früheres Leben in Trümmern. Wir haben beide den Ort verloren, an dem unser Herz hing – unsere Heimat. Und wir können nicht einmal zurück, um alles wiedergutzumachen. Die anderen würden nur unsere Schuld sehen!«

»Das mußt du mir nicht sagen!« antwortete Lughaid gequält. Alles in ihm sträubte sich dagegen, die Anklagen stehenzulassen und mit Makel behaftet weiterzuleben. Er kämpfte mit sich: Wenigstens den Edelmann hatte er von ihrer Unschuld überzeugt, denn sonst hätte ihn Aethelred niemals ziehen lassen.

Merydwen machte es ihm mit den folgenden Worten auch nicht leichter. »Deshalb habe ich mich entschieden fortzugehen. Schon um Rhunas, meiner Tochter, willen. Ich habe sie einmal im Stich gelassen, und das will ich nie wieder tun!«

Lughaid dachte an das sonnenhaarige Mädchen, das sie bei der alten Muhme zurückgelassen hatten, und stimmte Merydwen in Gedanken zu. Rhuna brauchte eine Mutter, die sie beschützte und liebte. Die Kleine war so zart und zerbrechlich, sanft und freundlich in ihrem Wesen.

Nun wußte auch Lughaid, daß er sein Leben nicht einfach wegwerfen durfte. Tief in seinem Inneren spürte er, daß auch Brannon sich für die Liebe zu Caellin entschieden hätte, wenn er vor die Wahl gestellt worden wäre!

»Ich komme mit euch beiden.« Der junge Mann

streckte die Hand aus. Merydwen ergriff sie ohne Zögern und sah ihn mit leuchtenden Augen an. »Daran hatte ich nie einen Zweifel. Auch Rhuna hätte das so gewollt. Laß uns nun endlich die Vergangenheit vergessen und ein neues Leben beginnen!«

»Und wohin sollen wir gehen?«

»Ich habe eine Freundin in Thorwal«, erwiderte Merydwen leise. »Tjorbi hat mich eingeladen, zu ihr zu kommen, wenn ich hier keine freundliche Aufnahme finde. Und ich denke, dieses Angebot anzunehmen!«

Thorwal? Lughaid runzelte die Stirn, aber gleichzeitig erwachte auch in ihm die Neugier. So erfüllte sich sein Traum, durch Aventurien zu reisen und andere Länder zu sehen doch noch, wenn auch auf andere Weise, als er gedacht hatte.

Epilog

Laute Stimmen und der Geruch von brennendem Tran schlugen Merydwen entgegen, als sie das Langhaus betrat, dicht gefolgt von der kleinen Rhuna und Lughaid. Schmelzender Schnee tropfte von ihrem Mantel auf den Holzboden.

»He! Du frecher kleiner Dachs!« Rhuna quetschte sich zwischen einem Thorwalerjüngling und ihrer Mutter durch und schüttelte die Nässe wie ein junger Hund von ihrer Kleidung. Daß der Bursche dabei eine Ladung Wassertropfen abbekam, schien sie nicht im geringsten zu stören. Merydwen lächelte. In den Monaten ihrer Reise in den Norden war Rhuna immer lebhafter geworden. Inzwischen unterschied sie sich kaum noch von anderen Kindern – wenn man einmal davon absah, daß viele gewöhnliche Dinge für die Kleine immer noch wie Wunder erschienen. Aber niemand würde ihnen jetzt noch glauben, daß das Mädchen noch vor einem halben Jahr nur eine seelenlose Hülle gewesen war.

Rhunas sonniges, unschuldiges Gemüt hatte Lughaid und Merydwen über viele düstere Zeiten ihrer Flucht in den Norden hinweg getröstet: Tage, an denen sie bitteren Hunger litten oder sich vor unfreundlichen Dorfbewohnern verstecken mußten. Wochen, in denen sich Merydwen und Lughaid als Feldarbeiter verdingt hatten, um Geld für die Weiterreise zu verdienen. Merydwens Tochter hatte das Herz vieler Leute erweicht, die sonst hart geblieben wären: Das der vereinsamten Witwe, deren Haus sie nach einem schweren Gewitter instand gesetzt und die ihnen die warme Kleidung geschenkt hatte; das des Kaufmannes, der sie schließlich mit nach Hjalsvidra genommen hatte. Merydwen strich über die einfache Harfe in dem Beutel an ihrer Seite. Die hatte sie Rhunas unschuldiger Keckheit gegenüber einer adligen Dame zu verdanken.

Der Jüngling winkte grinsend ab, als Rhuna ihn mit einem entschuldigenden Augenaufschlag bedachte. In ein paar Jahren würde das Mädchen den jungen Burschen die Köpfe verdrehen. Noch wirkte sie um drei, vier Jahre jünger, weil sie so klein und zierlich war, aber das konnte sich schnell ändern. Schon im letzten halben Jahr war sie um eine Handbreit gewachsen.

Aber warum sich jetzt schon Gedanken über die Zukunft machen? Merydwen seufzte und runzelte die Stirn. Sie wunderte sich, daß kaum jemand von der Möwenschreier-Otta Notiz von ihr nahm. Warum standen die rauhen Männer und Frauen mit dem Rücken zu ihr. Über wen unterhielten sie sich da?

»Gib mir ruhig deinen Mantel, ehe der hier noch alles volltropft!« meinte eine Thorwalerin, die plötzlich neben ihr stand. »Mein Sohn hat mir gesagt, daß ihr drei zu Tjorbi wollt.«

»Wo steckt sie denn?« fragte Merydwen und musterte die Umstehenden. »Da vorne! Hörst du das Keuchen nicht?« erwiderte die Frau trocken. »Kjaska und ihre Tochter erproben wieder mal, wer die Stärkere von ihnen ist!«

Rhuna kletterte unterdessen auf einen Stuhl, um besser an den breitschultrigen, mindestens zwei Schritt großen, Männern vorbeisehen zu können. Sie jauchzte, als einer der beiden zu ihr hinunterblickte, sie etwas fragte und dann auf seine breiten Schultern hob.

Merydwen hielt Lughaid zurück, der besorgt eingreifen wollte. »Nein, laß sie. Ich bin dem Mann in Havena begegnet: Das ist Tjorbis Onkel Torbrand.«

Sie spürte deutlich, daß dem jungen Mann unwohl war, obwohl sie die letzten Wochen zusammen mit einem thorwalschen Kaufmann gereist waren. Man merkte Lughaid immer noch an, daß er sein ganzes Leben nicht aus Draustein herausgekommen war und sich nur schwer mit dem Gedanken anfreunden konnte, an jedem anderen Ort der mißtrauisch beäugte Fremde zu sein. »Glaubst du, daß es richtig war, hier einfach so hereinzuplatzen?« fragte er unruhig. »Ich denke schon. Tjorbi hat mir viel von der Gastfreundschaft ihrer Otta erzählt. Und wie du siehst, hat man uns eingelassen, ohne daß ich viel erklären mußte«, entgegnete Merydwen und legte einen Arm um Lughaid, der die Geste erwiderte. Inzwischen genügte dies, um einander zu beruhigen. Sie wußten, daß nicht mehr die Erinnerungen an Brannon und Caellin ihre Liebe prägten. Die gemeinsame Flucht aus Albernia, die miteinander geteilten Abenteuer und Entbehrungen hatten das Band zwischen ihnen neu und enger als zuvor geschmiedet.

Die Schar vor ihnen wurde unruhig und laut. Einige schwenkten ihre Trinkhörner. »Nun mach schon zu, Kjaska! Laß dich von deinem jungen Hüpfer nicht aufs Kreuz legen.« Andere klopften mit der flachen Hand auf die Tische. »Das wohl! Das wohl!«

Neugierig reckten Merydwen und Lughaid die Köpfe und stellten sich auf die Zehenspitzen. Auch so konnten sie nicht an den stämmigen Thorwalern vorbeisehen und herausfinden, was im vorderen Teil des Raumes eigentlich geschah. Die Bardin nickte ihrem Gefährten zu, löste sich von ihm und trat neben Torbrand. »He!« rief sie. »Kann ich wissen, was die da machen?«

Tjorbis Onkel brummte unwillig, schob das Mädchen auf seiner Schulter gerade und drehte den Kopf schwungvoll zu ihr, so daß die Zöpfe flogen. Seine dichten Augenbrauen senkten sich ärgerlich, dann jedoch stutzte er, runzelte die Stirn und grinste breit. »Bei Swafnir! Merydwen ni Laighann!«

Vor ihnen krachte etwas heftig auf den Holzboden. Merydwen zuckte zusammen und sah verwirrt in die Richtung, aus der die Umstehenden sie neugierig musterten. Auf Torbrands Schultern klatschte Rhuna begeistert in die Hände. »Da haben zwei Frauen miteinander gerungen, und die ältere hat jetzt die mit dem Schmuck im Haar auf den Boden geworfen, Mama!«

Rhuna protestierte, als der Thorwaler sie im nächsten Augenblick von den Schultern hob und wieder auf dem Boden abstellte. Torbrand zog die Augenbrauen hoch. Doch ehe er etwas sagen konnte, drängte sich die schweißbedeckte Tjorbi durch die Menge und fuchtelte wild mit der Faust vor seiner Nase herum. »Das war nicht nett, Onkel. Willst du etwa eine Abreibung!«

Der Thorwalerkapitän stützte die Hände in die Hüften und grinste breit auf seine Nichte hinunter. »Glaubst du, du kommst gegen mich an, wenn du nicht mal deine eigene Mutter beim Ringen besiegen kannst?« stichelte er. »Das werden wir ja sehen!« Tjorbi fuchtelte kampfeslustig mit den Fäusten vor ihm herum. »Ich fälle einen Bären wie dich im Handumdrehen!«

»Ach was! Dreh dich lieber mal um!« schlug Torbrand vor und zwinkerte Merydwen zu. »Glaubst du, ich falle auf den dummen Trick rein?« knurrte Tjorbi, während die Bardin den Schmuck aus einer ihrer Taschen nestelte und ihrer Freundin auf die Schulter tippte. Tjorbi fuhr wütend herum und schielte auf den vor ihrer Nase pendelnden, in der Mitte gespaltenen

Anhänger, der nur noch durch einen feinen Silberdraht zusammengehalten wurde.

Tjorbi öffnete den Mund und schloß ihn so rasch nicht wieder. Dann schrie sie begeistert auf und warf sich Merydwen um den Hals. Diese konnte dem Angriff nicht mehr ausweichen, verlor den Schmuck und stürzte zu Boden. Das Gewicht der Freundin verhinderte, daß sie sich richtig abfangen konnte. So kam die Harfentasche unter ihr zu liegen. Merydwen stöhnte gequält auf, als sie ein Knacken hörte. Wutentbrannt schubste sie die Freundin von sich. »Verdammt, Tjorbi! Das war meine Harfe!« Sie packte die Thorwalerin an den Schultern und schüttelte sie wütend. »Du hast schon wieder meine Harfe kaputtgemacht!«

»Halt! Laß das! Erwürge mich nicht! Ich besorg dir eine neue! Wirklich!« quietschte Tjorbi, als sich Merydwens Finger um ihren Hals schlossen. »Das will ich auch hoffen! Bei den Zwölfen, du bist einfach unmöglich!« Merydwen ließ von Tjorbi ab und lachte. »Ach, bei Swafnir, wie ich mich freue, dich zu sehen! Du siehst gut aus! Die Schatten aus deinen Augen sind verschwunden! Hast du deine kleinen Ungeheuer vertreiben können?« Tjorbi drückte ihr einen stürmischen Kuß auf die Wange und schaute hoch. »Wer ist denn das?«

Merydwen spürte, daß Rhuna dicht hinter ihr stand. Sie zwinkerte ihrer Tochter zu. Jetzt war es wohl an der Zeit, ihre Begleiter vorzustellen. »Das ist Rhuna, mein Kind. Und da hinten steht Lughaid, mein Gefährte!«

Tjorbi blickte ungläubig von dem zierlichen Mädchen, das neugierig ihre Amulette zählte, zu Lughaid, der stocksteif dastand und ihre Musterung erwiderte. »Das meinst du doch nicht etwa ernst? Sonst bin ich es doch immer gewesen, die dich geneckt hat!«

»Das ist mein vollster Ernst!«

»Sag mal, wie kannst du eine so große Tochter haben und einen so jungen Mann?« Tjorbi blickte Merydwen verwirrt an. »Das ist doch nicht etwa dein Kleines?«

Merydwen ließ sich von Lughaid und Rhuna aufhelfen. »Seit wir uns trennten, ist eine ganze Menge geschehen.« Sie ließ ihren Blick in die Runde schweifen. »Ich werde Euch ein Heldenlied singen können! Eine abenteuerliche Geschichte von unheimlichen Begebenheiten und dem Mut dreier Gefährten. Von großer Einsamkeit, Leid, aber auch Freude und Glück«, erklärte sie selbstbewußt, wie Tamlin es ihr einst geraten hatte. Von den Thorwalern erklang zustimmendes Gebrummel. Tjorbi angelte nach dem Anhänger, der dicht neben ihr lag. »Dann möchte ich aber auch wissen, warum mein Geschenk so aussieht! Ich habe dir den Schmuck nicht geliehen, damit du ihn kaputtmachst! Das wohl!«

Mit einem Sprung war die Thorwalerin wieder auf den Beinen und schwenkte den Anhänger vor Merydwen. Die hob entschuldigend die Arme. »Das wirst du auch noch erfahren, denn es ist ein Teil der Geschichte.« So leise, daß es nur Tjorbi verstehen konnte, fügte sie hinzu: »Weißt du übrigens, daß du all die Jahre einen Fluch mit dir herumgetragen hast?«

Die Bemerkung tat ihre Wirkung. Erschreckt ließ Tjorbi den Schmuck fallen, schnappte nach Luft, flüsterte eine Verwünschung und sah die Bardin finster an. »Dafür werde ich mich rächen! Wart nur ab!« murmelte sie und grinste. »Dafür stelle ich dich nun allen Angehörigen meiner Ottajasko einzeln vor, und glaub ja nicht, daß das wenige sind. Das wohl!«

Anhang

Erklärung aventurischer Begriffe

Die Götter und Monate

1. Praios = Gott der Sonne und des Gesetzes – entspricht Juli
2. Rondra = Göttin des Krieges und des Sturmes – entspricht August
3. Efferd = Gott des Wassers, des Windes und der Seefahrt – entspricht September
4. Travia = Göttin des Herdfeuers, der Gastfreundschaft und der ehelichen Liebe – entspricht Oktober
5. Boron = Gott des Todes und des Schlafes – entspricht November
6. Hesinde = Göttin der Gelehrsamkeit, der Künste und der Magie – entspricht Dezember
7. Firun = Gott des Winters und der Jagd – entspricht Januar
8. Tsa = Göttin der Geburt und der Erneuerung – entspricht Februar
9. Phex = Gott der Diebe und Händler – entspricht März
10. Peraine = Göttin des Ackerbaus und der Heilkunde – entspricht April
11. Ingerimm = Gott des Feuers und des Handwerks – entspricht Mai
12. Rahja = Göttin des Weines, des Rausches und der Liebe – entspricht Juni

Die Zwölf = die Gesamtheit der Götter
Der Namenlose = der Widersacher der Zwölf

Maße, Gewichte und Münzen

Meile = 1 km
Schritt = 1 m
Spann = 20 cm
Finger = 2 cm
Dukat (Goldstück) = 50 DM*
Silbertaler (Taler, Silberstück) = 5 DM*
Heller = 0,5 DM*
Kreuzer = 0,05 DM*
Maravedi = 20 Silbertaler
Unze = 25 g
Stein = 1 kg
Quader = 1 t

Himmelsrichtungen

Osten (Rahja), Süden (Praios), Westen (Efferd), Norden (Firun)

Begriffe, Namen, Orte

Abagund, das – lieblich anzuschauende Hügellandschaft im
   Herzen Albernias, meist aus Heide bestehend, es gibt nur
   wenige große Wälder
Adept(us/a) – Magier, der erfolgreich seine Prüfungen abge-
   legt hat und berechtigt ist, das Gildensiegel zu tragen
Adleraug und Luchsenohr – Hellsichtzauber, schärft die Sinne
   des Anwenders um ein Vielfaches
Albernia – zum Mittelreich gehörendes Königreich an der
   Westküste Aventuriens, regiert von Kg. Cuano ui Bennain
Anderswelt – einer der gebräuchlichsten Namen für die Feen-
   welt
Anvilarium – Zauber, der Waffen und Rüstung für einen ge-
   wissen Zeitraum widerstandsfähiger macht

_____
* Neue DSA-Regeln sehen einen realistischeren Umrechnungsfaktor
vor. Hiernach ist der Dukat ca. DM 250,– wert. Auch die anderen
Münzen sind entsprechend anzuheben.

Blütenjungfern – zierliche, geflügelte Feen, die Blumen bewohnen, selten mehr als einen Spann groß

Bosparano – auch Alt-Aventurisch, Sprache der Geweihten, Magier und Gelehrten

Braunchen – stille dienstfertige Geister, Feen, die ihre Strafe bei den Menschen abbüßen

Dere – Welt, auf der Aventurien liegt

Djannan ui Bennain – Stammvater des heutigen albernischen Königshauses, thorwalscher Pirat und Händler, späterer Gründer von Kyndoch

Fee, der Fee, Feen – magische Wesen

Fulminictus Donnerkeil – kräfteraubender Kampfzauber, wird oft als letzter Ausweg benutzt, richtet magischen Schaden im Geist des Opfers an

géach – ein von den Holden auferlegtes Schicksal

Globule – Sphäre minderen Ranges, Nebenwelt

Golgari – Sendbote Borons in der Gestalt eines riesigen schwarzen Raben

Havena – bedeutendste Hafenstadt des Mittelreiches, Hauptstadt Albernias

Holde, die Holden – bisweilen Bezeichnung für die Aristokraten der Feen

Ignifaxius – Kampfzauber, eine Feuerlanze

Jasalinkraut – purpurblühendes Kraut, typisch für die abagundische Heide

Limbus – trennendes Gewebe zwischen den Sphären aus reiner magischer Energie bestehend

Mursape, die – das düstere Moor- und Marschland am Mündungsdelta des Großen Flusses

Nalleshof – Teil der Altstadt Havenas

Oculus Astralis – Hellsichtzauber, mit dem es möglich ist, magische Muster/Linien zu sehen

Orgala III. – Fürstin von Albernia von 731–703 v. Hal

Ottajasko – Schiffsgemeinschaft, ersetzt den Thorwalern die Sippe

Ottaskin – thorwalsche Siedlungsform, bei der Langhäuser innerhalb eines palisadengekrönten Ringwalles stehen

Pentagramma Drudenfuß – der gebräuchlichste Zauber, um einen Dämon, einen Geist oder andere Wesen zu exorzieren, in ihre eigene Sphäre zurückzuschicken.

Plumbumbarum – Kampfzauber, der sich lähmend auf die Angriffskraft des Widersachers auswirkt

Skalde(in) – Barden der Thorwaler

Sphäre(n) – magietheoretisch-philosophisch-kosmologisches Konzept zur Erklärung des Lebens, des Universums etc.

Swafnir – Gottwal, höchster Gott der Thorwaler, Sohn v. Rondra und Efferd

Thaumaturgische Akademie – ehemalige Magierakademie Havenas, 393 v. Hal aufgelöst

Thorwal – Land am nordwestlichen Rand Aventuriens, Heimat der Thorwaler

Thorwaler – Volk kühner Seefahrer, in Thorwal beheimatet

Thorwalsch – Sprache der Thorwaler

Tulamidya – Hauptsprache der Ureinwohner Aventuriens

Ulaman-Dynastie – Fürstenhaus v. Albernia von 933–655 v. Hal

Visibili Vanitar – Unsichtbarkeitszauber, bei dem eigentlich jeder Gegenstand und die Kleidung abgelegt werden müßte; Rhuna benutzt hier eine alte (heute leider vergessene) Variante des Zaubers: Visibili Veritas Vanitar – die Unsichtbarkeit mit allen, am Körper getragenen Gegenständen erlaubt

Das Schwarze Auge

Weitere Bände in Vorbereitung